COLLECTION FOLIO

Kristina Sabaliauskaitė

L'impératrice de Pierre, II

Traduit du lituanien
par Marielle Vitureau
en étroite collaboration avec l'autrice

La Table Ronde

Traduction publiée avec le soutien
de l'Institut culturel lituanien.

Titre original :
PETRO IMPERATORĖ (2)

Née à Vilnius en 1974, Kristina Sabaliauskaitė est historienne de l'art. Depuis 2002, elle vit à Londres où elle a travaillé pendant plusieurs années comme journaliste correspondante pour le plus grand quotidien lituanien. Elle connaît un immense succès dans son pays dès la parution en 2008 de *Silva Rerum*, une saga historique en quatre volumes. Paru en 2019, *L'impératrice de Pierre* est devenu un phénomène de librairie européen.

Liste des principaux personnages

CATHERINE (née Marta Helena Skowrońska)

Marta Helena Wiesiołowska : nom d'adoption hérité de sa tante, Anna Maria Wiesiołowska

Catherine, Katerinouchka : nom choisi pendant sa captivité

Catherine Vasilievskaïa (Vasilieva) : adaptation russe de Wiesiołowska

Ekaterina Alexeïevna Mikhaïlova : nom de baptême orthodoxe

JOHANN CRUSE : son premier mari, fantassin et clairon suédois

PIOTR PETROVITCH (*Petrouchka, Chichetchka*) : son premier fils avec Pierre (1715-1719)

PAVEL PETROVITCH (*Pavlouchka*) : son deuxième fils avec Pierre

EKATERINA PETROVNA (*Katerinouchka, Katinka)* : sa première fille avec Pierre

ANNA PETROVNA (*Anouchka*) : sa deuxième fille avec Pierre

ELIZAVETA PETROVNA (*Élisabeth, Lizenka, Lizetta, Liza*) : sa troisième fille avec Pierre

NATALIA PETROVNA (*Natalouchka*) : sa quatrième fille avec Pierre, née en mars 1713

MARGARITA PETROVNA : sa cinquième fille avec Pierre, née en 1714

PIERRE LE GRAND (né Piotr Alexeïevitch Romanov)

Peter : version allemande de son nom, utilisée par ses proches

Piotr Mikhaïlov : pseudonyme correspondant à son alter ego, capitaine d'armée

Pakhom Pikhaykhouï Mikhaïlov : pseudonyme du Synode pochard

EUDOXIE LOPOUKHINE : sa première femme

ALEXIS PETROVITCH ROMANOV : leur fils, tsarévitch

CHARLOTTE CHRISTINE DE BRUNSWICK-WOLFENBÜTTEL : sa belle-fille, épouse d'Alexis

PIOTR ALEXEÏEVITCH : son petit-fils (fils d'Alexis), futur Pierre II de Russie

ANNA MONS (*Annchen*) : sa maîtresse

NATALIA NARYCHKINA : sa mère

NATALIA ALEXEÏEVNA ROMANOVA : sa sœur

PRASCOVIA SALTYKOVA : sa belle-sœur, veuve de son demi-frère Ivan

SOPHIE ALEXEÏEVNA ROMANOVA : sa demi-sœur

ALEXANDRE

Alexandre Danilovitch Menchikov (*Aleksachka*) : meilleur ami et favori de Pierre

DARIA MIKHAÏLOVNA ARSENEÏEVA (*Dachka, Dachenka*) : son épouse

ALEXANDRE ALEXANDROVITCH MENCHIKOV (*Sacha*) : son fils

MARIA MENCHIKOVA (*Machka*) : sa fille

VARVARA MIKHAÏLOVNA ARSENEÏEVA (*Varka*) : sœur de Daria

ANISSIA KIRILOVNA TOLSTAÏA : tante de Daria et de Varvara

MARIA DANILOVNA MENCHIKOVA : sa sœur

ANNA DANILOVNA MENCHIKOVA (*Anyuta*) : sa sœur

ANTONIO MANUEL DE VIEIRA (*Anton Devier, Anton Manouïlovitch, Antochka*) : son beau-frère, mari d'Anna Menchikova

FAMILLE GLÜCK

JOHANN ERNST : employeur de Catherine, pasteur luthérien

KRISTINA EMERENTIA VON REUTERN (*Frau Glück*) : sa femme

KRISTIAN ET ERNST GOTTLIEB : leurs fils

MARGARITA, AGNETA, CHRISTINA, ELISABETA : leurs filles

DOMESTIQUES DE CATHERINE

JOHANNA PETROVNA KARO : femme de chambre (*Kammerfrau*)

TANKA KOBYLIAKOVA (*Tanyucha*) : bonne

*

BALK, née Mons (Modesta, *la Balkcha*) : dame d'honneur de Catherine

BOUTOURLINE (Alexandre Petrovitch) : aide de camp de Pierre, valet de chambre (*Kammerherr*)

CANTEMIR (Maria) : princesse de Moldavie

CHAFIROV (Piotr) : interprète de Pierre puis diplomate russe

CHEREMETIEV (Boris Petrovitch) : feld-maréchal de Pierre

EUPHROSINE (*Frosenka, Froska*) : maîtresse d'Alexis

HAMILTON (Mary, *Maria Danilovna Gamontova*) : dame d'honneur de Catherine

LESTOCQ (Jean Armand de) : médecin de Catherine

MONS (Willem) : secrétaire de Catherine

OGILVY (George) : feld-maréchal de Pierre

ORLOV (Ivan, *Vanka*) : valet de Pierre
PROKOPOVITCH (Théophane) : théologien, recteur de l'académie de Kiev
ROMODANOVSKI (Fédor) : gouverneur de Moscou en l'absence de Pierre, chef de la police secrète, prince-césar du Synode pochard
TCHERNICHEVA, née Rjevskaïa (Avdotia, *Dunka*) : une des maîtresses de Pierre
TOLSTOÏ (Piotr) : premier ambassadeur de Russie
VILLEBOIS (François Guillemot, *Nikita Villebois*) : officier français, aide de camp de Pierre
ZOTOV (Nikita) : ancien précepteur de Pierre, prince-pape du Synode pochard

6 (17) mai 1727

Palais Catherine, Tsarskoïe Selo

9

Un coup.

Une main lourde, fraîche, des bagues massives aux doigts, me frappe plusieurs fois au visage. Je n'avais encore jamais été réveillée par un coup. En recevoir et perdre connaissance, ça je connaissais.

L'horloge sonne. Je ne sais pas quelle heure il est, mais après le dernier coup, j'entends gémir les ressorts et les engrenages fatigués qui reprennent leur position. Parfois, même les horloges se lassent de compter le temps. Parfois, on se réveille et déjà on est fatigué. C'est une gifle qui me réveille, le sang stimulé court dans mes veines comme des fourmis rouges, il afflue vers mes joues, me mordille et brûle ma peau mouillée de larmes.

Qui ose ? Lui seul le peut, le *Serenissimus generalissimus* Menchikov.

— Votre Majesté impériale… réveillez-vous…

Il est penché au-dessus de moi. À peine un empan nous sépare, comme avant un baiser. Mais ses yeux regardent au loin, à des milliers de verstes. Ses iris bleu gris sont comme les pignons d'acier de cette horloge fatiguée.

Je reprends mes esprits et m'aperçois que je sanglote bruyamment. Il faut que j'arrête.

Pourvu que je n'aie pas déliré à nouveau, que je n'aie pas raconté n'importe quoi dans mon sommeil.

S'il m'appelle « Votre Majesté impériale » et non « Catherine », c'est que nous ne sommes pas seuls, qu'il y a du monde autour. Il faut que je cesse de sangloter. On ne pleure pas en Russie. Ils vont croire que ma fin est arrivée. Ou que je regrette quelque chose.

J'essaye d'arrêter, mais je commence à tousser. Le sang au fond de ma gorge est comme la fontaine de Peterhof : à chaque quinte, il gicle vers le haut, vers mon palais, et je crains qu'il ne jaillisse de mon nez. Peut-on s'étouffer avec son propre sang ? On est en Russie – ce ne serait pas la première fois que ça arrive.

La seule chose qui m'est impossible, c'est de montrer ma faiblesse. Il n'y a que devant Dieu, en secret, que je peux me permettre d'être faible, d'avoir des regrets. Lui connaît mes raisons, les autres n'ont pas besoin de les connaître. Je suis l'impératrice, j'ai été ointe, autant dire sanctifiée. Je ne peux pas être une pécheresse aux yeux des autres. L'empereur, ayant reçu l'onction, est au-dessus de tous. Au-dessus de la vertu et du péché. Il est l'égal des lois de Dieu, l'exécutant de Sa volonté. Peter en a décidé ainsi et Théophane Prokopovitch l'a imposé à tous. Avec l'aide de l'Église, les péchés de l'autocrate peuvent être effacés. Car le Tout-Puissant ne doit jamais, pas un seul instant, se montrer faible. L'empereur est tel Dieu sur Terre, et Dieu n'est pas faible.

Il fait déjà clair, la matinée doit être avancée.

Quelqu'un essuie mes larmes à l'aide d'un linge humide, le passe sur mes yeux et mes paupières gonflés, humecte mes lèvres avec de l'eau. J'essaye de concentrer mon regard sur les objets que je vois, mais tout est flou. J'essaye de comprendre si je me sens mieux ou plus mal qu'hier. Si je guéris ou si je rechute. Je n'ai pas de force, j'ai la tête qui tourne, mais j'ai moins de douleurs. Les rayons du soleil font scintiller les dorures au plafond. Dieu que le gazouillis des oiseaux est beau à entendre. Mes yeux mettent un moment à distinguer les visages des silhouettes qui m'entourent. Mes proches, pour la plupart. Celui qui se tient le plus près de moi, c'est Alexandre Menchikov. Derrière lui, il y a le médecin Jean Armand Lestocq, ma fidèle *Kammerfrau* Johanna Karo, puis Daria Menchikova, avec son fils Alexandre et sa fille Maria, sa sœur Varka Arseneïeva et, amené par son précepteur Ostermann, Piotr Alexeïevitch, le petit-fils de Peter, je ne peux pas le souffrir... Ce regard hébété, ces yeux de poisson trop écartés... Un malheur sur pattes. Un fardeau sur notre conscience... Voilà aussi mes filles, Anna et Elizaveta. Seigneur, qu'elles sont belles... Mon Dieu... Instruites et éduquées, fraîches comme des roses... Elles ont poussé dans la boue de nos vies, éclos dans la pourriture et la merde de tout ce que j'ai enduré pour elles. Comme si tout cela avait été un engrais fertile. Anna est grande, fine, la chevelure noire, le portrait de son père. Les gens disent que les filles qui ressemblent à leur père vivront heureuses... C'est notre petite Varsovienne, c'est là-bas que nous l'avons conçue avec Peter. Elle a dix-huit ans, presque l'âge que j'avais quand j'ai rencontré Peter... Rien que pour elle, tout cela valait la peine – il en est né un être magnifique. Enfant déjà, elle était intelligente et perspicace – quand on la portait dans les bras, avant même qu'elle sache parler, elle montrait tout du doigt, comme pour demander : « Qu'est-ce que c'est ? » Il fallait lui expliquer : elle voulait tout comprendre, tout retenir. Et ce regard aux yeux noirs… déjà si sérieux et attentif. Elle était douée pour les études, apprenait vite et avait un sens inné de la bienséance, ce sens propre aux vrais rois. Aucune avidité, aucun appétit pour le superflu, aucun désir de luxe, aucun désir de nuire aux autres en usant de son pouvoir. Elle a toujours été timide, mais audacieuse – quand Peter, irrité par quelque chose, me criait après, elle s'approchait de lui sans peur, attrapait sa main, l'attirait vers moi, l'unissait à la mienne et disait, un sourire éclairant son petit visage rond : « Unis par l'amour. » C'est ce que les lumières de notre feu d'artifice de mariage avaient écrit dans la nuit noire et elle s'en souvenait parfaitement, bien qu'elle n'ait eu alors que quatre ans. Peter souriait, mal à l'aise, puis, attendri, il riait. Moi aussi, je souriais, même si mes yeux se remplissaient de larmes. De larmes d'amour pour Anouchka. Et de honte qu'elle assiste à nos disputes. Que nous soyons des parents si pitoyables pour une enfant si bonne. Pour un tel ange. Pardonne-moi, Anouchka, d'avoir été une si mauvaise mère pour toi. Mais crois-moi, tu n'imagines même pas combien j'ai dû en avaler, des insultes de la part de ton père, toute la merde qu'il a déversée sur moi, les humiliations que j'ai dû subir sans broncher. Nulle part il n'en sera tenu compte. Tout cela pour toi, pour respecter la *politesse*, les bonnes manières. Pour l'honneur. Pour que tu voies qu'on peut avoir un mari odieux et rester une mère digne. Être un exemple pour sa fille. Il y a bien eu des moments où, bafouée, j'ai voulu attraper la fourchette sur la table et l'enfoncer dans son œil exorbité de colère et rouge d'alcool. Me servir enfin du coupe-papier que m'avait autrefois offert son ancienne amante, la Sieniawska, et lui trancher la gorge. Retirer de ma chevelure l'aigrette de diamants et planter les deux dents affilées dans la veine de son cou, gonflée par ses cris. Mais je me taisais, je ne bougeais même pas. Ne haussais pas un sourcil. Tout cela pour toi, Anouchka. Parce qu'il était un bon père, il t'aimait à la folie, il était impossible de ne pas t'aimer. Il t'adorait, tout comme moi. Et tu étais si douce, si sensible, tu n'aurais pas supporté de voir ça. Ta timidité ne t'a pas quittée. On dirait que tu as honte, alors qu'il n'y a aucune raison, alors que tu pourrais avoir plus d'audace, être plus hardie. Même maintenant, tu es là à mon chevet, mais je vois tes yeux noirs de tristesse, comme le velours du deuil. Tu es tout le contraire de Lizenka. Je me souviens de l'arrivée de ton promis, Karl Friedrich, duc de Schleswig-Holstein et Gottorp, fils de la princesse de Suède et suppléant au trône, il y a quatre ans – lui aussi est là, blotti dans le fauteuil du coin, il s'ennuie, examine ses ongles, mais crois-moi, il est le meilleur parti qu'on ait trouvé pour toi… Il est bel homme, conviens-en. Il venait d'arriver quand il a fallu que tu l'embrasses sur les joues comme on le fait à Pâques selon la coutume russe, et tu étais tellement gênée que tu es devenue aussi rouge qu'un coquelicot. Tu as reculé comme s'il t'avait piquée. Lizenka, elle, a accouru, et lui a tendu ses lèvres. Celle-là… De qui tient-elle ? Elle est là, la chevelure dorée, les yeux d'un bleu azur, les cils noirs, ses joues sont des roses, ses lèvres des framboises et ses dents des perles de nacre. Elle est resplendissante. Qu'elle ne se réjouisse pas trop, en vieillissant, elle s'épaissira, comme moi. Ou au contraire, qu'elle se réjouisse – qu'elle tire parti de ses belles formes, de sa santé, de sa vivacité qui attirent les hommes comme le miel les abeilles. Elle a de la chance qu'il n'y ait plus personne pour lui donner la fessée. Elle le sait et en profite. Une effrontée, depuis l'enfance. Une dévergondée. Peut-être que tout – cette absence de gêne – a commencé avec le portrait que Peter a commandé, quand elle avait sept ans, au peintre français Louis Caravaque : une petite Vénus nue, à demi allongée sur la cape du souverain doublée d'hermine, tenant à la main un portrait du tsar. Une Vénus de sept ans – Lizenka. Imaginez un peu : ordonner à une enfant de cet âge de se dénuder devant un bonhomme français, un étranger. Peu importe qu'il soit artiste… Il n'était pas médecin… D'ailleurs les médecins n'auscultent les femmes qu'à travers leur chemise ou avec un miroir. Peter a déclaré : « Toute l'Europe peint les princesses ainsi, comme des déesses, c'est ce qui se fait. » Comme si on était dans l'Antiquité, à l'époque des mythes romains. Ce n'était pas vrai – quand nous avons voyagé dans toute l'Europe, il y a dix ans, je n'ai rien vu de semblable, ni chez les Polonais, ni chez les Allemands, ni chez les Hollandais ou les Danois. Les actrices, les femmes légères, les maîtresses des rois, ou de grandes dames, c'est vrai, posaient parfois nues ou à peine couvertes d'un tissu transparent, à la mode antique. Mais pas les fillettes, pas à sept ans. Je n'en ai pas vu. S'il y en avait, ce devait être très rare. Le souhait de Peter avait quelque chose d'obscène, même si, j'en mettrais ma main à couper, il ne souhaitait aucun mal à Lizenka. Il m'avait tout juste épousée qu'il a reconnu les deux filles comme les dauphines légitimes. Il aimait profondément Anouchka et Lizenka. Il n'aurait pas permis qu'on touche à un seul de leurs cheveux, tant il les aimait. Mieux vaut qu'il soit mort sans avoir su que Lizetta avait perdu sa virginité, qu'elle avait un amant et qu'elle avait attrapé une maladie. S'il l'avait su, il l'aurait probablement tuée... Il serait sorti de ses gonds malgré tout l'amour qu'il lui portait. N'empêche que le tableau de sa fille nue avait quelque chose de malséant. Il mettait mal à l'aise – Vénus, la déesse de l'amour, une enfant de sept ans. De quel amour pouvait parler une enfant qui n'avait pas encore ses menstrues ? Peter, j'en étais convaincue, ne pensait pas à mal. Mais le résultat était troublant. Ce tableau avait quelque chose d'indécent, de sacrilège. Lizenka avait résisté au début, elle ne voulait pas se déshabiller, elle pleurait, puis grondée, amadouée avec du massepain, et voyant qu'on l'admirait, elle avait obéi. J'étais tellement meurtrie, je souffrais au plus profond de mon cœur... Elle était si petite, et on la forçait déjà à être une femme. Elle ne s'appartenait plus. Son corps ne lui appartenait plus, toute fille du tsar qu'elle était. Elle se pliait déjà aux volontés des autres. On la forçait à se déshabiller pour que d'autres l'admirent, et elle obéissait, à contrecœur. Je me sentais coupable de ne pas l'avoir défendue – il se passait tant de choses dans ma vie à l'époque et je craignais d'irriter Peter, je ne voulais pas me lancer dans une querelle. Une fois le tableau de Liza achevé, Anouchka s'est figée en le regardant ; le soir, je me souviens, elle a accouru vers moi en pleurant et s'est jetée dans mes jambes. La pauvre tremblait de tout son être, comme un lapin apeuré, et elle a dit : « Matouchka, moi aussi, je vais devoir le faire ? » Comme je l'ai dit, elle était différente de sa sœur. Elle était très timide, et l'est toujours. Un an plus tard, quand son tour est venu, j'ai fait ce que j'ai pu pour la protéger. J'ai obtenu qu'elle porte des vêtements. Lizenka a accepté de poser avec elle : deux déesses, ou bergères, peintes avec des bouquets. J'ai obtenu qu'Anouchka ne découvre qu'une partie de sa poitrine, un seul mamelon. Elle était si jeune, elle n'avait que neuf ans. Je l'ai consolée en lui disant que ce n'était rien, que sa poitrine n'avait pas encore poussé, qu'il n'y avait pas de quoi avoir honte. Que pouvais-je faire d'autre ? Peter s'était obstiné, il voulait avoir le portrait de ses deux filles, représentées comme deux bergères ou deux déesses. Il pensait déjà à des maris pour elles, un héritier du trône suédois, un prince ou un dauphin français. Cela ne s'est pas fait. Et pas parce que Boutourline avait souillé Lizenka. Dans les cours royales, personne ne faisait plus attention à la virginité. Nos filles n'étaient pas assez bien ni pour le petit-fils de Louis XIV ni même pour le fils d'un bâtard du roi. C'est ma faute. Les Français ont renoncé uniquement parce que leur mère – moi – n'était pas de sang royal. Sans mon ascendance, ou plutôt mon absence d'ascendance, Elizaveta serait peut-être devenue une princesse française. Ou même une reine. Maintenant il faut la marier à Holstein, le frère du mari d'Anouchka. Il faut marier Liza au plus vite, dans l'espoir qu'elle se calme. Je ne peux pas croire qu'elle soit ma fille, elle est si indomptable. Mais il n'y a rien à faire... Je suis coupable, moi aussi. Comment lui demander de me respecter après qu'elle m'a prise sur le fait ? La voilà qui fait les yeux doux à Piotr Alexeïevitch, elle le taquine, et ce chiot de onze ans la regarde ébahi, les yeux écarquillés. Cet idiot serait capable de tomber amoureux d'elle. Et Liza tourmente l'enfant, à dessein. Elle l'attire. Peu importe, Piotr Alexeïevitch épousera Machka Menchikova et se rangera. Il grandira, dirigera la Russie et n'aura plus le temps pour des sottises. Tel est mon dernier souhait, imposé au Sérénissime. Elizaveta est pourtant faite pour régner, elle sait si bien mentir, dire à chacun, droit dans les yeux, ce qu'il veut entendre, les avoir tous à sa botte...

Mais pourquoi ces souvenirs ? Pourquoi y repenser maintenant ? À ces portraits d'enfants ? Est-ce de les voir tous réunis ici, comme pour un portrait de famille ? Ma dernière heure aurait-elle sonné ? Sont-ils venus me dire au revoir ? Non, ils ne sont pas tous là.

Je tousse à nouveau. On me nettoie à nouveau.

De quoi ai-je l'air ?

Je ne devrais pas m'en soucier.

Mais je veux savoir, même s'il serait peut-être préférable de l'ignorer.

— Johanna, le miroir...

J'entends des chuchotements. Comme des rats remuant sous la paille. Je sais ce qu'ils pensent : l'impératrice agonise et, malgré tout, elle s'inquiète de son apparence. Elle est futile, votre tsarine Tonneau. Une vaniteuse, voilà ce qu'elle est… Mais je veux faire bonne figure, d'autant plus que les *Fraülein* ne vont pas tarder à arriver. Je les déteste. Suivront les *tchinovniki*, les fonctionnaires et les ministres. Je les déteste tout autant. Je dois m'arranger, leur paraître puissante. Le corps de l'impératrice ne lui appartient pas, il est un symbole. L'icône du pouvoir.

Sur l'ordre de Johanna, le *Kammerdiener* apporte un miroir encadré d'argent et d'écailles de tortue. Un rond flou, semblable à la lune dissimulée par les nuages, se reflète dans le miroir. Plutôt une poire grisâtre, aux cernes noircis, comme si j'avais été battue. Où est mon cou ? Il a disparu sous un bourrelet de chair ; impossible de comprendre où se termine mon cou et où commencent mes joues, où est mon front. Mes cheveux sont emmêlés, les racines sont claires, comme recouvertes de givre. À moins qu'ils soient déjà blancs. Je ne vois que du gris, les couleurs du visage sont mal réparties, comme si elles avaient joué à changer de place : les lèvres ont la couleur brune du sang séché, les commissures sont blanches et craquelées, le blanc des yeux est rouge, les cernes d'un noir bleuté. Seule la peau du visage est blanche, pâle, hormis quelques veines violettes sur le nez. Et moi qui, toutes ces années, ai désiré avoir la peau blanche. Ce que je n'ai pas fait pour dissimuler ce hâle, ce visage buriné par le vent, par une enfance simple à la campagne et par le soleil des champs de bataille. C'est à cela et surtout au décolleté, aux mains et aux avant-bras rougis, que les nobles de ce monde reconnaissent une femme du peuple. Et me voilà toute pâle, sans le moindre effort. Tel le halo du clair de lune, non pas brillant mais voilé par un nuage de tempête.

— Habille-moi... et farde-moi...

Johanna et les servantes, tenant les couvertures et les draps droits comme un bouclier pour me cacher, me passent une chemise propre et un casaquin. Merci, mon Dieu, d'avoir éclairé l'esprit des Français et de leur avoir suggéré ces *robes volantes*, sans corset. J'avais demandé à Peter de m'en rapporter une de Paris. Il y a eu ensuite la mode des casaquins, certainement en l'honneur des Cosaques. Je dois me retenir de rire, sinon je vais me pisser dessus... Ces Français n'ont jamais vu de Cosaques, avec leurs habits raides de sueur, de sang et de crasse des batailles... Appeler des pièces féminines de leur nom, il fallait y penser ! Quelle femme voudrait ressembler à un Cosaque ? Aucune n'avait intérêt à croiser leur route. Mais pour les Français, tout ce qui a trait à la Russie est d'une étrangeté singulière... *exotique*, comme ils disent. Tout ce qui est russe ou turc leur fait perdre la tête. Ça n'empêche que leurs princes refusent d'épouser nos tsarevnas. Et les Français d'habiter dans notre Russie *exotique*. Seuls viennent les fuyards, comme Lestocq ou Villebois, ce contrebandier pris en flagrant délit, une raclure... Eux n'ont pas eu le choix. La mode est une autre affaire, plus elle vient de loin, plus elle est raffinée, inédite, plus ils en raffolent... Quels excentriques ! Toujours est-il que mon casaquin français est confortable. Cela fait du bien d'être changée. Ma chemise de nuit, quand on me l'a retirée, était trempée de sueur. Lourde comme un drap mouillé. Je transpire tellement depuis quelques mois qu'elle est à essorer tous les matins. Mais j'ai moins mal aujourd'hui, je vais peut-être guérir. C'est juste que je me sens si faible, je n'ai aucune force.

Johanna lisse le vêtement, elle tire sur la dentelle de la chemise pour la faire sortir des manches et la dispose comme il se doit autour de mes avant-bras. Elle a un air si grave. On m'a assise, appuyée contre des coussins, je vois que mon casaquin est en damas rouge foncé, le devant brille de fils d'argent et de paillettes et l'insigne de l'ordre de Sainte-Catherine est brodé sur un côté. Des aigles d'argent à deux têtes sont brodés dans la passementerie. J'aime l'argent, j'aime cette couleur, mais pourquoi m'avoir parée d'un habit si solennel ? Y a-t-il une fête ?

Le *Kammerdiener* apporte de nouveau le miroir. À présent que je suis habillée d'un rouge luxueux, mon visage y paraît bleuté. Comme la lumière du clair de lune, comme autrefois un certain papier à lettres où des cœurs avaient été tracés à la pointe d'une aiguille. Des cœurs qui ne battaient plus aussi vite…

Mon visage est comme un cœur gris-bleu inversé. Étroit au niveau du front, s'étalant sur les côtés au niveau du menton. Je ne peux pas le regarder. Je ferme les yeux.

Johanna me peigne, me tresse et m'attache les cheveux, les cache sous les dentelles. Je me sens faible, à moitié allongée, soutenue par des coussins, mais au moins je ne penche pas. Je sens ses doigts robustes appliquer avec dextérité et douceur la pommade sur mon visage. L'odeur est plutôt agréable : de la graisse, de la cire d'abeille, des herbes, de l'essence de citron. J'aime l'odeur du citron, elle masque cette odeur étrange et douceâtre, ce relent de cadavre qui s'échappe de ma bouche depuis déjà plusieurs semaines. Une fois qu'elle a enduit mon visage d'une épaisse couche de pommade transparente, comme une paroi de verre, Johanna se sert d'un tampon de tissu pour y appliquer de la céruse vénitienne à la manière d'un plâtrier. Mais le blanc de céruse contient du plomb et pique même à travers la pommade ; plus j'en utilise et plus il en faut, tellement la peau devient grise. Mais comment s'en passer, puisqu'il transforme la couche de graisse sur la peau en une porcelaine blanche et brillante. À l'aide d'un petit pinceau au manche d'or, Johanna applique un fard liquide pour les joues, un rouge, composé de cinabre – qu'on trouve en Turquie – et d'huile de rose perse, un mélange qui est fait en France et qu'on m'apporte de là-bas. Elle met en valeur les lèvres avec un tampon trempé dans du carmin de cochenille, que nous avions acheté à Amsterdam pour la Kunstkamera. Après avoir fardé mes joues, elle prend une bougie et fait brûler quelques clous de girofle odorants, importés d'Inde, et, de leur pointe carbonisée, elle souligne mes sourcils. Il faudra plus d'un de ces morceaux de charbon : j'ai toujours eu les sourcils fournis, mais ils sont blonds et je suis obligée de les foncer maintenant que je teins mes cheveux en noir. Peter aimait que je les souligne. Il avait toujours rêvé de monter une expédition maritime vers l'Inde, d'où venaient ces clous de girofle. Alexandre, lui, voulait se rendre à Venise, qu'il a ensuite essayé de reconstruire à Saint-Pétersbourg. Nous avons essayé en vain de marier Elizaveta à l'héritier du trône de France ; j'ai toujours rêvé de voir Paris, ça ne s'est jamais fait. Nous avons combattu les Turcs, mais ne les avons pas vaincus. En Perse, nous avons eu plus de succès. Peter m'envoyait des citrons de toute l'Europe, et Alexandre aussi, en secret.

Johanna achève de me farder avec ces couleurs venues du monde que nous voulions tant conquérir, et mon visage est désormais comme la carte de tous nos espoirs, accomplis ou déçus.

Le *Kammerdiener* me tend une nouvelle fois le miroir.

Je suis arrivée à un âge où chaque tentative de s'embellir se transforme en un rêve déçu au moment où l'on s'aperçoit dans un miroir.

Ce que j'y vois à présent n'est plus un rêve déçu. Plutôt un cauchemar. À dix-neuf ans, quand je suis arrivée en Russie, j'ai été épouvantée à la vue des beautés russes au visage blanc, aux joues rouges et aux dents noires. Si je me voyais aujourd'hui avec ces mêmes yeux, je m'effrayerais moi-même.

Pourtant, c'est déjà tellement mieux qu'avant que Johanna se mette au travail. Au moins, avec ce masque peint, je peux me cacher, comme derrière une cuirasse. Je suis prête à être cette autre personne qui a oublié qui elle était, qui, comme un serpent, a laissé derrière elle la peau de Marta Helena Skowrońska, celle de la fille adoptée Wiesiołowska, celle de Marta Cruse, de Catherine Vasilievskaïa et de Catherine Mikhaïlova, des peaux abandonnées dès qu'elles devenaient trop étroites. Je suis prête à être l'impératrice de toute la Russie par la grâce de Dieu, Ekaterina Alexeïevna, dont le visage doit être conforme à l'image sur les pièces de monnaie, les médailles, les gravures et les portraits. Je peux ne plus être belle, mais je dois être reconnaissable par tous.

— Voilà, comme vous êtes belle, Matouchka Impératrice, dit Tanka Kobyliakova.

Les filles et les servantes s'inclinent et mentent. Que peuvent-elles faire d'autre ? Dire la vérité ? À la cour, ceux qui disent la vérité ne vivent pas vieux.

Je me souviens clairement du moment où j'ai compris que ma beauté commençait à se faner : c'était après le calvaire du Prut, le matin de mon mariage. Le matin de ma nouvelle vie, une vie qui serait dorénavant presque toujours publique, offerte aux yeux de la foule, un livre ouvert pour les courtisans. La beauté est une chose étrange : quand vous êtes jeune et sotte, elle s'enflamme comme un feu impossible à contenir sans se brûler. Parfois je pense même que, sans elle, sans cette beauté, ma vie aurait été plus tranquille. Je n'aurais pas atterri chez Cheremetiev, je n'aurais pas rencontré Alexandre et Peter. Mais qu'est-ce que je raconte : Bauer ne m'aurait pas sauvée sans mon joli minois. J'aurais fini égorgée dans cette flaque de sang et de sperme… C'est avec l'âge, quand on mûrit et qu'on a d'autant plus besoin de sa beauté qu'on a compris la puissance de cette arme et appris à l'utiliser à ses fins, qu'elle s'empresse de vous échapper. Elle n'est plus un feu impossible à contenir, mais un feu follet que l'on cherche en vain à retenir.

La beauté et le temps se ressemblent, en quelque sorte.

Au début, on n'y pense pas, on les considère l'un et l'autre comme des choses allant de soi.

On ne commence à les apprécier que lorsqu'on s'aperçoit qu'il nous en reste peu.

Les deux sont indéfinissables : chacun perçoit

et comprend la beauté et le temps à sa manière, quoique le temps se mesure en heures et la beauté d'une femme au nombre de ses conquêtes.

L'année où il m'a épousée, Peter me trouvait encore belle, désirable, bien que je ne me sente plus la même après l'expédition sur le Prut. Avant le mariage, quand il était en cure à Karlsbad, j'ai même eu droit à une crise de jalousie. La campagne du Prut, nos frayeurs et les beuveries immodérées l'avaient laissé mal en point : il souffrait tellement du dos qu'il était souvent incapable de monter sur son cheval et de rester en selle. Je dictais à Anissia qu'il devait suivre les ordres du médecin, se soigner, rester aussi longtemps que nécessaire et ne pas se presser de rentrer. Il nous répondait par des *tsidoulki* débordant de jalousie : « Après ta lettre me disant de me soigner et de ne pas me presser de rentrer, je me suis inquiété. Il est clair que tu t'es trouvé quelqu'un de plus vaillant que moi. Écris, s'il te plaît, qui est-ce ? Un des nôtres ou un homme de Toruń ? De Toruń, sans doute – tu te venges pour ce que je t'ai fait il y a deux ans. C'est ainsi que vous, les filles d'Ève, vous vengez de nous, les vieux ! »

Bien sûr, tout cela n'était que plaisanteries. Je savais parfaitement qu'il continuait de rendre visite à Dunka Rjevskaïa, mariée à Tchernichev. Je savais parfaitement que j'aurais mis ma tête sur le billot en couchant avec un autre. Il ne me l'aurait pas pardonné. J'avais encore en mémoire la tresse de la femme infidèle enterrée et reposant dans une flaque de sang. Des frissons me parcouraient à ces plaisanteries. Peut-être que quelqu'un lui avait dit nous avoir vus, Alexandre et moi, à Toruń ? Bien que cette fois-là, nous n'ayons fait que parler. Même si j'avais infiniment désiré Alexandre, je m'étais retenue, Dieu m'est témoin – j'ai la conscience tranquille. Pourtant, après chacune de ses lettres suspicieuses, je redoublais d'attentions et de tendresse. Les premiers mois que nous avons passés ensemble après le mariage, je me suis montrée particulièrement douce et reconnaissante. Les journées étaient sereines et les nuits passionnées pour peu qu'il n'ait pas mal au dos. Aux vœux et aux félicitations des envoyés, Peter répondait en plaisantant, comme à son habitude : « Que ce mariage soit fertile, nous n'en doutons pas : avec la tsarine nous avons déjà eu cinq enfants. » J'étais meurtrie de penser aux trois qui étaient morts. Mais Peter me couvait et m'aimait. Ce qui le rendait jaloux, c'était qu'il vieillissait et que j'avais douze ans de moins que lui.

J'approchais pourtant de mes trente ans… s'il avait su combien, parfois, je me sentais épuisée.

Après le mariage, à la fin de l'été, mon corps m'a fait comprendre que je portais à nouveau un enfant. Alors, quand vers l'automne Peter a voulu s'éloigner des manœuvres de guerre en Poméranie et retourner se soigner aux thermes de Karlsbad, j'ai demandé à ne pas l'accompagner. J'étais la tsarine, je portais les enfants du tsar, je pouvais donner des ordres aux autres, mais aussi exprimer mes propres souhaits à Peter. Je voulais la plus simple des choses, un privilège accordé même au dernier des moujiks : m'endormir et me réveiller chaque jour dans mon propre lit. Je voulais rester et me réveiller chaque matin dans mon paradis, à Saint-Pétersbourg.

La construction du palais d'Hiver était presque achevée quand Alexandre a décidé de nous faire un cadeau de mariage : le reconstruire en l'agrandissant pour qu'il convienne à un couple royal. Il l'a appelé le palais des Mariés : Trezzini avait presque achevé cette commande et transformé l'ancienne demeure hollandaise en un palais de style italien, avec un rez-de-chaussée surélevé en prévision des inondations de la Neva. Le palais d'Été, également confié à Trezzini, était, lui, de type hollandais. Il n'était encore construit qu'à moitié, mais nous y vivions déjà avec Peter, en occupant seulement quelques pièces aménagées. Le premier étage serait réservé aux enfants et à moi-même, lui occuperait le rez-de-chaussée avec des cabinets de travail spacieux, un atelier de menuiserie et des machines à tourner. Mais nous étions enfin chez nous, nous avions des lits douillets avec de beaux draps blancs et propres sur des matelas moelleux garnis de plumes et de duvet. Chaque matin j'ouvrais les yeux aux premiers rayons du soleil, je voyais au-dessus de moi le damas du baldaquin, j'entendais le clapotis étouffé des vagues et les voix stridentes des goélands par la fenêtre, je sentais sur mon épaule la lourde tête de l'homme que j'aimais, l'homme dont la sueur évacuant la boisson imprégnait ma chemise, et chaque matin je souriais. Je me rappelais tous les greniers étouffants, les recoins froids, les auberges, les tentes militaires, les chambres de bourgmestres à l'étranger, les palais d'inconnus avec des portraits d'inconnus, tous ces endroits où j'avais dormi, et je souriais, savourant la douceur de mon lit. J'étais comme sur un nuage, au paradis. Tout cela, pour finir, m'appartenait.

Sans réveiller Peter, je repoussais alors très doucement sa tête de mon épaule et, sur la pointe des pieds, je courais me faire belle : je coiffais gracieusement mes cheveux détachés, je me lavais à l'eau froide et pinçais mes joues pour les rougir ; je dessinais mes sourcils, qui avaient perdu de leur couleur durant la nuit ; du bout du doigt, je déposais un peu de carmin sur mes lèvres. Quelques gouttes de parfum, pour masquer la transpiration de Peter qui me collait à la peau. Rien de plus, pas de masque impérial comme aujourd'hui. Mais j'approchais de mes trente ans et ma beauté avait besoin d'être rafraîchie chaque matin.

Ces efforts, aussi infimes fussent-ils, payaient. Peter ouvrait à peine les yeux qu'il se réjouissait : « Comme tu es belle, Matka... Plus tu vis et plus tu rajeunis, Katerinouchka, tu t'épanouis, je t'ai bien entretenue... » Il soulevait alors le coin du drap et disait : « Allez, viens voir ton vieux, tant qu'il est encore vivant, tant qu'il n'est pas un *pokoïnik*, un macchabée. »

Peu à peu, le soir, surtout après un copieux dîner arrosé d'une bouteille de vin de trop, son mal de dos est revenu. Le soir, fatigué de tant de distractions, il n'était plus qu'un *pokoïnik*...

Le cadran de l'horloge de notre amour s'est inversé.

Mais quelle importance, surtout à Saint-Pétersbourg où, durant l'été, la nuit ne tombait presque pas ? Le principal était que Peter soit heureux, son bonheur faisait le mien. Peter se trouvait bien à mes côtés – si bien qu'il a exigé, au moment des travaux de la salle à manger dans le palais d'Été, qu'une fenêtre soit ouverte sur la cuisine ; afin que le soir, quand je cuisinais pour lui – il tenait à ce que ce soit moi qui prépare ses plats, comme à l'époque de notre chalet en rondins –, il puisse me regarder faire et me parler. Après le dîner, il montait l'escalier, et, le plus souvent, me rejoignait.

Lorsqu'il s'est agi d'aménager nos chambres, et que nous nous promenions avec l'architecte Trezzini et les artisans décorateurs au premier étage, qui m'était réservé, il a fait un grand geste de la main : « Et là, Catherine, *davaï*, accrochons des tentures de soie chinoises, comme dans cette chambre à Moscou, chez Alexandre, tu te souviens ? » Et il m'a étreinte en me prenant par ma taille de femme enceinte. Cela me faisait plaisir qu'il se souvienne de tout. Il n'avait pas oublié notre rencontre et ces quatre jours où nous n'avions pas quitté la chambre. Ni même notre lit. Il souhaitait rebâtir cette chambre dans notre nouvelle demeure. Il honorait le serment qu'il m'avait fait durant la campagne du Prut, sur le champ de bataille : me dédommager pour toutes les difficultés que j'avais endurées, toutes les privations.

Pourtant, debout dans la pièce où devaient être accrochées les tentures de soie chinoises décorées d'hommes moustachus et de dragons, tout au fond de moi, près du cœur, là où je conservais mon antidote contre les injustices de la vie, je m'interrogeais : se pourrait-il qu'on revive un jour, avec Peter, cette folie, cette passion, à ne pas quitter l'alcôve pendant quatre jours ?

Je pensais connaître la réponse.

Déjà, nous nous aimions le matin et non le soir, et Peter étant le plus souvent fatigué, c'était à moi d'attiser le feu de l'amour. Je devais parfois me mettre à genoux pour l'allumer, comme une servante souffle sur les braises dans la cheminée ;

il arrivait que le bois soit mouillé et ne veuille pas prendre, ou que les braises s'éteignent aussi rapidement qu'elles s'étaient enflammées. Ce feu réchauffait pourtant, il faisait du bien. Même si l'on était passés à l'amour d'un foyer conjugal, même s'il ne s'agissait plus jamais d'un de ces incendies qui se produisent quand deux flammes se rencontrent et dévastent villes, champs et forêts, jusqu'aux rondins flottant aux abords des chantiers navals, sans parler des âmes... Même si ce n'était plus jamais ce tourbillon qui se soucie peu de ce qu'il adviendra par la suite.

Je me demandais parfois, durant ces premières années du mariage, s'il me serait donné de connaître à nouveau cela.

Inutile question dont j'avais la réponse.

Je savais pourtant que c'était possible. J'en avais fait l'expérience. Mais je ne devais plus y penser, je devais l'effacer de ma mémoire et me contenter de ce que j'avais.

D'autant que je possédais beaucoup. Dieu m'avait donné, et largement. Il avait été généreux.

Je n'oubliais pas de remercier Dieu. Les choses les plus infimes me rappelaient Sa grâce. Le sculpteur Schlüter avait orné les murs de notre palais d'Été de bas-reliefs façonnés dans de l'argile brune d'Italie représentant Minerve, des symboles militaires et toutes sortes d'histoires antiques de déesses ravies et de héros les délivrant, allégories des victoires russes dans la guerre du Nord. Sur l'un de ces bas-reliefs, un soldat suédois violait une femme : elle était à terre, la poitrine dénudée, le bras replié, le soldat, d'une main, lui plaquait la tête au sol et, de l'autre, brandissait son épée. À côté du Suédois, un soldat russe avec une lance et un grand bouclier, venu en défenseur. Venu pour protéger. Ce n'était jamais le cas, mais les Russes ne s'imaginent pas autrement qu'en libérateurs. Peter expliquait que cette femme représentait la terre. Les terres que le soldat russe venait défendre. Je songeais qu'il venait libérer des terres qui ne lui appartenaient pas. Qu'importe, je n'allais pas le contredire. Mais ce bas-relief sur le mur du palais d'Été n'a cessé de me rappeler d'où je venais et le chemin que j'avais parcouru. Je devais remercier Dieu et me réjouir de tout ce que j'avais.

Le jardin d'Été, immense, inspiré des jardins français, était devenu ma passion. Cette année-là, on a creusé les plates-bandes et les bassins des fontaines, tracé et pavé les sentiers, planté les arbres. Je me demandais si Dieu me donnerait le temps de le voir, quand tout aurait poussé, fleuri et verdi. Je L'implorais de m'accorder ce temps. Mes petites y avaient tant de plaisir : attraper une poignée de terre ou un caillou, montrer du doigt une plante ou courir après un papillon égaré… Je les observais et je pensais : ce jardin magnifique ne s'arrêtera pas avec moi, s'il m'arrive quelque chose, il sera le leur et un jour celui de leurs enfants, mes petits-enfants et arrière-petits-enfants.

J'étais encore si peu au fait des choses de la vie. J'apprenais encore à être la souveraine, la tsarine. Une pensée, qui allait de soi pour Peter, ne m'avait pas traversé l'esprit : dès qu'elles auraient grandi, Anouchka et Lizetta seraient mariées à des princes ou à des rois étrangers, ni elles ni leurs enfants ne vivraient à Saint-Pétersbourg.

Notre fils, à Peter et moi, aurait pu hériter de

tout… Mais les filles… les filles n'étaient que la monnaie d'échange des dynasties.

Il valait mieux que je n'aie pas su, que je n'aie pas compris ces choses à l'époque. Le savoir aurait gâché mon plaisir.

C'est un véritable miracle qu'Anouchka et Liza soient là à mes côtés. Même si Anna partira bientôt avec son mari dans ce duché de Schleswig-Holstein. Tout comme Liza, dont le mariage est prévu dans un mois. J'y serai peut-être. Je dois guérir.

Il restera Piotr Alexeïevitch, le petit-fils de Peter, ce pisseux, le fils du tsarévitch Alexis Petrovitch. Alexandre a prévu qu'il épouse sa fille Machka Menchikova, bien qu'elle soit plus âgée. Mes filles, elles, ne poseront jamais leur derrière sur le trône de Russie. Même si elles ont bien plus de sang de Pierre le Grand que Piotr Alexeïevitch. Même si Peter les adorait et les aimait toutes les deux. Ce sont des filles.

Liza me déteste d'avoir rédigé mon testament sous la dictée d'Alexandre et d'avoir permis que Machka soit un jour impératrice. Anouchka aussi doit me détester en voyant que le trône ne lui reviendra pas et qu'elle devra se contenter du duché de son mari. Elle ne le montre pas, même si Boutourline et Tolstoï ont avoué, durant leur interrogatoire, qu'ayant pris connaissance de ma volonté elle s'était enfermée dans ses appartements et avait pleuré pendant plusieurs jours. Elle ne m'en a pas dit un mot, elle est bien élevée. Liza, quand la nouvelle lui est parvenue, s'est mise en colère et a juré de ne plus me parler. Elle m'a envoyée au diable tellement elle était enragée… Je les ai réconfortées en leur assurant qu'après le petit-fils de Peter, ce serait leur tour de monter sur le trône.

Quelles sottes. Quelles nigaudes.

Elles ne comprennent pas que je leur ai rendu service. J'ai sauvé leur âme. Du pouvoir illimité. De la charge impériale et de tous les péchés qui pèsent inévitablement sur la conscience. Elles seront duchesses – et alors ? Leur couronne sera différente de la mienne, elle ne sera pas en diamants, mais quelle importance ? Ces idiotes n'ont pas idée qu'une couronne plus petite est moins lourde à porter, c'est un poids en moins. Vous ne mourrez pas de faim et vous aurez la vie plus facile. Plus douce. Plus libre.

C'est un rêve, aussi, qui m'a décidée. Je l'ai fait la première fois que je suis tombée malade et il ne me sort pas de la tête, il se répète, me poursuit et me hante. Je suis à table, moi l'impératrice, lors d'un festin à Peterhof, avec mes courtisans les plus proches et les plus fidèles ; il y a aussi ma famille, les morts comme les vivants, ainsi que Willy et Modesta, Evva et Mary, et beaucoup d'autres, une joyeuse assemblée. Nous sommes attablés, nous buvons, la musique nous accompagne, tout est joyeux, nos cœurs sont légers… Soudain, par les fenêtres, nous voyons un nuage de tempête bleu foncé arriver par la mer, un nuage immense. Il se rapproche, il est là, il entre dans la salle par les fenêtres et s'accroche au plafond. C'est Peter dans ce nuage, son ombre surgit de la tourmente. Il me dit : « C'est fini, Katerinouchka, il est temps de partir… Cette fois, je suis venu te chercher » et il me tend une main nuageuse, qui m'aspire, me hisse sur ce nuage, et nous commençons à nous élever. Je vois les visages des personnes à table qui, bouche bée, regardent en l'air et n'en croient pas leurs yeux, pointant le doigt vers le ciel... Les courtisans affluent, les laquais accourent, les domestiques, les gardes, les *tchinovniki*, les badauds dans la rue, les marchands, les popes, les mendiants, les *iourodivi* et les paysans des villages alentour, une foule insensée, des dizaines, des centaines de milliers de personnes qui débordent du palais, débordent du parc et des champs environnants, une marée humaine, presque toute la Russie, et ils ne nous montrent plus du doigt, ils lèvent le poing, crachent et crient dans notre direction, tout se fond dans le grondement de l'enfer, alors j'aperçois Anouchka et Lizetta debout au milieu de cette foule et tous ces gens se retournent pour déverser leur rage sur elles, mon Dieu, on dirait qu'ils vont les déchiqueter, mais je ne peux plus les aider, le nuage noir m'emmène toujours plus vite, plus loin et plus haut, au sommet...

— Majesté, qu'est-ce qui vous trouble ?

C'est la voix d'Alexandre, douce et inquiète.

— Un rêve, Sérénissime, un rêve. C'est encore ce rêve avec Peter... où il vient me chercher. Il va m'emmener pour de bon, je te le dis...

Je sens les larmes s'accumuler au fond de ma gorge. Pauvre de moi... Peter me manque tellement. Le rêve m'a rappelé sa force ; le voir s'élever dans ce nuage, c'était comme s'il était encore vivant...

Anouchka, Lizetta, Daria et Varka, les domestiques et les servantes se mettent à se signer. Piotr Alexeïevitch glousse. Alexandre lui fiche une tape à l'arrière de la tête. Il y a peu, ces deux-là étaient encore rivaux, ils se haïssaient. Tous les ennemis du Sérénissime s'étaient rassemblés derrière ce jeune chien. À présent, ce morveux sait qu'il doit être reconnaissant envers le Sérénissime qui va l'asseoir sur le trône. C'est pourquoi il ne bronche pas quand il reçoit une tape sur la tête.

Alexandre se tourne à nouveau vers moi et me dit doucement, dans un sourire :

— Votre Majesté, vous savez bien que rêver des morts signifie l'inverse. Cela n'a aucune importance. Ce ne sont que des sottises. Rêver des morts signifie que le temps va tourner. Rien de plus. Le temps se réchauffera enfin. Voilà le vent qui gronde, il amène peut-être la chaleur.

Tous ceux qui sont dans la chambre, à l'exception de Holstein, plongé dans l'inspection de ses ongles, regardent par la fenêtre comme s'ils s'étaient mis d'accord. On y voit le soleil du matin pâlir et la grisaille se rapprocher dans le ciel, poussée par un vent fort. Au loin, tout est noir, comme si le nuage du rêve arrivait.

— Le nuage approche, Sérénissime…

— Il repartira comme il est venu… Tout cela n'est que sottises, Votre Majesté…

Sottises ou non, ce rêve ne cesse de revenir. Après que je l'avais raconté une première fois, tout le monde s'est mis à en parler. Les ambassadeurs étrangers l'ont déjà rapporté dans leurs dépêches à la cour de leurs souverains. Chacun répète ce qu'il a entendu, persuadé que ma fin est là.

Anouchka vient s'agenouiller près de mon lit, attrape ma main et dit :

— Chère Matouchka, Dieu te donnera la santé pour encore cent ans… Tu résisteras encore cent ans, tu as meilleure mine aujourd'hui…

Liza lève les yeux au ciel d'un air moqueur. Holstein bâille. Les babas, telles des oies, se mettent à caqueter : vraiment, elle a meilleure mine, vraiment, elle va mieux aujourd'hui, rien à voir avec hier, le jour et la nuit.

— Va, ma fille, éloigne-toi, tu pourrais aussi tomber malade… Mais peut-être que je vais vraiment mieux aujourd'hui…

Anouchka se retire. Je me rends compte que j'ai à peine senti la pression de sa main. Les miennes sont tellement engourdies qu'elles pourraient être en bois.

— *Nu vot, i slava Gospodu*, gloire au Seigneur, dit Alexandre. Si Sa Majesté va mieux, qu'elle se repose. Tout le monde dehors, il faut que Sa Majesté puisse respirer. Je vais rester, je ne serai pas long, nous signerons quelques papiers et vous pourrez vous reposer.

Après ces mots, mon ventre gargouille. Si bruyamment qu'on dirait du crépi qui se détache d'un mur. Je suis affamée. Ça ne fait pas longtemps que j'ai avalé un *Goggelmoggel*… Ou peut-être que si ? Quoi qu'il en soit, j'ai encore faim. Si je veux me gaver, c'est le signe que je vais vivre. Mon heure n'est pas encore venue, vous n'assisterez pas à ma mort. Je ne veux rien signer pour le moment, je veux manger.

— Pour l'amour de Dieu, Sérénissime, laissez-nous d'abord nourrir notre Matouchka, elle a besoin de forces pour gouverner, dit Varka.

Elle est une des rares à ne pas craindre le Sérénissime. Peter non plus, elle ne le craignait pas. Varka frappe dans ses mains et crie :

— Les filles, il faut nourrir Sa Majesté, filez chez le cuisinier, dépêchez, vous vous laissez aller, *nakhlebnitsy*, sangsues ! Johanna ! Tu dors, ou quoi ?

Je ne sais pas de quoi j'ai envie. Je peux demander ce que je veux, notre cuisinier sait même préparer du massepain revêtu d'or. Quand je pense que chez les Glück une bouchée de petit pain sucré était une manne divine. Autrefois, j'étais constamment affamée, j'étais maigre. La tristesse m'empêchait même d'avaler quoi que ce soit. Ensuite avec Alexandre, j'ai appris à apprécier le vin, j'ai découvert le goût des choses. Peter aimait manger, mais il n'était pas très exigeant. Son cuisinier n'était même pas français, c'était un Danois, l'*Oberkuchmeister* Jan Velten, amateur de rôtis et de ragoûts. Il savait cuisiner les patates, il mijotait les carbonades de Peter dans la bière. Et il m'a appris. Peter aimait quand je cuisinais pour lui. Dans tous les palais, le palais d'Hiver, le palais d'Été, à Ekaterinhof, à Marly et Monplaisir, il m'a aménagé une cuisine attenante à la salle à manger. Comme au tout début, quand nous nous abritions dans la cabane en rondins de son *paradis*. Je nouais un tablier sur ma luxueuse robe, je me tenais devant le feu du fourneau hollandais et je cuisinais pour lui, alors même que nous possédions des palais, des parcs, des potagers, des jardins et des centaines de domestiques. Je préparais la simple bouillie d'orge dont il nourrissait son armée tellement il aimait ça. Évidemment, pour les soldats, on ne la préparait pas avec du lait et des amandes. Velten m'aidait parfois, mais Peter était heureux quand j'apportais à table des plats simples et bons, confectionnés de mes mains. Il devait toujours y avoir deux sortes de pain sur la table : un pain blanc et un pain de seigle, comme celui des paysans. Et des cornichons marinés, de la choucroute et des navets mijotés. Parfois il se faisait plaisir : il commandait les aliments les plus étranges des autres pays. Nous avons tout essayé – du bambou en saumure, des mangues conservées dans le vinaigre, des olives dans leur huile, des ananas transportés dans de la paille, des grenades, des pommes chinoises, des pêches et des dattes. Peter rêvait de conquérir le monde entier, il goûtait à toutes ces bizarreries, comme s'il voulait dévorer ces continents. On aurait dit qu'il ne mangeait pas par faim, mais par curiosité. Il était affamé et assoiffé de connaissances, il voulait tout apprendre et connaître du monde. De la plus petite chose – les plantes et les insectes, les vis, les écrous et les mécanismes – jusqu'aux us et coutumes des étrangers. Il disait que les coutumes étaient les rouages invisibles d'un peuple, qu'il fallait les entretenir comme ceux d'une montre. Il commandait des harengs de différents pays – des harengs danois, suédois, hollandais, allemands, écossais, polonais – pour les comparer et découvrir la meilleure façon de les préparer. Comme si son palais pouvait l'aider à comprendre le caractère de chaque peuple. Il appréciait les petites sardines dans des fûts, comme les marins dans leurs cabines ; il se faisait envoyer d'Italie des anchois au ventre rose et disait qu'ils fondaient dans la bouche. Il avait déjà été empoisonné et ne supportait que ces poissons. Dès ses premiers voyages en Hollande, il a aimé leur fromage de Limbourg à pâte dure, puis plus tard le parmesan, amené d'Italie du Nord. Peu à peu, avec l'aide d'Alexandre, j'ai tenté de le déshabituer de la douceur du tokaj, qui lui donnait toujours des maux de tête. Peter le réservait aux grandes occasions. Nous l'avons peu à peu habitué au vin français, l'hermitage rouge, qu'il faisait apporter en bouteilles et en fûts. Seulement, les Français, pensant qu'il serait incapable de faire la distinction entre du bon et du mauvais vin, y versaient parfois de la piquette... Peter enrageait, injuriait son *Oberschenk*, responsable des réserves de vin, et lui ordonnait de trouver de nouveaux marchands.

J'appréciais le champagne, le saumon, le caviar, les huîtres, les cailles et les perdrix farcies, les pâtés cuits dans une croûte craquante, les pêches et surtout les citrons acidulés. Peter me régalait de tout cela, il faisait envoyer ces mets de l'étranger rien que pour moi. Mais quand il était là, je devais m'adapter : aucun poisson, à l'exception des sardines et des anchois. Nous ne mangions que ce qu'il aimait : les rôtis de porc avec des patates, les carbonades danoises mijotées dans de la bière, le lapin et le bœuf que je préparais avec de l'ail et du raifort. La pastèque en saumure, et pour mon bonheur, le citron.

Peter ouvrait une ou plusieurs bouteilles de vin et l'on restait là, assis, à grignoter du fromage de Limbourg ou du parmesan, jusque tard dans la soirée, accompagnés par le ronflement réconfortant du poêle hollandais. Il parlait, et je l'écoutais. Nous buvions et mangions, goûtant aux mets que nous proposait le *Hofinkaufer* de Peter, l'acheteur des cuisines royales, qui les commandait à nos marchands et à nos envoyés à l'étranger. Je les soupçonne d'avoir parfois empoché l'argent en envoyant des morceaux moins prisés que ceux demandés. Mais ce n'était peut-être pas toujours la faute des marchands étrangers. Nos propres hommes y étaient peut-être pour quelque chose. Vanka Golovine, par exemple. Envoyé en Italie pour étudier l'art de la construction navale, ce dernier était rentré bredouille, sans même avoir appris à parler italien. Quand Peter lui a demandé pourquoi, pourquoi il n'avait rien appris, Golovine l'a regardé de ses yeux porcins et a répondu sans ciller : « Batouchka, c'est à peine si je suis sorti de la maison de tout le temps que j'ai passé dans votre Italie. C'était affreux, tous ces gens qui caquetaient dans une langue inconnue ; je suis resté chez moi toutes ces années, Batouchka, je ne vais pas mentir, à boire à longueur de journée tant cela me mettait mal à l'aise. » Il n'avait rien appris, il n'avait rien ramené et son voyage avait coûté une somme extraordinaire. Sa tête aurait volé si Peter n'avait pas apprécié sa franchise : il fallait de l'audace pour avouer. Mais Golovine n'était pas le seul à profiter de l'argent du Trésor... Le *Hofinkaufer* et l'*Oberschenk*, eux non plus, ne devaient pas se gêner. Lorsqu'on débouchait une bouteille ou un tonneau, qu'on sortait le fromage de son papier ciré, qu'on prenait des fruits dans la paille ou les copeaux de bois, on ne savait jamais ce qu'on allait trouver – si ça allait être rance, moisi ou pourri. Peter enrageait alors et réprimandait le *Hofinkaufer*. Mais quand les délices venues de pays étrangers nous parvenaient intactes, nous nous régalions comme des gamins. Nous les dégustions, nous réjouissant et savourant notre pouvoir : n'importe quelle chose du monde entier était à portée de main.

Je ne me souviens pas des plats que nous avons mangés à Chlisselbourg et à Moscou avec Alexandre. Tout ce que je sais, c'est que je voulais le dévorer, tant je le désirais.

Voilà peut-être la différence entre un amant

et un époux : avec l'un, la passion interdite vous donne envie de s'entre-dévorer, avec l'autre, le légitime, on découvre le bonheur de dévorer ensemble.

La passion est la faim et le mariage, la satiété.

Quand vous êtes continuellement repue, vous engraissez, vous commencez à grossir. Bientôt il est difficile de vous mouvoir.

Après notre mariage, j'ai commencé à m'épaissir. Je pouvais me permettre de manger autant que je le voulais. En voyage, j'ordonnais que l'on s'arrête n'importe où pour un repas léger ou un déjeuner copieux. Quand j'avais peur, le sentiment de satiété me rassurait. Il me semblait que j'y résistais mieux en reprenant des forces. Sans quoi j'avais l'estomac noué. Même après avoir épousé Peter et être devenue tsarine, j'avais souvent peur.

Contrairement à moi, Charlotte Christine, duchesse de Braunschweig et Wolfenbüttel, l'épouse du tsarévitch Alexis Petrovitch, s'est mise à maigrir en arrivant chez nous. Et en aucun cas à cause des ravages de l'amour.

Quand je l'ai vue pour la première fois à Elbing, après son mariage avec Alexis Petrovitch, elle avait dix-sept ans, elle était gracieuse, elle avait un visage allongé et des cheveux clairs aux reflets argentés, qui faisaient ressortir les perles de sa coiffure. Elle avait des rondeurs, de celles qu'ont les jeunes filles avant de devenir des femmes. Sa peau était blanche, comme transparente, ses traits réguliers, racés, elle descendait d'une longue lignée princière. Une véritable perle, aux manières irréprochables, préparée pour être une bonne épouse et une bonne mère dans n'importe quelle dynastie. Elle voulait plaire à tous : son jeune mari, son beau-père, Sa Majesté le tsar de Russie Pierre Ier, et même à moi, l'ancienne blanchisseuse et maîtresse du tsar, désormais sa belle-mère, la tsarine. Elle était si effrayée qu'il ne lui venait même pas à l'esprit de se vanter de son ascendance. Elle se tenait devant moi et tremblait, elle s'est agenouillée et m'a baisé la main. Les envoyés lui avaient certainement expliqué que j'exerçais une grande influence sur Peter, et que si je l'appréciais, le souverain l'apprécierait aussi.

Nous étions toutes les deux de jeunes épouses. Je pensais qu'elle serait mon alliée, une femme venue d'Occident avec sa cour et ses gens à la mode européenne. Je voulais l'aider, l'encourager, lui faire une place au sein de la famille. Un jour je lui ai dit : « Sa Majesté le tsar t'aime beaucoup. Écoute ce qu'il m'a dit : "Catherine, notre bru est très attirante par son apparence, son esprit et son caractère." Je lui ai répondu en riant : "Majesté, tu aimes notre jolie bru plus que moi !" Il a ri, et a répliqué : "Non, pas plus, mais elle est, après toi, ce qui m'est le plus agréable au monde. Dieu sait que mon fils n'est pas digne de la si bonne épouse qui lui a échu." »

Nous avions tous grand besoin d'elle, de cette Charlotte Christine. Et Peter le premier, pour consolider la Russie et sa dynastie. Après moi, qui étais arrivée là grâce au destin, grâce à l'amour de Peter, elle a été la première non-Russe à épouser un membre de la famille des souverains de Russie, depuis l'époque du tsar Ivan III. Durant des siècles, tous les géniteurs de princesses européennes redoutaient d'envoyer leurs filles dans ce pays sauvage, mais la puissance militaire de Peter et son influence ont eu raison de cette peur. À vrai dire, c'est Auguste II de Pologne qui l'avait lui-même présentée à Peter, son allié. La petite avait été élevée à la cour du roi dès l'âge de six ans. Quoi qu'il en soit, Charlotte Christine représentait sans aucun doute une victoire pour Peter. À moi aussi elle était utile, j'allais discrètement prendre exemple sur cette noble venue d'Occident pour créer ma cour. Alexis Petrovitch aussi en avait besoin, il lui fallait une compagne qui lui donne des enfants.

C'est sûr, elle lui en a donné. Elle a mis au monde mon successeur, qui se tient là-bas, dans le coin. Qui l'aurait cru, elle était si faible, si éreintée. On perdait l'appétit rien qu'à la regarder. Enfanter ne la faisait pas grossir comme les autres femmes, au contraire, elle maigrissait. Ce n'est pas pour cela que nous l'avions invitée en Russie, nous avions espéré qu'elle fasse souffler le vent de l'Occident, qu'elle s'épanouisse et mette au monde de nombreux enfants…

Son seul souvenir réveille ma faim. Je ne suis pas comme elle, je veux manger. Boire. Et vivre.

— Qu'est-ce qu'on attend pour me faire manger ? Pourquoi n'apporte-t-on pas du vin ?

10

Aux coups de l'horloge succèdent les bruits de la vaisselle qui s'entrechoque sur les plateaux et le froissement des pas des domestiques. Le cliquetis des coupes en verre contre les carafes me rappelle combien je suis assoiffée. J'en perds mes forces. Dix heures, c'est tard pour un petit déjeuner, mais cela fait des mois que mes journées sont déréglées. Ça sent le pain blanc tout juste cuit et la brioche. Les plats de viande et de poisson. Ils poussent la table près du lit, arrangent les assiettes, les bols et les verres. Le *Tafeldecker* Andreï Chestakov dirige la mise du couvert et s'essuie les mains dans un linge humide – il va goûter. Son devoir n'est pas uniquement de dresser la table impériale, il goûte aussi les plats. Soudain il se met à se disputer à voix basse avec le page Grichka Kvachnine-Samarine. Pourquoi se disputent-ils, qu'est-ce qui les oppose ? Ils se querellent pour savoir qui goûtera la nourriture – d'ordinaire, c'est Andreï qui goûte, mes pages et les *Kammerjungfraülein* mangent après moi. J'entends le *Tafeldecker* Chestakov dire à Grichka, dans un murmure, c'est tout juste si ses bajoues remuent sous sa perruque :

— *Davaï*, à toi de goûter.

— Dieu m'en préserve, Andreï Ivanovitch, ce n'est pas mon rang... À vous d'abord, ensuite ce sera à nous, susurre Grichka.

Il ouvre à peine les lèvres, seul un filet d'air s'en échappe. Les pages et les jeunes *Fraülein* savent très bien faire ça. Ils sont discrets, pas comme les servantes d'autrefois qui se lamentaient et criaient tout haut ce qui leur passait par la tête. Mes servantes savent murmurer et médire comme on le fait dans les meilleures cours européennes. Cela n'empêche que je suis malade des poumons, et non des oreilles. Je ne suis pas sourde. Et je suis habituée à écouter leurs murmures.

Ils craignent que ce soit empoisonné. Grichka fait valoir son rang inférieur pour se préserver.

— Donnez-moi de la vodka anisée pour commencer, j'ordonne en toussant.

Peter commençait toujours les repas, même le petit déjeuner, par un verre rempli à ras bord de vodka anisée pour faciliter la digestion et se prémunir contre les aliments gâtés.

Johanna lance un regard à Lestocq, qui fait un geste de la main :

— L'anis, c'est bon, ça apaise la toux.

Johanna porte un petit verre à mes lèvres, le liquide est sirupeux, il réchauffe et rafraîchit en même temps. C'est agréable.

— Maintenant, versez-moi du vin, du vin de Champagne.

Alexandre s'agite. Il me croit faible, croit que je vais boire et m'assoupir, alors qu'il a des sentences à me faire signer. Seigneur, depuis quand es-tu devenu si ennuyeux, Alexandre ?

— Champagne, dis-je en m'impatientant, et un *Butterbrot* de caviar.

— Enlève la croûte du pain, ordonne Alexandre au page.

Je viens de penser du mal de lui, mais Alexandre sait être merveilleux – qui d'autre penserait à ôter la croûte pour éviter que je m'étouffe ? Alexandre, depuis le jour où je l'ai rencontré, a été cette cape de soie doublée d'hermine qui m'a protégée de tous les malheurs de la vie.

C'est Peter qui a introduit la mode des *Butterbrote*. Personne ne les connaissait en Russie. Peu de gens les connaissent, encore maintenant. Peter n'est pas allé jusqu'à publier un oukase obligeant à manger des plats inconnus, à l'occidentale. Il n'en voyait pas l'utilité – lui-même ne crachait pas sur les plats paysans. J'approuvais cette décision : « Peter, si tu enlèves au moujik russe la nourriture à laquelle il est habitué, il ne te le pardonnera jamais, et la *smouta*, la révolte, grondera, les hommes déserteront l'armée. » Il ne s'est donc pas mêlé du contenu de leurs écuelles avec ses oukases, il a continué à les nourrir de *pokhliobka* et de bouillie d'orge. À la cour, nous sommes habitués aux nouveautés et aux *Butterbrote* – je les regarde étaler du beurre aux reflets dorés sur du pain blanc moelleux, puiser des grains de caviar luisants dans un bol en vermeil, à l'aide d'une cuillère en or pur ; c'est le meilleur caviar, du caviar d'esturgeon, il est gras, gris foncé comme des perles noires. J'ouvre la bouche en voyant approcher le *Butterbrot*. Mais je ne peux pas bien mâcher, ni avaler. Je m'étrangle avec le pain frais et moelleux comme si c'était de l'étoupe, le caviar ressemble à du gravier.

— À pppoire, dis-je la bouche pleine, la respiration sifflante, et je ne reconnais pas ma propre voix.

Les bulles de champagne chatouillent le fond de ma gorge, mais heureusement le liquide me rafraîchit et me permet d'avaler cette bouchée de caviar. Si même le caviar est étouffant... Ce qu'il me faudrait, c'est des huîtres.

— Apportez-moi des huîtres, dis-je.

Les huîtres sont grasses, brillantes, je pourrai les avaler. Elles glisseront toutes seules sur mon palais. Le goût frais de la mer calmera ma gorge irritée.

Les domestiques se regardent. Chestakov dit avec un ton de regret :

— Votre Majesté, il n'y aura pas d'huîtres, ce n'est pas la saison. Nous sommes en mai, nous ne saurions où en trouver, même outre-mer.

Lestocq acquiesce :

— C'est la saison de reproduction des huîtres, elles pourrissent aussitôt et deviennent empoisonnées...

Les saisons n'obéissent pas aux ordres impériaux. C'est dommage. On pourrait faire venir des fruits du Sud en plein hiver. Mais pas les huîtres – qui se gâtent quand le voyage est trop long, même dans de la glace. Qu'on soit impératrice n'y change rien. Les saisons n'obéissent à personne.

Ils essayent, dirigés par Lestocq, de me nourrir avec tout ce qui glisse le mieux sur le palais – des petits morceaux de sterlet en gelée, du pain blanc imbibé de vin, et encore du caviar. Le mieux reste le pâté, que je suce directement dans la cuillère.

Cependant je dois faire beaucoup d'efforts pour ne pas tousser. Il n'y a que le vin qui m'apaise, de douces vagues en émanent et je souffre moins.

Charlotte Christine était si malheureuse qu'elle ne pouvait ni boire ni manger. Si elle avait au moins bu un verre de vin de temps à autre, si elle avait accompagné Alexis Petrovitch, il ne se serait peut-être pas détourné d'elle. Encore qu'il l'aurait peut-être abandonnée de toute façon, tellement elle n'était bonne à rien... J'ai dû m'asseoir près d'elle et la menacer gentiment, en lui rappelant qu'à ne rien avaler elle se dessécherait et ne pourrait pas enfanter. J'étais alors enceinte moi-même et je l'ai convaincue. Peu de temps après, elle s'est mise à attendre un enfant elle aussi. Pour le reste... Je pensais qu'elle m'aiderait à constituer ma cour, que j'apprendrais d'elle, mais...

Les débuts étaient si prometteurs, nous en espérions tant et elle nous a déçus. C'est moi qu'elle a le plus déçue, je comptais sur elle pour introduire des coutumes allemandes. Peter avait nommé comme son *Oberhofmeister* Gerhard Johann von Löwenwolde, un officier aguerri sur les champs de bataille de Livonie et d'Estonie. Mais il n'a tiré de ce titre que le privilège, et pas les devoirs, car il continuait de s'occuper de politique et d'art militaire, et non des affaires quotidiennes de la cour de Charlotte Christine. Je pensais qu'elle amènerait elle-même des courtisans expérimentés sur qui m'appuyer. Et qui a-t-elle donc amené ? Sa *Hofmeisterin,* sa première dame de cour, Juliana Louise von Ostfriesland. De quatre ans de moins qu'elle. Une fille sans dot, chassée par sa famille vers cette horrible Russie pour y trouver un époux parmi les nobles entourant Peter. Je n'en tirerais rien. Elles s'entendaient très bien toutes les deux : Charlotte Christine ne cessait de sangloter en secret sur l'épaule de Juliana. Le reste du temps, elles se penchaient l'une vers l'autre et médisaient sur nous, sur tout ce qui se faisait en Russie. « Je ne me sens pas bien ici », soupirait l'une. « Moi non plus, et ceci va mal et cela ne va pas non plus, ils ne savent pas faire telle chose et ne le sauront jamais, car ils sont fainéants et affreux et ici rien n'ira bien, il n'y aura jamais d'ordre », approuvait l'autre. Qu'auraient-elles dit si elles étaient arrivées en Russie au même moment que moi, dix ans plus tôt ? Tellement de choses avaient changé, des villes, des palais avaient surgi, c'était devenu vivable... Elles n'aimaient rien, se plaignaient à longueur de journée mais ne faisaient rien pour que ça change. Charlotte Christine n'avait aucune volonté, aucun sens de l'honneur ni du devoir pour essayer de remédier à ce qui ne lui convenait pas. C'était pourtant ce que Peter attendait d'elle ; il l'avait acceptée avec tendresse et respect, devant elle il se redressait sans tenir compte de son mal de dos qui le lançait et ne jurait presque pas, il s'efforçait de faire bonne impression, car il y avait enfin une véritable princesse européenne dans sa famille. Sa présence confirmait que l'Europe le reconnaissait comme souverain : les Allemands lui avaient sacrifié leur agnelle immaculée. Il avait dit à sa bru bien-aimée : « Sens-toi ici comme la maîtresse de maison, prends, fais, montre-nous ce dont tu es capable. » Mais elle ne cherchait qu'à satisfaire Alexis Petrovitch. Au début, cela a dû lui plaire, même s'il était un peu intimidé devant cette épouse étrangère. Puis il s'y est habitué, la nouveauté s'est estompée, il a compris que c'était une *slabatchka*, une faible. Et que se passe-t-il quand un faible trouve plus faible que lui ? Il lui fait payer toutes les humiliations et les injustices qu'il a subies. Charlotte Christine n'avait-elle donc pas remarqué qu'Alexis était un pleutre ? Il lui aurait fallu le prendre à la gorge et le maîtriser dès le début, Peter et moi étions de son côté. Alexis Petrovitch se serait laissé faire, elle lui plaisait. Elle n'a pas saisi l'occasion. Elle a fait preuve de faiblesse. Et a scellé elle-même son destin. La tsarevna Natalia, la sœur de Peter, a été la première à la malmener. Je la voyais infliger à Charlotte Christine, la princesse étrangère, tout ce qu'elle n'avait osé m'infliger à moi, qui étais protégée par Peter. Elle s'employait à humilier la bru de son frère de toutes les manières possibles et, jour après jour, la transformait en une loque. Peu importait qu'elle s'efforce d'être humble et bonne, Alexis Petrovitch ne la défendait pas. Il ne s'occupait pas d'elle – il passait ses nuits à boire, ou bien s'absentait pour de longues périodes. De retour, il buvait et l'insultait de nouveau, les domestiques racontaient qu'il la battait, sans raison. Sa seule présence semblait l'excéder. Si au moins elle avait eu quelque privilège, mais elle n'avait même pas assez d'argent pour vivre. Peter en était le seul responsable : avant le mariage, il lui avait promis de lui donner cent mille thalers. Ensuite, il avait changé d'avis et décidé, avec le Sénat, de ne lui donner que la moitié de cette somme – le pays était en guerre, elle allait devoir se sacrifier comme les autres membres de la famille, et sa cour allait devoir se restreindre. Pour finir, malgré les supplications des envoyés de sa famille, elle n'a reçu de Peter qu'un quart de ce qui lui avait été promis. À la place d'un palais des tsars étincelant d'or à Moscou, elle a reçu un manoir large de quatorze sagènes, aux murs blanchis à la chaux et à colombages, dans le style allemand, dans la nouvelle capitale sur les rives de la Neva. Il était particulièrement mal bâti, le toit gouttait continuellement, si bien que dans la chambre à coucher on devait déplacer le lit de Charlotte Christine aux quatre coins de la pièce pour que l'eau ne lui coule pas sur la tête. Elle pensait se retrouver chez un tsar russe tout-puissant qui la couvrirait d'or, mais elle ignorait que non seulement il était indifférent au luxe, mais qu'en plus, il était avare… Il ne lui restait qu'à se lamenter sur l'épaule de Juliana… Pfff… Et moi qui espérais qu'elle m'aiderait à former ma cour…

J'ai dû tout faire moi-même, en partant de rien. Je me suis mise à chercher tous les nouveaux arrivés, les étrangers, pour en faire mes courtisans. Au moins ceux qui avaient quelques gouttes de sang occidental. J'ai tout de suite pris Elisabeta Glück dans ma cour, d'autant que Peter avait eu l'idée de la marier avec son aide de camp, cette charogne de Villebois. N'est-ce pas merveilleux que tout se soit inversé ? Autrefois, c'était moi qui servais Elisabeta et ses sœurs, je lavais et amidonnais leurs jupes, leurs chemises et leurs manchettes. J'ai aussi pris Agneta sous mon aile. Kristina Emerentia était malheureusement déjà partie, cela aurait été amusant, elle aurait pu s'occuper de mes serviettes ! Malgré les réserves de Peter, j'ai pris la sœur d'Anna Mons, la femme du général, Modesta Balk, que les Russes avaient surnommée Matriona, mais que tous appelaient simplement « la Balkcha ».

Nous avions fait connaissance quelques années auparavant, à Elbing, où son mari dirigeait la garnison, et elle m'avait plu. Elle était ordonnée, de bonne humeur, et comprenait la plaisanterie. Elle n'était pas non plus une sainte. Elle s'ennuyait à mourir à Elbing, au milieu des soldats. J'ai compris que si je l'en libérais, j'aurais une alliée fidèle et redevable pour la vie. Cela ne me dérangeait pas que Peter l'ait possédée un jour. J'en avais vu d'autres, et si je commençais à avoir des insomnies à chacune de ses maîtresses, je ne fermerais plus jamais l'œil. Puisque j'avais obtenu la Balkcha, je n'ai pas pu m'opposer à Anastasia Golitsyna, que Peter a choisie comme *Staatsdame*. Elle était probablement la seule des vieux boyards et princes qui ne fronçait pas le nez à ma vue, et elle considérait comme un honneur de me servir. Peut-être parce qu'elle était ravagée par la boisson – elle était une compagne fidèle de Peter au Synode. Il l'appréciait pour sa langue bien pendue et ses plaisanteries salaces à faire rougir les soldats jusqu'aux oreilles ; Peter la surnommait *dotchka botchka*, la fille tonneau – elle était grosse et elle pouvait, en l'espace d'une soirée, vider un tonneau de vin, lequel ressortait aussi rapidement qu'il était entré puisqu'il n'était pas inhabituel de la voir terminer la fête les jupons trempés d'urine. Je voyais alors dans le regard de Peter briller une joie mauvaise et âcre, comme s'il savourait la déchéance de l'épouse du Gédiminide Golitsyne qui se pliait à ses désirs et faisait le pitre quand elle n'était pas ivre morte. Je n'avais pas le choix, il a fallu que j'accepte de prendre comme *Staatsdame* cette *choutikha*, cette princesse bouffonne. Je m'efforçais de considérer tout cela avec légèreté, de ne pas lui prêter trop attention, bien que, comme durant le Synode pochard, le soupçon ne me quittait pas que ces belles paroles d'ivrogne, cette sollicitude hypocrite, cachaient peut-être la plus simple des choses : Anastasia m'espionnait en silence pour le compte de Peter. J'ai su plus tard que j'avais raison. Je m'efforçais donc de contenter Peter tout en m'entourant de personnes dont j'étais sûre de la loyauté. Le Seigneur m'en est témoin, j'ai essayé de tenir la promesse faite à Lovisa von Burghausen et j'ai tenté de la retrouver, je voulais la prendre comme servante, cette pauvre petite prisonnière de Narva à un seul sein. J'ai envoyé un ordre à Prascovia Repnina, l'épouse d'Anikita Repnine, le superintendant de Riga, pour qu'elle me donne Lovisa. Je me souvenais qu'on la battait dans la maison des Repnine, attachée la tête en bas, et qu'on la torturait. Ma lettre est arrivée à Moscou avec deux semaines de retard – il s'est avéré qu'à la mort du mari soldat de Lovisa, la princesse Prascovia avait échangé son esclave contre un diamant de la princesse Cassandra Cantacuzene, l'épouse de Dimitrie Cantemir. Le temps que ma lettre parvienne à Prascovia Repnina, que je reçoive sa réponse et lui ordonne d'écrire à la princesse Cassandra, cette dernière était décédée, et Lovisa, effrayée par les autres domestiques qui la maltraitaient, s'était enfuie et se cachait quelque part dans le Faubourg allemand… Quelle sotte, ne savait-elle donc pas qu'en Russie, on punissait cruellement les esclaves qui s'enfuyaient ? Pendant que je tentais de la trouver, on avait perdu sa trace… Quelle étrange histoire me lie à cette petite

Lovisa, comme si le Seigneur nous avait ordonné à toutes les deux de jouer à cache-cache... Dieu m'est témoin, j'ai essayé de l'aider, chaque fois que j'y pensais...

En 1713, quand je suis retournée à Saint-Pétersbourg où je devais accoucher – Peter y avait publiquement, et par la loi, déménagé la capitale de la Russie, le Sénat et tous les anciens envoyés de Moscou –, tout est rentré dans l'ordre. Au mois de mars, protégée par Dieu, j'ai donné naissance sans difficulté à Natalia Petrovna. En décembre, avant le Nouvel An, Daria aussi avait eu une fille, baptisée Alexandra. Comme c'était réjouissant pour nous deux d'être enfin dans la même ville avec nos petites. Rapidement, après les sièges de Stralsund et de Stettin, Alexandre nous a rejointes définitivement. Au plus fort des victoires qu'il récoltait les unes après les autres, Peter l'a autorisé à quitter le champ de bataille, car la santé de son *Kamerad* commençait à décliner. Il souffrait des poumons à force de vivre dans les camps, dans les tentes, de passer ses nuits n'importe où, sous la pluie, à même le sol froid. Les batailles, les combats féroces durant lesquels il ne se ménageait pas, l'avaient épuisé. Les médecins ont averti le prince Menchikov : soit il continuait la guerre et finissait dans la tombe en quelques semaines, quelques mois tout au plus, soit il déposait les armes, se soignait et vivait. Alexandre est revenu à Saint-Pétersbourg en crachant du sang... Je me souviens que quand il m'a rendu visite, mon cœur s'est serré. Il avait maigri, était si pâle qu'il était presque transparent, ses yeux brillaient de fièvre. Quand il toussait, des taches rouges apparaissaient sur ses joues... Il se contenait en serrant ses lèvres, que je connaissais si bien autrefois, jusqu'à ce qu'elles blanchissent, pour ne pas laisser s'échapper une nouvelle quinte. J'ai envoyé la servante hors de la chambre et j'ai serré sa tête contre ma poitrine. J'ai vu ses paupières trembler, les coins de sa bouche s'affaisser et sa pomme d'Adam s'agiter tandis qu'il ravalait une boule de larmes.

À peine s'était-il blotti contre moi qu'il s'était écarté.

Ça n'avait duré qu'un instant.

Court, mais intense.

Quand la servante a de nouveau franchi la porte, nous étions assis comme si rien ne s'était passé. Pourtant il s'était passé quelque chose. Nous nous étions compris sans un mot. Il savait que je comprenais tout ce qu'il ressentait. Ce que cela signifiait pour lui de déposer sa cuirasse et ses armes. Et qu'il n'en serait pas moins un homme à mes yeux.

À partir de ce moment, Alexandre a retrouvé une vie sédentaire à Saint-Pétersbourg ou dans ses palais des environs.

Et malgré toutes les difficultés, les privations que nous endurions dans cette nouvelle capitale, la vie est soudain devenue plus supportable. Je n'avais plus à attendre les retours d'Alexandre. Plus tard, ce serait moi qui reviendrais à Saint-Pétersbourg après mes voyages. Je ne sais pas s'il m'attendait. Et même s'il m'attendait, il ne pouvait pas le dire. Dans le palais, les murs ont des oreilles.

En avril, Peter est revenu du front pour me rendre visite le jour de mon anniversaire et voir le nouveau-né. Après avoir reçu la bonne nouvelle de la naissance, il m'avait envoyé du vin en m'ordonnant dans sa lettre de le boire, sans quoi il me menaçait, pour plaisanter, d'une punition terrible, d'une *Strafe* : en boire un énorme calice d'argent orné d'un aigle bicéphale pendant le Synode pochard – de quoi me mener droit dans la tombe. Cette année-là nous a fourni de nombreuses occasions de trinquer : Peter avait commencé à pourchasser les Suédois. Il avait pris le dessus. C'est l'année où la guerre a connu un tournant. Les Turcs, chez qui Charles de Suède s'était réfugié et à qui il était redevable, commençaient à en avoir assez. Les janissaires ont voulu le détrousser dans le petit manoir où il s'abritait. Des tirs ont éclaté, la maison a brûlé, Charles a sauté par la fenêtre, il s'est cassé la jambe et blessé au visage et a été fait prisonnier par les Turcs. Après cette fracture royale, la politique a pris un autre tour – les Russes sont devenus les alliés des Turcs et les Turcs se sont mis à négocier la paix avec nous. Peter a décidé de pénétrer encore plus loin dans les terres suédoises au nord. Il y avait du changement dans l'air, peut-être même la fin de la guerre.

Quant à moi, je vivais tranquillement à Saint-Pétersbourg, occupée à diriger ma cour. Petit à petit, avec l'aide d'Alexandre, j'ai rempli le palais de domestiques et de courtisans. Je pouvais me servir de l'argent du Trésor de Peter pour les dépenses du palais. Alexandre m'a judicieusement conseillé de ne pas tout dépenser, d'en mettre toujours un peu de côté en prévision de jours plus sombres, par exemple. Que je ne me retrouve pas comme Charlotte Christine, sans un kopeck et avec un toit qui goutte. Ce n'était pas de la mauvaise volonté de la part de Peter, simplement il ne se préoccupait pas toujours de ce genre de choses et l'armée était sa priorité. « Peter n'a pas besoin d'être au courant, Catherine, tu ne voles pas l'argent dans ses poches, tu ne fais qu'économiser sur ce qu'il te donne », disait Alexandre. Avec son aide, mes roubles d'argent deviendraient des ducats d'or ; il les acheminerait vers les banquiers de Hambourg et d'Amsterdam, auprès de qui son secrétaire privé m'avait ouvert deux comptes en cachette. Je peinais à comprendre le fonctionnement des banques et comment Alexandre connaissait si bien ces Allemands et ces Hollandais. Mais j'avais sa parole que tout était sûr et que je pourrais à tout moment récupérer mon or. Ce qu'il fallait garder en tête, c'est que plus il y avait d'argent chez les banquiers, plus les intérêts étaient importants, plus il y restait longtemps, plus cela rapportait. Entre nous, nous appelions cela *kopit'dengu*, amasser de l'argent, et à la réception de chaque relevé, je me réjouissais de voir mon or pousser comme de petites mirabelles dorées sur les branches de la banque. C'était bon de savoir que j'avais mon propre argent. Des petites mirabelles. Cela m'apaisait, car même si Peter ne comptait pas ses sous, il ne les dilapidait pas non plus, et je n'avais pas besoin de quémander chaque fois que je voulais m'acheter un ruban. Peu à peu, j'apprenais à me gâter et à y prendre du plaisir.

Dieu n'a pas voulu que je retrouve Lovisa, mais Il m'a envoyé Mary. Quelqu'un à Moscou m'avait indiqué que dans le Faubourg allemand vivait une jeune Écossaise, la fille du marchand William Hamilton, une vieille famille apparentée aux Matveïev, qui avaient toujours été favorables à Peter. C'est ainsi que Mary s'est retrouvée dans ma cour à Saint-Pétersbourg.

Parfois, on rencontre quelqu'un et on se dit qu'on connaît cette personne depuis toujours.

Elle était bien plus jeune que moi, et très belle : si belle que l'on ne pouvait même pas la jalouser, seulement l'admirer. Elle ne ressemblait ni à une Russe, ni à une Allemande, ni à une Polonaise ou une Hollandaise : sa peau était d'une blancheur laiteuse, parsemée de petites taches de rousseur. Des taches infimes qui rendaient sa peau plus blanche encore. Ses yeux étaient bleus, avec des cils noirs très fournis qui faisaient comme un éventail ; ses sourcils étaient fins, dessinés à la pointe, aurait-on dit ; quant à ses cheveux... jamais de ma vie je n'avais vu une telle chevelure : des boucles brunes qui ressemblaient à des ressorts, ou aux copeaux de bois du rabot de Peter. Tandis que toutes les femmes de la cour souffraient le martyre en s'entortillant les cheveux sur des fers ou des rouleaux d'argile chauffés, en dormant avec des papillotes sur la tête, il suffisait à Mary de les secouer, de les attacher en chignon et de tirer quelques mèches. Avec elle, tout était simple, facile.

Quand elle souriait, on apercevait ses dents saines et blanches, des fossettes creusaient ses joues et ses yeux scintillaient, promettant malice et audace ; ils brillaient du même feu que tous les diamants de la cour réunis. On voyait qu'elle pouvait enjôler qui elle voulait, qu'elle le savait et n'en éprouvait aucune honte.

Et mon Dieu, ce rire !

Ça commençait par un sourire en coin, à droite, ses lèvres se mettaient à tressauter, on aurait dit que le bout de son nez se retroussait, puis c'était tout son visage qui s'illuminait et son rire qui éclatait en une salve sonore. Il était impossible de ne pas rire avec elle.

Elle était un feu d'artifice ambulant.

Elle portait en elle cette étincelle qui transforme les crépuscules les plus sombres en jours de fête.

Mary Hamilton n'avait pourtant pas grand-chose d'une Occidentale, ni d'une Écossaise – elle ne parlait pas un mot de sa langue ni d'anglais, juste un peu l'allemand du Faubourg. Sa famille vivait depuis de nombreuses générations à Moscou et ne parlait que le russe, n'ayant gardé que l'habitude de se vêtir à la mode étrangère. À Moscou et à la cour, tout le monde appelait même Mary Hamilton, selon la langue du cru, Maria Danilovna Gamontova, ou tout simplement Machka Gamontova. C'était la seule chose qui réussissait à la mettre hors d'elle, car elle voulait être écossaise, être une Occidentale.

Dès qu'elle ouvrait la bouche, il en sortait un parler russe chantant agrémenté de grossièretés. À croire que Mlle Mary Hamilton était une Machka, née et élevée dans une écurie.

Et pourtant elle était ce feu d'artifice, une flamme céleste : elle était qui elle était, celle qu'elle voulait être. Ce petit sourire en coin qui se dessinait sur ses lèvres avant qu'elle éclate de rire était plein d'espièglerie. À peine un haut fonctionnaire était-il sorti de mes appartements qu'elle l'imitait. Personne mieux que Mary ne savait me remonter le moral avec ses boutades et ses piques. Surtout pas Golitsyna, dont les grimaces et les plaisanteries – sa préférée étant de brailler comme un porc – me désespéraient plus qu'elles ne me faisaient rire.

Hamilton est devenue une de mes *Kammerfraül-ein* et je me demandais comment j'avais pu vivre sans elle. Elle avait soif de joie, de splendeur et de fête, et m'a insufflé ce désir. Je me suis découvert des traits insoupçonnés ou enfouis : l'espièglerie, la facétie ; le goût des parures et du luxe. Nous passions des heures devant le miroir à essayer de nouvelles coiffures, à choisir des bijoux. Elle disait : « Savourez, Votre Majesté, être belle n'est pas une vanité, mais un devoir ! » Ses doigts blancs étaient doux et quand elle me massait les mains avec des onguents parfumés ou qu'elle me coiffait, passant la brosse sur le haut de ma tête ou dans ma nuque, quand je voyais son sourire dans le reflet du miroir après qu'elle avait achevé une coiffure complexe dont elle laissait s'échapper quelques mèches bouclées sur mes épaules, je ressentais un plaisir étrange, que je n'avais encore jamais éprouvé.

Moi qui m'étais efforcée de survivre, je vivais enfin pleinement.

Un soir de pluie, Mary a sorti un paquet de cartes des plis de sa jupe. Je lui ai rappelé en riant que, selon les règles de l'Église orthodoxe, si on la trouvait en train de jouer aux cartes, elle aurait l'oreille coupée. « Voilà pourquoi je les ai apportées », a-t-elle dit en partant d'un éclat de rire joyeux, puis elle a battu les cartes en faisant un arc dans l'air entre ses mains. C'était tout elle… Nous avons passé la soirée à jouer, Mary, Modesta et moi. Pas seulement la soirée – nous n'avons même pas vu le jour se lever. Le jeu possède son propre temps quand on joue sérieusement. Le monde reste à l'écart, à la table de jeu seul compte l'instant présent, le moment où, c'est sûr, vous allez gagner. Et si vous perdez, vous continuez de croire que votre revanche est proche, que vous allez récupérer ce que vous avez perdu dans ce tour ou le prochain. La victoire appartient toujours au passé ou à l'avenir, jamais au présent. On est rarement gagnant sur le moment. Quand c'est le cas, la victoire est si brève qu'elle semble à peine exister. À moins de gagner assez d'argent pour tromper le destin. En compagnie de Mary, le quotidien et tous ses soucis étaient tenus à distance, au-delà des murs de la pièce, et ne demeurait que le sentiment de victoire arrachée à ce monde injuste, peu importait qu'on ait triché pour l'obtenir, pourvu que ce soit dans la joie.

Un jour, Alexandre nous a surprises en pleine partie de cartes. Nous avons eu un instant de frayeur toutes les quatre, Modesta, Mary, Anissia Tolstaïa et moi. Haussant un sourcil, Alexandre a demandé si nous savions que le tsar avait édicté un oukase interdisant de jouer aux cartes, que tous ceux qui l'enfreindraient devraient payer une amende de trois fois la somme mise en jeu. « Mais, Sérénissime, nous ne misons que des boutons et des rubans, ai-je plaisanté. Pas des mirabelles. S'il le faut, nous couperons trois fois plus de boutons et de rubans. – Dans ce cas, Votre Majesté la tsarine, qu'on me distribue aussi des cartes, a dit Alexandre en arrachant un bouton de son justaucorps. Des boutons, j'en ai des tas, et tous sertis de diamants. – Ceux du pantalon aussi ? » s'est esclaffée Mary. Il a lancé un clin d'œil à Modesta : « Gare à vous, les filles, si vous me dénoncez au tsar ou si je perds mon pantalon, je vous tordrai le cou. » Elles ne l'ont pas trahi.

Il était rare que l'on se dénonce les uns les autres. Il fallait pour cela des circonstances exceptionnelles. Il existait une règle tacite à la cour, et peut-être dans toute la Russie. Ce n'était pas parce que le tsar Batouchka n'avait besoin de rien, puisqu'il possédait déjà tout, qu'il en allait de même pour les autres. Pas parce qu'il aimait porter à longueur d'année son éternel manteau hollandais marron que nous-mêmes devions porter des vêtements défraîchis. Pas parce qu'il ne jouait pas aux cartes, que nous ne pouvions pas jouer en cachette. Pas parce que Peter se versait un salaire en fonction du grade qu'il prétendait avoir obtenu, et le dépensait entièrement, que les autres devaient se tuer à la tâche pour une misère. Moi, par exemple, j'estimais avoir mangé mon pain noir et, devenue tsarine, je pensais mériter de vivre enfin comme je l'entendais, dans mon palais, avec mes oreillers de plume et mon argent. La vie devait me rembourser sa dette. Un sentiment sans doute partagé par Alexandre. Peter, si ça le chantait, pouvait jouer à monter en grade et, de capitaine Mikhaïlov, devenir colonel, puis général ou vice-amiral. Ces grades avaient beau lui être conférés par le prince-pape du Synode pochard, il les prenait très au sérieux, me félicitait d'être devenue femme de général, sa *generalcha*, et me priait de boire à sa santé pour fêter ça. Qu'il s'amuse comme ça lui plaisait : ceux qui n'ont jamais éprouvé la misère ont des distractions bien à eux. Cela ne nous empêchait pas, sans qu'il le sache, de nous octroyer ce dont la Russie nous était redevable : un peu de joie, de luxe et une contrepartie pour nos peurs et nos souffrances perpétuelles.

L'important était de ne pas nous faire prendre, jamais.

Et s'il nous surprenait, nous devions alors nous unir et tenir bon ensemble, tous ceux qui trompaient Peter d'une manière ou d'une autre. Sans quoi notre vie serait impossible.

Peu après qu'Alexandre s'est installé à Saint-Pétersbourg, probablement en 1714 – oui, l'année de la victoire de Peter à Hangö Oud, à l'automne, quand il est rentré triomphant à Saint-Pétersbourg –, nous avons failli connaître le prix de la duperie. Les Suédois, eux, avaient appris à leurs dépens qu'on ne plaisantait pas avec Peter : il avait dépêché une flottte de quatre-vingt-dix-huit galères dont vingt-trois se sont lancées contre les six de l'armée suédoise, avec à bord quatre fois plus d'hommes. Peter était comme ça – il se fichait que les deux camps soient à égalité et n'avait aucun scrupule à vaincre l'ennemi accablé en lui opposant une supériorité numérique : seule la victoire comptait. Il était de ceux qui, enragés, peuvent tirer sur une mouche avec un canon… Mais comme nous n'en avions pas encore fait les frais, cela nous échappait. Nous nous sommes réjouis de son retour à Saint-Pétersbourg. J'avais le cadeau parfait pour le vainqueur – à son retour, il a trouvé une nouvelle fille, notre Margarita Petrovna. Abreuvé de discours sur la beauté de Mary, il est allé voir par lui-même. Un soir, en se couchant, il m'a avoué : « Je suis passé chez ta nouvelle *Fraülein*, Mary Hamilton. C'est un beau brin de fille, mais elle est sotte et n'a pas plus de profondeur qu'une flaque de pisse de chien… On ne peut parler de rien avec elle. Pas comme avec son esclave, Anna Kramer. En voilà une qui a du bon sens. Et qui m'a l'air d'une femme valeureuse. »

Que pouvais-je dire ? Je venais d'accoucher, j'étais encore faible, je ne m'étais pas encore remise. Et puis on ne peut rien reprocher aux vainqueurs. Pouvais-je punir la douce Mary parce qu'on ne dit pas non au tsar ? D'autant qu'il n'était pas tombé sous son charme, il lui avait rendu visite pour se distraire. J'ai approuvé, disant à Peter que l'esclave de Mary, Anna Kramer, était une femme valeureuse. Devenue esclave à Narva, fille d'un riche marchand, elle avait connu beaucoup de malheurs, elle était allée en Sibérie… Mais elle avait conservé son bon sens et son bon cœur et elle aimait lire des livres, comme Varka Arseneïeva. Elle avait pris cette habitude à Narva, dans la maison de son père. Il semblait que toutes les femmes de Narva étaient devenues esclaves tant elles étaient nombreuses en Russie… Et moi, venue de Marienbourg – j'étais passée d'esclave à épouse du tsar. Le prix à payer était de savoir me taire et de ne pas me mettre en travers du chemin de Peter. Je me suis tue, je n'ai rien dit au sujet de Mary. Il n'aurait plus manqué que je me mette à l'exaspérer après sa si grande victoire. Surtout quand autant d'occasions de célébration se présentaient, à commencer par son entrée triomphale dans la capitale, légèrement retardée par la nouvelle d'Alexandre lui apprenant que les menuisiers de Saint-Pétersbourg n'avaient pas fini d'ériger les arcs de triomphe. En attendant qu'ils les terminent, nous avons dû passer quelques nuits dans notre nouveau manoir à Peterhof, au bord de la mer, où deux palais étaient en construction : un petit palais d'agrément pour Peter, appelé Monplaisir, et le palais principal. Il faisait très froid, et le vent venu de la baie s'engouffrait par les ouvertures de Monplaisir, où Peter avait exigé de très hautes fenêtres vitrées dans le style hollandais, donnant d'un côté sur Kronstadt et de l'autre sur Saint-Pétersbourg. Il aurait suffi d'un peu de bon sens pour comprendre que de si grandes fenêtres donnant sur la rive d'une mer froide étaient une mauvaise idée, mais Peter se fichait d'avoir chaud, il voulait manifester sa grandeur, la voir prendre forme dans ses projets. Et il l'a bien sentie, sa grandeur, quand au bout de quelques nuits les courants d'air ont achevé de dissiper le peu de chaleur dégagée par les poêles. Alexandre nous a alors invités dans son palais voisin, lui aussi en cours de construction, mais déjà bien plus aménagé. La partie centrale du palais d'Oranienbaum était habitable et Alexandre et Daria nous ont accueillis avec autant d'hospitalité et de confort que possible. Ils paraissaient heureux tous les deux, Alexandre était en meilleure santé et Daria l'avait comblé d'un héritier au printemps, le petit Alexandre ; contrairement à Luka Piotr, décédé prématurément, ce jeune Menchikov paraissait robuste. Le lieu, même inachevé et recouvert de neige, était d'une beauté extraordinaire. En écoutant Alexandre, on pouvait imaginer les futurs jardins d'hiver aux milliers d'orangers, les terrasses en arc de cercle et leurs balustrades, la baie, les jardins et les parcs ; tout était de la plus grande élégance et dans les matériaux les plus nobles : les murs étaient ornés de stucs, de fresques et de carreaux, le sol était en marbre, les grilles aux fenêtres et les portails étaient dorés ; le palais était surmonté non pas d'une coupole, mais d'une couronne princière ; c'était le lieu le plus extraordinaire de Saint-Pétersbourg et de ses environs ; il était l'expression de l'imagination d'Alexandre et de son goût princier. C'est d'ailleurs ce que j'ai dit à Peter quand, après le dîner, nous sommes montés nous coucher dans les appartements spécialement conçus pour le tsar par son fidèle ami – un appartement entièrement décoré de carreaux de faïence hollandaise, avec un immense et magnifique poêle ; j'ai dit que je n'avais jamais rien vu de plus beau, que Saint-Pétersbourg était bénie d'avoir un gouverneur tel qu'Alexandre, et lui d'avoir un tel *Bruder* chez qui il était toujours le bienvenu. Peter n'a pas bougé, il a longuement regardé le plafond au-dessus de lui et a fini par dire : « Tu racontes n'importe quoi, Katerinouchka. Il est facile pour ce *svolotch* de dilapider ainsi mon argent, ce n'est pas avec son petit salaire de feld-maréchal et de capitaine commandeur qu'il fait tout ça... Il est gouverneur général d'Ingrie, mais il ne comprend pas que l'argent dont il bénéficie à ce titre n'est pas le sien, c'est celui du Trésor de Russie... C'est un voleur, notre Aleksachka, comme il en existe peu. Où qu'il tourne la tête, ce fils de putain prend ce qui ne lui revient pas... Les boyards avaient raison de l'appeler *iz griazi v kniazi*, le prince tiré de la boue. Il me fait honte devant mes alliés, Catherine, il les retourne contre moi. Il y a deux ans, il a dévasté la Lituanie et une partie de la Pologne et après le carnage il n'est resté qu'un désert où l'on ne peut même plus voyager. Il s'est fâché avec les Lituaniens, il est entré en conflit avec les Pac et les Sapieha pour leurs domaines ; et il semble s'être mis en tête de devenir le grand-duc de Lituanie ! Maintenant c'est au tour des Danois de s'en plaindre. Il s'est passé la même chose au Holstein, je l'ai nommé pour surveiller les provisions de notre armée, et lui a rapiné ! Même chose en Poméranie ! Et en Courlande ! C'est un voleur, Katerinouchka, un voleur et un gueux... et moi qui le considérais comme mon frère, je pensais qu'après tant d'années à mes côtés, si proche de moi, il comprendrait quelque chose au devoir, à la patrie, saurait que notre objectif ultime est de faire de la Russie un grand pays dont nous serons fiers... Nous sommes en train d'écrire l'histoire, de construire la Troisième Rome et lui, il vole, qu'il aille au... Et je me fiche qu'il ait un goût royal pour les belles choses, les palais et les femmes... C'est un voleur, j'ai réchauffé une vipère dans mon sein. Je vais l'obliger à vider ses poches, Catherine, lui et tous ceux qui l'aident à voler. J'ai envoyé Alexis Petrovitch il y a quelques mois en Poméranie pour vérifier les manigances d'Aleksachka, si tu savais ce que j'ai appris ! Iagoujinski aussi m'en a rapporté de belles sur ses ruses... Le Sérénissime aura de la chance s'il ne termine pas sur le billot, cette fois ! »

Avoir peur, c'est prendre froid alors que l'on se trouve à côté d'un poêle hollandais. La peur naît au creux du ventre et nous glace en se répandant comme le givre dans tout notre corps, jusqu'à ce qu'un tremblement venu de l'intérieur nous secoue entièrement. On fait tout, alors, pour le contenir, pour que personne ne le remarque. Sans quoi on se trahirait, par un frisson ou un regard baissé, et c'en serait fini de nous.

Jamais, pendant ces dix années, je n'avais entendu Peter parler ainsi de son ami. De tous les autres, oui. Une légère contrariété de Peter suffisait à vous envoyer à la potence ou en Sibérie, à vous faire trancher le nez ou l'oreille, à vous faire fouetter au knout ou marquer au fer. Peter était parfois insatisfait d'Alexandre, il arrivait qu'ils se disputent. Mais il ne l'avait encore jamais traité de vipère. C'était sa sœur Sophie, aujourd'hui décédée, qu'il appelait la vipère sous le tronc. Et voilà qu'Alexandre en était devenu une lui aussi... Sortie non pas de sous un tronc, mais du giron de Peter. Un genre de vipère plus perfide encore... Et puis je voyais bien, à la façon dont Peter regardait le fils d'Alexandre, qu'il n'était pas dénué de jalousie...

Il n'y avait pas à réfléchir très loin pour comprendre que si Alexandre tombait, lui qui était mon fidèle soutien, je me retrouverais moi-même en position de faiblesse, je deviendrais une proie facile pour tous, n'importe qui pourrait m'atteindre – le tsarévitch Alexis Petrovitch, les vieux boyards, Natalia, Prascovia, les évêques et les popes qui remettraient en question la légitimité de mon mariage... n'importe qui. Je serais seule face à Peter et à son caractère incertain. Même avec Alexandre pour assurer mes arrières grâce à tous ses partisans, ses *tchinovniki* et hommes de main, même avec les courtisans dont nous avions gagné la loyauté en les élevant à ce rang, j'avais souvent peur de ce qui pouvait m'arriver, alors sans lui... J'ai simplement dit à Peter : « Tu sais bien qu'Alexandre a de nombreux ennemis. Il en a toujours eu. Autant que toi, et peut-être même plus, car s'il n'est pas le tsar, il est son bras droit. Souviens-toi combien de coups il a reçus à ta place. Tes ennemis ne peuvent lever la main sur toi, alors ils s'en prennent à lui, qui n'a de cesse d'exécuter fidèlement tes ordres. Il a toujours ta faveur, contrairement aux autres. Ce qui lui attire encore plus de haine. Je n'ai pas l'intention de te faire la leçon, Peter, c'est à toi de décider, mais souviens-toi qu'il ne t'a jamais trahi, qu'il n'est fidèle qu'à toi. Et puis il a amené de nombreuses bonnes choses dans ta vie, n'est-ce pas ? »

Je me suis efforcée de rappeler à Peter l'une de ces bonnes choses, là, sous le toit d'Alexandre, à Oranienbaum, dans les draps d'Alexandre, sous les couvertures d'Alexandre, entourée de ces luxueux carreaux de Delft achetés avec l'argent volé du Trésor, que j'avais moi-même commencé d'amasser chez les banquiers d'Amsterdam. Mais nous n'avions rien volé, ni Alexandre ni moi… Nous ne prenions qu'un peu pour nos besoins, auxquels Peter ne pensait pas le moins du monde puisque lui-même n'avait jamais besoin de rien. À l'exception de toujours plus de terres et du monde lui-même, qu'il ne pouvait acheter. Seulement conquérir…

Il m'a semblé que j'avais réussi, cette fois, à apaiser un peu la fureur de Peter.

Comme chaque année, le 23 novembre, nous avons fêté la Saint-Alexandre et, le 24, la Sainte-Catherine. Depuis notre mariage, Peter m'honorait toujours publiquement avant ma fête, comme quand il avait mis à l'eau un énorme navire appelé *Sainte-Catherine*. Ç'a été deux jours de fête somptueuse. Le banquet d'Alexandre se déroulait dans son palais, sur l'île Vassilievski. En l'espace de quelques mois, depuis qu'Alexandre résidait à Saint-Pétersbourg, le palais avait été agrandi et était devenu méconnaissable, avec de nouvelles ailes et des salons réaménagés. On n'avait encore jamais vu un tel banquet dans la nouvelle capitale : une fois les arbres amenés des jardins d'hiver et des serres, la salle de bal, éclairée de milliers de bougies, a été transformée en un jardin avec des fontaines de vin ; un orchestre jouait, les tables croulaient sous des montagnes de mets raffinés. On se serait cru chez les Słuszko, les Sieniawski ou le roi de Pologne en personne. Dès que la nuit est tombée, les centaines de domestiques d'Alexandre ont allumé en quelques minutes des lampes à huile tout autour du palais, et des feux d'artifice, qui semblaient ne jamais finir, ont illuminé le ciel. Saint-Pétersbourg doublait leur éclat : les lumières se reflétaient sur la glace de la Neva et on aurait dit que toute la surface du fleuve étincelait d'un feu liquide, un incendie éclairant les murs du palais comme autant de pierres précieuses scintillantes.

Mais il a fallu interrompre l'extraordinaire fête d'Alexandre plus tôt que prévu : on nous a avertis que les glaces de la Neva venaient de céder en amont du fleuve et que les eaux s'étaient remises en mouvement. Il nous fallait quitter l'île Vassilievski et retourner sur notre rive pendant qu'il en était encore temps. Saint-Pétersbourg était ainsi, éternellement à la merci des éléments. Il était impossible de prédire d'où soufflerait le vent et ce qui allait se produire. On n'était jamais serein.

« Les glaces ont cédé », a lancé pensivement Peter qui, contrairement à son habitude, n'avait presque pas bu ce soir-là. Il a ordonné à Alexandre, Apraxine, Zotov et leurs suites de nous ramener au palais d'Hiver. Une fois là-bas, nous sommes allés directement nous réchauffer dans la *tokarnia*, l'atelier de menuiserie de Peter, où se trouvaient ses machines à tourner, son établi et ses outils. Là, il a ordonné qu'on lui ouvre un tokaj, et quand il s'est retourné vers Alexandre, ses yeux étaient injectés de sang.

La charge de Peter a été terrible. Alexandre a dû se sentir comme les Suédois près de Hangö Oud : seul face aux cent galères de Peter, seul face à tous les canons de sa colère.

« Canaille. *Svolotch* ingrat. Je t'ai sorti de la boue et toi, *govno*, tu cherches à me doubler ? Je soupçonnais depuis longtemps que tu me volais, j'ai fermé les yeux, mais j'apprends que tu voles des millions. Un million déjà cette année, qui n'est même pas terminée ! Je t'ai trop gâté, et tu ne sens plus tes couilles ! Tu t'es pris pour un prince ? *Oublyudok,* un bâtard, voilà ce que tu es, Aleksachka ! D'une race impure, *dvornyaga* ! Tu t'ériges des palais avec des couronnes sur le toit – tu as démoli la moitié de ton palais sur l'île Vassilievski au début de l'été, et voilà que sort de terre un autre palais, encore plus grand et plus luxueux. Et le mien qui n'est toujours pas achevé ! Ta maison d'hôtes est plus grande que mon palais ! On peut déjà vivre à Oranienbaum, alors que Peterhof est encore un chantier traversé de courants d'air ! Fils de putain, tu t'enrichis à mes dépens ! Tu ne te prives de rien, n'est-ce pas ? Tu t'enrichis, et moi je m'appauvris ! *Pyïavka !* Sangsue ! Tout le monde se plaint de toi dans le pays, et ailleurs. Hambourg se plaint de toi, l'empereur aussi, et les Danois t'en veulent du sale tour que tu leur as joué en Poméranie ! Tu crois pouvoir me dépouiller de mes kopecks jusqu'au dernier, tu crois que je n'en ai pas l'utilité ? *Khouï !*

Sache que le billot et la hache, le pouvoir de punir les voleurs, m'appartiennent encore ! »

Ses mains enserraient le cou d'Alexandre. Je craignais qu'il l'étrangle.

Comme cela m'arrivait souvent lors de leurs querelles d'ivrognes, je me suis avancée afin de les séparer. Peter a lâché Alexandre pour me repousser. Pas assez fort pour me faire tomber. Mais le message était clair. Il a dit : « Ça ne te regarde pas, *soudarynia*. Ne t'en mêle pas. Je ne suis pas en colère, je constate, en toute impartialité. Le billot attend les voleurs. Aucun ne sera épargné ! »

Ce *soudarynia*, madame, était encore plus effrayant que s'il m'avait traitée de putain. Surtout après toutes ces années, depuis la campagne du Prut, où il m'avait témoigné son estime... Je n'avais toujours été que sa Katerinouchka.

Le plus calmement possible, j'ai essayé de soutenir son regard empli de dédain. Ne montre pas ta peur, Catherine, surtout ne montre pas ta peur. Je me suis contentée de lever les bras dans un geste résigné, puis j'ai fait mine de m'éloigner.

J'ai été sauvée par les sanglots soudains d'Alexandre.

Grand Dieu, comme il y allait. Je n'avais jamais entendu de tels sanglots. Il pleurait si bien. Il n'y avait pas de mots pour décrire cela. Je n'aurais pas su...

Alexandre ne pleurait pas comme un lâche, mais comme un héros grec, mortellement blessé par l'injustice des dieux. Il secouait la tête, se mordait la lèvre jusqu'au sang, réprimant de violents hoquets qui agitaient tout son corps. C'était des cris déchirants – qui ne naissaient pas de la peur, mais de l'offense. De l'humiliation. Tout son être, chaque muscle de son corps, contracté sous le coup de cet opprobre, semblait dire à Peter : Comment oses-tu, Peter, *Bruder*, penser et dire de moi des choses pareilles ! Ta langue est une lame qui s'enfonce dans mon cœur !

Finalement, toujours en pleurs, Alexandre s'est incliné devant Peter et a dit : « Crains Dieu, souverain Batouchka, rien ici n'est à moi, comme rien ne l'a été ni ne le sera. Je n'ai jamais rien eu pour moi, je n'ai rien soutiré, je n'ai fait que mettre en œuvre ta volonté ! Tout ici, nos corps et nos âmes sont à toi ! Je t'ai toujours tout donné et te donnerai tout, demain comme hier ! » Et, comme pour ne laisser aucun doute à Peter, il m'a fixée avec insistance.

Apraxine, qui était déjà bien ivre, a tenté de calmer la tempête à sa façon, en plaisantant : « Souverain Batouchka, si tu veux envoyer tous les voleurs sur le billot, *davaï*, prends-moi, ton amiral, pour leur tenir compagnie ! Avec les *tchinovniki*, les dignitaires et tous les gouverneurs ! Compte-moi parmi eux, car moi aussi, Dieu en est témoin, j'en ai profité un peu ! »

Peter s'est tourné vers Apraxine, abasourdi par tant d'impudence : « De quoi as-tu manqué, Fédor Matveïevitch ? » Apraxine a levé les mains en signe d'impuissance, mais comme il savait que Peter l'appréciait et le respectait, il ne s'est pas privé de lancer : « Tu as été généreux, Batouchka, tu m'as offert des terres, des manoirs, qu'il faut toutefois entretenir... Et comment les entretenir s'ils ne me rapportent rien, si les récoltes sont mauvaises et si la famine me guette ? Avec mon salaire d'amiral ? Tu sais bien, Souverain Batouchka, que c'est impossible... C'est pourquoi on puise un peu dans ce que nous rapportent l'Estonie conquise et la Carélie... Car quel bien cela ferait-il à ton royaume que certaines terres fructifient tandis que d'autres dépérissent ? Si on s'est permis de redistribuer un peu ces richesses, c'est que tout cela revient au même, à notre Russie... »

Peter est resté sans voix. Une partie de son visage a été prise de tressautements familiers. Puis, sans un mot, il a tourné les talons et a quitté la pièce pour rejoindre sa chambre, qui se trouvait à côté de la *tokarnia*, l'atelier. À peine avait-il claqué la porte que tous ceux qui se trouvaient dans l'atelier ont commencé à se disperser discrètement pour rejoindre leur demeure ou leurs appartements. Seul Alexandre ne pouvait pas rentrer dans son palais sur l'île Vassilievski puisque la glace avait cédé. Avant de partir, je l'ai entendu crier à Peter : « Avec ta permission, Batouchka, je passerai la nuit dans ton atelier. Je n'ai pas où aller, les glaces sur la Neva se sont brisées. Je m'allongerai ici, comme un *denstchik*, un valet, comme au bon vieux temps, quand tu me tenais en estime et me respectais ! Non, pas comme un *denstchik*, comme un chien sur le seuil ! Devant ta porte, couché sur mon manteau ! Tu pourras me donner des coups de pied ! Tu as déjà rossé mon âme, m'as déjà craché à la figure, cela ne me fera pas plus mal ! » Puis il m'a lancé un regard pour me presser de disparaître.

Le cœur tremblant de peur, je suis partie vers ma chambre.

Puis j'ai entendu une porte grincer et se refermer. Je ne sais pas si c'était la porte de Peter ou si je l'ai seulement imaginé.

J'ai prié Mary de rester. Posant un matelas sur le sol, elle passait parfois la nuit dans ma chambre depuis mon dernier anniversaire, quand Peter n'était pas rentré – après avoir bu dans l'après-midi chez la princesse higoumène Daria Rjevskaïa, où se trouvait aussi sa fille Dunka Tchernicheva. Mary est restée pour que je ne sois pas trop malheureuse... Seulement cette fois je n'étais pas triste. J'étais terrifiée au point de ne pouvoir fermer l'œil. Ce n'est qu'après minuit, alors qu'elle me caressait doucement la tête pour me calmer, que j'ai réusi à m'endormir. Le lendemain matin, ne sachant que faire et espérant attendrir le cœur de Peter, j'ai envoyé Mary à l'atelier. Afin qu'elle se renseigne sur la cérémonie pour ma fête à venir, qu'elle demande à Peter s'il avait des instructions pour moi. Mary a compris ce que j'attendais d'elle : avant de partir, elle s'est apprêtée, a arrangé ses dentelles, s'est pincé les joues pour les rougir et s'est signée.

Quelques minutes plus tard, elle était de retour. Elle avait trouvé Peter en compagnie d'Alexandre et d'Andreï Nartov, le menuisier en chef du tsar et fin connaisseur d'outils ; ils étaient tous trois penchés sur le tour dans l'atelier, travaillant à quelque objet. Peter aimait ce travail, qui l'apaisait. Mary a dit que Peter avait aussitôt levé les yeux vers elle. Il s'était approché, avait palpé son décolleté puis était retourné près du tour. Il avait lancé à Nartov : « Ah, Andreï, comme c'est agréable d'aimer les filles ! Mais si on passait son temps à ça, on en oublierait son métier. » Il s'est assis et s'est remis à tourner. Ordonnant seulement de transmettre que l'impératrice Matouchka devait se préparer et s'apprêter. Qu'une surprise m'attendait.

Impossible de savoir ce que Peter avait derrière la tête.

Peut-être voulait-il me punir d'une quelconque manière pour avoir essayé de défendre Alexandre ?

Son menaçant *soudarynia* résonnait encore à mes oreilles.

Mary essayait de me divertir du mieux qu'elle pouvait. Nous avons choisi une robe couleur argent pour la fête, et un diadème nouvellement taillé par un joaillier – je souhaitais qu'il témoigne du respect de la tsarine à la Russie ; il avait la forme d'une petite *kokochnik* en or serti de perles et de rubis. Nous l'avons enfoncé dans mes cheveux. L'or, la nacre et le rouge étincelant ressortaient magnifiquement sur ma chevelure noire. J'espérais ne pas faire enrager Peter, priant pour qu'il ne considère pas cela comme un luxe superflu, une effronterie. Mary m'a joliment fardée. Ses doigts étaient toujours chauds et doux, pas comme ceux de Johanna.

Peter a eu l'air d'apprécier. Cela se voyait dans ses yeux, ils étincelaient comme des braises. Nous avons festoyé toute la journée : nous avons bu et nous sommes amusés dans notre palais d'Hiver. Et, comme si rien ne s'était passé la veille, Alexandre était là, accompagné de Daria et de Varka. Tous nos proches sont venus. Nous avons dansé comme si nous étions de nouveau jeunes, comme à l'époque dans le palais de Lefort ; en me faisant danser, Peter m'a embrassée plusieurs fois sur les lèvres devant tout le monde. Selon ses ordres, des bougies étaient allumées à toutes les fenêtres de Saint-Pétersbourg, et près de notre maison brûlaient de grands bûchers. Mais tout cela n'était qu'une petite réception, loin d'égaler la féerie de la fête d'Alexandre la veille. Je croyais que le plus grand honneur que me réservait Peter serait les coups de canon. Je me trompais.

Il m'avait bien préparé une surprise.

Au milieu de la célébration, il a ordonné à tous de se taire. Il s'est approché de moi, m'a embrassée trois fois sur les joues au nom de la Sainte Trinité et a épinglé sur mon plastron, à côté du cœur, une immense étoile à huit branches en diamant, presque de la taille de ma paume, puis il a passé par-dessus ma tête un ruban de moire écarlate orné d'un médaillon ceint de diamants, qui représentait sainte Catherine portant une croix. Mon cœur battait à tout rompre, je pouvais à peine y croire.

La déclaration était très solennelle : l'ordre de Sainte-Catherine était décerné à Sa Majesté la tsarine en mémoire de sa participation à la bataille contre les Turcs sur le Prut, bataille effrayante lors de laquelle elle était apparue non pas comme une épouse mais comme un être viril et s'était fait remarquer pour son courage si singulier chez les femmes, plus réputées pour la faiblesse de leur sexe.

Il m'a alors étreinte et embrassée une nouvelle fois sur les lèvres. Pour l'amour et la patrie.

Za lioubov' i otetchestvo.

Et il a murmuré : « Tu te souviens, Katerinouchka, j'avais promis que je te dédommagerais pour les diamants que tu as sacrifiés. »

Mon cœur battait : d'émotion, de fierté. Et de peur.

Je comprenais que cette distinction était une bonne chose, mais le danger que représentait la chute d'Alexandre n'avait pas disparu. Peu importait qu'Alexandre ait passé la nuit dans l'atelier et qu'il soit là maintenant, pendant le festin, qu'il se comporte de façon chaleureuse avec *mein Herz* et applaudisse avec tout le monde. Il était plus affectueux que d'habitude et applaudissait plus fort que les autres. Ce qui signifiait qu'il avait peur.

Ce soir-là, dans la chambre, Peter m'a déshabillée lui-même. Avant cela, il a pris le médaillon en diamants, l'a retourné pour lire, tout fier, l'inscription gravée à son revers : *Aequant munia comparis*, égale à son époux.

« Tu t'es comportée de manière héroïque, Catherine, comme un homme. »

Il s'agissait du plus grand compliment que je pouvais espérer de la bouche de Peter.

Un bref instant, il est apparu dans ma mémoire tel qu'il avait été dans la pénombre étouffante d'une tente militaire : ivre, les mains posées sur son crâne chauve et trempé de sueur, à la peau écorchée par le rasoir, les yeux rougis et embués : « *Blyad*, Catherine, je ne peux pas négocier avec eux dans cet état... »

Courageuse, comme un homme. C'est bien de ça qu'il s'agit...

Tout comme je l'avais su sur les rives du Prut, j'ai su cette nuit-là que, pour résister et survivre, je devais surmonter les débilitations féminines auxquelles ma naissance m'avait condamnée. Pour mes filles. Pour moi. Avec ou sans Alexandre... Ça n'avait pas d'importance.

Cette nuit-là, vêtue du seul ruban écarlate, pour son plus grand plaisir, j'ai remercié Peter du mieux que j'ai pu de m'avoir décorée de cet ordre. Je l'ai remercié en allant puiser les restes d'ardeur qui sommeillaient au fond de l'existence douillette qui était la mienne, et qui pourrait prendre fin à tout moment. J'y ai mis tant de passion que j'ai oublié tout le reste.

Le lendemain, le 25 novembre, les arrestations commençaient.

11

Onze. Il est onze heures.

Alexandre sort sa montre avec les portraits du duc et de la duchesse anglais, pour vérifier qu'elle donne la même heure. C'est le cas. Les montres anglaises sont fiables.

Il semble que je me sois à nouveau assoupie.

On dirait qu'il y a moins de monde dans la pièce. Certains ont dû partir. Mes filles ne sont plus là, ni Holstein, ni Piotr Alexeïevitch. Tout est plus silencieux. On débarrasse la table. J'entends le vent se lever derrière la fenêtre – le bruit incomparable d'une rafale qui fait ployer les branches blanches des bouleaux, qui leur assène un coup de fouet, puis un autre, et le frémissement des minuscules feuilles en forme de cœurs telle une averse de pluie. L'écho de milliers de petits cœurs tremblants de peur. La tempête approche, les éléments se préparent à l'exécution.

Le ciel derrière la fenêtre s'est assombri. À croire qu'il va neiger.

Alexandre me sourit, il ne dit rien.

Sur son justaucorps sont accrochées les médailles de Saint-André et de l'ordre de l'Aigle blanc. Son fils Alexandre Alexandrovitch a reçu l'ordre de Sainte-Catherine. Il est le seul homme à avoir été décoré de cet ordre, créé par Peter et réservé aux femmes ayant œuvré pour la Russie. Il l'a reçu de mes mains quand je suis devenue souveraine absolue. Si je le lui ai décerné, c'est pour les mérites de son père. Alexandre savait prévoir le comportement de Peter et se montrer plus malin que lui. En cela il agissait comme une femme, comme une épouse... *Mein Herz*, mon cœur... Voilà les surnoms efféminés qu'ils se donnaient. À moi, Peter s'adressait de façon tendre mais virile, Katerinouchka, *drug moi sederchnenkyi*, ma très chère amie... « Égale à son époux »... Peu de couples mariés veillent l'un sur l'autre comme nous l'avons fait, Alexandre et moi.

J'effleure l'étoile de l'ordre brodée de fil d'argent sur mon casaquin. Ça colle. Je le sens même avec mes doigts engourdis. Je lève péniblement ma main raidie pour tenter de voir ce qui s'y trouve.

Mes doigts sont couverts de petites billes de caviar noir. Je me suis salie en mangeant. L'insigne de l'ordre brodé de fil d'argent est couvert de perles noires empestant le poisson. Quelle importance ?

Une décoration reçue de Peter signifiait le plus grand respect et la grâce.

Mais en aucune façon la tranquillité d'esprit.

Le lendemain de ma décoration de l'ordre de Sainte-Catherine, les arrestations ont commencé.

Peter adorait faire arrêter les gens sans prévenir. À l'heure du déjeuner par exemple, à onze heures ou midi. Ils venaient de s'asseoir, les domestiques venaient de leur apporter un plat fumant, et voilà que les gardes envoyés par Peter frappaient à leur porte. Comme s'il avait plaisir à gâcher leur repas. Bien souvent, le dernier.

Le lendemain de ma fête, Peter a donné l'ordre d'arrêter les hommes de l'entourage d'Alexandre : Yakov Rimski-Korsakov, le vice-gouverneur de Saint-Pétersbourg, le sénateur Volkonski, le commissaire général Yulian Seniavine et Alexandre Kikine, l'officier de l'amirauté, l'ancien précepteur du tsarévitch Alexis, qui avait appartenu au régiment récréatif de Peter. Un homme que Peter connaissait depuis toujours, son favori, qui avait voyagé avec lui en Europe, qui ne l'appelait pas Batouchka mais Dedouchka, « grand-père », même s'il était plus âgé que Peter.

La nuit suivant ma fête, je me suis efforcée de convaincre Peter d'épargner Alexandre : « Rappelle-toi son état de santé. Il y a peu, il crachait du sang, il est à peine remis. Que se passera-t-il s'il meurt une fois arrêté et qu'il s'avère ensuite qu'il est innocent ? C'est déjà arrivé dans tes geôles. Tu l'aurais sur la conscience, Peter. Renseigne-toi avant de punir ton *Kamerad*. Tu auras tout le temps de le punir ensuite. Et si ce n'étaient que des calomnies ? Ce ne serait pas la première fois... » Peter s'est emporté : « Je les connais, les maladies d'Aleksachka. *Tchetchuynaia khvor'*, il a des hémorroïdes. C'est la bonne chère qui l'empêche de chier, il est constipé, il me l'a écrit lui-même ! Il saigne du cul, pas de la gorge ! Il a prétendu que c'était d'être constamment en selle, mais en vérité, c'est à cause de ces vins français acides et de toutes les cochonneries qu'il engloutit ! Tu as vu toi-même comme les tables croulaient sous la nourriture à sa fête. Et avec quel argent ? C'est l'argent de mon Trésor, le *kazionny*, qui l'empêche de chier ! Tu devrais moins t'inquiéter de sa santé, Catherine, et plus de la mienne ! »

C'était vrai, la santé de Peter déclinait. En plus de ses douleurs dans le bas du dos, qui ne se calmaient que pendant les cures, quand les médecins l'obligeaient à ne boire que de l'eau pendant plusieurs semaines, il pissait de plus en plus difficilement, de plus en plus souvent. Il se plaignait que sa vessie était gonflée et qu'il ne pouvait la vider sans douleur. Après les beuveries de plusieurs jours, les festins, le Synode pochard, il ne pouvait pisser sans gémir. Parfois, il saignait. Je souffrais rien qu'à l'entendre se lever et aller vers son *sedes*, une caisse en bois recouverte de cuir et dotée d'un couvercle, où était caché le pot de chambre. De plus, une de ses jambes s'était mise à gonfler, elle devenait aussi grosse qu'une bûche – mais les docteurs affirmaient qu'il ne s'agissait pas de la goutte. Par moments, il était brûlant et transpirant de fièvre, et à d'autres, il tremblait de froid. Je l'implorais de moins boire. Il se mettait en colère et me traitait d'idiote, convaincu que la vodka était le meilleur remède contre les tremblements, et le vin contre la fièvre. Il allait mieux dès qu'il était aux thermes de Karlsbad, où les docteurs prenaient soin de lui, le surveillaient et ne lui autorisaient pas plus d'un verre de vin par jour. Il se nettoyait à l'eau, se purgeait. Mais à peine rentré, il recommençait à se pinter. À se soigner à la vodka ou au vin, et comme il avait tout le temps mal, à la fin de la journée il était ivre mort. Il n'y avait rien à faire...

« Bien sûr que je m'inquiète de ta santé, Peter, comment en serait-il autrement ? Qu'est-ce que je deviendrais sans toi ? Mais tu ne m'écoutes pas – tu bois, et tu bois encore, même si les médecins te l'interdisent. C'est parce que je m'inquiète pour toi que je ne veux pas ajouter la mauvaise conscience à tes souffrances. Je ne veux pas que ça t'empêche de dormir la nuit. Attends, rassemble les preuves. Tu auras tout le temps de punir Alexandre s'il est coupable. Il ne s'enfuira pas, où irait-il ? »

Il m'a écoutée. C'est sans doute ce qui a sauvé Alexandre. Sans quoi il aurait été arrêté sur-le-champ, il aurait fini comme Volkonski ou Rimski-Korsakov. Au lieu de cela, Alexandre, tout pâle, a déclaré qu'il s'agissait d'un immense malentendu dont il était le premier abasourdi, et il a pu assister aux interrogatoires de ses compagnons arrêtés. Il est passé du côté des accusateurs, car la lumière s'est faite au fil des interrogatoires. Tout était parti du général Vassili Vladimirovitch Dolgorouki. L'un des adversaires les plus féroces du « prince tiré de la boue ». En regardant la face de singe de Dolgorouki, ses fines lèvres pincées recouvrant des dents gâtées par les pinces chirurgicales de Peter, j'étais certaine que, malgré ses flatteries éhontées envers Sa Majesté le tsar, Dolgorouki détestait Peter et son nouvel ordre autant qu'il détestait Alexandre. Il faisait partie de la vieille garde, de l'époque du tsar Riourik. Les gens comme lui n'attendaient qu'une chose, que Peter faiblisse, qu'il tombe malade, ou même qu'il meure – ils guettaient la première occasion de lui enfoncer un poignard dans le dos afin de remettre les pendules à l'heure d'avant, de restaurer l'ordre du temps des boyards. Peut-être même d'installer sur le trône Alexis Petrovitch, qui n'avait jamais approuvé les lubies de son père. Les interrogatoires étaient menés par Dolgorouki, qui comptait bien les faire tous tomber, à commencer par Alexandre, le principal soutien de Peter. Mais au moins Alexandre était-il présent, il pouvait entendre les accusations dont il faisait l'objet et essayer de se défendre.

Peter rentrait éreinté après le travail et les interrogatoires. Il lui fallait boire pour se détendre. Je lui tenais compagnie – c'était un bon moyen d'apprendre deux ou trois choses. Je levais mon verre avec lui, moi aussi j'avais besoin de me détendre ; je peinais à m'endormir quand je ne buvais pas. Tous les accusés avaient commencé par clamer leur innocence. Puis ils ont été torturés. Le vice-gouverneur Rimski-Korsakov a eu le bras cassé lors de son interrogatoire. Le cœur de Kikine s'est arrêté de battre un moment. Quand il est revenu à lui, il parlait avec difficulté, la moitié de son corps est demeurée figée un certain temps. J'ai imploré Peter de ne pas achever un tel infirme. Volkonski a parlé sous les encouragements du fer rouge. Bien sûr, il a avoué. Ils ont tous avoué. Ils ont tous dit avoir agi sur l'ordre du prince sérénissime, le gouverneur général de Saint-Pétersbourg, Alexandre Menchikov ; rien, absolument rien n'avait été fait sans son accord et sa bénédiction.

Le grain qu'on trouvait à Saint-Pétersbourg avait été acheté par les gens d'Alexandre près de Novgorod, dans la Russie profonde. Là, les prix étaient plus bas que dans la nouvelle capitale, où rien ne poussait dans les champs marécageux. La moitié était vendue pour les réserves de l'État, l'autre aux habitants de la ville, le tout à un prix deux fois plus élevé.

Une pratique courante – Alexandre et ses gens profitaient de la différence de prix entre un endroit et l'autre. Tous les commerçants du monde en faisaient autant. Que ce soit par ses gens ou par d'autres, le grain aurait été vendu à Saint-Pétersbourg, comme Alexandre me l'a soutenu plus tard. Peut-être même par les complices de Dolgorouki. Sauf que ces marchands en auraient volé la moitié en chemin, et la ville en aurait moins profité.

Le pire était que le Sérénissime était accusé d'avoir détourné l'argent des salaires des ouvriers de chantier, qui mouraient de faim par dizaines de milliers. Ils tombaient comme des mouches et les convois de moujiks en provenance des villages n'arrivaient jamais assez vite pour les remplacer. On l'accusait de les avoir payés seulement douze kopecks par mois au lieu des trente promis par Peter, de les avoir appauvris et affamés, si bien qu'ils succombaient à toutes les maladies. On a encore dit que deux tiers des manœuvres de Saint-Pétersbourg étaient contraints de construire le palais d'Alexandre sans la moindre rémunération.

Alexandre a fait des économies, et alors ? Comme si Peter n'avait jamais agi de la sorte, payé moins que promis les moujiks, les soldats, les artisans et même Charlotte Christine. Ça n'avait rien de nouveau en Russie. Cependant, j'ai compris que cette liste d'accusations et de sommes, couchée sur le papier par les *pisors*, était accablante.

Je devais agir vite, sans perdre une seule journée, car Alexandre risquait de finir sur le *dyb* de torture. J'en ai soufflé un mot à Varvara. Daria était si inquiète qu'elle aurait pu tout gâcher.

Ce jour-là, j'ai supplié Peter de rentrer tôt – j'allais lui préparer un dîner. Dès midi, je me suis empressée en cuisine, aidée par Velten. La veille, il avait déjà mis à refroidir le *kholodets*, de l'aspic de langue de bœuf et de chevreuil safrané, si prisé par Peter ; nous avons sorti du chou fermenté des tonneaux de la cave et nous avons cuit de l'orge dans du lait d'amande. Nous avons choisi ensemble le plat principal : un cochon de lait d'à peine trois semaines ; j'ai dit à Velten de le farcir de sauge et de pommes, et il a fallu attendre, des heures durant, que le petit cochon, recroquevillé dans son plat avec une pomme dans la gueule et une autre dans le cul, finisse d'agoniser dans le four. Avec l'*Oberschenk*, nous avons choisi une vodka à l'anis, du kvas pour que Peter se désaltère, et six des meilleures bouteilles de tokaj et d'hermitage rouge au bouchon intact. Nous avons tranché un immense fromage de Limbourg ; dans une jatte, nous avons versé des bolets conservés dans du vinaigre, des cornichons marinés et des oignons ; et dans des bols, des confitures de framboise et de prune.

Peter est arrivé à six heures, épuisé après sa journée de travail. Dans la salle à manger, il a trouvé la table dressée simplement, comme il aimait – avec des plats en étain et en faïence posés sur un tapis perse tenant lieu de nappe, sans grand luxe ; il s'est laissé tomber sur sa chaise et a étiré ses jambes fatiguées devant le poêle. Voyant que la table était dressée pour trois, il a paru déconcerté, mais je m'étais déjà hâtée d'aller chercher le cochon de lait étendu sur son lit de pommes. La cuisson était parfaite, sa fine peau couverte de bulles dorées mettait l'eau à la bouche. J'ai rempli le verre de Peter de vodka anisée et j'ai dit : « Peter, commandant de mon cœur, ne t'emporte pas, bois et pardonne-moi à l'avance mon impudence, j'ai osé inviter quelqu'un ; si cela ne te convient pas, punis-moi, mais promets-moi de ne pas le chasser. » J'ai alors tapé dans mes mains et Varka a laissé Alexandre entrer par la porte qui menait à mes appartements.

À cet instant, j'ai compris que je venais de commettre une terrible faute.

Peter s'est mis dans une telle rage que j'ai cru qu'il allait me tuer. J'ai compris ce qui n'allait pas : il était fatigué, il voulait se reposer, manger et boire à volonté, et voilà que je lui imposais Alexandre et les affaires le concernant. Sans sa permission, sans même l'en avertir. J'étais l'obstacle entre lui, affamé, épuisé, et le verre plein qui l'attendait.

Mais il ne m'a pas tuée, il s'est juste levé, s'est approché de moi, m'a regardée avec ses yeux injectés de sang, et il a explosé.

« *Ych'ti*, sale garce, tu croyais m'avoir si facilement ? Que j'allais tout avaler en même temps que ton cochon en me léchant les doigts ? Tu ne parviens pas à oublier ton pineur d'Aleksachka et tu t'es mis en tête de le couvrir ? Ou peut-être avez-vous recommencé à baiser tous les deux dans mon dos, comme au bon vieux temps ? *Blyad*, d'où vous vient donc cette entente, cette camaraderie, on peut le savoir ? »

Son immense main s'est emparée de mon visage, il a enfoncé son doigt dans ma joue, de toutes ses forces, tout près de mon œil.

Tu n'as pas le droit de trembler, Catherine, il ne faut pas lui montrer que tu as peur, pas un seul instant.

Tu n'as même pas le droit de regarder Alexandre. Même si tu en as envie. Même si tu as besoin de son aide, ne serait-ce que par un regard.

Je regardais Peter droit dans ses yeux rouges. Je distinguais chaque veine, chaque ride sous ses yeux gonflés. Ses pupilles dilatées étaient presque entièrement noires, comme celles des rats. Ses yeux semblaient sur le point de sortir de leurs orbites pour exploser telles des grenades.

Peter a détourné le regard, il a capitulé. Il s'est éloigné de quelques pas puis, faisant volte-face, m'a frappée deux fois au visage – d'abord du revers de la main, le poing serré, puis sur l'autre joue du plat de la paume.

J'ai eu de la chance que ces deux gifles ne me dévissent pas le cou, ne m'arrachent pas la tête. Mais j'ai vu des étincelles, mes oreilles ont sifflé et tout s'est assombri.

Quand j'ai repris mes esprits, Peter, effrayé, me secouait. J'avais perdu connaissance. Alexandre m'a tendu un verre. J'avais déjà vu ce regard, c'était comme s'il était mort, comme si la vie l'avait quitté. De la vodka anisée. Sucrée, visqueuse, à la fois brûlante et fraîche sur mes lèvres.

Que faire, maintenant ? Je savais ce que je ne devais pas faire. Surtout pas ce que Peter attendait de moi.

Je devais me comporter en homme. Comme j'avais vu faire Alexandre. Désarçonner Peter.

« Très bien, Batouchka, lumière de mes yeux, je vais me taire et ne plus me mêler de rien », ai-je dit, en bonne épouse docile rompue au *Domostroï*, mais sans dissimuler mon ton moqueur. Peter a rougi. J'avais touché un point sensible, à l'endroit même où, entre les dentelles de ses ambitions et de ses rêves européens, se dressait la toison du Russe sauvage qu'il détestait tant. Mais je ne devais pas savourer ce moment trop longtemps, il ne fallait pas réveiller sa colère. « Maintenant, allons manger le rôti, il va refroidir. » Et j'ai enfoncé dans ma bouche la pomme fumante tirée de la gueule du cochon de lait. Je craignais de me brûler les lèvres, encore tremblantes après les coups. La plaisanterie a semblé détendre quelque peu Peter.

« On dirait parfois que tu cherches les coups, Catherine... *Yei Bogu*... Tu me mets en rage... Arrête ça. Qu'est-ce que je vais faire de toi, maintenant ?... Bon, allons-y. Écoutons ce qu'Aleksachka peut nous dire que nous n'ayons déjà entendu. Mais mangeons ce cochon tant qu'il est chaud. » Il a enfoncé la fourchette dans l'œil du porcelet et lui a tranché la tête d'un coup de couteau. Les bulles ambrées de graisse et de suc ont giclé à travers la pièce. Alexandre et moi regardions l'exécution enragée qui avait lieu dans le plat. Puis nous nous sommes attablés pour manger. Et boire.

Te souviens-tu, Alexandre, comme j'ai sauvé ta peau ce jour-là ? Sans moi, tu aurais subi le même sort que ce porcelet sous le couteau de Peter. Vous faire asseoir tous les deux à la même table m'a coûté autant de peur que de douleur, les bleus autour de mes yeux ont mis longtemps à s'estomper, mais cela en valait la peine. Heureusement, aucun de nous ne souhaitait que le porcelet refroidisse, il paraissait trop appétissant. Et nous avions aussi besoin de boire après un tel éclat de colère. Parfois, les mets et le vin valent mieux que la menace des armes pour arriver à une trêve. Ça t'a laissé le temps, Alexandre, de te justifier : tu as eu le temps, pendant qu'il mangeait le *kholodets*, le jambon froid, les champignons, de le convaincre que ton plus grand péché était de ne pas avoir su faire la différence entre l'argent du Trésor et le tien ; que, de même que tu avais pris de l'argent de l'État pour toi, tu avais aussi pris sur ton argent pour payer des affaires d'État, quand, en l'absence de Peter, le Sénat ne te donnait rien. Tu as tout énuméré, chaque provision sur les champs de bataille que tu payais de ta poche, toutes les fois où un délai aurait coûté la vie à des soldats, sans parler des pots-de-vin aux nobles du Danemark, de Poméranie, de Pologne ou de Lituanie. Combien avaient coûté tous ces cadeaux aux courtisans influents des rois : les épées ornées de diamants, les médaillons à l'effigie de Peter sertis de pierres précieuses, les ballots de fourrure de zibeline, sans lesquels aucun traité n'aurait été signé avec les alliés. Et les banquets, les fêtes, les beuveries avec les envoyés, qui ne se contentaient pas d'un fût de vin… Les prix étaient plus élevés à l'étranger, tu n'apprenais rien à Peter… Tout venait de ta poche, mais c'était pour la Russie, pour les besoins de l'État, pour la mère patrie ! Est-ce qu'on avait le temps, en pleine guerre, de remplir de la fichue paperasse ? De consigner chaque diamant, chaque queue de zibeline ? Aurait-il fallu déranger Peter pour la moindre facture, la moindre dépense ? On ne s'en serait jamais sorti ! Le temps ne manquait pas seulement pour la correspondance d'État, il manquait même pour une *tsidoulka*, il fallait agir vite, sur-le-champ, battre le fer pendant qu'il était chaud, c'est pourquoi tu avais puisé dans tes propres réserves. Et pour qui ? Pour l'État russe ! Tu en avais toujours rendu compte à Peter dans tes lettres. Que ton *Bruder* daigne se rappeler combien il se réjouissait d'apprendre qu'on avait exécuté ses ordres, jamais il ne prenait la peine de demander comment cela s'était passé ni combien cela avait coûté. N'y avais-tu pas été de ta poche quand les manufactures de verre, de papier et de soie manquaient d'argent et qu'il fallait les faire tourner au plus vite pour tenir les délais de Peter ? Tourner, peu importait comment – aurait-il fallu attendre que la lettre du *pisor* parvienne au Sénat et au *tchinovnik* responsable, que ce dernier explique qu'il n'avait pas d'argent, que des dizaines de *nakhuï* lettres soient envoyées ici et là, jusqu'à ce que l'argent soit débloqué ? C'était une course contre le temps – si tu avais laissé faire le *pisor* et suivi les lois à la lettre, la Russie serait encore au fond de son trou et n'aurait toujours pas vu la lumière du jour ! La moitié des choses n'existeraient pas ! Tu avais payé pour la fabrication des arcs de triomphe en bois qui accueilleraient *dein Herz*, les menuisiers et les artificiers. Les tresseurs de couronnes, les peintres et les dessinateurs, les chanteurs, les musiciens et leur compositeur Titov, les costumiers et autres gredins d'artistes. Sans parler de ce que tu avais dépensé pour les luxueux palais avec leurs stuqueries, boiseries, fresqueries, crapuleries et plans d'architecte, les parcs, les orangers et les citronniers dans les jardins d'hiver, les bulbes de tulipes, les rosiers, les pivoines et autres fourberies – tout cela n'était pas pour toi, mais pour le Batouchka, le *Bruder*, tout pour sa seule gloire ! Et les bals masqués et les costumes ? Les réceptions d'État avaient toujours lieu chez vous, les Menchikov, aux frais des Menchikov ! Et qu'avais-tu eu en contrepartie ? Rien, une figue, des clous ! Quelqu'un t'avait-il montré un peu de reconnaissance ? Quelqu'un s'était-il demandé comment tu payais tout cela, si tu en avais encore les moyens ? *Khouï !* Au lieu de ça tu n'avais eu que des déboires ! On te traitait de voleur ! Peter avait sa part de responsabilité ! Que dire encore des mariages, celui d'Anna Ivanovna, envoyée en Courlande, ou celui du contre-amiral Mikhaïlov lui-même, avec quel argent avait-on payé ces noces ? Non pas que tu aies regretté un seul de ces kopecks pour *dein Herz*, mais la bourse de son esclave Alexandre n'était pas sans fond, et s'il fallait compter, eh bien soit... Après tout, *blyad*, ce ne serait peut-être pas une mauvaise chose d'établir les factures. Pas une mauvaise chose de faire les comptes de ce que tu avais dépensé pour l'État et pour le tsar, afin que tout soit clair.

Il y avait une part de vérité. Peter, qui commençait à l'entendre, s'est radouci. Ils ont bu, léché le gras sucré du porcelet sur leurs doigts, se sont essuyés sur la nappe et, le visage rougi, ont souri et bavardé comme autrefois, se rappelant les meilleurs festins donnés par Alexandre, les moments les plus cocasses : « Tu te souviens comme on a arrangé le mariage du nain Volkov ? Et Lefort qui est tombé raide après avoir bu le calice de la punition ? » Ils ont terminé l'hermitage rouge, puis le tokaj, je veillais à ce que les verres et les assiettes ne soient jamais vides ; à la fin, ils riaient ensemble, échafaudaient de nouveaux plans pour le Synode pochard et Peter montait des projets de bal masqué, réfléchissait au mariage, après le Nouvel An, de son ancien précepteur et « prince-pape » Zotov, qui n'aspirait qu'à finir ses jours dans un monastère. Te souviens-tu de tout cela, Alexandre ? Tu es désormais installé dans le fauteuil à côté de mon lit, loin de tous ces tourments, mais te rappelles-tu qui tu dois remercier pour ne pas avoir été aussitôt condamné au supplice du chevalet ? Pour toi j'ai pris des coups au visage. Je me souviens aussi que ton ivresse ne t'a pas empêché de lancer tes flèches, comme si de rien n'était, mais avec une grande précision : tu as amené la conversation sur Alexis Petrovitch et commencé, peu à peu, à clouer son cercueil. L'air de rien, tu as évoqué la manière dont il traitait Charlotte Christine, le fait qu'il héberge dans sa maison une esclave, la Finlandaise Euphrosine, qu'il baisait sous le nez de sa femme. En se vantant d'imiter son tsar de père qui avait lui aussi ramené une esclave de guerre. Si c'était permis au père, ça l'était aussi à son successeur ! Tu savais que cela ferait enrager Peter : se voir comparé à son fils méprisé suffisait à déclencher chez lui des convulsions.

Je m'étais suffisamment familiarisée avec l'art militaire pour en connaître les termes. Mon visage avait enflé, ma tête tournait à cause du vin et ma vue se troublait, mais je voyais où tu voulais en venir. Comme à la guerre, tu mettais en place une stratégie de diversion. Tu tentais de détourner son attention de toi et de tes œuvres pour l'amener vers une chose plus importante, perpétuelle source d'inquiétude pour lui : son fils, Alexis Petrovitch. Voyant le coin de son œil tressauter, j'ai envoyé le domestique chercher du vin.

Il y avait des sujets que Peter ne pouvait aborder qu'avec nous deux. Son fils en faisait partie. « Tu dis qu'il s'est déjà trouvé une esclave, une baba de Finlande ? a fulminé Peter. Alors que nous lui avons trouvé une femme, une véritable princesse européenne… Et qu'en a-t-il fait ? Rien, il est grossier, il boit, et la roue de coups sans raison… Tout ce qu'il a réussi à en tirer, c'est une fille l'année dernière, Natalouchka, une petite-fille... À qui vais-je donc tout léguer, Aleksachka ? Pas à cet incapable, à ce faible ? Ne crois pas que je ne sais pas ce qu'il raconte dans mon dos, entouré de ses popes... L'ordre et les réformes de son père ne lui plaisent pas... Il ne parle que de sa mère, Eudoxie. Il attire autour de lui tous ceux à qui le passé convenait mieux, ils sont collés à lui comme des mouches à merde... Mon Dieu, si je mourais, Aleksachka, mon cœur me dit que mon propre fils, la chair de ma chair, ramènerait la Russie dans le bourbier, toutes ces années de labeur, de souffrance et de sueur n'auraient servi à rien... Nous avons changé la loi sur l'héritage – pour tout le monde, pour tous les nobles russes, afin de les empêcher de dilapider leur fortune, et pour moi aussi, afin que je puisse léguer le pouvoir à qui bon me semble, pas nécessairement à mon fils aîné... Mais si je meurs, Danilovitch, même si je ne suis pas obligé de transmettre le pouvoir à Alexis, à qui pourrais-je le céder ? À la petite Anouchka ? Alexis, avec ses popes et ses boyards, n'en ferait qu'une bouchée... d'elle et de Lizetta, de Natalouchka, de Margarita et de Catherine... Danilovitch, mon fils a beau être ma chair et mon sang, il n'est qu'une pourriture, un bon à rien, c'est une véritable gangrène, *blyad*. Est-ce que je peux laisser la Russie à quelqu'un comme lui ? »

Alexandre l'avait pris dans ses bras et le laissait verser des larmes, des larmes de vodka anisée, d'hermitage, de tokaj, de déception et surtout de lamentation. Je l'ai caressé, et j'ai rempli de nouveau les verres pour qu'il s'apaise. Alexandre jurait ses grands dieux qu'on ne toucherait pas à un seul de mes cheveux ou de ceux de nos filles si quelque chose, le Seigneur nous en préserve, devait arriver à Peter... Il le consolait comme il pouvait : « Tu verras, *mein Herz*, tu es encore robuste, ardent en amour, Catherine te donnera un fils, un successeur, tu verras, tu te rappelleras mes paroles et tout ira bien. »

Il n'aurait pas dû dire cela, même s'il ne cherchait qu'à m'aider. Les cinq dernières fois, j'avais donné naissance à des filles. Attendre un garçon ne dépendait pas de ma volonté. Maintenant que j'étais tsarine, j'avais des nourrices à disposition, à qui confier l'enfant pour me reposer, ce n'était plus si épuisant d'enfanter. J'étais donc prête à accoucher autant qu'il le voulait, mais comment lui donner un fils ?

Le lendemain, quand Alexandre, introduit secrètement par Mary, m'a rendu visite, je lui ai dit d'arrêter de farcir la tête de Peter avec les enfants, que lui offrir un garçon ne dépendait pas de moi. Souhaitait-il que Peter, déçu, se détourne de moi ?

Alexandre m'a apporté un cadeau pour me remercier. Deux aigrettes, dans une petite boîte tapissée de velours. Deux bouquets de minuscules fleurs au cœur d'or et aux pétales en diamants et topazes bleus, sertis de telle sorte que les pierres précieuses se balançaient quand je marchais, et que les fleurs paraissaient réelles, comme caressées par le vent. Je n'avais jamais rien vu de tel. C'était d'une beauté sans nom. J'ai dit en plaisantant qu'ils s'accorderaient très bien avec les bleus autour de mes yeux. Ces aigrettes avaient deux longues dents pointues, comme la fourchette que Peter avait enfoncée dans le porcelet rôti la veille au soir. Posant le doigt sur l'une de ces piques, de près de deux empans de long, j'ai failli me blesser au sang.

« N'y songe même pas, Catherine, n'y songe même pas... »

Avec Alexandre, nous nous comprenions à demi-mot. C'est à croire qu'il lisait dans mes pensées, lui qui lisait difficilement.

« Tu verras, nous allons résister et cela passera. *Peremeletsa, muka budet*, il ne restera de tout cela qu'une farine très fine dont nous ferons un gâteau de fête. Tu reconnais cette fleur ? C'est du myosotis, ne-m'oublie-pas... » Et il m'a respectueusement baisé les mains.

Je l'avais reconnue. « Ne-m'oublie-pas »... Je me demande s'il s'en souvient.

Nous nous sommes mis d'accord sur ce que nous dirions à Peter. Et sur ce que nous ne lui dirions pas.

Ces froides journées de 1714, Peter les a passées, pour la plupart, à la maison avec moi. Comme toujours, il se réveillait en sueur, à quatre heures du matin. Il se levait et travaillait à ses documents pendant deux heures, prenait son petit déjeuner à six heures et écoutait les rapports secrets des dignitaires. À neuf ou dix heures, il s'installait à son tour dans sa *tokarnia* – Nartov avait inventé un moyen de graver des motifs et des images sur des plaques, et Peter, aux anges, perfectionnait cet art. Vers midi, il déjeunait dans mes appartements, puis se reposait un peu ou se faisait ausculter par les médecins. Ensuite, s'il faisait beau, il partait en traîneau ou à cheval et rendait visite à un des nobles de Saint-Pétersbourg. Avant le dîner, il jouait parfois avec un *denstchik* ou un courtisan aux échecs ou au billard – ces jeux, contrairement aux cartes si imprévisibles, qui dépendent du pur hasard, étaient de ceux où l'adversaire – pour peu qu'il ait un brin de bon sens – pouvait laisser la victoire au souverain, voilà pourquoi Peter les aimait tant. Le reste de la soirée, il le passait avec moi devant une table bien garnie. Alexandre se joignait parfois à nous – grâce à nos efforts communs, nous avions obtenu une trêve. Sa disgrâce auprès de Peter n'avait finalement duré que quelques jours, jusqu'à mon dîner avec le porcelet. Mais au terme de ce dîner ils avaient décidé que l'enquête sur le pillage du Trésor devait se poursuivre, ne serait-ce que pour sauver les apparences, pour dissuader quiconque de voler. Et qu'Alexandre ne s'immiscerait pas dans l'enquête sur ses compagnons, ni dans leur procès. Autrement dit, il les sacrifiait. Le bruit ayant couru que je m'étais opposée à Peter et que j'avais pris position pour Menchikov, Peter m'avait ordonné de voir par moi-même combien les gens du Sérénissime avaient volé. En guise de punition, mais surtout pour ne pas perdre la face, pour satisfaire la cour et les envoyés étrangers, Peter m'avait forcée à l'accompagner à un interrogatoire dans les cachots de la forteresse Pierre-et-Paul. Dans mon souvenir, c'était le tour de Volkonski. Le plus terrible n'était ni la vision ni les bruits, mais l'odeur de la chair brûlée. De la viande humaine grillée, une odeur douceâtre, comme celle du cochon de lait rôti, à quoi s'ajoutait la puanteur des poils roussis. J'ai réussi à me retenir. Je ne me souviens pas de ce que j'ai pensé, mais je me suis certainement tranquillisée en me disant que j'avais de la chance de ne pas être à sa place. Et qu'Alexandre n'y soit pas non plus. Je me suis peut-être souvenue de Marienbourg, des champs de bataille, de la femme infidèle enterrée jusqu'au cou. Je me suis retenue de vomir jusqu'à ce que je sois de retour dans mes appartements du palais. J'ai rendu tripes et boyaux, tandis que Mary gardait une main sur mon front pour m'empêcher de me cogner contre la bassine en faïence… À y repenser maintenant, je me dis que tout dans cette vie a une signification. En regardant en arrière, il me semble parfois que le Seigneur avait un dessein. Peut-être que cela devait se produire ainsi. Peut-être que c'est comme ça que Dieu m'a avertie et protégée. Peut-être que, si je n'avais pas été obligée d'assister à l'interrogatoire et d'observer les tortures, je me serais effondrée par la suite face à des épreuves plus grandes encore. Il ne s'agissait que de Volkonski, après tout, l'homme de main d'Alexandre, et non d'un proche…

Alexandre a obtenu de Peter qu'il épargne Apraxine et Golovkine. Par la suite, sans que personne ne le sache, j'ai œuvré avec Alexandre pour que Peter diminue l'amende qu'il lui avait infligée et accepte qu'elle soit étalée dans le temps. Elle avait été fixée au million qu'il s'était approprié, mais elle est passée à huit cent mille avant d'être encore réduite. Au tribunal, pendant l'enquête, Peter était tout de froideur avec Alexandre, ce qui a alimenté le soupçon de sa disgrâce jusqu'à ce que cette froideur se dissipe, à la surprise de tous. Rien n'éteint aussi bien le feu de la colère que le temps. Et le calme. Même les plus grands courroux, s'ils ne sont pas attisés par le souffle de l'inconséquence, le suif de la peur et les bûches de l'étourderie, finissent par se consumer pour ne laisser que braises et cendres froides. Notre but, avec Alexandre, était de faire traîner le procès. Le faire durer. En Russie, l'atermoiement est un art essentiel. Parce qu'il suffit parfois de laisser passer du temps sans rien faire pour que les choses se résolvent d'elles-mêmes. Ce qu'il faut savoir, c'est que tout finit par s'apaiser, s'oublier. Vassili Dolgorouki, qui menait l'enquête, a tracassé Alexandre pendant encore quatre ans, sortant toujours de nouvelles preuves de ses escroqueries et détournements de fonds ; parfois, comme jetant un os à un chien, Alexandre réglait une amende, mais il se vengeait par la suite, évidemment. Peter avait bien compris qu'en malmenant Alexandre, il perdrait un fidèle allié, au risque d'ébranler l'équilibre du pouvoir en Russie, qui s'effondrerait alors comme un château de cartes. Si l'heure de la fin sonnait pour Alexandre, on commencerait à s'en prendre à ceux que Peter couvait : les étrangers et les Russes que les vieux boyards appelaient avec dédain « les oisillons du nid de Peter ». Peter ne voulait pas de Vassili Dolgorouki à la place d'Alexandre, pour ensuite voir Alexis Petrovitch s'engouffrer dans la brèche comme l'eau dans une fente. Elle finirait par tout inonder, les partisans du vieil ordre se réinstalleraient peu à peu, et peut-être même la tsarine Eudoxie, qui du fond de son couvent continuait de faire figure d'icône accusatrice, puisque ces vieux aigris la considéraient toujours comme l'épouse légale du tsar et la mère du successeur légitime.

Durant ces soirées de décembre, je me suis évertuée à être aussi affectueuse que possible avec Peter, cherchant à lui plaire, à le combler, le calmer, le gratifier, le rassasier. Alexandre, Daria et Varka nous rendaient visite, le nain Yakim Volkov n'était jamais loin avec ses plaisanteries, il y avait aussi notre jeune Noir Avram Hannibal, Anissia, Mary et la Balkcha – les gens de maison, essentiellement. Je m'efforçais, pour le bien d'Alexandre et pour le mien, de nous réunir tous les trois, ou tous les quatre avec Daria, comme autrefois. Telle une horloge, j'essayais de remonter le temps jusqu'à l'époque où nous nous amusions entre couples. L'époque où nous étions jeunes, où il nous semblait encore possible de conquérir et de changer le monde, où nous pensions avoir la vie devant nous.

Mais nos corps venaient nous rappeler que notre temps n'était pas infini.

Peter devait se rendre presque quotidiennement dans le *mylnia* qu'il avait fait installer dans le palais, avec une étuve finlandaise et une étuve russe, ainsi qu'une baignoire grande comme le bassin d'une fontaine – où l'on descendait directement dans l'eau chaude par de petites marches flanquées de jolies rampes protectrices. Seule la chaleur soulageait les douleurs de son dos. Je devais moi aussi me réchauffer de plus en plus souvent dans cette baignoire en bois avec ses rampes : j'étais faible, je dormais mal. J'étais à peine couchée que mes tempes se mettaient à cogner. Un battant de cloche invisible frappait sans relâche dans ma tête, pendant des heures. Si je me levais trop vite, je chancelais, et si je restais assise trop longtemps, mes jambes se mettaient à gonfler.

La jeunesse, c'est de ne pas sentir son corps. De le porter sans y penser, comme un enfant sa chemise. Quand l'habit devient trop étroit, qu'il vous serre, c'est que le corps se manifeste. L'âme, elle, est immortelle, car elle ne vieillit pas, ni ne s'use. Il y a même des gens chez qui elle rajeunit, devient plus pure avec les années. Contrairement au corps.

Durant ce mois de décembre, toutes mes robes ont commencé à me serrer, je ne rentrais plus dedans même si j'étais sûre de ne pas porter d'enfant dans mes entrailles. Ni Mary ni Anissia ne parvenaient à en nouer le corset, pas même avec l'aide des servantes. Elles avaient beau délier les lacets, les corsets ne fermaient plus. À moins que ce soient les lacets qui aient raccourci. Il a fallu commander de nouvelles robes aux marchands – j'avais la chance de pouvoir acheter ce que je voulais, sans compter ni demander. Mary inventait des coiffures toujours plus élaborées : nous accrochions dans mes cheveux les aigrettes de diamants offertes par Alexandre, les rubis et les perles de Peter, pour que mes boucles paraissent plus fournies. Mais les parures ne suffisaient pas toujours. Parfois, j'aurais juré que le miroir était bombé. J'en ai fait venir un nouveau, plus grand et plus cher, un miroir vénitien.

Peter ne semblait rien remarquer de tout ça. Après l'épisode avec Alexandre, tout semblait avoir repris sa place. Il appréciait sûrement que je ne lui en parle plus. Il était heureux de passer du temps en ma compagnie et se montrait affectueux ; c'était un autre homme, assoiffé de tendresse, de calme. Avant le Nouvel An, j'ai reçu un cadeau de sa part : une tabatière en ivoire sur le couvercle de laquelle, aidé de Nartov, il avait gravé mon portrait. J'aurais parié que c'était l'œuvre de Nartov, mais le cadeau était utile. Priser du tabac, la dernière mode, aidait à dégager la tête et soulager la douleur dans mes tempes – qui me faisaient de plus en plus souffrir, surtout le matin.

Avram m'a rapporté qu'Avdotia Tchernicheva allait elle aussi recevoir une tabatière en ivoire. Il m'a montré où Peter la cachait, dans la *tokarnia*, au fond d'un tiroir dissimulé sous les copeaux. Il y avait bien là une tabatière similaire. Celle-ci sans doute gravée par Peter, car elle était plus simple et sans portrait. À moins que… car en observant de plus près les sinuosités de ce dessin, on y voyait des lèvres ovales avec une fente, qui ressemblaient à un sexe féminin. Peut-être était-ce bien un portrait, de cette garce de Dunka. Elle planait telle une odeur persistante – je ne la voyais plus, mais elle était là. Quelque part, à la marge de la vie de la cour. Aux dires d'Hannibal, de Mary, d'Anastasia, de Golitsyna, de la Balkcha et des domestiques, Peter retournait la voir de temps à autre.

J'ai offert à Peter des lunettes que j'avais commandées à un marchand hollandais lors de mon dernier séjour à Réval. Pour qu'il voie plus clair – quand il lisait, quand il écrivait ou qu'il façonnait avec minutie de misérables cadeaux pour ses misérables putains.

Peter était vexé de ce cadeau qui lui donnait le sentiment d'être vieux. Mais, à ma grande surprise, il ne s'est pas fâché. Il a même voulu me faire plaisir le dernier jour de l'année en m'offrant de nouveaux bijoux en diamants et des colliers de perles, pour parer ma jeunesse, selon ses propres mots.

Puis il s'est à nouveau enfermé dans sa *tokarnia*. En descendant pour le dîner solennel du Nouvel An, somptueusement habillée et couverte des joyaux qu'il m'avait offerts, j'ai fait une chute dans les escaliers. Nous nous étions longuement préparées avec Mary, nous avions choisi avec soin ma toilette et mes parures, et avions même eu le temps de vider quelques bouteilles de champagne. Les battements dans mes tempes étaient devenus insupportables, j'en avais la tête qui tournait, j'ai dû faire un faux pas, je suis tombée sur le côté et j'ai dégringolé les marches. Tout le monde s'est affolé, on m'a portée jusqu'à mon lit, Blümentrost a été appelé pour me faire une saignée. Deux fois il a essayé, deux fois il a échoué. Il n'est parvenu qu'à m'entailler les avant-bras. Peter a fait appeler son médecin de cour, l'Anglais John Howie. Il a prétendu que j'étais tellement en chair qu'il avait du mal à trouver une veine. Mais quand il a réussi, le sang a giclé puissamment. Il a dit que trop de sang s'était accumulé, que mon cœur n'avait plus la force de pomper. Il fallait le soulager. Peter a accueilli l'année 1715 sans moi, mais avec des salves de canons et le Synode pochard. Le médecin anglais m'a ordonné de rester couchée quelques jours et de me nourrir de viande de bœuf presque crue, pour bonifier mon sang, et de bouillons de poisson et de poule. Cela m'a aidée – quand je me suis relevée, j'allais beaucoup mieux.

Mi-janvier, nous avons célébré un mariage dans notre palais d'Hiver. Modeste, entre nous. Il y avait peu d'étrangers à part les envoyés : nous avons marié Elisabeta Glück à François de Villebois, l'officier français de l'état-major de Peter, un ancien contrebandier et piètre pirate de Nantes qui était très apprécié du tsar au service duquel il était entré quatorze ans auparavant. Elisabeta, qui depuis de longues années n'avait d'yeux que pour ce coureur de jupons suffisant, avait enfin obtenu ce qu'elle désirait. Elle était attablée, satisfaite, entourée de la tsarine et de ses filles, de la tsarevna Natalia, la sœur de Peter, de Prascovia, sa belle-sœur, et d'Ekaterina, sa fille, de Charlotte Christine, épouse de l'héritier, ainsi que des dames de ma cour et des épouses des envoyés. Le marié était assis à l'autre table, honoré de la compagnie de Peter. Alexandre se tenait au bout de cette table, avec les envoyés étrangers. La troisième était réservée à Alexis Petrovitch et aux fonctionnaires. J'aurais été curieuse de savoir si Elisabeta réfléchissait au destin merveilleux qui était le sien, si elle revenait parfois en pensée à Marienbourg, si elle demandait au Seigneur pourquoi Il était si généreux avec elle ? Non, à en juger par son visage empourpré et son sourire béat – elle n'y pensait pas. Sans doute ne voyait-elle même pas qu'elle était en train de célébrer l'enterrement de sa vie paisible et le début d'une vie de souffrance à dépendre jusqu'à sa mort du bon vouloir de son mari. Elle aurait pu demander ce qu'il en était à Charlotte Christine. Ou, après tout, à moi.

Personne ne s'est enivré au mariage d'Elisabeta Villebois – peut-être aussi parce qu'il y avait beaucoup d'envoyés de marque, dont le nouveau consul français Henry Lavie ; Weber, l'envoyé de George Ier, roi d'Angleterre et prince-électeur de Hanovre ; sans oublier une délégation anglaise chargée d'apporter au Sérénissime un document signé d'une personne très importante du nom d'Isaac Newton, stipulant que le prince Menchikov était élu membre d'honneur de la Société royale de Londres pour l'amélioration des connaissances naturelles. Peter m'a fait comprendre qu'il s'agissait d'une affaire de la plus haute importance, il avait même l'air un peu jaloux, et sa jalousie était la dernière chose dont on avait besoin. « Je parie que là-bas, en Angleterre, ils ne se doutent pas que ton Aleksachka ne sait même pas écrire », ai-je plaisanté pour le détendre. Il a ri en se frappant la cuisse : « Catherine, voilà le meilleur des compliments de la part des Anglais, ils nous respectent tant après Poltava et Hangö Oud que les illettrés russes deviennent même des membres d'honneur de leur Royal Society. » Alexandre, lui, disait que cet honneur lui était décerné parce qu'il avait acheté un nombre incroyable de livres aux imprimeurs anglais pour sa bibliothèque et des malles entières d'instruments de navigation pour la flotte de Peter. C'était un bon client. Durant les trois heures qu'ont duré les noces, nous avons réussi à faire bonne figure devant les envoyés, sans nous noyer dans le vin. C'est sans doute pour cela que Peter était si affectueux, qu'après avoir fait danser la mariée, Elisabeta Villebois, il a dansé trois heures durant avec nos filles aînées, Anouchka et Lizetta, et avec moi, me flattant et m'embrassant plusieurs fois devant tout le monde. C'était un tout autre Peter, celui que j'aimais. Cette nuit-là, après avoir remporté la course contre le temps et le vin, j'ai réussi à le ramener sobre dans ma chambre : ça s'est si bien passé que je nous ai cru entièrement réconciliés. Ce que nous avions traversé était derrière nous, appartenait à l'année écoulée, au passé.

Au réveil, j'ai compris que l'autre Peter n'avait pas disparu. Je l'ai trouvé déjà levé, en train de rédiger des oukases pour le futur Synode pochard pour célébrer les noces solennelles du vieux soulard Nikita Zotov. « Et maintenant, Catherine, amusons-nous, trêve de politesses. » Il préparait cette grande beuverie depuis plusieurs mois et se frottait les mains comme un enfant.

Les ordres avaient été envoyés trois mois auparavant aux éminences de Saint-Pétersbourg, qu'on appelait les *znat'*, « les notables », car il y avait parmi eux beaucoup de gens d'origine modeste, qui s'étaient élevés par la seule grâce du tsar, comme cette raclure de Villebois, qu'on n'aurait jamais pu qualifier de noble. Mais le mariage de Zotov devait aussi être une fête pour ceux que l'oukase de Peter nommait les *podlye liudi*, les gens du peuple – on leur préparait des tonneaux de bière, d'hydromel et de vin.

Les *znat'* avaient eu trois mois pour se faire confectionner un costume pour le bal masqué, la *machkara*. Aussitôt après les noces polies d'Elisabeta, les invitations ont été envoyées pour celles de Zotov. On a cherché dans toute la Russie jusqu'à ce qu'on trouve quatre des pires bègues qui joueraient les hérauts et, pour incarner les messagers, des éclopés, les jambes déformées par la goutte, tous obèses, tellement flasques et miséreux qu'ils ne tenaient pas sur leurs jambes. L'oukase du tsar annonçait que tout Saint-Pétersbourg boirait jusqu'à ce que le mariage du prince-pape Zotov soit célébré et que toutes les demeures des personnes importantes devaient être prêtes à accueillir les noceurs – vin, bière et hydromel devaient être à disposition et, pour que la nourriture ne soit pas gâchée, il faudrait préparer uniquement des plats froids : des jambons, de la langue de bœuf, du caviar, du chou fermenté, des cornichons, des gâteaux et du pain, qui seraient servis à l'arrivée du tsar et de sa suite.

Quatre cents des plus importantes personnes de

l'État affublées de costumes choisis par Peter, qui ne voulait pas voir plus de trois personnes porter le même, se sont mises en ordre pour la procession près du palais d'Hiver en cette froide journée de janvier. Peter, Alexandre, Apraxine et le général Bruce étaient habillés en manants de Frise, et j'étais moi aussi en paysanne frisonne, avec un grand fichu croisé sur la poitrine et une immense coiffe amidonnée, aussi large qu'un plateau ; les autres s'étaient parés à la mode turque, vénitienne, polonaise, chinoise ou maure. Au son des cloches, nous nous sommes mis en marche sur la Neva glacée, vers l'église en bois de la Sainte-Trinité – le premier traîneau emmenant les malheureux goutteux obèses, le deuxième les bègues qui se gelaient et bégayaient à en perdre la voix, puis venait la suite de la mariée, composée de vieux édentés impotents qui pouvaient à peine marcher ; après eux, Fédor Romodanovski, le prince-césar du Synode, assis sur un trône factice et habillé tel le roi David, avec une couronne dentelée et tenant, à la place d'une harpe, une lyre parée d'une peau d'ours qu'il grattait à tout va, produisant un son perçant qui faisait froid dans le dos ; son traîneau était tiré par quatre ours et poussé par un cinquième, des pauvres bêtes qu'on pressait à coups de lances et qui rugissaient, grognaient, ouvrant grand leur gueule rouge aux dents acérées. Un autre traîneau menait vers leur nouvelle vie le marié, âgé de quatre-vingt-quatre ans, et sa fiancée de trente-quatre ans, Anka Pachkova, veuve du capitaine Stremoukhov, qui se retrouvait dans cette position si peu enviable par la faute de son père, un vieux croyant ardent et indocile détesté par Peter, mais aussi parce qu'elle était devenue si grosse pendant son veuvage que personne n'en voulait. Elle était habillée en noir, car elle devait représenter le royaume d'Espagne qui se soumet au pape, et la pauvre était à demi allongée dans le traîneau, car il y avait longtemps qu'elle ne pouvait plus se tenir droite : ses jambes dépassaient de sous ses jupes, tellement grosses qu'elle ne pouvait plus les resserrer, ses bras étaient écartés pour la même raison, et elle avait les mains gonflées comme des mamelles de vaches, avec des doigts à la place des pis ; son visage suffoquait au-dessus d'un triple menton – on aurait dit une pâte rose en train de lever dans un moule, dans laquelle étaient enfoncés deux grains de raisin, deux yeux humains d'un bleu incroyable, un peu ivres et perdus qui regardaient autour d'elle, effrayés. J'ai souvent revu ces yeux dans mes cauchemars : la terreur que j'y décelais était humaine, quoique emprisonnée dans des bourrelets de chair ; Dieu avait voulu que cette perfidie de la nature enrobée de lard, comme l'appelait Peter, ait bien une âme. Mais qu'aurait pu faire Anka Pachkova ? Qu'aurions-nous pu faire ? Rien. Les notables qui tentaient de se rebeller face à ce carnaval impie se voyaient baisser le pantalon, piquer les fesses par les soldats du bout de leur épée, et ordonner de s'asseoir, cul nu, sur la glace de la Neva. On ne pouvait donc pas se révolter, il ne restait qu'à endurer la volonté de Peter et continuer de vivre, car tout, même la plus grande des humiliations, prend fin tôt ou tard.

Et la procession ne faisait que commencer. Zotov, installé dans un traîneau recouvert de fourrures, était tellement ivre que rien de tout cela ne lui importait – ni les cupidons qui soufflaient dans des cornes aux quatre coins du traîneau, ni l'énorme bélier tassé sur le siège du conducteur, ni la chèvre debout sur deux pattes qui faisait office de laquais à l'arrière, pas plus que les bêlements, chevrotements et rugissements assourdissants des bêtes, attelées quatre par quatre aux quatre cents traîneaux, et toutes d'une espèce différente : chèvres, béliers, biches, bœufs, ours, chiens, loups, cochons et ânes ; l'équipage des compagnies les plus importantes, comme la nôtre, avait beau être composé de chevaux, nous étions serrés comme des bottes de foin, à vingt par traîneau ; à ce tintamarre s'ajoutaient les tambours que martelaient Peter, Alexandre et Apraxine.

On prenait les paris pour savoir qui tomberait le premier : le pope centenaire à moitié aveugle à qui l'on avait mis des lunettes et qu'on éblouissait avec des bougies tandis qu'on hurlait les paroles rituelles aux oreilles sourdes de ce pauvre homme, trop vieux pour s'en souvenir ; le marié Zotov, ou sa promise qui ne tenait plus sur ses jambes ; ou encore un des vieux claudicants de sa suite. Tous pouffaient, riaient aux éclats, se moquaient ; tous, à l'exception des saints de l'iconostase aux visages sombres et renfrognés. Un instant, en observant de loin la Bogoroditsa, j'ai pensé que s'il y avait eu un Dieu, les icônes se seraient mises à pleurer sur-le-champ, et puis je me suis souvenue que Dieu ferme souvent les yeux devant des choses bien plus terribles que les moqueries de Peter sur l'âge et les difformités ; intérieurement, j'ai pensé : Sois clément, Seigneur, Peter ne sait pas ce qu'il fait ; épargne-le. Quant à moi, je n'ai pas demandé le pardon : étais-je si différente de la mariée Anka

Pachkova ? Comme elle, je n'avais d'autre choix que de subir.

Le mariage en lui-même s'est tenu dans la demeure d'Alexandre, comme autrefois, comme si rien ne s'était passé deux mois auparavant : comme si personne n'avait eu envie d'étrangler Alexandre ou de me briser la nuque. Nous nous sommes amusés dans le palais de l'île Vassilievski jusqu'à minuit. Puis, beuglant et tenant à peine sur nos jambes, nous avons accompagné les mariés dans la cabane qui leur était réservée – une pyramide en bois, sur la place devant le Sénat. À l'intérieur, la couche était éclairée par des bougies et des trous avaient été percés dans les murs afin que les invités puissent épier. Pour leur donner du courage, une coupe pleine de vodka a été servie aux jeunes mariés – la coupe de Zotov avait la forme d'un sexe de femme, celle d'Anka Zotova d'un sexe d'homme. Le marié était si ivre qu'il chancelait et tombait sur la couche, décorée de houblon et entourée de tonneaux de vin, de bière et de vodka. J'ai cessé de regarder, ne craignant plus l'opprobre de Peter ; avec Daria et Varka, nous sommes retournées au palais et nous avons bu du vin. Nous n'avions pas besoin de parler, seule Varka disait de temps en temps : « Allons, encore un verre », tandis que nous regardions la Neva gelée et les lueurs du palais d'Hiver sur l'autre rive, la mienne. Avant minuit, une clameur s'est fait entendre, si forte qu'elle aurait pu fissurer la glace du fleuve, et nous avons su que le mariage était consommé. Varka a marmonné d'une voix ivre : « C'est la preuve que personne n'est plus puissant que notre Batouchka Piotr Alexeïevitch, ce que Batouchka veut, il le fait, il met notre monde sens dessus dessous et chacun se plie à ses désirs. » Comme toujours, cette tête de crapaud avait raison : jamais encore Peter n'avait fait un tel étalage de son pouvoir. Il ne s'agissait pas d'un Synode pochard ordinaire. C'était politique – soumettre, humilier, se moquer de tous. L'aboutissement de tout ce que Peter avait mis en place ces dernières années : la loi sur la succession obligeant à choisir un seul héritier, l'oukase stipulant que les nobles devaient mettre leurs fils de treize ans au service de l'État et les éduquer, faute de quoi ils ne pourraient se marier. Personne ne devait s'y tromper : la volonté du tsar était souveraine, le tsar appauvrirait les fils cadets en les privant de leur héritage, il les prendrait comme recrues, le tsar, et lui seul, permettrait qu'on se marie et qu'on ait des enfants, le tsar clouerait le bec à tous les nobles, il obligerait les quatre cents notables les plus importants à se conduire comme des animaux, le tsar interdirait les anciennes coutumes et en imposerait de nouvelles, encore plus terribles. On se moquerait des vieillards innocents et des infirmes, la sainte cérémonie du mariage serait tournée en ridicule, s'il le fallait ; s'il le fallait, les icônes des églises et le Seigneur Lui-même fermeraient les yeux – puisque c'était la volonté du tsar. Désormais, lui seul déciderait de ce qui était ou non barbare, lui, le tsar, Piotr Alexeïevitch, père de tous les Russes. Désormais, tel Dieu, il déciderait de ce qui était sacré pour les Russes et de ce qui ne l'était pas.

Le Synode pochard du mariage de Zotov et ses déambulations de maison noble en maison noble ont duré dix jours, pendant lesquels pas une seule personne n'était sobre à Saint-Pétersbourg

– même les enfants étaient ivres et titubaient dans les rues gelées, les femmes se vautraient dans la neige, jupes relevées, sur les places publiques les bourgeois et les moujiks puisaient la bière, l'hydromel et la vodka à même les cuves et les tonneaux, à l'aide d'une louche ou de leur couvre-chef. Le dixième jour, Peter a ordonné l'assemblée finale au Sénat et chaque invité a dû boire dans le grand calice décoré de l'aigle bicéphale. Il y a eu ceux qui ont réussi à filer après avoir trompé les gardes, et ceux qui ont échoué. Nous avons appris plus tard qu'Henrik Kelderman, l'un des anciens précepteurs de Peter, un homme très érudit, instruit à Paris, Oxford et Padoue, est parvenu jusque chez lui et s'est endormi la tête sur la table, comme à son habitude. Seulement il ne s'est jamais réveillé : sa femme et ses filles l'ont trouvé raide au petit matin. Peter, une fois dessaoulé, a payé pour l'enterrement et versé une pension à la veuve, mais il ne l'a pas beaucoup pleuré : une débauche réussie exigeait toujours des victimes. Si besoin, il irait s'acheter un nouveau Kelderman à l'étranger.

Peter a mis un long moment à se remettre après le carnaval, on aurait dit qu'il peinait à s'extirper d'une grotte sombre. Parfois, il se figurait qu'on tentait de l'assassiner, et, de plus en plus souvent, il pensait que l'idée venait de son fils Alexis.

Après le carnaval, Alexandre s'est remis à cracher du sang, et il est resté souffrant plusieurs semaines. Je me suis rétablie plus facilement, mais je me suis rendu compte que, durant ce Synode, ma conscience ne m'avait presque pas tourmentée. Seul le souvenir des yeux bleus d'Anka Zotova m'était désagréable. Mais je ne me jugeais plus, je ne voulais plus résister, j'avais compris que je n'y pouvais rien. Cela signifiait peut-être que la Russie était devenue une part de moi, et moi d'elle. Peut-être m'étais-je habituée à la Russie comme on s'habitue à une maladie ou à une difformité, ni dangereuse ni mortelle, avoir les yeux qui louchent par exemple. À force de loucher, je m'étais peut-être habituée à ne plus voir ce que je ne pouvais changer. L'âme était peut-être capable de loucher elle aussi. Ou peut-être étions-nous simplement les détenus de Peter, et les détenus ne changent pas les règles de la prison.

Aucun de ceux qui se sont opposés à la volonté de Peter, qui ont refusé de participer au mariage et qui ont été assis sur la glace, n'a survécu. Certains ont gelé sur place, d'autres sont morts de maladie.

12

— Il est presque midi, voilà près de deux heures que Sa Majesté l'impératrice n'a donné aucun signe de vie ! Se serait-elle rendormie ? Va-t-elle se réveiller ? Est-ce à nouveau la stupeur ? Faites quelque chose !

Je ne dors pas, Alexandre, ne crie pas, je ne dors pas. Je me repose, c'est interdit ? Qu'est-ce que ça peut leur faire que je sois plongée dans la stupeur ? Que je reste allongée, les yeux fermés, à réfléchir… Je fais ce que je veux. Et je ne veux pas signer tes papiers maintenant. Plus tard. C'est moi l'impératrice, ici, pas toi.

Le sang s'amasse à nouveau au fond de ma gorge, mais pas assez pour m'étouffer. Je peux maîtriser ma toux, pour peu que personne ne me touche ni ne me fasse bouger.

— Sa Majesté l'impératrice ne dort pas, je le vois au mouvement de ses paupières, dit Lestocq.

— Qu'elle dorme ou pas… qu'est-ce que ça peut vous faire ? Elle se réveillera si elle le souhaite. Matouchka impératrice confond depuis longtemps le jour et la nuit… Laissez Matouchka se reposer. Il ne fallait pas lui donner de champagne, elle est trop faible, on vient de lui faire une saignée… et encore moins de la vodka à l'anis, rouspète Varka à mi-voix.

Merci, Varvara, tu es peut-être la seule à avoir encore un peu de bon sens. Toi aussi, tu savais résister à Peter, de manière douce, mais ferme.

C'est ça, j'ouvrirai les yeux quand je le voudrai. Pour l'instant je ne le veux pas. J'ai mes raisons. Que comptez-vous y faire ?

Peter m'a appris à contredire pour le plaisir. Il y avait des jours où il s'ingéniait à faire tout le contraire de ce qu'on attendait de lui. Il suffisait de lui demander quelque chose pour ne pas l'obtenir. De lui donner un conseil pour qu'il se mette en colère et fasse l'inverse. De lui dire que le soleil brillait derrière la fenêtre pour qu'il tape du poing sur la table en soutenant que le temps était nuageux. Surtout s'il avait bu pendant une semaine ou deux. Il voyait alors tout en noir, il lui semblait que tous désiraient le trahir, que tous lui voulaient du mal, voulaient lui nuire, l'assassiner. Il y avait un fond de vérité, beaucoup le haïssaient et on essayait parfois de s'en prendre à lui, mais ce n'est pas une vie de ne penser qu'à cela. Après les noces répugnantes de Zotov, Peter s'est mis en tête que son fils voulait l'assassiner, ou au moins le renverser, et j'ai compris la menace qui pesait sur son héritier mal-aimé. Son humeur était encore plus sombre les jours de *pokhmelie*, les lendemains de beuverie. Ses altérations précédentes avaient duré quelques heures ou une journée, mais elles pouvaient maintenant durer des semaines. Je lui ai suggéré de laisser Alexis en paix pendant quelque temps. Malheureusement, Peter a fait tout le contraire – tout de suite, dans le crépuscule de sa gueule de bois énervée, il lui a écrit une lettre pour que l'histoire retienne qu'il n'avait pas tu ce qu'il pensait de son fils. N'était-ce pas stupide ? Écrire pour envenimer les choses… Il m'a lu cette lettre avant de la remettre au messager – c'était une litanie de reproches : « M'assistes-tu dans mes travaux et mes épreuves depuis que tu es parvenu à un âge mûr ? Non, Dieu en est témoin. Au contraire, tout ce que j'ai fait sans ménager ma santé dans l'intérêt du peuple de Russie, tu le rejettes, tu le méprises ; j'ai sujet de croire que si tu me survis, tu détruiras tout ce que j'ai construit. » Je l'ai supplié de ne pas envoyer la lettre sur un coup de tête, de réfléchir avant de la donner au messager, de ne l'envoyer qu'au petit matin, car la nuit portait conseil. En vain. Au lieu de cela, il m'a ordonné de me rendre chez Alexis et de voir qui était cette Finlandaise qu'il avait installée chez lui. Il m'a dit d'interroger Daria Rjevskaïa, la mère d'Avdotia et chargée de la cour de Charlotte Christine, à la place de Juliana, cette imbécile de *Hofmeisterin*.

La visite a été aussi terne que ce début de journée de février à Saint-Pétersbourg, où le temps paraissait suspendu, où tout était gris et l'on ne distinguait plus le jour de la nuit ; un de ces jours où les rues sont couvertes de boue glacée et les planches sur les bas-côtés de neige fondue et durcie, tachée de suie et trouée d'urine ; où les traîneaux vibrent en avançant sur cette surface cahoteuse ; où le vent froid et humide transperce impitoyablement les fourrures et où l'on rêve de simple givre et de légers flocons. La maison d'Alexis était sur le quai, parmi une rangée de petits manoirs anglais à colombages, tous identiques, les *mazanki*. Un an auparavant, quand tout le monde avait été sommé de déménager à Saint-Pétersbourg, les bâtiments en brique plus luxueux avaient été réservés aux premiers habitants de la ville – Peter, Alexandre, les dignitaires étrangers, les amiraux, les généraux, les architectes, les constructeurs navals, les ingénieurs, les marchands et les directeurs d'usine. Pour les autres nobles de Moscou, on avait construit ces maisons à colombages, à l'anglaise – ils les avaient payées de leur propre argent puisqu'on leur en avait réclamé pour la construction de Saint-Pétersbourg, mais tout avait été bâti à la hâte et n'importe comment ; s'ils n'étaient pas contents, un oukase du tsar exigeait qu'ils les reconstruisent en brique à leurs frais, selon les plans des architectes italiens approuvés par le tsar. À côté de la demeure d'Alexandre se dressaient les palais quasi identiques de Natalia, la sœur de Peter, et de Prascovia Saltykova, la cruelle veuve de son frère, dont la vie à Saint-Pétersbourg était devenue une telle épreuve que cette abominable lèche-cul disait prier à chaque inondation pour que cette satanée ville soit emportée – elle le disait lorsqu'elle était ivre, alors on pouvait la croire. Les déplacés de Moscou ne se pressaient pas pour reconstruire en brique leurs maisonnettes anglaises – ils espéraient que ce déplacement de la capitale n'était que le fruit du caractère impétueux, et peut-être de la santé déclinante, de Peter, qu'il serait provisoire et que, tôt ou tard, on se rendrait compte à quel point Saint-Pétersbourg coûtait cher, était laide et inconfortable ; ils retourneraient alors dans la vieille et fainéante Moscou, où personne n'était tenu d'imiter les coutumes étrangères et où l'on pouvait rester chez soi, vêtu de son khalat ou de sa sarafane, à regarder par la fenêtre non pas les bateaux, mais les clochers à bulbe des églises. Moi, je m'étais rangée du côté de Peter – je m'étais habituée à Saint-Pétersbourg, comme je m'étais habituée à Peter : l'une comme l'autre pouvaient être si repoussants et si durs que l'on voulait fuir le plus loin possible sans se retourner, mais l'une comme l'autre vous faisaient vous sentir un peu en Europe, et parfois même au paradis : surtout aux beaux jours, dans le palais d'Été et son jardin. Il faut y mettre du sien pour vivre dans une ville où l'on n'est pas né, de même qu'on le fait avec un homme. En ce début de février où j'ai rendu visite à Alexis Petrovitch, Saint-Pétersbourg était au sommet de sa laideur, chose qu'on ne peut se représenter tant qu'on ne l'a pas vue. Daria Rjevskaïa pensait que j'irais chez Charlotte Christine en premier, mais je voulais d'abord voir le tsarévitch et sa Finlandaise. On m'a donc escortée jusqu'à eux.

La journée était entamée, mais l'héritier dormait encore – sans doute s'était-il couché très tard, ou alors très tôt. J'ai eu tout le temps de considérer son Euphrosine qui rôdait dans l'antichambre, une petite pièce au plafond grossièrement crépi où une fuite venant du toit avait laissé une tache d'humidité et des traînées de moisissure sur le mur. Il régnait une odeur d'huile et de charbon brûlés, car malgré son mépris pour le sacrement du mariage, le tsarévitch Alexis était très pieux, et chaque pièce avait un coin consacré à une, voire plusieurs icônes éclairées nuit et jour par des lampes dégageant une fumée noire. Poussiéreux et oubliés depuis longtemps, les quelques instruments de navigation et les jumelles offerts par son père traînaient dans un coin. Ce n'était pas la première visite que je rendais à l'héritier, mais le plus souvent j'étais reçue dans le salon ou dans les modestes appartements de sa femme. Cette fois j'avais un aperçu de ses quartiers personnels, où il gardait ce qui était le plus cher à son âme et à son corps – sa foi immémoriale, représentée par ses lampes fumantes, et sa maîtresse finlandaise, preuve de sa volonté, s'il en avait.

Euphrosine comptait quinze étés, mais on lui en donnait douze – elle était si petite que, sans son opulente poitrine, on l'aurait prise pour une enfant replète. Une enfant grassouillette avec un visage de poupée, des yeux de poupée et des cils sans couleur, une bouche ronde et charnue comme un *boublik*, des cheveux bouclés et d'une étrange couleur rose pâle – comme je n'en avais jamais vu. Elle ressemblait à un chérubin potelé qui demandait à être attrapé et violé. Il se dégageait d'elle quelque chose d'obscène, sans qu'on sache quoi exactement : on l'imaginait à quatre pattes, rebondissant doucement sous un autre corps, qui la culbutait. J'étais remplie d'effroi à la pensée qu'elle était l'incarnation des désirs d'Alexis. Il devait être encore plus faible que nous le pensions pour se choisir une enfant sans défense.

Mais ç'aurait été une erreur de se fier à l'allure d'Euphrosine. Un seul coup d'œil m'a suffi pour voir dans son regard la détermination qui se cachait sous une apparente indifférence et comprendre qu'elle était de celles qui sont capables de tuer. De celles pour qui rien n'est sacré, car ces yeux ronds en avaient déjà trop vu, ils étaient vides, ou plutôt semblables à un gouffre sans fond.

Je ne sais pas pourquoi, j'ai pensé qu'elle avait dû être violée dans son enfance.

Certaines de celles qui ont vécu cela se sentent souillées et cherchent la faute en elles. Comme moi autrefois. Elles cherchent alors à oublier, à guérir, à vivre.

On dit que les autres meurent, tout simplement. Leur corps continue de vivre, il bouge, se déplace, mais il n'y a plus rien à l'intérieur. À l'intérieur, il est mort. Elles n'ont plus rien à perdre. On dit qu'elles ne vivent que pour se venger silencieusement du monde. Pour le faire enrager. C'est ainsi que naissent les voleuses et les criminelles les plus effrontées, et surtout les meurtrières intrépides.

C'est ce que m'a expliqué beaucoup plus tard ma Johanna, l'ancienne prostituée de Hambourg, et je n'ai aucune raison de ne pas la croire. Tout ce qu'elle m'a raconté de son expérience dans les maisons closes des ports a révélé la formidable connaissance qu'elle avait de la vie et des gens.

À l'instant où j'ai vu Euphrosine Fédorova, cette enfant rose au visage de poupée, à la poitrine de courtisane et aux lèvres en forme de *boublik*, de petit pain, j'ai compris qu'elle pouvait tuer sans ciller.

Elle ne s'est pas levée et ne m'a même pas proposé, à moi, la tsarine, de m'asseoir. Je me suis assise sans qu'elle m'y invite. Elle a tapé dans ses mains et son frère est apparu à la porte – un garçon plus âgé de quelques années, plus maigre, mais avec le même nez retroussé et les cheveux presque roses, si bien qu'il n'y avait pas d'erreur possible. « Sortez ! » je lui ai dit en le chassant d'un signe de la main. J'étais l'impératrice, après tout. « Nous avons à parler toutes les deux. »

J'ai exigé qu'elle me raconte comment elle s'était retrouvée ici. Elle n'a pas été très bavarde : elle avait été faite prisonnière avec son frère quand les Russes avaient attaqué et brûlé son village. Elle avait ensuite été amenée à Moscou où, lors de la répartition des esclaves, ils avaient été remis à Nicodème Kondratiev Viazemsky, l'ancien précepteur de Sa Majesté Alexis Petrovitch et courtisan de sa suite. C'était chez lui qu'elle avait appris le russe. Quand Son Altesse s'était soigné l'année précédente aux thermes de Karlsbad, Viazemsky l'avait accompagné en emmenant ses esclaves. C'est là que, en la voyant, Son Altesse Alexis Petrovitch avait tout simplement ordonné à Viazemsky de la lui donner. Elle l'avait prié de prendre son frère avec elle. Il les avait ramenés et l'avait installée ici ; il l'aimait, s'occupait d'elle et ne laissait personne la malmener. Elle ne manquait de rien, était prête à baiser les mains et les pieds du tsarévitch Alexis Petrovitch pour sa bonté. Il n'y avait rien de plus à raconter.

« Je connais cela », ai-je dit en cherchant à gagner un un semblant de sympathie, ou au moins de confiance. Il fallait être un peu *pribednitsa*, se montrer plus misérable qu'elle, être une sœur de destin pour que cette idiote se laisse approcher.

« Je sais, ce n'est un secret pour personne. Son Altesse le *kronprins* Alexis a sûrement pris une prisonnière de guerre pour faire comme son père – le tsar Batouchka comprendrait et ne pourrait pas se fâcher puisqu'il avait fait pareil dans sa jeunesse. »

Quelle effrontée, celle-là. À me fixer de ses yeux ronds. Elle aurait pu être ma fille, mais comment osait-elle nous renvoyer, Peter et moi, à notre âge ? Et moi, à mon passé, sans aucune vergogne ?

Peut-être le tsarévitch l'avait-il déjà convaincue que l'heure était venue pour son père de se retirer, que le Seigneur ne tarderait pas à le rappeler auprès de Lui et que ce serait son tour de gouverner la Russie comme il l'entendait ? Ce n'était pas pour rien qu'elle l'avait appelé *kronprins*, le dauphin. Euphrosine voulait s'enorgueillir de sa jeunesse. Très bien. J'allais jouer les mères.

« Sa Majesté Piotr Alexeïevitch est encore si jeune que n'importe quel jouvenceau de vingt ans rêverait d'avoir sa force, sa bravoure et sa ténacité. Toi, ma tourterelle, *giboubchka,* continue de baiser les mains et les pieds d'Alexis Petrovitch, de baiser ce qu'il voudra, c'est ton travail. Mais, à ta place, je me demanderais surtout comment baiser les mains et les pieds du tsar Batouchka en personne. Comprends bien qu'il lui suffit d'un claquement de doigts pour que tu disparaisses, et pas seulement de Saint-Pétersbourg... Pas uniquement toi et ton frère, ou les esclaves ; les nobles et le *kronprins* peuvent disparaître tout aussi vite, sache-le. Sa Majesté le tsar n'est pas satisfait du tsarévitch, il pense lui suggérer le *postrig*, la tonsure, de prononcer ses vœux, d'entrer dans les ordres... Tu crois peut-être qu'on laisse les moines emmener leur putain au monastère ? Qu'est-ce qu'il adviendra de toi ? Si tu t'imagines que nous te donnerons une dot et te marierons à quelqu'un, demande-toi si cela nous est d'une quelconque utilité. Alors, écoute-moi : je ne te promets pas de dot, mais je te promets que si tu m'obéis, tu resteras en vie. Je peux te le promettre, car le tsar n'écoute que moi pour les affaires de famille. Si moi ou la personne que j'ai fait envoyer te posons un jour une question, tu ne diras que la vérité, rien que la vérité. Et si tu entends qu'une menace pèse sur Sa Majesté le tsar, tu trouveras un moyen de m'avertir au plus vite. Moi seule, directement, pas un courtisan ou une *Fraülein*. Si tu m'obéis, que tu ne fais pas de bêtises, ta tête restera sur tes épaules et tu gagneras peut-être même ta dot. Pour l'instant, rappelle-toi que Sa Majesté aime beaucoup sa bru, la *kronprinsessa*, qu'il s'en soucie et la tient en grand respect. Ne sois pas impertinente, ne te mets pas en travers de son chemin, sois plus basse que l'herbe. Et prends garde à ce qu'Alexis Petrovitch ne t'engrosse pas : seule la *kronprinsessa* donne naissance à l'héritier du trône. »

J'ai remarqué que la mention de la tonsure l'avait effrayée. Elle a tremblé aussi quand je l'ai appelée *golubouchka*. Aucun autre mot russe n'est aussi affectueux et innocent tout en étant rempli de mépris et de menace quand on le prononce avec la bonne intonation. Elle m'a tout de suite comprise. Ses yeux lançaient autour d'elle des regards inquiets. Elle n'a pas été longue à se décider.

« Bien, Votre Majesté la tsarine. J'obéirai. J'y veillerai – c'est plus douloureux, moins agréable, mais il y a d'autres moyens », a-t-elle raillé avec un sourire obscène et en se donnant des airs supérieurs. Comme si elle avait inventé ces moyens et s'adressait à une vieille sotte qui ne savait que s'allonger mollement sous son mari. Elle avait la moitié de mon âge et voulait me faire croire qu'elle avait vu deux fois plus de pines que moi. Elle dispensait son savoir à l'ancienne génération… comme si je n'avais pas usé moi-même de ces moyens.

Je sentais la nausée qui montait. Et la haine.

« Quels moyens ? À qui parles-tu, Frosenka ? » Le tsarévitch Alexis, qui s'était habillé à la hâte, l'uniforme rouge du régiment des bombardiers que son père le forçait à porter enfilé par-dessus sa chemise, se tenait sur le seuil, mal réveillé. Il avait encore moins de cheveux que la dernière fois où je l'avais vu, ses yeux fatigués étaient enfoncés dans son visage, pareils à ces trous formés par l'urine dans la neige, mais son regard s'est illuminé en voyant Euphrosine : je ne l'avais jamais vu ainsi, il rampait à ses pieds comme un petit chien.

« Des moyens de ne pas énerver votre père, le tsar Batouchka, Alexis. » Je lui ai expliqué brièvement que son père traversait des jours noirs, qu'un mot de travers pouvait engendrer une tempête et qu'il avait dû recevoir sa lettre. « Que me conseillez-vous, Ekaterina Alexeïevna ? Dites-le-moi, vous êtes la plus proche de lui, celle qui le connaît le mieux », a-t-il dit en se tordant les mains.

Au début, il m'avait détestée. Et moi pareil. J'avais de la peine pour l'adolescent qu'il était, mais je le détestais quand même un peu. Pour lui, je n'étais qu'une *portomoïka* qui avait pris la place de sa mère. J'aurais mis ma tête à couper qu'il voyait dans son devoir de parrain une humiliation de la part de son père. Il n'avait pas assisté à notre mariage, il avait fui et s'était enfermé. Il ne m'appelait Votre Majesté la tsarine qu'en public ou en présence de Peter, mais quand nous étions tous les deux, il m'adressait un « Ekaterina Alexeïevna ». En devenant adulte, il avait compris qu'il avait besoin de moi. J'avais plus d'une fois apaisé la colère de Peter ; plus d'une fois, alors qu'il s'apprêtait à gifler son fils, j'avais retenu sa lourde main. Pour les courtisans, comme pour Alexis Petrovitch, j'étais l'unique personne capable d'éteindre la rage du tsar. Pas toujours, mais la plupart du temps. Alors, il comptait sur moi, il n'avait personne d'autre.

Je n'avais qu'un seul conseil : ne pas fâcher son père. Ne pas se faire remarquer. Ne pas l'agacer, se tenir à distance. Attendre et se taire. Être d'accord avec tout, obéir à ses ordres. Moins fréquenter les princes et les boyards, éviter qu'on le soupçonne de vouloir usurper le pouvoir. Bien se comporter avec la femme qu'on lui avait donnée, au moins pour sauver les apparences, et passer de temps à autre la nuit dans sa chambre à coucher, car la princesse Daria Rjevskaïa rapportait tout au tsar, qui savait donc qu'il ne rendait pas visite à sa femme légitime. Je lui ai demandé de me conduire chez la *kronprinsessa*, car j'étais venue la voir elle aussi.

Installée dans des appartements peu avenants, Charlotte Christine n'avait pas bonne mine. Elle avait les yeux rougis et irrités – peut-être à cause d'un rhume ou à force de pleurer, comme toujours, sur l'épaule de Juliana. Ses joues étaient pâles, et des cernes noirs semblables à ceux des *iourodivi*, les mendiants fous, entouraient ses yeux, signe de peur ou d'insomnie. Elle avait une mauvaise toux, accompagnée d'un inquiétant sifflement. La perle étincelante qu'elle avait été ressemblait à une petite pomme de terre flétrie et grisâtre. De ses mitaines sortaient des doigts maigres et tristes aux ongles transparents, des doigts de cadavre, et un épais châle était croisé sur sa poitrine secouée par les quintes de toux.

Voilà ce que la Russie avait fait de cette princesse européenne chétive, plus rien ne la distinguait des misérables de son ancienne patrie : la Russie avait aspiré toute sa sève pour ne recracher que l'écorce. Elle était l'exact opposé de Frosenka, cette Finlandaise à moitié sauvage, faite de sang et de lait, qui n'avait rien à perdre. La *kronprinsessa* était craintive – à la vue de son mari, elle s'est recroquevillée, comme si elle attendait un coup. Elle rapetissait presque, tel un escargot rentrant dans sa coquille. On aurait dit Alexis Petrovitch en face de son père. Ces trois-là étaient comme les maillons d'une chaîne de violence : Peter menaçait et maltraitait son fils, qui à son tour s'en prenait à sa femme, et cette dernière ne pouvait rien contre l'esclave au regard mort qui se tenait là, hors de cette chaîne mais capable de tout endurer parce qu'elle n'aspirait qu'à survivre. C'était la même chose pour la Russie : le tsar opprimait, ceux qu'il opprimait s'attaquaient à plus faible qu'eux, et quelque part, tout en bas, se trouvait le peuple au regard vide, accablé de ce poids considérable et ne cherchant qu'à survivre. Où me situais-je dans cette chaîne ? Je m'interrogeais et ne trouvais aucune réponse. Est-ce que je devais malmener les autres afin qu'ils ne me molestent pas ? Et si j'étais moi-même molestée, pouvais-je mettre fin à toute cette violence, ne plus humilier ceux qui se trouvaient en dessous de moi ?

Ce n'étaient que des questions stupides, maintenant que j'y réfléchis. Mais à l'époque je me les suis beaucoup posées.

En ce début d'année 1715, Peter buvait presque continuellement : il passait son temps à Saint-Pétersbourg, il ne voyageait pas, ne faisait pas la guerre, aussi n'avait-il pas besoin d'avoir l'esprit clair. Il y a eu le Nouvel An, les noces de quelques nobles, puis la fornication de Zotov et le Synode pochard, et c'était déjà février et Mardi-Gras. J'ai tenté de le divertir un peu, de détourner son attention – quand son dos ne le faisait pas souffrir et si le temps était clément, je le convainquais de monter à cheval ou de descendre les collines en luge, ce qu'il appréciait beaucoup. Moi, ça m'effrayait un peu, mais il me disait de m'asseoir, s'installait derrière moi et me tenait fermement, si bien qu'au bout d'un moment j'osais enfin ouvrir les yeux pour admirer la neige étincelante, voir défiler les arbres et les buissons. Il nous arrivait de verser, mais sans mal – les joues rouges, allongés dans la neige, nous riions, et plus d'une fois il m'a embrassée, ses baisers sentaient bon le froid, le cuir des sangles, la fumée de pipe et la vodka à l'anis, je le retrouvais tel que je l'avais rencontré. Je chérissais ces instants comme autant de pousses fragiles et m'efforçais de les faire durer, un quart d'heure, une heure, une journée même, remplie de bonne humeur, la colère laissant place aux rires et aux plaisanteries. Parfois, j'y arrivais. Comme au bon vieux temps dans la première masure en bois de Saint-Pétersbourg, il disait : « Ah, Katerinouchka, que ferais-je sans toi ? Quand je pense à toi et à nos filles, j'ai le cœur gai. Une vague de chaleur m'envahit. Je fais tant d'efforts pour que vous viviez dans une Russie meilleure, toi et nos enfants et nos petits-enfants, et le peuple russe. Les gens de ce pays sont capables de déplacer des montagnes quand ils le veulent… Nous devons nous efforcer de rattraper l'Europe, rien de plus, mais comment faire quand les nôtres sont aussi fainéants, stupides et ignorants que des enfants ? Et où auraient-ils appris quoi que ce soit, eux qui n'ont rien vu, qui n'ont connu que le joug des Tatares, des tsars devenus fous, des boyards fainéants se conduisant comme des bêtes ? Il faut fouetter le Russe pour qu'il comprenne, aucun enfant n'a appris l'alphabet sans la menace du fouet. »

Le bâton, le fouet et le knout étaient pour lui les seuls moyens d'inculquer le bien et il était impossible de lui prouver le contraire. Il avait essayé, se plaignait-il, d'être souple et indulgent, de transmettre son savoir grâce à des discours passionnés et des exemples nobles et inspirants, le sien surtout – mais chaque fois il avait été déçu, dupé, trahi. Il disait qu'un Russe qui n'avait pas peur n'obéissait pas, qu'il était incapable de réfléchir par lui-même à ce qui était le plus raisonnable, qu'un Russe n'était pas un Allemand, encore moins un Hollandais, et ne savait évaluer, la tête froide, ce qui valait le mieux pour lui ; il était incapable de comprendre que travailler pour le bien de l'État revenait à travailler pour son propre bien et qu'il en retirait lui-même les bénéfices. C'est pourquoi il fallait lui inculquer ce bon sens par les coups, dans son propre intérêt. Et on ne pouvait qu'approuver, à voir tout ce que Peter avait déjà accompli. Il n'y avait qu'à voir Saint-Pétersbourg – tout ce qui y avait été construit en dix ans, et qui continuait de se construire. Il se réjouissait de sa capitale comme un enfant, oubliant combien étaient morts sur les chantiers. Seulement, il méconnaissait son propre peuple. Il ne cessait de vouloir lui apprendre à travailler pour l'État, pour le bien commun qui profiterait à leurs enfants… Mais nos gens n'étaient pas idiots, ils savaient qu'ils auraient beau s'échiner, le temps d'atteindre ce bien commun, les *tchinovniki* et les boyards auraient tout dérobé. Ils ne devaient pas non plus voir les choses du même œil que Peter. Ils n'avaient pas besoin de manufactures, d'une Kunstkamera, d'universités ou d'écoles, de canaux ou de routes, ni même du respect de l'Europe où ils n'avaient jamais mis les pieds, mais d'une miche de pain et d'une marmite de bortsch sur la table. Voilà ce dont ils avaient besoin. Le tout arrosé d'un quart de vodka. Malgré cela, Dieu en est témoin, leur tsar pensait à eux, c'est pour eux qu'il travaillait dur. En obtenant même parfois des résultats.

Puis des nuages mornes venaient de nouveau assombrir l'esprit de Peter. Nous vivions sur une balançoire, à passer d'une joie insensée à un désespoir engourdissant. Il me semblait parfois m'y être habituée, je pouvais présager de ce qui arriverait, anticiper ses humeurs. Le plus important était de me balancer sans tomber.

Mais le Seigneur trouve toujours un moyen de rappeler à l'être humain qu'il ne peut rien prévoir. À peine croit-on savoir ce qu'est la vie, avoir compris les règles du jeu, que quelque chose se produit pour nous prouver notre petitesse.

Il appartient à Dieu de couper le jeu et de distribuer aux hommes les cartes de leur vie.

Au mois de mars, j'ai senti que j'étais de nouveau enceinte, certainement depuis l'une de ces joyeuses parties de luge. La pensée que le futur enfant avait été conçu par un Peter rempli de joie et de tendresse m'apaisait. Je pensais que cela lui promettait une longue et belle vie.

Presque au même moment, nous avons appris que Charlotte Christine attendait elle aussi un enfant. J'aurais mis ma tête sur le billot que le sien n'avait été conçu ni dans la joie ni dans la tendresse. Quoi qu'il en soit, Peter se réjouissait de l'arrivée de notre nouvel enfant. Il a dit : « Ce sera peut-être un garçon, il sera peut-être meilleur qu'Alexis Petrovitch. La dynastie en a besoin. »

Je me défendais d'espérer quoi que ce soit pour celui ou celle que je portais dans mes entrailles. Je m'efforçais de ne pas y penser, de m'occuper l'esprit avec les affaires de la cour, pendant que Peter dirigeait la Russie avec toujours plus de zèle, la soutenait, la tirait hors du marécage de la bêtise, comme il disait.

En avril, il a rouvert l'affaire d'Alexandre et du détournement de l'argent du Trésor. Durant tous ces mois, depuis ma fête en novembre, les interrogatoires n'avaient pas cessé. De plus en plus de gens avaient été arrêtés. À l'histoire du grain destiné à Saint-Pétersbourg s'étaient ajoutées des malversations dans l'armée, des incohérences entre les factures et les achats effectifs d'armes ou de tissu pour les uniformes des soldats qui était de moins bonne qualité que celui commandé par Peter. L'armée comptant des centaines de milliers de têtes, il fallait des verstes de tissu pour les uniformes. Alors, quand au lieu du feutre vert voulu par Peter, un feutre anglais si finement tissé que les gouttes de pluie s'y déposaient sans y pénétrer, on avait vu arriver des rouleaux de laine russe de diverses épaisseurs et densités, tissée par des femmes à la maison, personne ne s'y était trompé. Hélas, on avait retrouvé dans la correspondance de Cheremetiev une lettre d'Alexandre où, le général s'étant plaint de la couleur grise de cette laine artisanale, le Sérénissime lui enjoignait de la faire bouillir avec des feuilles de bouleau. Les babas tisserandes ne savaient-elles donc plus teindre la laine en vert ?

« Enfin, Catherine, vouloir du feutre anglais pour l'uniforme d'un simple soldat, revêtir de la chair à canon d'étoffe anglaise, Peter a perdu la tête ! Qu'il fasse le calcul ! Cet uniforme de laine anglaise vaut plus que le soldat lui-même ! On voit qu'il a été bercé dans des langes de soie, qu'il ne s'est jamais soucié du coût des choses », se lamentait Alexandre. Il essayait par tous les moyens de sauver sa peau – l'armée elle-même ayant commencé à s'agiter à la suite de lettres anonymes qui avaient circulé, appelant à la *smouta*, la révolte. Apraxine, Cheremetiev, Alexandre et leurs hommes de confiance n'étaient pas les seuls à voler. Tous volaient – les commandants responsables des transactions, les fournisseurs, les officiers et les transporteurs de la marchandise. Toute la Russie volait, c'était le seul moyen de survivre sous la loi de Peter. Même à moi, il m'est arrivé de voler un peu, même à moi…

Il fallait régler cette affaire au plus vite. Peter a publié un oukase interdisant à toute personne, y compris de haut rang, de passer un accord pour approvisionner l'État sans son autorisation. Désormais, seuls s'en chargeraient les *tchinovniki* qu'il aurait lui-même désignés – ils ne rendraient de comptes qu'au Sénat, et non aux intendants, et encore moins aux gouverneurs de province.

Début avril, sous une désagréable pluie neigeuse, nous nous sommes réunis sur la place de la ville pour assister à l'exécution des peines. Je ne voulais pas accompagner Peter, mais je n'ai pas eu le choix. Il voulait peut-être me montrer à quoi Alexandre avait échappé.

Au sénateur Volkonski et à un certain Apoukhtine, on a brûlé la langue avant de la leur arracher avec une pince incandescente, puis on leur a marqué le front du sceau des voleurs. Le vice-gouverneur de Saint-Pétersbourg, Rimski-Korsakov, et quelques-uns de ses fonctionnaires ont reçu des coups de knout. Je les soupçonnais d'avoir soudoyé leurs bourreaux, car ils ont supporté tous les coups, alors qu'il n'en fallait parfois pas plus de dix pour tuer un homme. Le colonel Rojnov, dont la déposition dénonçait les manigances de Cheremetiev, a eu les narines fendues, comme un cheval tatar. Tous ont été battus, on leur a confisqué leurs biens. Peter, par un oukase, m'a attribué la luxueuse maison de Volkonski – je n'y ai jamais mis les pieds, mais son loyer m'a assuré un bon revenu. Les condamnés n'avaient plus besoin de leurs biens… Certains sont partis au bagne en Sibérie, d'autres sur les galères. Je ne me les rappelle pas tous. Je me souviens surtout des peines qu'on lisait à voix haute – ou plutôt qu'on criait, car en Russie lire solennellement signifie aboyer le plus fort possible –, je me souviens que chacune était accompagnée de roulements de tambour à vous faire perdre la tête, et suivie des hurlements du condamné et d'une odeur de chair brûlée – l'aboiement, les roulements de tambour. Je me souviens que ces bruits me donnaient la nausée – mais j'étais enceinte et ne pouvais me permettre de vomir devant tout le monde. Et je n'aurais pas pu me cacher derrière notre carrosse, puisque nous étions installés au milieu de la place des exécutions, à la vue de tous. La foule n'aurait pas compris, on aurait pensé que la tsarine était faible. Je suis restée assise en serrant les lèvres.

Apraxine et Cheremetiev s'en sont tirés à bon compte. Ils étaient des chefs de guerre trop importants. Même Peter avait compris, après ces lettres anonymes échauffant l'armée, qu'il valait mieux ne pas toucher aux généraux.

Kikine, le favori de Peter, a réussi à éviter son courroux. Il a échappé au bagne – j'ai imploré un verdict clément à son égard et il a disparu de Moscou pendant un moment. Nous avons appris qu'il menait la belle vie au loin : il buvait, jouait aux cartes et troussait les putains. Puis, une fois que tout s'est calmé, il est revenu à la cour, comme si de rien n'était. Aussi agile qu'une anguille, il était de ceux qui savent se tirer de n'importe quelle affaire.

Alexandre qualifiait les gens de sa trempe d'étrons qui ne coulaient pas. Il disait qu'il fallait les détruire, les enfouir pour de bon, sans quoi ils n'en finiraient pas de remonter à la surface. Il avait raison. Alexandre se trompait rarement s'agissant d'hommes et de politique – il était comme le loup qui flaire le sang.

J'espérais que les exécutions apaiseraient les inquiétudes de Peter, chasseraient ses idées noires et que nous pourrions vivre plus sereinement. D'autant que le printemps promettait d'être magnifique et que Saint-Pétersbourg embellissait d'année en année. Après la fonte des neiges, les inondations et les tempêtes, la pluie ayant nettoyé la boue, la cité brillait de mille feux, réchauffée par le soleil ; les premiers parcs et jardins, les forêts le long des rivières et les buissons s'étaient mis à verdoyer et à bourgeonner en l'espace de quelques jours, comme un feu d'artifice, avec une telle vitalité, une telle envie de vivre, une telle beauté que la nouvelle ville semblait promettre à ses habitants : vous verrez, cette année, enfin, tout ira bien.

Mais les changements de temps étaient brusques à Saint-Pétersbourg au printemps, même quand il était tardif – le printemps était trompeur, c'était au printemps qu'on avait le plus de risques de prendre froid et de tomber malade. Il fallait surtout en protéger les enfants, mais je ne pouvais avoir l'œil à la fois sur mes filles aînées et sur les plus petites. Et puis Peter affirmait qu'il fallait stimuler les enfants, sans quoi ils deviendraient chétifs. Si bien que personne ne se souciait vraiment des courants d'air dans le palais. Sur nos quatre filles, il y en avait presque toujours une de malade, qui éternuait ou avait la goutte au nez. Et naturellement, dès que celle-ci guérissait, une autre s'enrhumait. Nous avions de bons médecins : Blümentrost, qui avait lui-même eu un enfant avec sa femme au mois de mai, s'occupait de nous. Nous leur avions rendu visite, Peter avait offert un cadeau à sa femme et je leur avais apporté des *tchervontsy*, des pièces d'or, pour leur témoigner notre respect. Je me rappelais comme Blümentrost m'avait aidée quand j'avais eu mon problème. Il est venu au chevet de Natalouchka qui avait de la fièvre. Et il m'a rassurée sur son état. C'est le lot des enfants qui grandissent, de tomber malade.

Pourtant, à peine une semaine plus tard, dans la nuit du 26 au 27 mai, le Créateur a rappelé

Natalouchka, qui n'avait vécu que deux ans et trois mois. Peter a essuyé une larme, mais cette fois il n'était pas accablé de chagrin, on le sentait seulement énervé : « Dieu nous l'a donnée, Dieu nous l'a reprise, Il nous donnera d'autres enfants », et il a tapoté doucement mon ventre, dans lequel s'agitait déjà le suivant. « Quant à toi, Katerinouchka, tu ne dois pas t'affliger, cela nuirait à celui qui se trouve dans tes entrailles. Ne sois pas triste, ou je le serai aussi. Tu sais que je ne supporte pas de te voir si aigrie. Bois une bouteille de vin hongrois, calme-toi, purge-toi de cette tristesse. Allons, bois – sans quoi tu devras boire la coupe de punition. Le Seigneur nous donnera peut-être une recrue cette fois, il sera peut-être plus robuste ? »

Il arrive que des mots tout simples, prononcés sans cri ni colère, soient plus mortels que le poison. L'élixir de vie et de ténacité dont je gardais quelques gouttes dans mon âme pour les moments difficiles ne suffisait pas toujours. Il arrive que les mots soient un tel venin que l'antidote est sans effet et qu'une partie de notre âme reste engourdie à jamais. Morte.

J'avais compris, depuis la mort de notre quatrième enfant, que Peter s'était habitué à ce qu'ils meurent, et qu'il avait décidé de ne plus gâcher sa santé à être triste. Surtout s'il s'agissait d'une fille, et non d'une recrue.

Nous avons enterré Natalia le lendemain de son décès, dans la crypte de l'église en construction de la forteresse Pierre-et-Paul. Peter paraissait plus occupé par l'idée que l'église serait désormais le mausolée de sa dynastie à Saint-Pétersbourg que par la mort de notre enfant. Moi, je revoyais sa petite tête que la mort avait grossie, son joli visage rond, je le voyais à travers la pierre et les planches de bois, à travers le sol sous mes pieds, la voûte de la crypte, le couvercle du cercueil. Je savais que je ne l'oublierais jamais, pas plus que les visages des autres. Dans ma mémoire se trouvait une galerie comparable à la Kunstkamera de Peter, celle des portraits de mes enfants morts. Je me souvenais de chacun de leurs visages, comme s'ils s'étaient endormis la veille. On dit que le temps guérit les blessures, mais c'est faux – il ne les guérit pas. Leurs visages demeureront à jamais dans cette galerie, toujours aussi nets, ils ne s'effaceront pas. Alors, quand un nouveau visage du monde des vivants vient les rejoindre, mieux vaut éviter d'aller se perdre dans ces méandres du passé. Il faut la verrouiller, comme cette pièce secrète de Peter, jadis, à Preobrajenskoïe. La verrouiller et cacher la clé.

Cette nuit-là, j'ai bu une bouteille de vin hongrois dans mes appartements, ainsi qu'on me l'avait ordonné, et je me suis épanchée sur l'épaule de Mary Hamilton. J'aurais voulu hurler telle une bête, mais je devais garder le silence, Peter ne devait pas m'entendre. Mary s'est allongée à côté de moi dans le lit, m'a serrée très fort dans ses bras et j'ai pleuré, sur son épaule, sur sa poitrine, comme sur un oreiller. De la même façon qu'il arrive aux hommes de déverser leur chagrin sur la poitrine d'une femme, lorsque ce chagrin est si grand qu'ils n'ont même pas envie de la rouer de coups. La nuit était froide mais Mary était moite de sueur, son odeur sucrée et sa chaleur m'ont quelque peu apaisée. Elle me caressait les cheveux, comme à une enfant, et cherchait à me consoler en murmurant : Katerina Alexeïevna,

Souveraine bien-aimée, si je le pouvais, je prendrais votre détresse, si je le pouvais, j'échangerais nos places…

C'était si bon d'avoir Mary…

À mon réveil, je ne l'ai pas trouvée à mon côté, elle avait disparu. Quand elle s'est montrée avec mes autres *Fraülein* pour m'habiller, elle avait mauvaise mine, elle était pâle, les yeux gonflés et cernés de noir. Comme si, durant la nuit, mes larmes lui avaient transmis ma détresse, qui s'était infiltrée par sa peau, l'emplissant d'un désespoir gris.

Il est des gens que l'on a le sentiment de connaître depuis toujours. Comme si un lien invisible nous attachait à eux, comme s'ils étaient un prolongement de nous-mêmes, notre soutien et notre consolation.

Seulement, chacun se croit au centre de l'horloge, autour duquel tout rayonne et tout est mesuré. L'homme mesure tout à son aune.

Quelle stupidité, quelle erreur.

C'est ce que devait penser Peter – que le monde tournait autour de son axe à lui. Je me souviens qu'une fois, quand nous étions en Prusse, le bourgmestre qui nous faisait visiter Toruń, la ville du pain d'épices, nous avait parlé de Copernic, un scientifique qui y était né ; Copernic avait découvert que si la Terre tournait autour du Soleil, c'était parce que le Soleil était plus imposant, plus important. Tous les puissants estiment que le monde tourne autour d'eux, comme autour d'un objet céleste. Les plus faibles n'en croient pas moins que le monde tourne. Mais ils le voient plutôt telle une meule prête à les écraser, et dont ils doivent se protéger afin de ne pas être réduits en farine.

Pour Peter, il n'y avait pas de doute que les choses devaient tourner autour de lui. Il était le souverain. Le 30 mai, alors que nous venions d'inhumer notre petite Natalia dans le caveau de la cathédrale Pierre-et-Paul, nous étions déjà à Peterhof pour fêter l'anniversaire de Peter, qui avait déclaré : « Aucun deuil ne viendra troubler la fête, *blyad*, nous avons besoin de nous distraire. »

J'ai tenté de l'en dissuader, sentant que le Seigneur nous observait, lui et moi. J'ai été assez sotte pour évoquer l'opinion de l'Europe : que penseraient les envoyés royaux résidant à Saint-Pétersbourg ? N'avait-il pas, la veille, transmis une dépêche à l'empereur de la Sainte Rome, au prince de Hanovre, au souverain anglais, aux rois de Prusse et de Pologne, au monde entier, pour annoncer que la famille impériale russe était en deuil suite au décès de la petite Natalia ?

« Cesse de me tourmenter… les envoyés penseront ce que je leur ordonnerai de penser, *blyad* ! » a-t-il rétorqué.

C'était une erreur de ma part. J'avais oublié qu'il faisait, quand il avait bu, expressément l'inverse de ce qu'on lui demandait. Un des effets de son altération. Évoquer les envoyés ne pouvait que lui donner des idées. Le navire dans lequel nous avons embarqué pour Kronstadt, et de là pour Peterhof, était suivi d'une galère dans laquelle il avait installé tous les envoyés étrangers : tous, c'est-à-dire sept. À Peterhof, depuis que Peter avait menacé Alexandre et fait venir le prince Tcherkasski pour l'aider (ou plutôt le surveiller), la construction du pavillon Monplaisir était presque achevée et on pouvait déjà habiter dans une partie du Grand Palais. C'est là qu'a eu lieu le déjeuner d'anniversaire de Peter pour les ambassadeurs. Il a plaisanté : « Alors, Catherine, tu t'inquiètes de ce que les étrangers vont penser de nous ? Nous allons leur apprendre à boire, et ils ne penseront rien du tout. On va leur montrer comme il est amusant de boire avec un Russe. » Les envoyés savaient qu'on ne refusait pas une invitation de Peter, mais ce qu'ils ne savaient pas, c'était qu'on leur servirait une telle quantité de tokaj au déjeuner qu'ils seraient incapables de se relever de table. Après le dessert, alors que tous titubaient déjà, Peter a appelé l'*Oberschenk* et m'a demandé de leur apporter moi-même à boire.

Je devais tendre un verre de vodka à chacun. On ne dit pas non à la tsarine.

Je n'en ai qu'un vague souvenir, comme enveloppé de brouillard. Les visages rougis et luisants des envoyés, leurs perruques de travers aux boucles défaites à cause de la chaleur, les gouttes de sueur qui laissaient sur le blanc de céruse des traînées semblables à celles des escargots, découvrant une peau épaisse et trouée de pores. Je me souviens de leurs tentatives maladroites et baveuses de me baiser la main ; ils étaient tellement ivres qu'ils en oubliaient où ils se trouvaient, en oubliaient les ordres, les médailles, les lettres de créance, les bonnes manières et les intérêts politiques : ne restaient que des mâles saouls, salivant à la vue d'une femme – et peu leur importait qu'elle soit tsarine, blanchisseuse ou serveuse dans une taverne, elle n'était même plus une femme à leurs yeux, seulement une femelle devant laquelle ces chiens en rut ne pensaient qu'à copuler. Heureusement, le verre de vodka que je leur ai tendu à chacun, encore mieux que de l'eau, a éteint jusqu'à la dernière étincelle de leur concupiscence, et après le toast de la tsarine, tous les sept ont perdu connaissance.

Peter s'amusait beaucoup. Lui-même avait peu bu et il riait aux larmes. Puis il a ordonné aux soldats de les sortir du palais de Peterhof : ils en ont déposé certains dans le jardin encore en plantation, un autre dans la forêt, un autre a été balancé sur la pelouse. À quatre heures de l'après-midi, Peter a ordonné qu'on les réveille et qu'on les amène à Monplaisir. Il a remis une hache à chacun et a traîné les ambassadeurs, encore très saouls, dans une jeune forêt, où il leur a demandé de dégager une allée de près de cent pas menant droit vers la mer, partant lui-même en tête. Les ambassadeurs, sur des jambes aussi tremblantes que des branches de bouleau agitées par le vent, sont parvenus à tracer l'allée en moins de trois heures, et sans blessures majeures ; à la fin, ils étaient presque sobres et une récompense les attendait : le grand calice du Synode pochard décoré de l'aigle bicéphale, ce qui les a de nouveau assommés. Cette fois, on les a emmenés dormir dans le palais, mais avant minuit, Peter les a de nouveau réveillés et fait conduire au chevet du prince Tcherkasski, *Oberkommissar* de Saint-Pétersbourg et maître d'œuvre de Peterhof, marié à la belle Narychkina, qui était la cousine du tsar. Là, au pied de la couche du couple princier ivre, prostré et à moitié dévêtu, on leur a servi de force de la vodka et du vin et il a fallu qu'ils s'affalent sur le lit pour qu'on les ramène jusqu'à leurs chambres, dans les bâtiments voisins. Ils étaient encore ronds lorsque, à huit heures du matin, les soldats les ont réveillés et conduits au palais pour le petit déjeuner consistant, à leur grand étonnement, en un verre de vodka à la place du thé et du café. Après quoi on les a poussés dehors, non pas pour abattre des arbres, mais pour monter à cheval : sept des pires haridelles que l'on ait pu trouver les attendaient, sans selle ni étriers ; et l'un des officiers excitait les montures des cavaliers avec un bâton, les forçant à gravir puis à redescendre une petite colline, devant les fenêtres du palais. C'est un miracle que personne ne se soit cassé le cou… Les envoyés ont ensuite été autorisés à s'asperger avec des seaux d'eau, pour se rafraîchir avant le dîner et une nouvelle beuverie. Satisfait de son anniversaire et de sa facétie, Peter a bu sans se restreindre pendant le déjeuner. Si bien que la vodka lui a fait pousser des ailes, ou plutôt des voiles. Il allait lui-même emmener à Kronstadt tous les envoyés, à bord de son bateau !

Je n'étais pas une grande navigatrice, mais après tant d'années passées avec Peter et de visites sur les chantiers navals, je m'y connaissais un peu. Je voyais bien que son *trekshuit* hollandais, avec lequel il insistait pour naviguer jusqu'à Kronstadt, ne convenait pas – il n'y avait pas de pont principal, seulement une balustrade entourant l'imposant gouvernail du capitaine au-dessus des cabines, et il était conçu pour avancer sur des canaux de navigation, le plus souvent halé par des chevaux. Mes courtisans et mes dames ont été installés dans quatre petits bateaux à voile. Quant aux autres, Peter, les ambassadeurs, quelques domestiques et soldats, ainsi que Mary et moi, nous nous sommes installés dans le *trekshuit*.

Comment se fait-il que je garde de tout cela un souvenir si précis ? Je n'en sais rien. Peut-être parce que j'étais tellement en colère, ou parce que son anniversaire a failli nous coûter la vie.

Avec Mary, nous nous sommes enfermées dans la cabine pour échapper au tapage et aux beuglements des saoulards, bien que Peter nous ait assuré que nous allions atteindre Kronstadt rapidement, à quatre heures de l'après-midi.

La croisière d'anniversaire de Peterhof à Kronstadt a duré sept heures. Nous nous étions à peine éloignés de la rive qu'un vent tourbillonnant s'est levé, rendant la navigation impossible et nous faisant tourner en rond pendant deux heures jusqu'à ce qu'une énorme bourrasque rejette les petites embarcations des courtisans vers la rive. Mais Peter, ivre et tenant tout juste debout, était déterminé à atteindre Kronstadt et il a crié : « Je suis le contre-amiral Mikhaïlov, *yobtvoyumat'*, je vais barrer moi-même ! », et il a pris le gouvernail pour essayer de garder le cap sur l'île de Kotline.

Pour le Seigneur, vu du ciel, notre bateau devait ressembler à une coque de noix, recrachée par un ivrogne dans les remous tourbillonnants d'une fontaine.

Quand l'eau a commencé à monter dans la cale puis dans les cabines, Peter nous a ordonné, à Mary et à moi, de monter sur nos couchettes, d'y rester debout et de nous attacher à quelque chose à l'aide de nos ceintures ; lui-même est retourné sur le pont, balayé par des paquets d'eau.

Je n'ai pas pu m'attacher au montant de la couchette car j'étais enceinte de quatre mois et je craignais d'écraser l'enfant. Alors j'ai lancé la ceinture par-dessus une poutre et l'ai attachée autour de mes poignets, m'efforçant de ne pas tomber de la couchette. Mary, avec des gémissements affolés, a serré la sienne si fermement autour de sa taille qu'on aurait dit qu'elle allait se couper en deux. Après un fort roulis, elle s'est mise à vomir. Moi, je n'avais pas la moindre nausée : je pensais à l'enfant dans mes entrailles et à l'autre, gisant sous le plancher de la cathédrale. Je pensais à Peter, qui, lui, ne pensait à aucun des deux. Et à la force qui le possédait et le poussait en avant dans de tels moments, le rendant aveugle, sourd et sans cœur. À cette créature du nom de Pikhaykhouï Mikhaïlov à laquelle j'avais juré d'être liée jusqu'à ce que la mort nous sépare.

Le pied mouillé et tremblant que j'ai posé sur le quai de la forteresse de Kronslot, après que la tempête nous avait ballottés sept heures durant et délestés de plusieurs domestiques emportés par les flots, était celui d'une autre personne.

« Eh bien, messieurs, notre petit jeu est allé un peu plus loin que je ne l'aurais souhaité », a déclaré Peter, trempé jusqu'aux os mais presque sobre et désormais soucieux de la politesse.

Les censeurs et intercepteurs de courrier nous rapporteraient plus tard que les ambassadeurs, dans leurs dépêches, avaient loué le courage indéfectible de la tsarine enceinte – moi – pendant cette tempête.

Ces idiots. Ils n'avaient rien compris. Sur ce bateau, debout sur la couchette, dans la cabine, avec de l'eau jusqu'aux genoux, un enfant dans mon ventre et l'autre que je pleurais dans mon for intérieur, cela m'était égal de vivre ou de mourir.

Je n'étais plus la même quand j'ai posé le pied à terre. Dans mes veines coulait un limon noir, de fines gouttelettes de poison. J'ai senti ce jour-là qu'elles s'étaient installées en moi pour toujours.

Toutes les colères passées, toutes les larmes et tous les cris de désespoir n'étaient rien en comparaison de ce noir visqueux. J'ai compris que je ne devais pas laisser ces gouttes grossir. Je devais les empêcher, pour mon propre bien et ma santé, de s'amasser en une boule de vif-argent. Mais je savais aussi que ces sédiments ne disparaîtraient pas, ne se dilueraient pas. Jamais.

Sur le quai, quand Peter m'a tendu la main, je n'ai réussi qu'à marmonner entre mes dents :

« Tu as failli tuer l'héritier, Peter. »

Ce que j'aurais aimé lui dire, c'était : nous venons d'enterrer un enfant, et tu as manqué de tuer le prochain. Et j'aurais aimé ajouter qu'il n'y avait pas moyen de le savoir, mais que ça pouvait être un garçon.

Je me suis retenue. Une femme ne peut jamais vraiment dire ce qu'elle veut. Surtout pas à Peter.

Le peu que j'avais dit a suffi pour qu'il tourne les talons d'un air rageur et file vers ses appartements dans la forteresse de Kronslot. J'ai cru que j'allais devoir répondre de mes paroles le lendemain. Il n'aimait pas se sentir fautif devant moi.

Sur le quai, les ambassadeurs, abandonnés à eux-mêmes, trempés de la tête aux pieds et leurs bagages étant passés par-dessus bord dans la tempête, ont essayé d'allumer un feu. Peter ne se souciait plus de les loger. Depuis ma fenêtre dans la forteresse, je les ai vus se déshabiller et s'envelopper dans des couvertures de cheval empruntées aux moujiks, tâchant de se réchauffer, trépignant devant le feu, gémissant, partageant leurs impressions et remerciant le Seigneur d'être encore en vie. Dieu merci, ils ne se doutaient pas qu'ils se retrouvaient là à cause de ma remarque anodine à Peter sur l'opinion de l'Europe.

Peter ne m'a fait aucun reproche le lendemain. Il s'est réveillé en proie à une terrible fièvre qui l'a maintenu au lit plus d'une semaine.

Les ambassadeurs ont eux aussi pris froid et chez certains la fièvre a entraîné des maux plus graves. Beaucoup sont restés malades presque tout le mois.

Ils savaient désormais ce qu'était une fête d'anniversaire à la mode de Peter. Et comme on se félicitait d'y réchapper. On avait l'impression de renaître. Par la suite, ces hôtes étrangers ont bien complété les revenus de nos gardes qui se faisaient graisser la patte pour les laisser s'enfuir des fêtes du tsar, des banquets, des assemblées et autres beuveries ; les étrangers étaient incapables de boire autant, c'était un fait, et la dangereuse coupe de la punition menaçait ceux qui tentaient d'échapper à l'hospitalité de Peter.

Mary m'a dit qu'elle avait eu des menstrues très abondantes durant la tempête, et ne s'est pas montrée, elle non plus, pendant une semaine. Comment le lui reprocher ? Elle ressemblait à un fantôme quand elle est revenue : toute blanche, elle avait perdu la moitié de son poids et de sa beauté.

Mais je n'ai pas eu le temps de m'occuper d'elle : Peter, ayant appris que le célèbre amiral anglais John Norris avait accosté à Reval avec une flotte de dix-huit navires, y est parti avec une flotte de dix-neuf vaisseaux en m'ordonnant de le rejoindre par la terre. Enceinte et alourdie, je voulais rester à Saint-Pétersbourg, mais sachant cela, il en a décidé autrement. Je devais obéir. À Reval, il a fallu inspecter les navires et aller de pont en pont, chargés de fûts de vin pour arroser les Anglais – car Peter espérait bien attirer l'amiral à son service. Il a dû se contenter de compliments sur les navires russes qui n'avaient rien à envier aux navires anglais, et de s'entendre dire qu'avec un si merveilleux tsar, les Russes n'avaient nullement besoin de Norris. Nous avons passé tout le mois de juillet à boire sur les navires et à quai.

Le 2 août, c'est durant un banquet particulièrement solennel et opulent sur le pont de Norris, que nous avons appris la mort de notre petite Margarita Petrovna à Saint-Pétersbourg, à onze mois à peine. Peter m'a de nouveau intimé de boire pour ne pas gâcher sa bonne humeur avec ma tristesse. Au moment où je le buvais, j'ai senti le vin rouge se répandre en moi, déposant dans mes veines ce limon noir. Mais je me suis tue et je n'ai pas gâché sa gaieté.

Alexis Petrovitch s'en est chargé. À notre retour à Saint-Pétersbourg à l'automne, on nous a rapporté qu'il avait redoublé de brutalité envers sa femme. À la mi-octobre, Peter s'est répandu dans une nouvelle lettre, accusant l'héritier de fainéantise, de désintérêt pour la guerre et les affaires du pouvoir, et de dilapider son temps pour des futilités : « Comment dirigeras-tu le pays si tu ne tiens pas ta famille ? Je te déshériterai comme on retranche un membre gangrené, je préfère un étranger valeureux à mon bon à rien de fils. » J'ai convaincu Peter d'attendre un peu, de ne pas envoyer la lettre. Ces égarements ne changeraient rien, ils ne serviraient qu'à affoler le tsarévitch.

Par chance, Charlotte Christine a donné naissance à un garçon, le deuxième dans l'ordre de succession, appelé Piotr, en hommage à son grand-père.

Cinq jours plus tard, elle a commencé à avoir de la fièvre.

Au bout de trois jours, elle a fait appeler Sa Majesté son beau-père. Nous avons compris qu'elle voulait lui dire adieu. Peter, malgré ses douleurs lancinantes dans le dos et le ventre, a été amené jusqu'à elle sur une chaise roulante. Je suis restée dans mes appartements – étant moi-même dans les derniers jours de ma grossesse. À son chevet, Peter a essayé de la consoler une heure durant, de la convaincre qu'elle allait vivre. En vain – dès qu'il est reparti, elle a dit au revoir à son nouveau-né et à sa fille, et quand les médecins lui ont apporté un médicament elle l'a jeté sous le lit en les implorant de la laisser mourir puisque ses jours étaient de toute façon comptés. Son souhait le plus cher a été exaucé quelques heures après minuit : elle a quitté ce monde, et surtout la Russie.

Cette mijaurée laissait derrière elle un cadeau d'adieu retentissant – des dettes prodigieuses auprès des banquiers.

Le lendemain, avec sa sœur Natalia, Peter a baptisé son petit-fils Piotr Alexeïevitch, puis il s'est aussitôt rendu auprès de la mère, sa défunte belle-fille, Charlotte Christine von Braunschweig-Wolfenbüttel-Romanov, pour assister à sa dissection.

Il devait être curieux de voir de ses propres yeux d'où provenait la suite de sa dynastie.

D'en avoir une connaissance de l'intérieur, comme un savant – sans doute rien de plus.

J'évitais de penser à cela. J'allais bientôt accoucher – à en croire le médecin.

Euphrosinem'a raconté plus tard que Peter n'avait pas eu à regarder longtemps le corps ouvert de Charlotte Christine pour connaître la cause de sa mort : des ulcères, des nœuds sanguinolents dans son utérus. Il a aussitôt donné l'ordre d'arrêter la dissection, de laisser l'utérus à sa place, de remettre les boyaux à l'intérieur avant de recoudre.

Les ambassadeurs, horrifiés, ont rapporté à leur cour que le tsar de Moscovie avait pris part à la dissection de sa belle-fille. Il n'était à l'évidence pas d'usage en Europe d'observer le charcutage de ses proches et des membres de sa famille, même parmi les souverains. On laissait cela aux médecins.

Mais pour nous qui connaissions bien Peter, le fait qu'il ait changé d'avis et décidé de tout arrêter prouvait au contraire qu'il ressentait pour Charlotte Christine une affection singulière. S'il ne l'avait pas aimée, il n'aurait jamais ordonné qu'on la recouse.

Je n'y étais pas, j'allais accoucher d'un moment à l'autre et ne sortais plus de chez moi.

Pourtant, il arrive parfois que des choses que l'on n'a jamais vues apparaissent dans notre tête et y restent pour continuer de nous hanter – une chaise roulante, la nuque étirée de Peter qui cherche à mieux voir son profil, une table sur laquelle est allongé un corps d'une vingtaine d'années, autrefois fragile, doux et potelé, un corps de jeune fille tout juste devenue femme. Un corps qui était autrefois une perle, et désormais marqué de taches bleuâtres, avec en son centre le chaos sanglant qui venait d'offrir à la Russie le premier tsarévitch pour moitié européen. Une grosse aiguille et un fil épais qui vont et viennent, traversant la peau et la chair. Des points de suture qui ne servent plus à rien.

1

— Ahhhhh...

Seigneur, quelle douleur ! Est-ce dans la cuisse ou dans l'aine ?

On me transperce ! Que se passe-t-il ? Est-ce moi qu'on est en train de recoudre, et non Charlotte Christine ? Pour l'amour du ciel, qu'est-il arrivé ? Est-ce mon utérus qu'on recoud ?

Mes yeux s'ouvrent. Tout seuls. Sans même que je pense à les ouvrir.

Au-dessus de moi, le visage soucieux de Lestocq : une ride lui barre le front, ses lèvres tremblent sous son nez aquilin.

Je tente de relever la tête, je le vois tapoter une aiguille en or qui tinte contre le plateau. Pas une aiguille, un long burin fin. À ce bruit succède un battement de l'horloge. Le coup résonne un long moment. La piqûre est encore douloureuse dans ma cuisse, tout près de l'aine.

— Dieu soit loué.

Une onde de soulagement traverse la pièce, tout le monde se signe.

— Que se passe-t-il, vous êtes devenus fous ?

— Votre Majesté impériale, nous voulions

savoir si vous aviez perdu connaissance, ou si vous étiez plongée dans le sommeil, se justifie Lestocq.

— Et pour cela, il faut me piquer avec une aiguille ?…

— La stupeur était particulièrement profonde, les sels n'y faisaient rien, nous devions nous assurer qu'il ne fallait pas vous aider à revenir à vous…

Lestocq recule d'un pas dans une révérence. Il a peur, pour de bon cette fois.

— Vous nous avez fait une frayeur, Votre Majesté impériale…

C'est Alexandre, il est toujours là. Lestocq recule encore et, passant derrière lui, murmure quelque chose à son oreille. Il parle tout bas, mais je ne suis pas sourde… J'entends des mots : « jambes », « plus du tout », « mains », « pronostic », « n'en sera peut-être pas capable ». Leurs chuchotements sont à peine audibles.

Alexandre avance vers mon lit, rapproche le fauteuil, prend ma main et la baise respectueusement :

— Vous nous avez fait une frayeur, Votre Majesté impériale… répète-t-il.

Son baiser est aussi respectueux et affectueux que celui d'alors, quand il m'avait offert les myosotis en diamants et topazes bleus. Il m'embrasse avec retenue, soucieux de n'éveiller aucun soupçon, mais ses lèvres ne trompent pas – elles sont brûlantes et s'attardent sur ma paume un peu trop longtemps. Assez pour qu'une vague de chaleur parcoure ma peau et fasse se dresser chacun de mes poils. J'appuie très légèrement sur sa main, à peine, personne ne peut le voir. Cela suffit maintenant. Allons, assez.

Il relève la tête et ses yeux brillent d'une joie

si ardente qu'ils en deviennent aussi bleus que des saphirs. Ses narines se dilatent de bonheur. Il serre encore ma main, l'embrasse encore une fois. Je lui presse la paume. Il me regarde comme s'il me caressait du regard, comme s'il allait me couvrir de baisers.

Cesse ça, je t'en prie.

Garde tes *khouïny* pour Daria. Ça marchera peut-être avec elle. Tu as toujours su la mener par le bout du nez.

Alexandre, tu es transparent. Tu te fiches que mes jambes soient inertes tant que mes mains sont encore capables de signer tes maudits papiers et tes sentences.

Mais si je peux encore tenir quelque chose entre mes doigts, ce n'est pas une plume et de l'encre que je veux.

— Varvara Mikhaïlovna, donne-moi le paquet de Chichetchka, là, dans le tiroir, Johanna va te montrer…

Varka soupire, se lève en faisant bruire ses habits noirs, on dirait un catafalque qui se dirige vers la coiffeuse au miroir vénitien. Elle revient en soupirant toujours, sifflant comme un samovar, avec un petit paquet de velours noir qu'elle délie et étale devant moi.

Je suis allongée et je ne le vois pas bien, mais je n'arrive pas à me redresser. On se précipite pour me relever par les aisselles, m'adosser et me caler avec des coussins. Maintenant je vois : on a posé sur mon ventre le velours noir où reposent deux boucles de chaussures en argent, un sifflet en argent avec ses clochettes, un poisson en verre, une chaîne et sa croix en or, ainsi qu'un plumier en jaspe au couvercle coulissant, renfermant un nécessaire à dessin. Le fouet miniature avec un manche en écaille de tortue, le fusil, l'épée avec une poignée en or et le minuscule bâton de maréchal se trouvent dans une autre étoffe de velours cachée dans le coffre. Là, ce ne sont que les choses les plus petites. Ce qu'il en reste. Des reliques. Les boucles de ses chaussures. Le sifflet. On distingue l'empreinte qu'y ont laissée ses quenottes. Ses dents avaient eu du mal à percer et il aimait suçoter et mordiller ce sifflet en argent au tintement métallique – le froid de l'argent calmait ses gencives douloureuses. Le poisson en verre translucide était un cadeau d'Alexandre, apporté par les marchands de Venise, avec la dédicace du Sérénissime au tsarévitch : qu'il puisse s'y rendre un jour, et qu'il règne sur sa Venise du Nord, Saint-Pétersbourg. À grand-peine, je saisis entre mes doigts la croix en or attachée à la chaîne. Je la porte à mes lèvres. L'or est chaud, comme s'il se souvenait de la chaleur de sa poitrine d'enfant. Je soulève péniblement la croix devant mes yeux pour la regarder. Quelques rayons de soleil ont réussi à percer les nuages noirs que j'aperçois par la fenêtre et l'un d'eux tombe à présent sur la petite croix et la chaîne. Un fin cheveu blond est resté coincé dans les maillons. Comment ce cheveu m'a-t-il échappé, pendant toutes ces années… C'est peut-être pour le mieux. Il semble vouloir m'étrangler à présent. Ma gorge se serre autour d'une boule de tristesse.

Piotr Petrovitch a reçu cette croix en or à sa naissance, le 15 novembre, au lendemain de l'enterrement de Charlotte Christine. Le jour des funérailles, Peter a osé remettre au tsarévitch Alexis, désormais veuf, sa maudite lettre, cet ultimatum le comparant à la gangrène. Il a choisi ce moment pour faire la morale à son fils… Je n'ai pas pu l'en empêcher – mes contractions avaient commencé. J'ai accouché assez facilement et Peter était au septième ciel : il avait fulminé contre Dieu qui l'avait puni en lui donnant un héritier aussi indigne, et voilà qu'en quelques semaines, il n'en avait pas moins de trois, sans omettre la « gangrène » : Alexis Petrovitch, son nouveau-né Piotr Alexeïevitch, et enfin notre fils si longtemps attendu, Piotr Petrovitch. « Catherine, Catherine, quelle joie tu m'apportes ! Enfin une recrue ! Enfin un moussaillon ! » se réjouissait Peter en tenant dans ses larges paumes son fils tant désiré qui, près de lui, paraissait encore plus minuscule. Mais il était robuste et hurlait à pleins poumons ; il avait survécu dans mon ventre à une tempête maritime et promettait de devenir fort et résistant. Alexandre s'est frotté les mains à cette nouvelle, il a félicité Peter en l'étreignant, et ils se sont embrassés comme au bon vieux temps : « Ne te l'avais-je pas dit, *mein Herz*, ne te l'avais-je pas dit ? Rappelle-toi mes paroles ! Catherine t'a offert un héritier, et quel héritier ! Un géant, un colosse, il sera maréchal, amiral, le conquérant des peuples, tu verras ! Écoute-le crier, ce cher *molodets*, ce gaillard va nous montrer de quoi il est capable ! »

Peter était si heureux, il disait : « Tu peux me croire sur parole, celui-là vivra, Catherine, il vivra, tu verras ! Il rachètera toutes les larmes versées pour ses frères et sœurs – tu verras, il règnera ! Je le sens dans mon cœur ! » Sa joie ne connaissait pas de limites, et il la manifestait à sa manière : des salves festives de canons, tirées en continu de la forteresse Pierre-et-Paul, ont empêché le nourrisson de dormir durant les premiers jours ; il avait fait apporter des tonneaux de bière et de vodka sur la place de la ville si bien que le beuglement des ivrognes dans les rues et sur les quais s'entendait fenêtres fermées. Saint-Pétersbourg n'a pas dessaoulé entre la naissance et le baptême : Peter a disparu pendant plusieurs jours, il est parti festoyer en chaise roulante chez l'amiral Apraxine, avant de se rendre chez sa sœur Natalia, puis chez sa belle-sœur Prascovia et enfin chez son *Bruder* Alexandre. Quand j'ai été rétablie, il m'a préparé un banquet où étaient dressées deux tables, une pour les hommes et une pour les femmes. Sur chacune d'elles, trônait une pièce montée renfermant une surprise : au signal des tambours, une naine a surgi sur la table des hommes, et un nain sur la table des femmes. Nus comme s'ils sortaient du ventre de leur mère, parés seulement d'une couronne de plumes et de rubans. Mes scrupules se sont éteints avant même de naître : les nains ont commencé à sortir des bouteilles de vin cachées dans les gâteaux et ont servi les invités. Il ne m'en fallait pas beaucoup après l'accouchement, j'ai vite été ivre, et plus rien ne m'a paru si affreux, cela m'a même amusée que le nain ait un membre aussi long. Je n'ai pas eu le temps de m'inquiéter de ce que penserait le Seigneur – cette fois-là, nous avons bu à en être ronds comme des queues de pelle. Les ambassadeurs étrangers, qui depuis l'anniversaire de Peter croyaient savoir en quelles quantités un Russe était capable de boire, ont dû se raviser. En ville, les gens lampaient jusqu'à s'écrouler, et aussitôt réveillés, recommençaient. Alexandre, titubant de joie dans les rues, a même réussi à égarer sa décoration en diamant de l'ordre de l'Aigle noir, décernée par le roi de Prusse ; par bonheur, un soldat l'a trouvée et la lui a rendue. Il faut dire qu'Alexandre avait des raisons d'être soulagé : Peter, tout à sa propre joie, avait réduit de presque cent mille roubles la dette liée à ses malversations.

Un feu d'artifice a couronné la célébration, on a vu le ciel s'illuminer de l'inscription pensée par Peter et Alexandre : « Espoir et Patience ».

À peine remise de l'accouchement, j'ai dû monter sur le trône dans le palais d'Hiver pour recevoir les hordes d'envoyés étrangers, d'officiers et de dignitaires qui, les bras chargés de cadeaux, venaient présenter leurs hommages.

Il me semblait avoir mis au monde le petit Jésus et accueillir non pas trois, mais des douzaines de rois mages, déposant à mes pieds toutes sortes de joyaux, de curiosités et de présents raffinés.

C'est moi qu'ils auraient dû remercier de tout cela, ce nouvel héritier et les changements qu'il apportait avec lui, moi seule.

Me remercier de ma patience, et de n'avoir jamais perdu espoir. J'ai toujours cru que nos malheurs passeraient et que les choses s'arrangeraient.

J'espérais que la naissance d'un fils, une fois la fête finie, enlèverait un peu à Peter ses envies de boire. Qu'il aurait à cœur d'élever et d'éduquer son héritier. De ne pas répéter les erreurs commises avec son fils aîné. Et d'éviter que ce désamour se transforme en haine.

L'arrivée de son demi-frère avait tant effrayé Alexis Petrovitch qu'il a rédigé d'une main tremblante une réponse à son père – ou plutôt une supplication plaintive et contrite, implorant qu'on lui ôte cette épine du pied qu'était la succession au trône. Il se flagellait en affirmant que les divers maux qui le rongeaient l'avaient affaibli et pourri, et qu'il n'avait pas les qualités requises pour diriger ; il implorait le tsar de lui ôter le fardeau de la succession et de le laisser se retirer pour vivre tranquillement dans un manoir lointain. En d'autres termes, il reconnaissait lui-même être une gangrène. Il ne mentionnait même pas son fils, que Charlotte Christine venait de mettre au monde, le petit-fils du tsar au pouvoir. À l'évidence, l'avenir de la dynastie lui était égal. Il demandait seulement qu'on le laisse s'enfuir, disparaître avec sa Frosenka sous les édredons d'un manoir de campagne.

Était-ce la longue beuverie au lendemain de la naissance de Piotr Petrovitch, la déception causée par son poltron de fils ou autre chose, toujours est-il que Peter a failli y passer : coliques, points de côté, crises de tremblements répétées auxquelles je ne pouvais pas me consacrer pleinement, écartelée que j'étais entre mon nouveau-né et mon époux secoué de convulsions, si bien que la fièvre a duré tout le mois de novembre et la moitié de décembre. Quand il a perdu connaissance pendant deux jours, son pope personnel lui a donné les derniers sacrements et les pleureurs avec leurs cantiques s'apprêtaient à accompagner le souverain vers un monde meilleur. Tout comme à Varsovie autrefois, j'ai passé ces deux jours et ces deux nuits au chevet de Peter, dans ses draps trempés de sueur : à Varsovie, je l'avais veillé par amour, cette fois c'était par peur. Cette fois, c'était moi que j'essayais de sauver, et la vie qui était la mienne auprès de Peter. Que se serait-il passé s'il était mort ? Je serais restée avec les filles et l'héritier, le troisième dans l'ordre de succession, qu'on n'avait encore appelé « le véritable tsarévitch, le véritable *kronprins* » que lors des festivités arrosées du baptême. Et avec Alexandre, qui faisait des allers-retours entre le chevet de Peter et les unités de l'armée. Dolgorouki avait commencé à redouter que, si Peter mourait, Alexandre prendrait aussitôt le pouvoir en devenant le régent d'Alexis, son ancien élève, qui au souvenir des coups reçus dans son enfance craignait toujours le Sérénissime au plus profond de son cœur. Dolgorouki rassemblait ses fidèles boyards, tandis qu'Alexandre continuait de boire et de fraterniser avec les unités de l'armée.

Dignitaires et *tchinovniki* ont défilé deux jours et deux nuits durant pour voir Peter mourir. Avec le pope de la cour Ivan Krisanfov – un compagnon de beuverie de Peter qu'on surnommait Bitka –, nous tentions de les maintenir à l'écart, afin que Peter puisse se reposer et guérir. Mais je devais aussi protéger Peter de Bitka, qui cherchait à glisser en douce un peu de vodka au patient, convaincu qu'il était, comme tous les participants du Synode pochard, que la vodka était le meilleur remède à tous les maux.

Je m'efforçais de ne pas me demander quels changements de pouvoir cela entraînerait et comment ils m'affecteraient. Je tentais d'effacer cette peur comme on élimine une tache de moisissure. Je ne pensais qu'à Peter, à tous les moments agréables et affectueux passés avec lui, à la vie de tsarine qu'il m'avait offerte, je cherchais à attiser dans mon propre cœur les braises de l'amour. Et à garder espoir.

Le pauvre, les convulsions le poursuivaient même dans son sommeil. Je devais rester là, seule ma main sur son front l'apaisait. J'étais épouvantée en voyant la couleur de son visage sous ma paume – un rouge cramoisi, qui virait parfois au bleu. Mais il ne fallait pas prendre peur, je savais que les mourants ne ressemblent pas à cela, il ne faisait que lutter contre la maladie. J'amenais le nourrisson Petrouchka, pour que son père, en entendant ses pleurs, lutte pour la vie.

Après deux jours d'agonie, la fièvre s'est calmée et Peter a soudainement repris ses esprits. Tous les médecins, tous les docteurs anglais et allemands se sont précipités à son chevet – Blümentrost, Howie, Erskine et les autres. Leur consilium a rendu sa conclusion : coliques, calculs rénaux, fièvre et épuisement. Ils lui conseillaient une cure thermale, de préférence à Bad Pyrmont, en terres allemandes, non loin de Hanovre, où les eaux étaient particulièrement riches en minéraux curatifs mais demeuraient douces et non irritantes.

La maladie avait tellement secoué Peter qu'il n'a presque pas bu à Noël et au Nouvel An. Nous avons fêté l'arrivée de l'année 1716 chez Alexandre. Entourés seulement des plus proches : le « prince-pape » Zotov, Dolgorouki, Moussine-Pouchkine, Tolstoï, Chafirov, l'amiral Cruys, Boutourline et quelques envoyés étrangers. Le repas s'est déroulé sans histoire, mais Peter n'a pas eu la force ensuite d'aller en traîneau admirer le feu d'artifice – deux verres de vin ayant suffi à reveiller d'atroces douleurs dans les côtes, nous sommes repartis bien avant huit heures et il a décidé de reporter le feu d'artifice au lendemain. J'ai essayé de le convaincre de se rendre au plus vite en cure, comme le lui avaient conseillé les médecins. Je lui parlais des enfants, de la génération future – seuls les pensées et les rêves d'avenir parvenaient à le consoler quand le présent le décevait ; on aurait dit qu'il ne supportait pas de vivre dans le présent tellement il fuyait toujours vers l'avant, incapable de savourer le moment... En janvier, nous avons baptisé la fille d'Anyuta et Anton Devier, une enfant d'une rare beauté, née d'une mère mi-russe, mi-lituanienne et d'un père juif portugais ; même le Sérénissime, en voyant leur bonheur, s'est amadoué. Elisabeta Villebois aussi a eu une fille – la cour a récolté une bonne moisson d'enfants en ce début d'année. Et je ne cessais de dire à Peter : regarde les enfants, contemple cette beauté, quelle magnifique génération ce sera, cela vaut la peine de vivre et de faire des efforts pour eux. Tu dois te protéger, ne me fais pas l'affront de mourir, fais attention à toi ! Il a passé plus de temps avec nos enfants, Anouchka, Lizetta et Piotr Petrovitch, que nous surnommions affectueusement Chichetchka : notre petite pomme de pin. Le soir, il s'asseyait près de la cheminée au palais d'Hiver, et faisait appeler les filles pour s'enquérir de ce qu'elles avaient appris durant la journée. C'est à cette époque qu'il a commandé le portrait de Lizetta. Il disait : « Ce sont des beautés qui grandissent, il faut leur trouver de bons époux. Et si nous en mariions une à un prince français ? Lizetta, par exemple, qu'en dis-tu, Catherine ? » Seigneur, elle n'avait que sept ans... J'ai fait en sorte qu'il reporte cet empressement sur la fille cadette de Prascovia, sa nièce Ekaterina – qui n'était pas encore mariée et vivait à Saint-Pétersbourg. Elle avait vingt-quatre ans, et nous avons fini par arranger son mariage avec Charles-Léopold, prince de Mecklembourg.

Peter m'était reconnaissant de mon dévouement à le soigner. C'était un autre homme. Il voulait me toucher, sentir la chaleur de ma peau et mon calme. Ses yeux me regardaient de nouveau avec douceur, ils brillaient d'une étincelle depuis longtemps disparue. Il me serrait dans ses bras, posait la tête sur ma poitrine et disait : « Mon amie, que ferais-je sans toi ? Tu m'as de nouveau sauvé la vie. » Puis, un beau jour, il a décidé : « Il est l'heure d'honorer la promesse que je t'ai faite : prépare-toi à aller en Europe, Catherine. Tu ne voyageras pas en tant que compagne du contre-amiral, mais en tant que tsarine, une souveraine avec sa suite et tout ce qui va avec. Nous allons marier ma nièce, la Katka de Prascovia. Nous passerons dans toutes les cours royales d'Europe, nous conclurons des alliances avec tous les souverains opposés aux Suédois. Tu te rappelles que je t'ai promis, jadis, de te montrer Amsterdam ? Je n'ai pas oublié. Si Dieu le veut, je te conduirai jusqu'à Paris – berceau de la politesse, du goût et de la mode. Je ne voyagerai pas pour étudier, comme la dernière fois. Et pas en cachette, sous le nom de Mikhaïlov. Je voyagerai comme le tsar de toutes les Russies. Comme une force avec laquelle ils devront compter. Nous leur montrerons les avancées des Russes en vingt ans ; ils verront la puissance de la Russie. Les Européens devront en rester bouche bée – nous n'emmènerons que les *Fraülein* les plus ravissantes et les courtisans les plus charmants pour que tous restent la langue pendante devant tant de beauté ! Prépare-toi et apprête-toi, sors tous tes diamants, et ne te prive de rien durant le voyage – n'achète que ce qu'il y a de mieux là-bas, afin que personne ne puisse dire que les Russes sont des barbares, des mendiants, ou des *skryagi*, des pingres ! Nous allons leur montrer, Catherine, toi et moi ! »

Nous allons leur montrer... Je me faisais un sang d'encre, car pour partir en voyage il fallait sevrer notre petit Petrouchka, notre Chichetchka, qui n'avait pas encore trois mois. Il ne prenait que mon sein, et parfois avec difficulté – à trois mois, nos filles avaient bien plus grandi et profité que lui. Alors que notre Chichetchka... Il n'était pas aussi chétif que notre premier-né et n'éveillait pas comme lui le soupçon d'une maladie de naissance, mais malgré tout je n'arrivais pas à m'ôter de la pensée qu'il aurait dû être plus robuste. N'était-ce pas ce qu'on attendait de l'héritier du trône ? J'étais aussi impatiente de ce voyage que je m'inquiétais de laisser mon petit... Cela dit, il y avait des bonnes d'enfants et des domestiques, et nous avons trouvé une nourrice dont Petrouchka a accepté le sein ; nous avons décidé de les confier, lui, Anouchka et Elizaveta, à Daria et Alexandre – avec eux, personne ne toucherait à un cheveu de mes enfants, puisque mes enfants et moi-même étions la meilleure garantie du pouvoir et de l'avenir d'Alexandre.

— Ce petit poisson, Votre Majesté, je m'en souviens, dit Alexandre en prenant la babiole en verre sur mon giron. C'était mon cadeau, pas celui d'un quelconque étranger...

Il retire alors la croix en or de mes doigts raidis, repose le tout dans le velours noir avant de tendre le paquet à Varvara pour qu'elle le range à sa place, et ajoute dans un murmure afin que je sois seule à l'entendre :

— Pourquoi te faire souffrir ainsi, Catherine ? Pourquoi verser du sel sur tes plaies ? Tu ne peux ramener à la vie ce qui n'est plus... Tu vivras encore, tu verras. Tu guériras. Il faut penser à l'avenir, à l'avenir et rien d'autre... Et si on signait les sentences de Boutourline, Tolstoï et Devier ? Tout est prêt, il ne manque que ta signature. Tu verras, tout le monde respirera quand ils auront disparu... Et toi aussi, tu respireras. Si Dieu le veut, tu guériras... S'Il ne le veut pas, mais j'en doute, ces vipères ne ruineront pas la vie de tes filles... ni la mienne.

Nous y voilà.

Il ne me laissera pas mourir en paix. Il m'exhorte à en condamner d'autres à la mort avant de mourir moi-même.

Sainte-Mère de Dieu, que faire ? Que puis-je faire ? Il ne me lâchera pas, et je voudrais tant rester tranquille. Le Sérénissime est sous l'emprise de la vengeance, elle emplit ses yeux de sang, comme quand Peter buvait du vin et qu'il était impossible de discuter... Dire qu'il y a dix ans, voyant le bonheur de sa sœur, Alexandre avait fait la paix avec Antochka Devier.

Tout haut, je me contente de dire :

— Sérénissime, ordonne au *pisor* de nous apporter ces sentences.

Je vois son visage ravi et, de peur qu'il se réjouisse trop vite, j'ajoute :

— Qu'il vienne dans une heure. Pas avant.

Je trouverai quelque chose d'ici là. Je ne veux pas avoir d'autres vies sur la conscience, et surtout pas celles de mes proches. Il y en a eu bien assez. Dans un coin se tient Matveï Olsufiev, mon *Oberhofmeister*. Lui arrive-t-il de penser à Evva, l'épouse de son défunt frère ? Sa femme à lui, Anka Seniavina, est bien vivante, elle est la fille de notre contre-amiral, une beauté. Elle a l'air de s'entendre avec notre Matveï, elle n'a pas fait l'erreur de se corrompre avec des *denstchiki* ou des adjudants. Voilà pourquoi elle a toujours de l'allure. Elle faisait partie de celles que j'ai emmenées avec moi en Europe, c'était encore une très jeune fille à l'époque. Le but était de montrer combien les Russes étaient belles, afin que les prétendants étrangers ne soient plus effrayés par nos femmes. Peter avait demandé que Mary Hamilton soit du voyage pour sa beauté. Moi, c'était pour mon plaisir. Nous nous réjouissions à l'avance de dévaliser les boutiques des marchands les plus à la mode de Paris – d'éblouir les Français par nos tenues, notre luxe et la grandeur de la cour de Russie, et de fasciner Versailles par notre opulence. Peter avait aussi insisté pour que j'emmène Anna Kramer, l'esclave de Mary, il l'appréciait et elle nous serait utile – sa famille, à Narva, lui avait si bien inculqué les règles de politesse, les manières de se tenir, de se comporter, de parler, de manger et de se vêtir que notre cour, il est vrai, aurait eu moins d'allure sans les efforts invisibles mais précieux de cette jolie femme, effacée et modeste. J'ai choisi Anissia Kirilovna non pas pour sa beauté, mais parce qu'elle était à mes côtés depuis le début, que je lui faisais confiance et qu'elle écrivait mes lettres pour moi. Et la colonelle Margaretha von Campenhausen, qui était d'origine suédoise et s'intégrerait bien à notre compagnie. La Balkcha, Modesta Balk, devait nous rejoindre ultérieurement. Peter, lui, a embarqué son jeune Noir, le bel Avram Hannibal, et a sélectionné ses valets les plus musclés et les plus séduisants. Tous représenteraient la Russie. Il n'y aurait aucune gueule ridée, rougeaude ou brunâtre du Synode pochard parmi nous, à l'exception du pope bedonnant Bitka et de ceux qu'il était obligé d'emmener en raison de leur rang – Dolgorouki et Tolstoï, habitués à traiter avec les étrangers, ainsi que les *tchinovniki* les plus importants de la diplomatie, Chafirov, Osterman et Iagoujinski, qui parlaient plusieurs langues. Eux mis à part, nous avons choisi les membres de notre suite pour leur jeunesse, leur beauté et leur sens de la politesse.

Où est passée toute cette beauté ? Les vers sont-ils en train de la ronger ?

Je devrais allumer des cierges pour Mary, Evva et Willy...

Et Alexandre qui voudrait que j'envoie aussi Anton Devier à la mort... Comme si ça ne suffisait pas... La cour impériale de Russie doit-elle être ce marécage funeste, engloutissant tous ceux qui ont le malheur de poser le pied au mauvais endroit ? N'y en a-t-il pas eu assez ?

Je me souviens d'un moujik qui, en apprenant que son géant de fils allait devenir le domestique de Peter, s'était répandu en signes de croix et en gémissements. Oscillant au rythme de ses lamentations, il se désolait : « *Boge upasi*, protège-le, Seigneur – près du tsar, près de la mort... »

Fallait-il le croire ? Les dictons russes disaient-ils tous la vérité ? Plus on en sait, plus on meurt tôt ; plus on vole haut, plus on tombe bas ; sois plus silencieux que l'eau et plus bas que l'herbe ;

prosterne-toi à t'en cogner la tête par terre : la terre est plus proche que les cieux. Pour signifier qu'un cas était désespéré, on disait : tu n'y peux rien, mon tourtereau, *Bog vysoko, car' daleko* – Dieu est trop haut et le tsar trop loin, personne ne t'aidera, tu n'as plus qu'à souffrir et à succomber. Seulement à ceux qui se rapprochaient du tsar, on disait : près du tsar, près de la mort... Était-ce vrai qu'on se rapprochait de la mort en se rapprochant de Peter ? Pourquoi, dans les autres pays, les gens simples se réjouissaient-ils de se retrouver à la cour du roi, considérant cela comme un honneur et un privilège, tandis qu'ici, en Russie, on se lamentait comme si c'était notre dernier voyage ? Étions-nous vraiment ce marécage funeste qui engloutissait tout un chacun pour les fautes les plus futiles ?

Willy a été poussé dans ma vie, en même temps que dans le marécage de la cour, par Peter. Par Peter en personne – en janvier, juste avant notre grand voyage en Europe. Il a dit : « Catherine, il te faut un *Kammerjunker*, pour ne pas avoir à te soucier pendant le voyage des chevaux, du carrosse, des draps, des achats et des dépenses, quelqu'un qui se charge de ton courrier au sujet de tes terres et de tes revenus, qui te permette de savourer le voyage et d'avoir l'esprit libre lors des réceptions royales. Prends Willem Mons, le frère de la Balkcha. C'est un aide de camp, un lieutenant, qui s'est fait remarquer lors de la bataille de Poltava et qui a beaucoup voyagé. Plus d'une fois il a été notre envoyé au Danemark et en Allemagne, il est fiable, il parle plusieurs langues, il ne nous fera pas honte lors du voyage. » La Balkcha était enchantée, elle se réjouissait de cette promotion, convaincue que l'âme délicate de son jeune frère avait trouvé la place qui lui siérait. Je ne l'avais jamais remarqué auparavant – je le jure. Peut-on se rappeler chaque messager ou aide de camp ? Je savais que la Balkcha et lui avaient craint que l'héritage de leur sœur Anna Mons – tous les joyaux offerts par Peter – ne revienne à un certain Miller, son dernier amant en date, qui s'était empressé de l'épouser avant sa mort. J'avais reçu leur requête à ce sujet, mais n'en savais pas plus. Et puis on m'a présenté Willem Mons.

Mon regard a glissé sur lui comme sur une somptueuse statue, s'arrêtant juste le temps d'admirer, de s'étonner qu'une telle harmonie puisse exister. C'était un très bel homme, de mon âge ou quelques années plus jeune, svelte, de corpulence parfaite, à la longue chevelure bouclée qui n'avait nul besoin de perruque ; son visage, à la mâchoire pointue et proéminente, au nez aquilin, avait quelque chose d'étrangement féminin : peut-être ses cils allongés, ou ses sourcils fournis, comme dessinés au pinceau, ou bien le doux chagrin, insolite chez les hommes, qui brillait faiblement dans son regard et émanait de ses lèvres entrouvertes ? Ni tout à fait féminin ni tout à fait viril – il faisait penser aux anges des icônes : une beauté pure, dépourvue de sexe, d'où se dégageait, sans que l'on sache pourquoi, une tristesse omnisciente et nonchalante.

C'est plus tard seulement, après notre voyage dans les cours des souverains européens, que j'ai appris que cet état, mêlant beauté, douleur et le deuil silencieux de notre monde éphémère, se nommait mélancolie.

Willem Mons était très beau et très mélancolique.

Quand on le regardait, on ne pouvait l'imaginer ivre, en train de beugler, de jurer, de se battre, de déborder de rage ou d'uriner quelque part derrière une colonne.

Quand on le regardait, le temps semblait s'arrêter, et lui-même semblait échapper au temps – on lui donnait aussi bien trente ans que dix-huit.

Il était le mystère fait homme, triste et charmant, venu d'un autre monde, et surtout pas de Russie.

Car il croyait en effet à l'existence d'un monde supérieur, où nos destins avaient été scellés et qui nous envoyait d'étranges signes : il nous fallait simplement apprendre à les lire. À ses doigts agiles, il portait quatre fins anneaux de quatre métaux distincts : de l'or, conférant la sagesse ; de l'étain, qui attirait les trésors de l'or et de l'argent à celui qui le portait ; du fer, qui aidait à surmonter les obstacles ; et du cuivre, qui appelait immanquablement l'amour. Il disait prendre garde à ne toucher aucune femme avec ce dernier anneau, et accompagnait ses paroles d'un geste de refus particulièrement gracieux.

La Balkcha disait pour plaisanter que ce devait être à cause de cet anneau en cuivre que son frère était sans cesse amoureux, et le plus souvent de plusieurs dames en même temps. Il était néanmoins discret : il ne parlait jamais de ses sentiments et encore moins de celles qui les suscitaient. Quand sa sœur se moquait, il haussait les épaules, soupirait et se mettait à regarder au loin.

Il possédait également un cahier dans lequel il notait ses rêves en se réveillant. Et tout comme sa sœur Anna, il était superstitieux – il s'intéressait aux étoiles, à l'astrologie et à toutes sortes de zodiaques. Comment je l'ai su ? En voyage, on apprend beaucoup de choses sur ses compagnons de route, certaines dont on ne se serait pas douté. La première fois que je lui ai accordé l'honneur de voyager dans mon carrosse, début février, alors que nous partions pour l'Europe, il s'est intallé et, paré de sa belle tristesse – j'ignorais encore, alors, qu'elle se nommait mélancolie –, il a regardé par la fenêtre et a dit : « Les voyages sont ainsi faits qu'à la fin on n'est jamais la même personne qu'au début. »

Une phrase d'une telle sottise, ou d'une telle évidence, que même un cheval aurait pu la comprendre. Mais Mons avait le don de dire des choses compréhensibles par un cheval d'un ton si pénétrant et d'un air si mystérieux qu'il arrivait presque à les rendre profondes.

J'ai appris plus tard qu'on appelait cela le talent poétique.

Parce que Mons écrivait des vers en secret. Une occupation indigne d'un homme, un vrai, une occupation pour laquelle, en Russie, un officier ou un aide de camp risquait d'être la risée de tous.

Un farfelu. Mais avec lui, tout devenait tout de suite intéressant.

Un jour, au début de notre voyage, alors que notre carrosse avançait en cahotant, que nous nous ennuyions et n'avions rien de mieux à faire, Willem s'est enquis, l'air de rien, de ma date d'anniversaire, qui était le 15 avril ; hélas, je n'étais pas sûre de l'année, mais il ne me l'a pas demandée. En la comparant à celle de Peter, qui était le 9 juin et que toute la Russie célébrait le 30 mai, il a soupiré et secoué la tête pensivement : « Le Taureau, c'est la terre et la stabilité, et les

Gémeaux, l'air et le changement perpétuel... Les deux sont parfaitement incompatibles, des opposés absolus, c'est incompréhensible... » Anissia, qui se trouvait dans le carrosse, s'est mise à se signer, et Mary Hamilton, pour dissiper la gêne, a ri aux éclats : « Bien sûr que ce sont des opposés. Qu'existe-t-il de plus éloigné qu'un homme et une femme ? » Elle a continué en riant : « Le monde est simple : les hommes ressemblent aux hommes, les femmes aux femmes, les honnêtes gens aux honnêtes gens, les putains aux putains ; mais il arrive que tout se mélange sous le soleil et que les hommes ressemblent aux femmes, les femmes aux hommes, les putains aux honnêtes gens et les honnêtes gens... à des putains ! » Mary s'exprimait parfois comme si elle était née dans une écurie, mais mon Dieu, ses balivernes étaient si drôles qu'elles m'empêchaient de broyer du noir.

Y compris à la pensée que nous pouvions si parfaitement nous entendre avec Peter et être si heureux que j'aurais donné ma vie pour lui, si seulement il n'y avait pas eu toutes ces beuveries, ces altérations incessantes de son humeur qui le changeaient en Pikhaykhouï Mikhaïlov... Et aucun signe du zodiaque, aucune étoile, aucune terre ni aucun air n'y étaient pour quoi que ce soit.

J'espérais que la cure à Bad Pyrmont et la naissance de l'héritier Petrouchka aideraient Peter à changer. Durant les premiers jours du voyage, mes seins gorgés de lait me rappelaient Chichetchka – je m'inquiétais pour lui, mon tout petit, et pour mes filles, chez Daria et Alexandre. Mais Peter m'avait intimé de voyager et son ordre était incontestable, c'était une mission d'État. Il faut avouer aussi que j'avais peine à contenir ma curiosité. Je devais me réjouir qu'il m'emmène, lui être reconnaissante de me laisser voyager à mon rythme – plus lentement, sans me brusquer, récupérant pour mon attelage les chevaux qu'il laissait derrière lui et qui avaient eu le temps de se reposer avant mon arrivée.

Willem Mons, malgré ses mélancolies, ses zodiaques et ses inclinations poétiques, était quelqu'un d'ordonné et de rigoureux, à la façon allemande, s'occupant de tout sans tarder, avec ingéniosité et ne laissant rien au hasard. Il était convaincu que notre monde imparfait était gouverné par un principe infaillible selon lequel chacun tendait vers son intérêt propre. Que l'essentiel était de concilier les intérêts de chacun pour en tirer le meilleur profit. Qu'il était possible d'assouvir la faim du loup tout en gardant la brebis vivante.

C'est pourtant ce qui l'a conduit à sa perte.

Avec une telle conviction, il trouvait sa place partout où nous allions en Europe, où les gens appliquaient ce principe – calculant posément ce qui leur apporterait un bénéfice et ce qui leur causerait une perte. L'Europe, où l'on souriait poliment en serrant les dents, pour ne pas se faire d'ennemis. Où l'on baissait le prix d'une chose car il valait mieux vendre au rabais que ne pas vendre du tout. Où l'on préférait vous ignorer que vous assaillir de menaces et d'insultes.

Hélas, il ne la trouvait nulle part en Russie, où personne n'aurait renoncé au plaisir d'asseoir sa supériorité, serrant plutôt les dents de haine, même s'il fallait en subir les conséquences. Il convenait de montrer, ici et maintenant, qui était le plus fort, qu'importe que s'ensuive le déluge.

Toujours est-il que Willy s'est révélé précieux en voyage. Il était presque aussi prévenant qu'Alexandre, tout en se faisant moins remarquer, bien qu'il ait plus belle allure. Grâce à sa diligence, dès que nous recevions une *tsidoulka* de Peter, nous étions prêts à partir. Et chaque fois que nous arrivions quelque part, tout était arrangé pour nous, il avait tout prévu.

Peter est parti le premier en passant par Riga. Cette fois, il n'était plus là incognito, et le bourgmestre de Riga ne risquait pas de l'humilier en ne lui réservant aucun accueil, comme lors de son dernier voyage en Europe. Cette fois, il y a eu des coups de canon, on a envoyé des gens dans les rues de la ville pour le saluer et les hommes ont été obligés de défiler en son honneur. Le bourgmestre avait été remplacé par le gouverneur général de Peter, Piotr Alexeïevitch Golitsyne. La ville appartenait à Peter – il l'avait conquise. Pour se venger d'y avoir été autrefois offensé. Il était dorénavant le maître de Riga et transformait les *Kirchen* en églises orthodoxes.

Je ne sais pas comment était la vie à Riga jusqu'alors – je m'y étais rendue longtemps auparavant, durant la guerre –, mais quand j'ai rejoint Peter, les citadins m'ont paru très malheureux, et nos soldats étaient tellement nombreux que la ville ressemblait à une garnison. Ils étaient bien plus nombreux que les citadins opprimés, qui cherchaient simplement à ne pas se mettre en travers de leur chemin et éprouvaient quelque réticence à devenir les sujets orthodoxes de la Russie.

Peter m'attendait à Riga, se languissant de moi dans une confortable maison qu'il y avait pour ses fréquentes visites. Il était quelque peu agacé, ayant tout juste renvoyé d'où il venait un certain pasteur Krechter, venu implorer qu'on épargne sa *Kirche* et qu'on ne la donne pas au culte orthodoxe. Mon arrivée a toutefois apaisé Peter et nous avons passé quelques jours ensemble.

Par chance, le lait avait cessé de s'écouler de mes seins, même s'ils restaient parfois tendus et douloureux.

Mais au moins Peter était heureux de m'avoir dans ses bras. Ma poitrine appartenait de nouveau à mon mari, et non plus à mon nouveau-né. Il se réjouissait de l'avoir pour lui seul. Le matin de son départ, s'apprêtant à reprendre la route avant moi, il m'a annoncé, comme pour me remercier de ma tendresse, qu'il avait donné l'ordre à Bestoujev, le gouverneur de Courlande, d'enquêter sur ma famille en Livonie. Or ce dernier avait bien retrouvé la trace d'un certain Wilhelm Hahn. Lequel avait eu deux sœurs : Anna Maria, mariée à Jan Wiesiołowski, et Dorothéa, épouse de Samuel Skowroński, avec qui elle avait eu deux fils – Karol et Friedrich Samuel – et quatre filles – Anna et Dorothéa, mariées quelque part en Livonie polonaise, Katerina, la troisième, emmenée par le pasteur de Marienbourg, et la dernière dont on ignorait tout.

Pourquoi me rappelait-il leur existence ? D'autant que personne ne savait où avait disparu la petite Kristinka. Et que le rapport de Bestoujev se trompait dans les noms. Je ne me rappelais pas avoir eu une autre sœur, baptisée en l'honneur de notre mère. Peut-être que je n'étais pas au courant, peut-être était-elle morte en bas âge ? Quant à moi, j'étais Marta Helena Skowrońska – je ne suis devenue Catherine que par la suite –, ils avaient dû adapter le rapport pour qu'il corresponde à mon prénom.

Pourquoi donc me rappeler tout cela, pourquoi ?

Alors que je me trouvais de nouveau sur les terres livoniennes.

Alors que Riga, à laquelle je pensais dans mon enfance comme à une lointaine ville inaccessible, m'appartenait, à moi, la tsarine.

Déjà, en chemin vers Riga, Peter avait traversé Marienbourg, et il m'avait proposé de l'y accompagner.

Pourquoi donc, pourquoi ? Ne comprenait-il pas que je n'en avais aucune envie ? À quoi bon me rendre là-bas si c'était pour retrouver la vieille maison des Glück où Kristina Emerentia me harcelait ? Pour remonter dans le vieux grenier où je suffoquais de chaleur en été et me raidissais de froid en hiver ? Pour regarder les bassines, les ustensiles et les serpillières, pour me remémorer la terreur que j'éprouvais à l'aube de chaque jour qui, je le savais, ne m'apporterait rien de bon, seulement des railleries et une mortelle fatigue ? À quoi bon, si c'était pour traverser la place où j'avais été poussée à terre et violée par les soldats russes ?

Pourquoi me proposer avec tant d'insistance d'aller à Marienbourg ? Était-ce par cruauté ? Ou était-il simplement trop bête pour comprendre les sentiments d'une femme ou savoir ce qui pouvait blesser ou déplaire ? Peut-être les deux. À moins qu'il ait voulu me rappeler d'où je venais, m'enseigner la docilité ?

Sans façon. J'étais bien dans la peau d'Ekaterina Alexeïevna, la tsarine. Je l'étais devenue par moi-même, avec l'aide de Peter. Peu m'importait que la blonde Marta Helena Skowrońska repose quelque part, dans un recoin sombre et secret, avec mes enfants morts…

J'ai eu suffisamment de bon sens pour ne pas dire tout cela à Peter. J'avais expliqué que j'avais mes menstrues, que je me sentais mal et que je ne voulais pas passer par Marienbourg, et nous nous étions retrouvés à Riga.

De Riga, nous avons pris la direction de Libau, où nous avons passé deux jours et débuté le grand carême, avant de nous rendre à Memel, un petit port en royaume de Prusse avec d'importantes fortifications et un château. Je me suis souvenue des récits d'Alexandre – nous nous trouvions dans cette contrée de Prusse lituanienne où Peter avait été fasciné par les rideaux blancs des pêcheurs, par la propreté et l'ordre qui régnaient, même chez les pauvres. Mais tant de choses avaient eu lieu depuis le premier voyage de Peter : ces terres étaient devenues un théâtre de guerre, passant entre les mains de l'armée suédoise qui s'était employée à ensevelir les ports sous les boulets de canon, avant d'appartenir au royaume de Prusse, et elles avaient été ravagées par la peste peu d'années auparavant. Je n'aurais pas pu imaginer ce que Peter avait vu – après seize ans de guerre continue, il ne restait plus qu'une contrée envahie et dévastée par les troupes de soldats. Nous ne nous sommes pas attardés dans le château de Memel, nous y avons seulement déjeuné : les coups de canon en l'honneur du tsar étaient plus nombreux que les plats sur la table. De là, nous sommes allés à Königsberg. Le convoi du Trésor du cabinet de Peter, qui transportait l'argent pour les dépenses nécessaires au voyage, se déplaçait avec nous, dans un traîneau tiré par vingt-huit chevaux et protégé par soixante gardes : il renfermait soixante-quatorze mille quatre cents roubles d'or rose, des *tchervontsy*, cent cinquante-sept mille thalers d'argent et quatre-vingt-quinze mille sept cents roubles en petite monnaie. Le périple devait être fastueux, pas comme au temps de la Grande Ambassade, quand le jeune Peter voyageait contre la volonté des boyards, sous le nom de Mikhaïlov, en comptant chaque kopeck.

De Königsberg, nous avons pris la direction de Gdańsk par la lagune – la ville se distinguait par ses scientifiques, sa bière et l'inclination de ses bourgeois pour le luxe, et la tsarevna Ekaterina devait s'y marier avec son prince de Mecklembourg. Peter souhaitait ardemment voir cette ville, et plus encore son célèbre port, dans lequel il se préparait à réunir les forces alliées pour battre les Suédois.

Peter est parti en tête. Je suivais, plus lentement.

Un message nous est bientôt parvenu : nous n'entrerions pas dans la ville, nous devions passer la nuit hors les murs, dans une taverne appelée Ganskrug, l'auberge des Oies, près du traversier de la rivière. Je me suis étonnée qu'on ne puisse loger à l'intérieur de la ville, mais j'ai supposé que Peter prévoyait de faire une entrée particulièrement solennelle.

Quand le convoi de mes carrosses s'est rapproché de l'auberge des Oies dans la soirée, j'ai compris que Gdańsk nous réservait un accueil des plus froids. Peu importait que nous transportions soixante-quatorze mille quatre cents roubles d'or rose, cent cinquante-sept mille thalers d'argent et quatre-vingt-quinze mille sept cents roubles en petite monnaie.

La confirmation que le tsar de Russie n'était pas le bienvenu à Gdańsk nous a été apportée par notre ambassadeur en Pologne furibond, Grigori Dolgorouki. Les citadins étaient déjà excédés par la présence des garnisons russes dans la ville et ses environs : les unités de Cheremetiev y avaient toujours leurs quartiers, et le Sérénissime avait extorqué vingt mille thalers quelques années plus tôt à l'administration de la ville afin de garantir que son armée ne ferait pas de maraudes dans les rues, si bien que le mariage d'une quelconque tsarevna au prince de Mecklembourg leur était aussi utile qu'une balle dans la tête – pourquoi ne pas se marier sur leurs terres, au Mecklembourg ou à Moscou ? Les citadins avaient tout mis en œuvre, en catimini, pour bien montrer que personne n'attendait le tsar. « Traîtres ! Aucun respect ! » enrageait l'ambassadeur Dolgorouki qui n'avait pas trouvé un seul palais, pas même une auberge décente, où loger Peter : partout on lui répondait que les appartements un tant soit peu confortables avaient été loués aux courtisans de leur propre souverain, le roi de Pologne, qui devait lui aussi assister au mariage.

Peter ne m'avait pas attendue pour dîner. Il est arrivé après moi à l'auberge des Oies, étant entré dans la ville en secret, à cheval, par la porte des Longs Jardins pour y déjeuner dans une taverne du cru, chez une certaine Mme Ciuriuschin.

Je n'ai pas eu à chercher très loin pour comprendre ce que cela signifiait : dans une taverne tenue par une dame, on servait la bonne chère même au dessert.

Moi, j'ai dîné à Ganskrug, l'auberge des Oies, qui était assez luxueuse et avait accueilli plus d'un roi et d'une reine, leur cuisine étant elle-même royale – on y proposait du porc, du bœuf, du mouton, du gibier, du lapin et du faisan, des chapons et des poulets, du canard, des pigeons, des perdrix et même de la viande de castor, qui était considérée là-bas comme un mets d'exception. Nous pouvions aussi choisir du poisson, de l'anguille, du saumon frais et des carpes, des esturgeons et des écrevisses. On y servait tout ce que l'on pouvait désirer, y compris une eau-de-vie anisée locale, dans laquelle flottaient des écailles d'or.

Seulement Peter, agacé par les affronts qu'on lui avait faits en ville, a voulu précisément ce qu'il n'y avait pas.

Il a remarqué qu'ils avaient tout, sauf de l'oie. « Puisque nous sommes à l'auberge des Oies, je voudrais une oie rôtie », a-t-il lancé, comme un enfant capricieux. L'aubergiste, levant les bras au ciel, a tenté de lui expliquer que la taverne s'appelait ainsi parce que des oies avaient jadis sauvé les citadins une nuit où la ville avait été assiégée par l'armée ennemie : elles s'étaient mises à cacarder tellement fort que les gens s'étaient réveillés et avaient eu le temps de s'emparer des armes ; depuis, par respect, jamais personne ne les égorgeait ou ne les mangeait dans son auberge.

« Tiens donc ! Une nouvelle Rome ? L'histoire se répète – des oies sauvant la ville ! Vous voudriez faire de Gdańsk le nouveau Capitole ? » Peter riait, mais d'un rire mauvais, irrespectueux, qui ne présageait rien de bon. Il humiliait le propriétaire de l'auberge qui se démenait pour accueillir ce souverain. J'avais honte de ce Peter qui, les yeux rougis par la colère, exigeait une oie alors que le pauvre homme s'efforçait d'honorer la coutume centenaire dont il était si fier.

Finalement, un des soldats envoyés par Peter est revenu avec une oie grasse tout juste égorgée, achetée ou volée quelque part dans les environs. Un cuisinier au visage de marbre a amené le rôti, comme s'il l'avait fait griller sous la menace d'une épée. Peter y a à peine touché, il s'est contenté de picorer la volaille du bout de sa fourchette. Il lui importait peu de manger, il voulait simplement montrer qui il était.

J'ai commandé l'anguille, le saumon, du champagne, cette eau-de-vie anisée et beaucoup d'écrevisses.

Pourtant, moi non plus, je n'ai presque rien mangé. Une immense fatigue m'était tombée dessus.

Le lendemain, le 19 février, nous sommes entrés dans Gdańsk. Cela faisait quatre longues années, ce jour-là, que nous étions officiellement mariés.

Nous avons logé dans le seul endroit que mon *Kammerjunker* Willem Mons, usant de sa maîtrise de la langue allemande et de son amabilité, a pu dénicher derrière les fortifications principales de la ville, sur le Krebsmarkt, le marché aux écrevisses : une auberge confortable mais modeste, où l'on nous servait avec une certaine réticence. Elle s'appelait *Zur Hoffnung,* À l'espoir. Ça tombait bien – il ne me restait plus qu'à être patiente et espérer.

Espérer que le voyage avec Peter ne soit pas une longue suite d'accès de colère et de caprices à nous faire rougir de honte. Qu'il se calme pendant notre séjour ; qu'il cesse de se comporter avec les habitants de Gdańsk comme avec des ennemis et d'humilier les petites gens. Je ne devais pas perdre espoir, au moins jusqu'à Paris. Paris valait la peine de garder patience – de me faire plus silencieuse que l'eau et plus basse que l'herbe.

Mais voilà que Peter, en attendant le roi de Pologne, s'est mis en tête de découvrir Gdańsk. Ou plutôt de montrer qui était le souverain dans cette ville. À l'auberge de l'Espoir comme à celle des Oies, il se renseignait pour connaître le bien le plus précieux de la ville. Je le soupçonnais de vouloir l'acquérir uniquement pour montrer qu'il le pouvait, pour que la ville le sache et se souvienne de lui à jamais.

Tous lui répondaient, comme un seul homme, que ce qui existait de plus précieux dans la ville n'était pas un bien, mais un tableau sacré.

Un tableau sacré et très ancien, représentant le Jugement dernier.

J'y pensais moins souvent qu'il ne l'aurait fallu ces derniers temps. À ce qui nous attend dans l'au-delà. À ce que Peter, lui aussi, aurait bien fait de méditer de temps à autre, surtout quand la rage aveugle de l'altération le dominait.

« Et on peut la voir, cette icône ? »

Le jour de notre anniversaire de mariage, le premier jour à Gdańsk, était un dimanche. Il n'y avait qu'en assistant à la messe de l'église de l'Assomption de la Bienheureuse Vierge Marie qu'on pourrait le voir. Nous nous y sommes rendus par les rues de la ville, en passant par l'*Aurea Porta*, la porte Dorée.

Je n'avais jamais rien vu de pareil – la ville

entière était recouverte d'or. Chaque maison, chaque porte et chaque fontaine semblaient être l'œuvre d'un orfèvre. Quand nous nous sommes rapprochés de l'imposante église noircie en brique rouge, un miracle s'est produit : les anges n'auraient pu remplir le ciel d'une plus belle musique, ce n'était pas le vacarme des cloches orthodoxes, qui vous plonge dans la stupeur et assombrit l'esprit, ni le timbre perçant des cloches catholiques invitant solennellement à la prière ; de ces cloches-là émanait la plus mélodieuse musique. On nous a expliqué qu'il s'agissait du carillon de la mairie : un ensemble de quatorze cloches et un prodigieux engrenage qui jouait tout seul, sans aucun sonneur. Je ne pouvais croire que personne n'était en train de sauter avec les cordes, qu'aucun homme en chair et en os, transpirant, ne tirait dessus de tout son poids, et pourtant c'était le cas – à Gdańsk, les cloches ne sonnaient pas grâce à la puissance d'un corps, mais grâce au pouvoir de la pensée. C'était la pensée qui avait mis au point ce mécanisme partant d'un simple clavier de bois que l'on actionnait à la main, comme un instrument de musique. Le sonneur avait été remplacé par un musicien, qui s'asseyait tranquillement et effleurait des touches, comme s'il jouait du clavicorde.

À Gdańsk, j'ai eu le sentiment de voyager dans le futur – où l'on aurait inventé des mécanismes pour actionner les cloches les plus lourdes par une simple pression du doigt.

Un autre futur – inévitable, quoique plus lointain – nous guettait : celui dépeint sur le tableau du Jugement dernier, à l'intérieur de l'église.

Pour le voir, Peter a dû supporter la messe

luthérienne. On lui avait réservé un fauteuil luxueux à la place d'honneur sur le tapis – nous l'encadrions, le bourgmestre de Gdańsk et moi, dans des fauteuils tout aussi luxueux. C'était la première fois que je me trouvais dans une église aussi grande, avec de telles voûtes. Ça n'avait rien à voir avec les messes de mon enfance célébrées par le pasteur Glück. Je n'avais pas le sentiment d'une corvée mais au contraire d'une profonde sérénité : comme si mes pensées, sous ces hauteurs lumineuses, n'avaient plus qu'à s'envoler vers Dieu.

Peter le vivait différemment. Au début, il regardait partout autour de lui, mais il y avait peu d'endroits où poser les yeux : les piliers étaient blancs, les voûtes étaient blanches, il n'y avait que quelques autels sombres et des épitaphes. Il a commencé à s'ennuyer, et bientôt il a eu froid.

Je n'ai pas eu le temps de retenir la main qu'il a tendue vers le bourgmestre de Gdańsk pour lui retirer son immense perruque couleur argent, gonflée et poudrée. Après quoi, l'air de rien, il l'a étirée un peu et placée sur son propre crâne. Il a eu alors un sourire satisfait – il n'avait plus froid à la tête.

Le bruit de l'assemblée retenant son souffle a résonné dans l'église de la Vierge Marie. Puis le silence s'est fait. Le pasteur lui-même s'était arrêté au milieu d'un mot.

Le bourgmestre avait pâli sous sa couche de poudre, et son crâne chauve, dépourvu de perruque, était rouge de honte et de colère. Il avait le menton qui tremblait. Il semblait au bord de la crise d'apoplexie.

Dolgorouki a accouru et, comme il convient à

un véritable ambassadeur, il a tenté d'expliquer à l'oreille du bourgmestre que c'était normal, que Peter avait l'habitude, quand il avait froid, d'emprunter le chapeau ou la perruque de la personne qui se trouvait près de lui – et qu'il devait considérer comme un immense honneur de réchauffer le tsar de Russie.

Peter s'est si bien réchauffé sous la perruque qu'il s'est endormi, et dodelinait de la tête tandis que le chœur entonnait de longs cantiques solennels. Il s'était levé à quatre heures du matin, comme toujours.

J'observais les visages ébahis des hommes et des femmes dans l'église. Surtout des femmes. Certaines me regardaient non pas d'un air outré, mais avec une curiosité hautaine et avec pitié.

Aucune ne portait les fontanges dont nous nous parions toujours à ma cour de Saint-Pétersbourg et que j'avais encore vues, un ou deux ans auparavant, en Pologne. À croire qu'à Gdańsk elles étaient passées de mode depuis longtemps. Voire tombées dans l'oubli.

Elles me regardaient avec pitié : à cause de mon époux, et à cause de ma fontange.

Quand les orgues ont commencé à résonner, Peter s'est réveillé de sa sieste. À la fin de la messe, en souriant aimablement, il s'est raclé la gorge et a rendu la perruque au bourgmestre, comme si de rien n'était.

Alors seulement, nous nous sommes dirigés vers le fond de l'église, où nous avons enfin pu contempler à notre aise le tableau du Jugement dernier.

2

Deux coups. Il est deux heures.

Comme le temps passe vite. Le carillon de la cathédrale de la forteresse Pierre-et-Paul doit lui aussi être en train de sonner joyeusement. Après notre voyage, Peter a commandé pour Moscou et Saint-Pétersbourg des horloges et des carillons hollandais qui feraient entendre la même musique que dans les villes occidentales. Celle de la tour du Sauveur, au Kremlin, jouait une mélodie allemande au sujet d'un cher Augustin : *Ach, du lieber Augustin*. Comme si le Faubourg allemand et ses rengaines s'étaient faufilés à l'intérieur du beffroi – un pied de nez de Peter à Moscou l'archaïque et à ses coutumes.

La tour inachevée de la cathédrale Pierre-et-Paul, dont la flèche est encore en cours d'érection, a elle aussi été dotée d'un carillon chantant. Un jour où l'automate s'était enrayé après que le beffroi avait pris la foudre, Peter avait remercié le couvreur qui était monté réparer l'automate, un dénommé Teliouchkine, par un oukase décrétant qu'il pourrait boire gratuitement dans toutes les tavernes et auberges de Russie jusqu'à la fin de ses jours. Il n'a pas dû vivre très vieux.

Peter était un fieffé madré. On ne peut pas lui enlever ça. Remercier quelqu'un en le précipitant vers sa propre fin, il fallait y penser.

À Gdańsk, chaque fois que j'entendais un carillon, je me disais que seuls les riches, seule une ville aussi féerique pouvaient se permettre de célébrer la fuite du temps par la musique d'un si gracieux carillon.

Voyant que ça m'intriguait, Willem Mons, mon serviable *Kammerjunker,* a questionné des habitants jusqu'à ce qu'un ecclésiastique lui explique que le carillon servait à nous rappeler que la rencontre avec le Créateur se rapproche à chaque heure qui passe. Cette rencontre, quand on n'avait rien sur la conscience, promettait d'être le joyeux couronnement d'une vie de labeur et de piété. C'est pourquoi on allait vers la mort en musique. Il a ajouté que les bourgeois et les notables les plus riches de Gdańsk possédaient leur propre horloge aux figurines dorées ; on y voyait le marteau de la Mort s'abattre sur la plus grande cloche tandis que des angelots dansaient en rond au son des carillons. Cela leur rappelait la nécessité de vivre de façon à ne craindre ni la mort ni le Jugement dernier.

Pas très étonnant, avec ça, que le tableau du Jugement dernier soit le trésor le plus prisé des habitants de Gdańsk.

Peter et moi en avons eu le souffle coupé quand nous l'avons vu.

Jésus, entouré de tous les saints, trônait au-dessus des instruments de la Passion et de l'archange saint Michel pesant les âmes : celles qui étaient vides et inconsistantes se voyaient expédiées en enfer, et celles emplies de plénitude divine se dirigeaient vers le paradis. D'un côté le paradis, de l'autre l'enfer. Il aurait fallu une journée entière pour percer les petits et grands secrets de ce tableau si on ne nous y avait pas aidés : le Seigneur, sous sa forme humaine, la création d'Ève, porteuse du péché, au-dessus la porte du paradis, et, sur la chape de l'évêque, l'annonciation faite à Marie, promesse de rédemption. De même que la femme avait poussé au péché, c'était aussi par elle que le salut arriverait. Et si les terribles diables noirs avaient des ailes de papillon, c'est que le péché est souvent trompeur avec sa beauté fugace et superficielle. À la fin, le pasteur a plaisanté : « On peut en dire long sur une personne selon la partie du tableau sur laquelle elle s'attarde. »

Peter n'avait d'yeux que pour l'enfer – il était fasciné par les flammes et les diables. On aurait dit un enfant qui se délectait à la vue des pécheurs torturés, de leurs visages tordus de terreur de leurs corps se recroquevillant de douleur. Je ne l'avais jamais vu s'intéresser autant à un tableau.

L'un des diables portait un couple infidèle nu et attaché, la tête de la femme était au niveau du sexe de l'homme, et la tête de l'homme près des jambes de la femme. Le diable armait son bras : il s'apprêtait à les jeter dans le feu de l'enfer.

J'ai pensé à Voronej et Alexandre. Des frissons m'ont parcourue…

Mon regard à moi était attiré par le panneau central – là, tout devant, se trouvait une jeune fille terrifiée. Elle était aux portes de l'enfer mais n'avait pas encore été jugée et se cachait dans une tombe à l'abri d'une croix renversée, les mains jointes en prière. Si elle avait mal agi, ce ne pouvait qu'être dans le but de survivre. On ne connaîtrait jamais son sort sur la balance de l'archange – sous le poids de son âme, la balance pencherait-elle vers le paradis ou l'enverrait-elle malgré tout en enfer ? Sa place était parmi les pécheurs, mais elle avait l'air d'une bonne personne, et elle devait avoir très peur pour joindre les mains en signe de repentance.

J'ai remarqué un autre détail dont le pasteur ne disait rien : le reflet sur le plastron en or de l'archange. Le peintre avait représenté ce qui se trouvait face à l'archange, de notre côté du tableau, dans notre monde. Des gens solitaires, des êtres minuscules rampant et se démenant en vain dans le désert sale de la vie.

Peter ne se lassait pas de regarder les diables et l'enfer.

Puis, les yeux brillants, il s'est tourné vers le bourgmestre et l'ecclésiastique et il a dit : « Combien en voulez-vous ? Je payerai autant qu'il faudra. »

C'est ce jour-là qu'est né l'amour de Peter pour la peinture et pour l'art.

Mais les plus grandes amours ne sont pas toujours réciproques. Surtout quand on essaie de les acheter, sans plus de cérémonie.

Ils lui ont expliqué que le tableau du Jugement dernier n'était pas une marchandise, mais une œuvre sainte, et qu'elle ne pouvait pas être vendue puisqu'elle appartenait à tous les croyants de la ville, à tout le monde et à personne.

Peter a menacé de faire payer à la ville un tel tribut qu'on viendrait à genoux l'implorer d'acheter le tableau. On le supplierait de le prendre, on le lui offrirait rien que pour échapper à cette taxe.

Le bourgmestre, le clergé et les conseillers de la ville lui ont répondu qu'ils paieraient leur tribut. À Gdańsk, ville royale et libre, possédant ses propres lois et frappant sa propre monnaie, certaines choses n'étaient pas à vendre : la foi, la vérité, la justice, les tribunaux, et par-dessus tout le tableau du Jugement dernier.

Aucune richesse au monde ne saurait acheter le Juge du Jugement dernier.

J'aurais aimé savoir ce qu'il était advenu de la fille effrayée, les mains jointes en prière.

Je veux croire que le Juge ne décide de notre sort qu'au tout dernier instant. Qu'il n'est jamais trop tard aux yeux de l'Omniscient pour revenir dans le droit chemin. Peut-être avait-elle eu le temps de faire valoir un sincère repentir ? Je devrais m'y mettre, moi aussi…

— Alexandre Danilovitch, fais venir le *pisor* avec la sentence à signer.

— Merci, Seigneur, merci ! Majesté, nous n'avons que trop traîné… Il arrive, il sera là dans un instant !

Alexandre frappe dans ses mains et envoie Olsufiev chercher le *pisor*. Moi qui le croyais derrière la porte. Est-ce qu'il est reparti ou pas encore arrivé ?… Quelle négligence de la part du Sérénissime !

Alexandre pense-t-il encore à Voronej ?

C'est curieux comme les tableaux font surgir de notre mémoire des détails qu'on croit avoir oubliés. Certains ne vous quittent jamais.

La noce célébrée à Gdańsk n'a pas été mémorable ; ce qui me revient, c'est l'arrivée du roi de Pologne, qui allait habiter dans une des résidences royales sur la place principale en face de la fontaine de Neptune. Il y jouissait non seulement d'une vue magnifique, mais aussi d'un mobilier luxueux ; rien à voir avec notre auberge, À l'espoir.

Auguste le Fort avait vieilli et s'était empâté depuis la dernière fois où je l'avais vu. On le disait très malade. Lui aussi aimait la boisson, la bonne chère et changeait souvent de maîtresse. Il ne ménageait ni ses reins, ni son estomac, ni ses bourses royales.

Le mode de vie des rois est épuisant et néfaste pour la santé. L'être humain n'est pas fait pour supporter tant d'excès. J'en sais quelque chose.

Quoique fatigué, Auguste était à peine paru à la fenêtre qu'il a été acclamé par la foule de citadins réunis sur la place, lançant leurs chapeaux dans les airs. Les acclamations se sont nettement atténuées quand il a tendu la main à Peter – seuls nos propres soldats criaient « Hourra ! ».

Charles-Léopold, le marié venu de Mecklembourg, a été encore moins bien accueilli. Sa perruque s'était accrochée à un clou tandis qu'il descendait de son carrosse près de notre auberge, et le ministre Eicholtz a dû prestement la replacer sur sa tête. La foule a éclaté de rire, et l'hilarité n'a fait qu'accroître avec l'apparition de la tsarevna Ekaterina, coiffée de la couronne de diamants de la grande-duchesse de Russie, conçue pour l'occasion. Bien sûr, elle était plus avenante que sa sœur Anna, surnommée le Jambon de Westphalie – elle avait de plus jolis traits et une nature plus agréable –, mais elle n'en restait pas moins différente des gens de là-bas. De son promis, on disait qu'il avait hérité ce qu'il y avait de pire dans la manière allemande de gouverner – on l'appelait le tyran bêta ou le petit despote. Il n'y avait que

Peter pour s'intéresser à son minuscule duché de Mecklembourg-Schwerin, rongé par des conflits immémoriaux et criblé d'ennemis : mais le tsar briguait ses ports et en faisant stationner l'armée russe dans ces contrées, au milieu des terres allemandes, il devenait une présence menaçante pour ses alliés danois et allemands tout en étant bien placé pour attaquer les Suédois.

Peter avait promis au petit despote de conquérir au plus vite le port de Wismar et de le lui remettre. C'est pourquoi Charles-Léopold a patiemment subi les rites du mariage orthodoxe – Peter avait fait ériger une petite chapelle temporaire en bois qu'il s'est mis en tête de parcourir en pleine cérémonie pour examiner les icônes, interrompant le pope et le chœur qui essayaient de chanter les psaumes.

Nous avons appris que la mariée, Ekaterina Ivanovna von Mecklembourg-Schwerin, s'était retirée seule : son époux, qui n'aimait pas l'odeur des meubles chinois laqués de leur chambre, est resté boire avec les hommes jusqu'à une heure du matin, heure à laquelle le banquet de Gdańsk a tourné à la bagarre. Les nôtres, Tolstoï, Golovkine et Chafirov, chipotaient à propos des présents qu'ils avaient reçus du duc – de somptueuses bagues serties de pierres précieuses. Une fois ivres, ils ont trouvé les bagues trop modestes et se sont chamaillés pour savoir qui avait la plus grosse et si cela avait un rapport avec leur rang. Là-dessus, les Mecklembourgeois s'en sont pris aux Russes qui ne leur avaient rien offert, pas même une broutille. Peter estimait qu'il faisait déjà un énorme présent aux Allemands en amenant son armée dans le Mecklembourg.

La noce s'est achevée en un tapage d'ivrognes, en cris, en injures, et quelques épées sont même sorties de leur fourreau.

Mon Dieu, combien j'avais honte à nouveau. C'était curieux, plus nous nous dirigions vers l'ouest, et plus je m'employais, comme on me l'avait ordonné, à représenter le pouvoir et le progrès de la Russie, plus le comportement de Peter me mettait dans l'embarras. En Russie, il incarnait l'Occident, tel un rayon de lumière – à l'Ouest, c'était différent… Je chassais ces pensées du mieux que je pouvais. Il était dangereux pour une épouse d'avoir honte de son mari, mais pour une tsarine, cela signifiait sa perte…

Je tâchais de voir le bon côté des choses : Peter, il n'y avait pas de doute, voulait entraîner son pays vers l'avant. À l'inverse d'Auguste le Fort qui avait entraîné les Polonais et les Lituaniens dans une guerre interminable, ruinant leurs terres et faisant reculer le pays tout entier ; en venant j'avais traversé un pays ravagé par la guerre et la peste. Peter n'avait pas que le mépris d'un Pikhaykhouï pour les habitants de Gdańsk, il avait de l'admiration pour certains d'entre eux : entre les beuveries et les festins, il rendait visite à des cartographes, à des scientifiques, à des explorateurs dans leurs cabinets, à des médecins, des botanistes, des antiquaires. Il achetait des instruments astronomiques et marins, des curiosités pour sa Kunstkamera, des livres, des atlas, des gravures, des collections de minéraux.

Durant ces moments-là, je portais sur Peter un regard aimant et admiratif : il faut avouer que ses rêves, sa capacité à mémoriser toutes sortes de sujets scientifiques, ses plans pour l'avenir étaient étonnants. Il ne concevait la Russie qu'au futur : il aurait aimé enjamber un siècle ou deux en attrapant au passage les inventions les plus récentes, toutes celles qui paraissaient trop audacieuses ou trop chères aux autres souverains. Pour les savants, Peter n'était pas un sauvage, mais un tsar qui maîtrisait les choses scientifiques, ou qui avait le mérite de ne pas poser de questions stupides. Peter a même réussi à en attirer quelques-uns en Russie – comme Messerschmidt, le docteur du cerveau, qu'il a chargé de constituer une collection des plantes et des animaux du pays.

Quand Kelderman ne s'était pas réveillé de sa nuit de beuverie, j'avais bien pensé que Peter ne tarderait pas à le remplacer.

Nous sommes restés deux mois à Gdańsk et j'ai cherché à ne retenir que les plus belles choses accomplies par Peter, en fermant les yeux sur ce qui me faisait rougir. À oublier qu'il était retourné à l'auberge des Oies avec le roi, qu'il y avait ordonné à des citadins de grimper à des mâts savonnés en haut desquels les attendait une récompense, et à des cavaliers lancés au galop de trancher la tête d'oies sauvages suspendues à une corde. Ou qu'il n'avait eu de cesse d'insister, avec force railleries et insultes, pour que la ville lui vende le tableau du Jugement dernier, et que les gens faisaient la queue pour se plaindre de nos soldats et de leurs rapines. J'ai choisi de ne pas voir et d'occulter. La mémoire aussi peut-elle apprendre à loucher ?

C'était plus simple comme ça. Je me suis souvenue de ma jeunesse quand, à peine arrivée en Russie, rien ne trouvait grâce à mes yeux ; tout me blessait dans la manière d'être de ce peuple et ses coutumes inchangées depuis des siècles. Parvenue au sommet du pouvoir, le seul qui réussissait encore à me blesser était Peter. Les plaies se referment avec les années, la peau se durcit là où l'injustice et les mortifications ont trop frotté. Il faut sévèrement entailler cette corne pour vous faire souffrir.

Peter partant toujours en tête, cette fois en bateau, nous avons quitté Gdańsk et, après un arrêt à Stettin pour rencontrer le roi de Prusse, Friedrich, nous sommes arrivés à Schwerin, à la résidence du duc de Mecklembourg, où vivrait désormais Ekaterina Ivanovna. Peter a tout de suite adoré cet endoit : le lac, l'immense château entouré de jardins, le mois de mai, le printemps. Il m'a laissée là avec la jeune mariée tandis qu'il se rendait aux thermes de Bad Pyrmont, en s'arrêtant d'abord à Altona pour des négociations avec le roi du Danemark.

J'ai prié nuit et jour pour que la cure fasse effet, même si Peter n'y croyait pas. Les gens de là-bas disaient *Kur*, un mot qui faisait penser au russe *kura*, la poule, mais Peter, dans ses lettres, n'écrivait jamais autre chose que *petoukh*, le dindon. Tout y était une dindonnade, une pantalonnade – la cure, les médecins et leurs exigences, surtout celle de s'abstenir de boire de la vodka, de la bière ou du vin, et de s'en tenir à l'eau. Il m'implorait de lui faire parvenir un petit fût de son vin hongrois, toute cette eau lui ayant grandement ouvert l'« oppétit ».

Pour son quarante-sixième anniversaire, je lui ai envoyé non pas un fût, mais une bouteille de vin hongrois et une chose qui lui rappellerait son âge : ses lunettes, qu'il avait oubliées et dont il avait besoin pour éplucher ses documents.

Avec cet anniversaire au calme, l'abstinence, toutes ces pilules et ces saignées, la cure a commencé à faire de l'effet. Il a écrit que les docteurs lui accordaient un verre de vin par jour, et qu'il serait particulièrement économe avec ma bouteille. Lui aussi m'a envoyé des cadeaux, des robes luxueuses achetées aux marchands de Hambourg, pour mettre ma jeunesse en valeur, disait-il. Il se sentait vieux et se languissait de moi, il regrettait de ne pas m'avoir emmenée avec lui, car il était assez bien installé à Bad Pyrmont, un véritable palais des bains, et non une léproserie quelconque.

C'était un autre homme quand il est enfin revenu à Schwerin. On aurait dit qu'il avait dégonflé – il avait le teint plus clair, il était plus svelte, il avait perdu les bourrelets qui s'accumulaient tels des cordages marins autour de sa taille. Je le désirais de nouveau, comme à l'époque où nous nous étions connus chez Alexandre à Moscou. Après le dîner dans le château de Schwerin, nous avons franchi le pont qui mène au magnifique jardin à la française, et nous nous y sommes promenés jusqu'au coucher du soleil, jusqu'à ce que le ciel s'illumine d'étoiles, et le sol des lampes à huile odorantes allumées par les domestiques pour éloigner les moustiques, très présents, même en plein jour. Il a pris délicatement mon visage dans ses mains et m'a embrassée très lentement.

Dieu, comme c'était beau : encore plus beau que quand il m'avait demandé de l'épouser dans la tempête de neige sur le pont Jean.

Nous nous sommes embrassés comme pour la première fois, comme si nous avions seize ans.

Le parc, les étoiles, la douceur de cette nuit de velours d'un mois de juin, pas un brin de vent, seulement des moustiques. Peter et moi, quelque part au milieu du Mecklembourg, qui déjà appartenait presque à la Russie.

En voyage, la beauté la plus pure vous tombe dessus au moment où vous vous y attendez le moins – lorsque vous entendez le carillon de Gdańsk, lorsque vous vous promenez dans la scintillante allée des tilleuls du jardin de Schwerin – et ces moments vous révèlent à vous-même, en mettant au jour des sentiments insoupçonnés. On s'aperçoit que ce tremblement, cette capacité à s'émerveiller devant la beauté, ce privilège de la jeunesse, sont encore là. On n'est pas une couche de corne durcie par les ans tant qu'on est encore capable de vivre des moments pareils. Tant qu'un homme de quarante-six ans vous embrasse sous les étoiles sans se soucier des moustiques avec la même fougue que s'il avait seize ans.

On se dit alors qu'on n'a pas espéré en vain. Car le voyage n'est-il pas toujours une forme d'espoir ? Peter espérait voir aboutir ses négociations avec les rois de Prusse et du Danemark et vaincre enfin les Suédois. Moi, j'espérais que ce voyage lui serait bénéfique, qu'il le serait pour nous deux. Et que je verrais – enfin – Paris.

Après quatre jours et trois nuits passionnées à Schwerin, Peter est reparti pour Rostock ; il était prévu que nous le rejoignions, Ekaterina, Charles-Léopold et moi. J'ai pris mon temps : j'avais compris que je portais de nouveau un enfant.

À Rostock, nous avons célébré l'anniversaire de la victoire à Poltava, une date importante pour Peter. J'ai dû user de toute ma tendresse pour qu'il ménage sa santé – pour que les célébrations ne débordent pas. J'ai réussi à ce qu'il se contente des nombreuses salves d'honneur des gardes ainsi que des feux d'artifice, et je lui ai fait part de l'heureuse nouvelle de l'enfant à venir.

Si, de là, Peter est parti directement pour Copenhague par la mer, il nous a donné ordre, à moi et à ma cour, ainsi qu'à Golovkine et Chafirov, d'embarquer à Lübeck. Nous avons fait étape au château de Nykøbing, qui appartenait à la couronne danoise, et où les femmes de la noblesse locale nous ont accueillis avec des vins de choix auxquels j'aurais aimé faire davantage honneur si je n'avais pas craint de passer pour une saoularde russe. Une lettre de Peter m'y attendait, il était déjà passé par là… Il avait accosté à Gedesby, où il avait effrayé tout le monde en entrant en trombe dans une auberge, pour tirer l'aubergiste et sa femme de leur lit et se jeter sur leurs draps blancs, encore tout sale de son voyage, encore chaussé… Invité ou non, il avait sans doute voulu leur montrer qu'il était le tsar – le maître partout où il passait, partout et toujours sa volonté ferait loi.

Peter, en se comportant de cette façon, faisait voyager sa réputation à l'avant-garde – les rumeurs à son propos couraient plus vite que les messagers et la nouvelle de son arrivée terrifiait les gens. L'arrière-garde était formée d'une armée de trente mille hommes – des régiments constitués d'alliés polonais, poméraniens et mecklembourgeois prêts à attaquer la Suède depuis le Danemark. Les Danois ne pouvaient pas se permettre de le bouder comme cela avait été le cas à Gdańsk. Ni de se le mettre à dos.

Willem Mons, qui parlait couramment le danois, avait appris par les *Kammerjunker* de la cour et par Makarov, le secrétaire de Peter, que la famille royale était réellement inquiète – il a rapporté que le roi avait ordonné qu'on retire tout ce qu'il y avait de précieux dans le palais de Charlottenborg, la résidence de son frère, où Peter avait fait savoir qu'il souhaitait loger. Le prince aussi avait intimé à ses *Kammerjunker* de cacher les meubles dorés à la feuille, les horloges, les vases en porcelaine, les tableaux et autres objets de valeur. Pour le bonheur de la cour, nous avons réussi à convaincre Peter de loger plutôt chez le marchand Willem Edinger, qui possédait un immense et somptueux palais à la française. Le marchand, appâté par l'or russe, a accepté, bien que de mauvaise grâce.

À cette réputation voyageant à l'avant-garde et à l'armée de trente mille hommes qui formait l'arrière-garde s'ajoutaient les navires militaires qui s'apprêtaient à mouiller dans le port de la capitale danoise.

Je redoublais de politesse envers les Danois et surtout leurs dames, pour éviter qu'elles nous assimilent, moi et ma cour, aux saccageurs russes. Il s'agissait d'atténuer l'image de brute laissée par Peter.

Ma belle Mary Hamilton ne me facilitait pas les choses en quittant Lübeck avec un œil au beurre noir et la lèvre fendue. Elle serait tombée en trébuchant la nuit dans ces lieux qui ne lui étaient pas familiers. Ça m'a paru suspect et j'étais en colère, car aucun fard n'y faisait – elle ressemblait à une gueuse qu'on aurait rossée, ou à une putain. Et puis la *choutikha* Golitsyna nous ayant rejoints à Mecklembourg sur ordre de Peter, j'avais une raison de plus de rougir – ou de pâlir, de peur que cette ivrogne n'ouvre la bouche au mauvais endroit et au mauvais moment, ou ne se livre à une de ses farces idiotes. Heureusement, je pouvais compter sur la discrète Anissia, sur Modesta Balk et sur l'esclave Kramer. Et aussi sur Willem Mons, qui regardait les bleus de Mary avec mélancolie et douleur, comme s'il l'avait frappée par inadvertance avec sa bague en cuivre. Il a ébruité, sans doute par jalousie, ce que Mary m'avait caché : un des valets de Peter lui rendait visite pendant le voyage, Ivan Orlov, un grand gars, plus jeune qu'elle, musclé comme un taureau et tout aussi fougueux. D'après Willy, il insultait et frappait Mary dès qu'il était pris de boisson – il ne supportait pas qu'elle adresse le moindre regard, le moindre sourire aux Danois, aux Mecklembourgeois et aux Poméraniens qu'ils croisaient dans les cours étrangères.

Elle aurait été mieux avisée de les fréquenter eux, qui ne frappaient pas les femmes qu'ils troussaient. Mais non. Willy disait que ce taureau d'Ivan Orlov lui avait fait perdre la tête ; elle le suivait partout comme hébétée, comme ivre. Il devait en avoir une grosse et la tringler comme elle voulait ; je connaissais ça – il m'aurait été difficile de me satisfaire d'un homme moins bien pourvu que Peter. Ça m'a étreint le cœur, mais je n'avais ni le temps ni l'envie de savoir ce qui se passait sous les jupons de Mary, c'était à elle de s'expliquer avec son valet, je craignais surtout que ses bleus nous montrent sous un mauvais jour. Je me sentais affaiblie, j'étais enceinte, en voyage vers Copenhague où m'attendaient le roi et la reine du Danemark.

Peter et le roi Frédéric IV, accompagné de certains de ses ministres, m'attendaient dans leurs carrosses, à quelques verstes des murailles, et m'ont escortée jusqu'aux portes de la ville où j'ai eu droit, pour la première fois de ma vie, à une cérémonie en mon honneur – avec des soldats et des tambours, des salves et des discours de bienvenue. Je me sentais observée par des centaines d'yeux : au début, ces regards me transperçaient comme des aiguilles, mais j'ai fini par voir des visages curieux et plutôt amicaux.

J'avais le cou et la poitrine en feu. Je devais être couverte de plaques rouges tant j'étais intimidée. Je m'efforçais de rester digne, silencieuse et d'afficher un sourire aimable en acceptant les témoignages de respect.

Reste calme, sois mystérieuse, et tu auras l'air sage. Ou, comme disaient les Russes : tais-toi et tu paraîtras plus intelligente.

La reine Louise de Danemark gardait le silence, elle aussi, et elle n'en était pas moins digne, même si son œil tressautait de temps à autre comme celui de Peter.

J'ai compris pourquoi quand Willy m'a rapporté les caquets des *Kammerjunker* danois. Non seulement le roi Frédéric la trompait, mais il vivait dans le péché de la bigamie, ayant épousé une beauté aux yeux noirs, Anna Sofia, duchesse de Schleswig, avec la bénédiction des pasteurs danois, puisque les rois bibliques aussi avaient eu plus d'une épouse.

Je priais Dieu pour que Peter ne se mette pas cela en tête – et qu'il ne s'avise pas de recourir à la Bible pour justifier ses plus grands sacrilèges ou le péché de la bigamie.

Il n'était pas étonnant que la reine danoise, silencieuse et digne, ait la paupière qui tressaute.

Ni qu'elle se mette parfois à crier sans raison sur les domestiques de son palais, un peu comme Prascovia Saltykova, sans aller toutefois jusqu'à les frapper ou les brûler. Elle regorgeait de ce même limon noir que je portais dans mes veines. Et cette lie n'était pas la bile qui se mue en une mélancolie soumise – au contraire, elle était comme vivante, on aurait dit une colonie de fourmis prête à jaillir en un flot de colère au moment le moins opportun.

Le roi Frédéric, lors du bal qui avait lieu dans son palais, a bu à ma santé dans une coupe d'une très grande valeur, ornée d'or, de diamants et de pierres précieuses, qu'il m'a ensuite offerte en souvenir.

Au fond du calice doré, tel un mauvais présage, le vin rouge avait laissé un dépôt sombre.

Ce séjour de plusieurs mois dans leur chère Copenhague allait lui aussi laisser son dépôt dans nos mémoires. Nous n'allions pas oublier cette ville qui s'étendait à n'en plus finir, ses maisons tout en hauteur – il me semble que je n'en avais jamais vu de si hautes ; les palais avaient des tours plus impressionnantes que les nôtres et bien sûr l'une des églises possédait un carillon, qui jouait une mélodie merveilleuse pour compter le temps nous séparant de la mort. En attendant, les Danois menaient une existence paisible – ils remportaient la plupart des guerres dans lesquelles ils s'engageaient, et faisaient venir par la mer toutes sortes de richesses. Partout, l'on trouvait un mobilier laqué, des tentures, des pierres précieuses, des placages d'or ; quant au nouveau palais français du marchand Edinger où nous logions, jamais nous n'aurions pu espérer en voir de semblable à

Saint-Pétersbourg. Et toutes ces richesses, en particulier celles de la famille royale, faisaient partie intégrante de leur vie ; il était évident qu'elles provenaient d'un héritage, ou qu'elles avaient été acquises pour le confort de leur propriétaire, et non pour le paraître.

Pas comme chez nous, où les biens s'achetaient ou se pillaient. Nous construisions et nous nous meublions dans le seul but d'en montrer aux autres. De prouver que nous avions enfin appris, que nous étions capables, que nous n'avions plus rien à envier à l'Europe. Mais en avions-nous besoin ? Peter se satisfaisait de peu : une salle à manger, un lit, une salle de bains, un atelier, une étude ; il se serait contenté de la cabane en rondins de son paradis. Il affirmait que ce luxe était pour moi – moi, la tsarine à qui il avait confié la cour. Pourtant ce n'était pas de plus que j'avais besoin, mais de moins. Moins de ses altérations – voilà qui aurait suffi à mon bonheur.

À Copenhague, Peter était intenable. Mes joues se sont enflammées plus d'une fois sous la pommade et les fards, mais il n'y avait rien à faire – il ne pouvait s'empêcher de se conduire de telle façon que les gens se sentent insultés, et il ne supportait pas qu'on lui en veuille, qu'on ait peur de lui et qu'on ne l'aime pas. Tout avait plutôt bien commencé : il avait été accueilli comme un allié, avec les honneurs, les salves et les fanfares. Mais il était suivi d'une armée de trente mille et bientôt quarante mille hommes, et il en avait déjà amené deux mille aux portes de cette ville vulnérable aux remparts vétustes. Comme autrefois à Riga, Peter s'est mis à arpenter les fortifications, fourrant son nez partout, dans le port, les canaux et les douves ;

en plus de quoi, il a exigé qu'on lui remette les clés de l'une des portes de la ville pour que ses hommes et lui puissent entrer et sortir librement, jour et nuit. Et puis il a pris la mer avec les galères russes sans prévenir les autorités du port, et a même donné l'ordre à ses soldats de tirer pour vérifier que leurs armes étaient chargées.

Lorsque nous nous promenions dans la ville en carrosse, les gens lançaient autour d'eux des regards inquiets. Ils étaient furieux que nos soldats prennent leurs aises devant le palais d'Edinger, allument des feux dans les rues, fassent main basse sur les jambons, les poulets et les oies au marché, qu'ils pissent contre les murs.

Mais où auraient-ils pu se soulager – dans les maisons des bourgeois ? Ces derniers leur auraient-ils permis d'utiliser leurs pots de chambre en faïence bleue ? Non, alors ils urinaient contre les murs et les arbres, comme des chiens.

Il n'empêche que les citadins avaient peine à comprendre que leur allié se comporte en conquérant, et leur invité en maître de maison.

Russes et Danois ne voyaient tout simplement pas les choses de la même façon. Je ne crois pas que Peter avait de mauvaises intentions – pour lui, s'ils étaient alliés et comptaient attaquer les Suédois, alors ils devaient agir ensemble, à sa manière et selon son commandement –, la guerre, quand elle serait là, ne ménagerait personne et ces citadins feraient bien de s'y habituer dès à présent.

Il n'avait pas songé que les gens de Copenhague verraient d'un mauvais œil qu'on vienne les déranger dans leurs habitudes. Si une armée devait les défendre, c'était l'armée royale pour laquelle ils payaient des impôts. Que venaient faire là ces Russes, dont on disait qu'ils étaient déjà chez eux au Mecklembourg ? Pourquoi la ville danoise grouillait-elle de leurs uniformes verts ? Et pourquoi, lorsque le roi permettait à cent soldats à la fois d'entrer dans la ville pour y puiser de l'eau, on en voyait se précipiter deux cents qui souillaient les puits, se querellaient entre eux, se bousculant aux portes de la ville, harcelant les femmes et les filles et les empêchant de passer ? À Copenhague, on comptait déjà les morts, en grande partie des citadins innocents. Et les femmes violées.

Que croyait Peter ? Qu'on l'aimerait et le respecterait pour cela ?

Mais comment lui expliquer ? Je n'aurais pas pu aborder le sujet avec lui – il buvait tellement qu'il s'emportait pour un rien. Je devais protéger mon visage pour pouvoir apparaître à la cour, il ne devait pas m'arriver ce qui était arrivé à Mary.

Le roi Frédéric continuait de donner pour nous des dîners, des bals et des réceptions, nous ouvrait ses palais et ses châteaux, mais lui faisait de plus en plus souvent savoir qu'il était souffrant. Je le soupçonnais de vouloir éviter Peter. Surtout depuis que ce dernier, ayant plusieurs fois essayé de le voir, avait fait irruption dans les appartements personnels du roi pour exiger une audience. Un compromis a finalement été trouvé – le roi danois allait consacrer une heure par jour à son allié.

Les navires russes sont enfin arrivés à Copenhague pour rejoindre la flotte danoise et les flottilles hollandaises et anglaises : l'*Ingermanland*, le *Sainte-Catherine*, le *Poltava*, le *Saint-Michel*, le *Saint-Raphaël*, le *Fortune*, les frégates *Arundel* et *Saint-Ilia*, les senaus *Lizette*, *Natalia* et *Diana*, ainsi que la galiote remplie des provisions du tsar. Mais la flotte de Peter apportait aussi une mauvaise nouvelle qui a asssombri sa joie. À peine était-il monté sur le pont de l'*Ingermanland* qu'il a appris la mort de sa sœur Natalia à Saint-Pétersbourg.

Je mentirais si je disais que j'allais beaucoup la regretter.

Je mentirais si je disais que j'étais attristée que Peter, en deuil, n'assiste pas ce soir-là à la réception donnée par le roi et la reine dans le château de Rosenborg. Je m'y suis rendue avec mes courtisans et quelques ministres, et grand Dieu, quel bon moment j'ai passé ! Je n'avais pas à m'inquiéter de ce que pourrait dire ou faire Peter pour plonger l'assistance dans un silence gêné. Nous avons bavardé, écouté de la musique et dîné. La reine Louise a été très aimable, tout comme le roi, dont j'ai compris qu'il me demandait de l'aide : le séjour de Peter devenait un fardeau pour les Danois qui ne voulaient plus s'allier avec lui pour attaquer la Scanie, le sud de la Suède. D'autant que les Anglais et les Hollandais y tenaient eux aussi de moins en moins.

« Que me conseille Votre Majesté la tsarine ? »

Je n'en revenais pas que l'on me demande mon avis. Ce n'était pas le lieu pour dispenser mes conseils, surtout que Chafirov nous écoutait. J'ai répondu, aussi agréablement que possible, qu'il suffisait parfois d'attendre, que le temps résolvait tout. Mais que, puisque les quatre flottes étaient déjà réunies dans le port, rien n'empêchait de mener des exercices militaires en mer. L'intention de Peter était en réalité d'effrayer les Suédois et de les forcer à la paix. Peut-être suffirait-il de les menacer ?

Sans m'en rendre compte, je venais de briser l'alliance maritime tant convoitée par Peter contre la Suède. Mais j'avais peut-être évité du même coup que le sang ne coule à flots. Quoi qu'il en soit, j'ai offert à Peter son moment de gloire – celui dont il a été le plus fier. Un moment qu'il se repasserait jusqu'à la fin de ses jours, surtout quand, ivre, il le rejouait comme s'il y était.

La vie est ainsi faite : une chose s'effondre, une autre voit le jour.

Lors de la Saint-Frédéric, pendant le carnaval, il a été décidé d'organiser un exercice, une manœuvre le long des côtes suédoises. Et l'amiral Norris et l'amiral danois ne pouvant en aucun cas se soumettre à la supériorité ou au drapeau de l'autre, c'est à Peter qu'a échu le commandement de la flotte.

Voilà comment l'amiral Mikhaïlov a pris place sur le pont de l'*Ingermanlandie* pour diriger des flottes russe, danoise, anglaise et hollandaise. Jamais une aussi grande flotte n'avait fendu les vagues de la mer Baltique : soixante-neuf navires de guerre, dix-neuf anglais, six hollandais, vingt-trois danois et vingt et un russes. Une forêt de mâts noirs et menaçants cinglant sur l'eau, comme on n'en avait jamais vu. En regardant Peter avancer sur le pont – soudain grandi et rajeuni, les yeux écarquillés et les narines dilatées, oubliant tous ses maux, donnant ses ordres d'une autre voix, celle de ses plus grands moments d'exaltation –, je l'ai imaginé à seize ans, à Preobrajenskoïe, conduisant son régiment récréatif à la bataille et faisant naviguer ses premiers navires sur la Iaouza.

Mais il n'était plus l'enfant dégingandé qu'il avait été. Ni le jeune tsar d'une nation barbare partant à l'étranger en quête des bonnes manières et de la sagesse que les Européens possédaient dès la naissance.

Il était devenu cet aigle oriental dont l'envergure, alors qu'il déployait les ailes vertes de son armée, recouvrait plusieurs pays européens à la fois. Un prédateur qui vingt ans plus tôt jouait à manœuvrer sur la rivière des bateaux miniatures et qui commandait désormais à trois flottes européennes. Ce qu'on ne pouvait jamais savoir, c'était ce qui lui passerait par la tête, s'il allait danser gracieusement un menuet lors d'un banquet royal ou s'affaler avec ses bottes dans le lit d'un bourgeois. À croire qu'il avait lui-même deux têtes – à l'image de l'aigle sur le blason de son pays…

Bien que la flotte suédoise ait été trois fois moins nombreuse, Peter est rentré de cette manœuvre sans avoir rien obtenu. Les navires suédois n'avaient même pas bougé de Karlskrona, malgré la provocation insolente de Peter. Il a su plus tard que Charles de Suède l'attendait avec une armée de vingt mille hommes et qu'il avait donné l'ordre, dans le cas où les Russes débarqueraient en Scanie, de mettre le feu à tous les villages et toutes les villes de la Suède du Sud afin que l'armée de Peter périsse dans les flammes. Il aurait appliqué la stratégie de la terre brûlée, qu'il avait lui-même apprise des Russes.

Le Danemark avait fait preuve d'une grande maîtrise de l'art politique : donner à Peter ce qu'il souhaitait sans rien céder. L'amiral danois avait positionné ses navires de sorte qu'il était impossible de leur ordonner d'attaquer : ils se barraient le passage et se rentraient dedans au cours d'étranges manœuvres. Et, comme je l'avais prédit, le temps avait fait son œuvre – la nouvelle des dispositions prises sur la côte nous était parvenue par des prisonniers suédois, et il a été jugé préférable d'en rester là.

Peter a envoyé une lettre en Russie exigeant que soit frappée une médaille avec son portrait sur une face et, sur l'autre, Neptune tiré par ses hippocampes et entouré des drapeaux des quatre pays, afin de commémorer le moment où il avait dirigé les quatre flottes près de Bornholm. Il a dit qu'aucun souverain au monde n'avait jamais éprouvé un tel honneur.

Tant de médailles, de gravures, de poèmes, de monuments ne sont là que pour rappeler une broutille, qui aurait aussi bien pu ne pas arriver – et cent ans plus tard, qui peut encore connaître la vérité ? Ornez une médaille du portrait d'un lâche ou d'un bon à rien couronné de laurier, asseyez-le sur un cheval de bronze sur la place du village, et le voilà l'égal de César ou de je ne sais quel empereur. Vous parlez d'une gloire…

Le commandement de Peter, qui n'avait d'importance qu'à ses propres yeux et lui avait été confié par ses alliés comme on accorde un grain de raisin à un enfant tout en lui confisquant la pomme, était dépeint sur la médaille comme un événement majeur. Mais la vérité était tout autre – leur alliance s'en est trouvée affaiblie, la Suède n'a pas été attaquée, et les alliés en ont conçu envers Peter une animosité dont j'ai payé le prix.

La décision a été prise de faire stationner l'armée chez les Danois, dans les îles de Zélande, et de mener l'assaut contre la Scanie à la fin septembre, avec une armée de cinquante et un mille hommes. Puis Peter a changé d'avis. Il a tout annulé. Il a décrété que c'était trop tard, le froid arrivait et il serait difficile de passer l'hiver dans une Suède en résistance – l'attaque se ferait au printemps suivant. Tout seul, sans consulter personne, il a annulé la campagne de guerre, semant la panique chez ses alliés.

Les Danois y ont vu un prétexte pour laisser son armée dans leur pays et occuper Copenhague. Les Anglais ont craint que l'armée russe reste à l'embouchure de la mer Baltique et les empêche de commercer. Le duché de Hanovre l'imaginait déjà mettre la main sur les terres allemandes. Personne n'était content de voir Peter rester en Europe. Ce souverain si puissant n'était le bienvenu que là où il n'était pas encore passé. À peine était-il arrivé quelque part qu'on priait pour qu'il décampe. Et ceux chez qui sa visite était annoncée en tremblaient d'effroi. Une fois de plus, c'était la réputation de Peter qui voyageait à l'avant-garde, et son armée de trente mille hommes à l'arrière-garde.

Les Danois n'étaient bientôt plus les seuls à attendre que nous quittions Copenhague. Notre séjour avait assez duré – pour eux comme pour moi. Mon unique regret était de quitter la reine Louise : à défaut d'être devenues amies, nous nous comprenions. Nous vivions toutes les deux avec des souverains qui n'en faisaient qu'à leur tête. Avant notre départ, alors que ma grossesse commençait à se voir, elle a fait remarquer avec envie, et peut-être même une pointe de jalousie : « Il semble que, grâce au ciel, Sa Majesté vous accorde de fréquentes visites. » Les mois de grossesse auprès de Peter n'étaient pourtant pas de tout repos. Avant de quitter Copenhague, il a souhaité visiter une autre curiosité locale, la Tour ronde, au sommet de laquelle était aménagé un observatoire ; on prétendait que le couloir en hélice qui y menait était si large que l'on pouvait l'emprunter à cheval, et même en carrosse. Bien sûr, Peter a voulu le vérifier : il est monté sur son cheval et m'a demandé de prendre place dans mon carrosse. Je l'ai supplié de me ménager – invoquant mon état et cachant mes larmes, mais il s'est moqué de moi : « Allons, je ne te savais pas si peureuse : si j'avais su, c'est ma jument que j'aurais décorée ! *Davaï*, Catherine, montrons-leur de quoi nous sommes capables, je suis fatigué de toutes leurs cérémonies ! »

Assise dans le carrosse attelé à six chevaux, je m'efforçais de ne pas regarder le sol en brique qui défilait sous les roues. Le retour a été encore plus effrayant – je priais pour ne pas descendre de ce carrosse les jupons tachés de sang.

Mais j'étais montée jusqu'en haut. Et je suis redescendue, en un seul morceau. Nous pouvions enfin quitter Copenhague, Peter laissant chez Edinger, comme au palais royal, la marque de son passage en guise de remerciement pour ces cérémonies qui l'avaient tant fatigué. Une lettre de la ville de Copenhague n'a pas tardé à nous rattraper, avec une facture de quatorze mille *rigsdaler* pour les dégâts causés, dont cinq mille rien que pour le saccage de la maison d'Edinger. Peter ne s'est pas gêné pour la renvoyer au roi du Danemark. Mons avait entendu dire qu'Edinger avait perdu connaissance en rentrant chez lui. Le contraire m'aurait étonnée. Il manquait pas moins de quatre cents vitres aux fenêtres – brisées par Peter et ses hommes pour le plaisir au cours de leur séjour, ou quand ils avaient tiré dessus lors de la fête de départ – ainsi que la moitié des meubles, qu'ils avaient fait brûler quand le froid était arrivé et que les bûches étaient devenues rares ; un véritable champ de bataille, laissé par nul autre que la glorieuse armée de Russie. Mais nous étions de nouveau en chemin et ne nous préoccupions pas de telles vétilles. Nyborg, Odensee, Friedrichstadt, Schwabstedt, Lübeck… En cet automne, quelque part sur les routes danoises et allemandes, entre les villes aux clochers pointus qui commençaient toutes à se valoir à mes yeux, j'ai pris conscience que notre Petrouchka Petrovitch venait de fêter son premier anniversaire. La lettre d'Alexandre me l'a rappelé – mon petit garçon avait trois mois quand je l'avais laissé. J'étais en route depuis neuf, et j'avais déjà presque oublié à quoi il ressemblait. Il avait dû bien grandir, il serait méconnaissable. Mon cœur s'est serré, tous deux me manquaient – aussi bien Chichetchka qu'Alexandre.

Serais-je partie en voyage, si j'avais su ?

Personne ne sait ce que l'avenir nous réserve. C'est peut-être aussi bien. On ne supporterait pas de savoir ce qui nous attend. C'est bien assez de regarder en arrière avec le sentiment d'avoir traversé l'épreuve du Jugement dernier sur terre. Le Seigneur juge et punit durant toute la vie… Je ne vais plus pouvoir retarder la signature de cette sentence.

— Alexandre Danilovitch, pourquoi ne m'apporte-t-on pas le verdict pour que je le signe ?

— Le voilà, Votre Majesté impériale, le voilà.

Alexandre est là, et le *pisor* aussi. Ai-je encore eu une absence ? Ces stupeurs m'accaparent de plus en plus – je crois commencer à réfléchir, mais peut-être que je rêve déjà, sans me rendre compte de ce qui se passe à côté de moi. Comme si je m'envolais vers le passé et que le temps se liquéfiait. Le passé devient plus réel que le présent.

— Lisez le verdict…

— Ekaterina Alexeïevna, Votre Majesté impériale, pourquoi perdre du temps ? Qu'il lise le début, là où il y a eu du nouveau après l'interrogatoire : la trahison, la haute trahison de l'empire et une atteinte à la personne de Sa Majesté l'impératrice : Devier, Tolstoï et Boutourline ont organisé un coup d'État, ils voulaient te renverser pour installer Anouchka et son mari sur le trône ! Il faudra tirer les choses au clair avec Anna Petrovna… et s'assurer qu'elle n'est en rien impliquée dans cette affaire. Mais ces traîtres méritent la mort et rien d'autre ! Et encore, c'est une peine trop douce que la mort !

Alexandre s'emporte, il essaye de me convaincre.

Nous y voilà… Quel *svolotch* tu es, Alexandre… Tu n'as rien trouvé de mieux que de mêler mon Anouchka pour que ta Machka puisse régner avec Piotr Alexeïevitch, selon mon testament… Tu es sans vergogne, mêler ma fille, mon gendre… À l'évidence, tu as tout prévu. J'ai compris maintenant, la fin est proche, je ne guérirai pas. Tu le sais aussi, les médecins ont dû te le dire. Voilà la raison de tout ça – tu veux que j'écarte tes ennemis et ma fille de ton chemin… Tu voudrais peut-être que j'ordonne qu'on interroge Anouchka sur le gibet ? Quelle raclure tu es, Alexandre… Et dire qu'il fut un temps où nous nous aimions et faisions l'amour, où nous veillions l'un sur l'autre, où je te désirais comme si tu m'étais destiné – là-bas, près de Lübeck, ce désir était si fort que je le ressentais jusque dans mes os…

— Lisez le verdict. En entier…

J'ai déjà du mal à parler, et on m'oblige à tout répéter… Les hommes se plaignent que nous bavassons, nous les femmes, que les babas sont trop bavardes. Mais c'est juste qu'on doit tout vous répéter, puisque vous n'entendez rien du premier coup.

— Ekaterina Alexeïevna, mieux vaut qu'il se contente de lire ce qui concerne le complot et qu'il en vienne à la fin, à la sentence, au verdict… dit Alexandre.

Il continue de me contredire…

— C'est un ordre. Je l'exige.

Seigneur, je n'ai plus la force de discuter.

Le *pisor* commence à lire le verdict d'une voix chantante et monocorde, vestige de ses études de diacre, bientôt il lit de plus en plus vite, avalant la fin des mots. J'ai la paix pendant quelques pages. Je vais écouter, je veux savoir tout ce qui est écrit jusqu'au dernier mot.

Quand je pense aux lettres que tu m'écrivais, Alexandre. Maintenant tu ne me donnes plus que des sentences à signer. J'avais le cœur qui tremblait quand Anissia en brisait le cachet, je savais que les mots dictés à ton *pisor* retentiraient comme si tu parlais à voix haute, faisant des plaisanteries, des farces et me parlant de choses qui m'étaient chères, que je voulais entendre. Tu t'es tellement bien occupé d'Anouchka, de Lizetta et de Chichetchka pendant que j'arpentais ces Lübeck et ces Schwerin. Le jour de ma fête, une lettre est arrivée pour nous à Hambourg. Ton *pisor* écrivait que la quatrième dent de Chichetchka perçait, tu racontais comment nos architectes de Saint-Pétersbourg, Le Blond et Rastrelli, se querellaient au sujet du projet de palais de Strelna, tu me souhaitais ma fête, le tout de manière si amusante... Tes mots étaient encore plus vivants que les vers de Mons... Comme je me suis languie de toi en recevant cette lettre, alors que Peter était déjà parti pour Altona rencontrer le roi de Prusse, j'avais le cœur tellement serré qu'avec les filles nous avons beaucoup bu, je n'ai trouvé le sommeil qu'à l'aube, l'enfant remuait dans mon ventre, comme s'il sentait une tempête se déchaîner au-dessus de lui...

Et maintenant... Nous avons bien changé tous les deux... Qu'est-il advenu de ce gentil couple de pécheurs maudits passé par Chlisselbourg, Moscou et Voronej ? Où sont ces amants qui s'ennuyaient tant l'un de l'autre que leurs lettres n'étaient pas écrites à l'encre, mais à la sève d'un baiser longtemps espéré... Cet Alexandre-là me manque, celui d'aujourd'hui, je le déteste presque...

Le *pisor* termine de lire et soupire de soulagement. Tout est comme Alexandre l'avait dit : accusations de complot, trahison de la patrie, demandes de condamnation à mort. Y compris pour Antochka Devier. Pauvre Anyuta, la douleur va lui déchirer le cœur. Et moi aussi, je suis affligée.

Je revois le tableau du Jugement dernier de Gdańsk. Avec tous ces visages déformés par la colère et la soif de vengeance. L'un d'eux, le plus cruel, est le tien, Alexandre. Seulement, tu ne le sais pas.

Je voudrais être cette femme du tableau, convaincue qu'il n'est jamais trop tard pour se repentir.

Alexandre me tend la plume déjà trempée dans l'encre pour signer.

— Alexandre Danilovitch, t'arrive-t-il de songer au Jugement dernier ? Peut-être que ce jour-là l'archange Michel ne se contentera pas de peser nos âmes, et qu'il fera peser sur nos consciences le poids des condamnations à mort que nous avons signées.

Ma question le désarçonne. Il n'a jamais vu ce tableau et ne sait pas que les âmes alourdies par les prières et les bonnes actions vont au paradis, tandis que les âmes légères partent en enfer. Mais je dois trouver le moyen de lui parler du poids de ces âmes assassinées. Il lance un regard inquiet autour de lui.

— Ekaterina Alexeïevna, Votre Majesté impériale, je n'ai pas le temps de penser aux jugements derniers avec tout le travail que me donnent sur terre les véritables tribunaux... et les véritables traîtres !

— C'est ce qui te manque pour être empereur, Sérénissime. Moi, j'y pense, au Jugement dernier... Je suis ointe par Dieu, et il est de mon devoir de veiller à ce que mes ordres fassent régner la justice du Seigneur en ce monde...

Alexandre pâlit. Alors, *svolotch*, touché en plein cœur ? Tu ne t'attendais pas à ça, hein ? Je sais combien tu voudrais être empereur... tu as failli le devenir... il s'en est fallu de peu... Mais voilà, ça n'arrivera pas. Jamais. On a tendance à négliger cette mesure du temps : ja-mais. L'éternité dans ce qu'elle a de plus fâcheux... Seule ta fille, Machka Menchikova, si elle épouse Piotr Alexeïevtich, sera impératrice. Ta fille, pas toi. Ça fait mal, n'est-ce pas ? Comme si on te plantait une faux dans les couilles.

Il me semble voir un frisson parcourir son

visage blême. Mais je dois me dépêcher, mes forces diminuent.

— J'ordonne de remplacer la peine de mort de Devier et de Boutourline par l'exil. Que le *pisor* rédige un nouveau verdict, avec une nouvelle sentence : l'exil. L'exil au lieu de la mort... La même peine pour Tolstoï... Et qu'on les conduise dans un endroit où ils pourront survivre. C'est cette sentence-là que je signerai. Maintenant, que le *pisor* se dépêche. Inutile de recopier les premières pages, seulement la dernière, celle que je dois signer, celle mentionnant la sentence.

Alexandre est aussi blanc qu'une feuille de papier. Non, pas blanc : gris-bleu, comme le papier à lettres de Daria autrefois. Mais il est impuissant – il y a des témoins, ils sont tous là : le *pisor*, les médecins, Daria, Varka, Anastasia Golitsyna, Osterman, Olsufiev, mon *Kammerherr* Reinhold Gustav Löwenwolde, Lizenka, quelques courtisans en plus, et Johanna, et les domestiques. Je n'avais même pas remarqué qu'ils étaient si nombreux. La stupeur, sans doute... Qu'il réécrive la sentence.

— Telle est ma volonté impériale...

Je suis soulagée d'avoir pu sauver trois vies par ma seule volonté. Du moins je l'espère.

Combien en ai-je détruit ? Quelques-unes, mais malgré moi. Que le Seigneur soit mon juge – je n'ai causé leur mort que par des actions innocentes dont personne n'aurait pu prévoir les conséquences. Ai-je jamais souhaité du mal à mon premier mari, Johann Cruse ? Au contraire, je pensais le sauver, lui accorder un répit en l'envoyant en Sibérie. Comme je sauve maintenant la vie d'Anton Devier, de Tolstoï et de Boutourline.

Mais est-ce qu'on peut appeler vie ces quelques années de souffrance et d'exil ?

Et Alexis Petrovitch, l'héritier du trône de Peter ? Non, pas lui. Dieu sait que je n'ai pas sa mort sur la conscience. Les gens ont parlé... et parlent encore. Mais je n'y suis pour rien en ce qui le concerne. Je n'ai fait que presser Euphrosine de tout me rapporter, à moi en premier. Était-ce un péché ? Non.

Je n'ai même pas été la première à apprendre que le tsarévitch Alexis Petrovitch avait disparu. Ce n'est pas moi qui ai décidé qu'il devait fuir. Lui ou Euphrosine. Je n'y suis pour rien...

3

L'horloge sonne trois coups.

La trinité. Au nom du Père, du Fils et du Saint-Esprit…

Je prie intérieurement, jamais je n'ai souhaité la mort d'Alexis Petrovitch.

Anissia m'a lu la lettre d'Euphrosine, qui m'est parvenue quelque part près d'Altona. Alexis Petrovitch avait été convoqué par son père sur les terres allemandes et hollandaises qu'il souhaitait lui montrer. Mais au lieu de rejoindre Peter, Alexis avait pris un autre chemin à partir de Gdańsk, filant vers le sud, vers l'Autriche – le toujours nocif Kikine, relégué à Libau, lui ayant conseillé de se rendre à Vienne pour demander la protection de l'empereur Charles, le beau-frère de feu Charlotte Christine, et faire alliance avec lui contre son père. Pour brouiller les pistes, Alexis avait envoyé une lettre portant le cachet de Königsberg, alors qu'il était déjà loin de Gdańsk et qu'il voyageait secrètement. C'est Euphrosine qui avait lâché le morceau, en écrivant dans sa lettre qu'il voyageait sous le nom de Kochanski. Qu'il avait quatre personnes avec lui : deux domestiques, son frère et elle, à qui il avait ordonné de s'habiller en homme, avec les vêtements d'un page, pour que personne ne les reconnaisse. Et elle jurait ses grands dieux qu'ils ne reviendraient pas tant qu'ils ne seraient pas assez puissants pour le faire. De gangrène, il passait traître...

J'ai gardé ça pour moi, je n'ai rien dit à Peter. D'autant que depuis le Danemark, où je m'étais attiré les honneurs royaux, il était particulièrement affectueux avec moi : le jour de ma fête, à Hambourg, il m'a offert une troupe d'opéra, avec un compositeur en prime. Peter prenait soin de moi à cause de mon état, il pensait même me renvoyer à Saint-Pétersbourg pour accoucher ; mais je désirais tant être avec lui, l'accompagner à Paris, que je n'ai rien voulu entendre. Nous avons convenu que je le suivrais à Amsterdam pour Noël, mais que je m'y rendrais à mon rythme. Je voulais faire ce voyage avec lui, et le voir au moins de temps en temps. À deux, tout était plus agréable, mais c'était au-dessus de mes forces de voyager comme il le faisait, à la hâte et sans confort.

Une nouvelle fois, Peter est donc parti en tête, seul. Il a réussi à rencontrer de nouveau Friedrich, le roi de Prusse avec lequel il partageait plus qu'une amitié ou des intérêts communs – ils étaient unis par une même haine à l'égard du roi d'Angleterre et prince de Hanovre George Ier. Peter s'est vanté de ses trocs avec le roi de Prusse : il lui avait offert cinquante de ses plus grands gardes pour son régiment de Potsdam, composé uniquement de géants mesurant plus de six pieds ; le Prusse était fou de joie, et Peter était tout aussi heureux de ce qu'il avait reçu en échange : un yacht tout neuf, amarré à Potsdam, et la Chambre d'ambre du roi de Prusse, provenant de son palais de Berlin, que Peter convoitait depuis longtemps.

Il n'avait pas réussi à acheter le tableau du Jugement dernier à Gdańsk, mais il avait eu l'étincelante Chambre d'ambre. Un an plus tard, on nous l'a fait parvenir par bateau à Saint-Pétersbourg, les panneaux d'ambre soigneusement emballés dans dix-huit caisses immenses.

Pendant sept ans, ces caisses sont restées intactes et ont pris la poussière dans la cave de notre palais d'Été. Peter ne s'en est souvenu que quand il a manqué de place pour des prisonniers importants qu'il faisait enfermer dans ce souterrain. La construction du Palais du peuple s'achevant à ce moment-là, avec des salles d'apparat réunissant ses tableaux et sa bibliothèque, il a décidé d'y installer aussi les panneaux d'ambre afin que tout le monde, y compris le peuple, qui avait accès au jardin lors de certaines célébrations, puisse les admirer.

Une splendeur pour le peuple, dans le Palais du peuple, payée par le peuple.

Chaque caisse d'ambre avait coûté près de trois gardes russes. Des géants moustachus qui ne reverraient jamais ni père ni mère. Ni femme ni enfants – ils n'en avaient pas, puisqu'ils avaient été enrôlés alors qu'ils étaient encore très jeunes.

Peter m'a raconté par la suite que Friedrich cherchait pour ses grenadiers géants des femmes géantes, avec qui il les obligeait à s'accoupler pour qu'ensemble ils engendrent des enfants géants. Que le roi lui avait dit qu'il aimait son régiment de Potsdam davantage encore que les plus belles femmes et filles de son royaume et que seul leur défilé dans la chambre à coucher royale parvenait à chasser sa tristesse. Les contraires s'attirent – Peter, qui était plus grand que beaucoup de ces géants appartenant au roi de Prusse, avait un faible pour les nains. Le roi de Prusse était-il un nain au fond de lui, pour avoir autant besoin de ces géants ?

On a toujours un désir malsain pour ce dont on manque.

Je ne souhaitais que la paix de mon âme. J'avais été moi-même donnée, échangée, transmise de mains en mains. J'étais la tsarine, et j'espérais mettre fin à cet asservissement sur mes terres. J'étais une mère – et j'espérais que dans mon royaume les mères puissent dire adieu à leurs fils, qu'ils soient ou non des recrues, de la chair à canon revêtue d'un uniforme vert. Mais qu'aurais-je pu faire ? Je n'ai appris ce troc que beaucoup plus tard. Il avait échangé des hommes contre des panneaux d'ambre décorés à la feuille d'or dont il n'a su quoi faire pendant des années quand il les a reçus. Ces caisses sont restées dans nos pattes pendant sept ans au palais d'Été, qui n'était déjà pas très grand.

— Et, Alexandre Danilovitch, il faut laisser quelques jours à Devier pour dire adieu à Anna Danilovna et aux enfants.

Sainte-Mère de Dieu, viens-moi en aide : le Seigneur est témoin, j'ai fait ce que j'ai pu. Je suis trop faible pour en faire davantage. Mais j'ai entendu la sentence – accusant Anton Manouïlovitch Devier d'être un comploteur, d'avoir fomenté un coup d'État pour contrer mes dernières volontés selon lesquelles Piotr Alexeïevitch devait gouverner après moi. Je ne peux tout de même pas nier mes dernières volontés… Je n'ai plus de forces, je n'ai plus le temps. Pardonne-moi, Anyuta, pour tout. Pour l'état dans lequel tu vas le voir. Si Dieu le veut, ton Antochka survivra à l'exil et vous vous reverrez. Les voies du Seigneur sont impénétrables...

— Toi, le *pisor,* écris : à Devier, Anton Manouïlovitch, il sera ôté ses lettres de noblesse, le titre de comte et tous les autres, le grade militaire de général ainsi que tout autre grade ; toutes ses fonctions lui seront retirées et toutes ses propriétés terriennes seront remises à la juridiction impériale ; il sera battu au knout et envoyé en Sibérie, près de Iakoutsk, afin qu'il y termine ses jours avec interdiction de revenir. À l'épouse du condamné Devier, Anna Danilovna, née Menchikova, il sera laissé le choix de vivre avec les enfants du condamné dans l'une des propriétés lui appartenant directement, et elle ne devra jamais revenir à la cour impériale de Saint-Pétersbourg ou de Moscou... Non, écris plutôt qu'elle a déjà choisi : Devier, Anna Danilovna, née Menchikova, a choisi de vivre dans ses villages de Torkhovo, dans la région de Tula, et de Povetkino, dans la région de Veniovsk. Tu as noté ? Voilà, *vsio*, c'est tout, dicte Alexandre...

Daria sanglote sans un bruit, en essuyant ses yeux et son nez rougis. Varka soupire et se signe.

Ne pleurez pas, les filles. J'ai fait ce que j'ai pu pour Anyuta. Est-ce que vous en auriez fait autant vous-mêmes ? Vous n'osez souffler mot devant Alexandre, vous tressaillez devant lui comme les feuilles d'un tremble. Comment en est-on arrivé là ?

Pardonne-moi, Anyuta. Mais Alexandre n'est-il pas ton frère ? Vous êtes du même sang. Tu dois savoir mieux que moi pourquoi il est devenu ainsi, tu le connais depuis l'enfance… Peut-être a-t-il toujours été comme ça ? Peut-être est-ce d'une ancienne blessure du temps où il était palefrenier que lui viennent sa jalousie et sa soif de vengeance ? Tu vois, il a même fallu qu'il décide à ta place où tu serais exilée… dans lesquels de tes villages. Il t'a expédiée dans les plus funestes d'entre eux…

J'ai fait ce que j'ai pu – Anton restera en vie, vous vous reverrez avant qu'on l'emmène, tu pourras panser ses plaies, vous vous direz adieu…

— Pour Tolstoï et Piotr Andreïevitch, on s'en tient à ce qui a été décidé. Ce sera le monastère de Solovki, en mer Blanche, on laisse, poursuit Alexandre.

— Alexandre Danilotvich, ne pourrait-on pas faire preuve d'un peu de clémence ? C'est un homme méritant, il a plus de quatre-vingts ans… Le monastère des îles Solovki, c'est la mort assurée. Il y fera long feu, si tant est qu'il survive au voyage…

Mais Alexandre n'écoute pas. Au regard hésitant du *pisor*, il répond d'un geste : cela reste inchangé.

Je n'ai plus la force de discuter. Maudit Tolstoï… à la fois mon traître et mon soutien… mais il n'est ni de ma famille ni de mes proches. Il a vécu une longue vie. Au moins ma signature ne sera pas associée à sa mort… À celle de Boutourline non plus.

Ça y est, tout est consigné. Alexandre me tend à nouveau la plume, le *pisor* me présente la feuille sur l'écritoire. On essaye de me redresser, de me maintenir assise. Je sens à peine la plume entre mes doigts engourdis. Écris, allons, Catherine, signe, tu as au moins appris à écrire les lettres de ton nom…

Le changement de position fait bouger quelque chose dans ma poitrine et je tousse. La douleur est terrible, Johanna a juste le temps d'accourir avec un linge et, quand elle le retire, je vois l'effroi sur les visages. Cette fois le sang est mêlé de pus jaune, le sang noir est comme strié d'écume. Lestocq secoue la tête, exaspéré. Je tente à nouveau de saisir la plume, je n'y arrive pas. Elle tombe.

— Lizenka, viens là… signe à ma place… tu sais le faire…

Les joues d'Elizaveta se couvrent de taches rouges. Elle craint de s'approcher de moi, elle craint la toux. Ses yeux bleus lancent des regards de tous côtés – elle réfléchit à toute vitesse. Seigneur, elle ressemble tellement à Alexandre, comme ça… Et si elle était vraiment de lui ? La voilà impliquée dans ses intrigues qui les privent, Anouchka et elle, du trône… Si Alexandre était au courant de mes doutes… mais seul Dieu connaît la vérité.

— Allez, *davaï*, Liza…

Elle se précipite, attrape la plume et griffonne ma signature d'une traite : *Ekaterina*… Elle connaît même ma façon de tracer les boucles du *e* et du *r*. C'est tout ce que j'ai appris. En plus de compter les lettres pour évaluer la longueur des mots et voir si la personne qui écrit ne me gruge pas, si elle s'en tient à ce que je dicte. Heureusement, Liza est douée pour les études. Ce n'est pas la première fois qu'elle signe pour moi… Elle ira loin… Si je meurs et qu'elle a des ennuis, elle s'arrangera toujours pour contrefaire ma signature sur un document antidaté…

Cette toux m'a ôté mes dernières forces.

— Laissez-moi me reposer…

La fenêtre s'ouvre brusquement sous l'effet d'une puissante rafale, et claque si fort que l'on dirait que les vitres vont se briser, comme à Copenhague, que le vent va arracher les rideaux du baldaquin et emporter les papiers du *pisor*. Il est trois heures, pourtant il fait sombre dehors, des nuages de tempête approchent, prêts à éclater, il va bientôt pleuvoir… Peut-être est-ce Peter qui vient déjà me chercher.

Tout le monde s'agite, court dans tous les sens pour ramasser les papiers, refermer la fenêtre. Alexandre se précipite à mon chevet – il abaisse mes oreillers et me borde, marmonnant quelque chose :

— Ne prends pas froid… on a beau être en mai, des plaques de glace flottaient hier encore sur la Neva.

Il porte à mes lèvres une tasse en porcelaine remplie d'un remède doux-amer… Je frissonne… Qu'est-ce qu'il raconte ? Nous sommes en mai et sous les couvertures je suis à nouveau en sueur.

Il me donne à boire et, sans que personne ne le voie, pose une main sur mon front : sa paume est agréablement fraîche.

Cela ne me paraît plus si terrible que le Seigneur me juge, Il voit bien que je fais ce que je peux… même à l'article de la mort…

Le Seigneur m'a jugée de nombreuses fois. Quand je faisais quelque chose de mal, Il me punissait aussitôt. J'ai payé aussi pour les péchés de Peter… Sans doute parce que j'étais son épouse, l'être le plus proche de lui, chaque jour à ses côtés mais incapable de le brider.

Il n'y a qu'à voir ce voyage. Se peut-il que j'aie payé pour mon orgueil, ma vanité, l'envie de me rendre à Paris coûte que coûte ? Payé pour avoir gaspillé son argent, m'être servie dans son Trésor à son insu ? J'ai volé, menti, trompé, j'ai cédé à la convoitise, au désir du luxe. J'ai acheté des robes somptueuses, de la soie, des diamants, des plumes, des chaussures par centaines…

Mais je n'étais pas qu'une pécheresse. J'en ai la preuve vivante sous les yeux. Un *memento*. Un souvenir de Hambourg…

C'est à Hambourg, avant de partir pour Amsterdam à la suite de Peter, que j'ai vu Johanna pour la première fois. Elle gisait à moitié morte dans la rue en travers d'un tas de neige sale, mais on voyait bien qu'elle n'était pas une *brodiaga*, une va-nu-pieds. Sa robe tachée de sang était en soie, luxueuse. Les passants ne prenaient pas la peine de s'arrêter, pas un ne s'est penché pour lui proposer de l'aider – elle était de ceux qui n'ont personne pour les défendre. Elle n'intéressait personne, même avec sa belle robe, qui disait clairement sa profession. J'ai fait arrêter le carrosse et j'ai ordonné à Mons de lui porter secours. Quand il l'a soulevée du tas de neige et retournée vers lui, il a sursauté, tout comme moi à la fenêtre du carrosse.

Elle avait pris tellement de coups qu'elle avait l'œil fermé – on ne voyait plus qu'une bosse enflée couleur prune, sous une balafre de sang séché. Elle avait le front entaillé, une mèche de cheveux arrachée et plusieurs coupures aux lèvres, et quand elle a ouvert la bouche, j'ai vu qu'il lui manquait deux dents. J'ai dit à Mons de lui demander qui lui avait fait cela, et pourquoi.

Le trou où auraient dû se trouver ses dents a laissé échapper son fiel envers les Russes : « Des animaux, non pas des hommes mais des sauvages, qui se prennent pour une délégation d'ambassadeurs ! »

Elle ne parlait pas comme la plèbe, son allemand était correct et elle connaissait des mots latins.

Moi aussi, je m'étais retrouvée allongée dans la boue sur la place publique – et pas une âme à l'époque ne s'était portée à mon secours.

Je lui ai dit que la tsarine de Russie désirait savoir lequel de ses gens l'avait frappée ainsi.

Et qu'est-il advenu d'elle ? Johanna Karo est là, debout dans un coin de ma chambre, elle me regarde, les yeux écarquillés. Oui, les deux yeux – Lestocq a réussi à sauver son œil, il l'a si bien soigné qu'il n'y a plus aucune différence avec l'autre. Ses habits ne sont plus aussi somptueux, mais ils sont respectables. Il lui manque seulement quelques dents, d'un côté – qu'on pouvait difficilement lui remettre en place. C'est le seul souvenir que lui ait laissé le chef de la délégation diplomatique de Peter, le prince Dolgorouki, qui avait fréquenté Johanna, alors prostituée hambourgeoise travaillant à son compte, se disant fièrement courtisane et ayant exigé de lui, avant qu'il ne reparte en voyage, qu'il lui règle son dû. Elle avait annoncé sans détour : soyez assez bon pour me payer tout ce que vous me devez, et me payer à l'avance pour cette fois-ci, sans quoi vous n'obtiendrez rien de moi.

À Hambourg, un marché était un marché.

Là-bas, chacun payait ce qu'il devait, y compris aux prostituées.

D'où l'erreur de Johanna. Les Russes ne perçoivent pas les femmes comme des êtres humains ; encore moins les prostituées. La femme est une chose, qui a de la chance si on ne la brise pas après s'en être servi. Allez savoir d'où ils tiennent cela, mais certains nobles russes retirent du plaisir à se servir de leur pouvoir pour maltraiter les femmes. À posséder une chose si fragile, une femme seule et sans défense, pour ensuite – crac ! – lui tordre le cou à leur guise. La prendre, s'en servir, et l'abîmer ou la briser. Pour certains, ce désir de destruction est le plaisir suprême, bien plus grand que celui de pénétrer une femme.

Johanna a raconté qu'aucun client de son amour ne lui avait jamais infligé autant de douleur, ni ne s'était montré aussi cruel que Dolgorouki. Tout ça, bien sûr, sans la payer.

Je ne sais pas pourquoi je l'ai protégée. Les raisons étaient certainement nombreuses… Elle était une des rares à avoir connu Dolgorouki dans un moment de faiblesse – car la colère est la plus grande des faiblesses. Chaque fois qu'il apercevait Johanna dans ma suite, cela lui rappelait ma toute-puissance. Et puis, à moi aussi, on avait fait du tort par le passé. Je n'étais pas près de l'oublier en voyant Cheremetiev plus souvent que je ne l'aurais voulu. Mais peut-être voulais-je simplement faire le bien, venir en aide à cette femme, la sauver. Je savais qu'elle me serait reconnaissante jusqu'à la mort. Avec moi elle pourrait recommencer à vivre, ailleurs que dans une ville où les gens passaient sans la voir, en sang sur un tas de neige.

Ailleurs que sur un marché où votre prix baisse dès que vous perdez quelques dents.

Je ne m'étais pas trompée, Johanna était toujours là, toujours dévouée. Elle ne m'a jamais trahie, même si je pense qu'elle me vole en secret. Mais ici, chez nous, tout le monde vole, on ne peut rien y faire. Si Johanna ne me volait pas, je me mettrais à la soupçonner d'un crime encore plus grave.

J'ai bien fait de la protéger. Elle s'est montrée fidèle dès ce voyage où elle m'a été très utile. Les lettres de Peter en provenance d'Amsterdam et de Het Loo étaient préoccupantes ; il se plaignait que les choses allaient mal : une digue hollandaise avait cédé, les routes étaient submergées, c'était un véritable bourbier. Il était impossible d'obtenir des chevaux et un gîte correct. Il m'a interdit de passer par Brême et la Hollande et m'a ordonné de prendre la route par Minden et Wesel. Il m'a dit de réduire ma suite, de ne pas emmener les musiciens qu'il m'avait offerts, ou alors seulement la moitié : les prix en Hollande étaient élevés, cela coûterait très cher de loger tout le monde. Il m'a demandé si j'étais décidée à le rejoindre. Il s'inquiétait, m'assurait qu'il voulait que je vienne, qu'il savait que je ne supportais pas d'être séparée de lui, que je le retrouverais parce que autrement j'aurais trop de peine... Tout ça ne me disait rien de bon, mais était-ce simplement la fin de ma grossesse qui me rendait anxieuse et irascible, ou la conviction que Peter, se remémorant sa jeunesse à Amsterdam, s'amusait avec des filles. Je m'y suis rendue, même si les routes étaient infernales – nous ne cessions de nous embourber, de glisser sur le verglas ; nous ne parcourions que trois milles allemands par jour, si aucun de nos carrosses ne se cassait, car le mauvais état des routes les abîmait. Mais rien ne m'empêcherait de rejoindre Peter, et Amsterdam.

J'avais eu tort de laisser partir Willem Mons avec Peter. J'aurais mieux fait de le garder près de moi, sur la route. Il savait si bien prévoir, calculer, veiller à ce que je ne manque de rien. Olsufiev ne lui arrivait pas à la cheville.

Notre route passait par les terres du duc de Hanovre, roi d'Angleterre. Et nous qui nous étions crus mal accueillis à Gdańsk… Au moins avions-nous pu y installer notre armée. Au moins les citadins de Gdańsk craignaient-ils quelque peu le tsar de Russie… Les gens de Hanovre ne le craignaient pas du tout.

Il m'a parfois semblé qu'ils se vengeaient de Peter en mettant des bâtons dans les roues de mon convoi. Ils me punissaient, car j'étais plus faible que lui. Les chevaux de rechange que l'on nous promettait ne nous attendaient jamais quand nous nous arrêtions quelque part. Ils faisaient traîner la moindre demande et réclamaient des sommes considérables pour le gîte. Ou alors ils empiraient les choses en voulant nous aider. Les gens de l'électorat de Hanovre ont insisté pour nous escorter presque tout le long du chemin, comme des bandits. Sans doute en représailles contre Peter qui avait installé son armée au Mecklembourg et refusait de la retirer, en dépit des demandes et des menaces du roi George. Le Grand Électeur et roi d'Angleterre voulait sans doute se comporter avec nous, les Russes, comme Peter se comportait avec eux – pour lui montrer qui était le chef. La décision a été prise d'emprunter une route inondée qui aurait été impraticable pour des carrosses – voyager en charrette serait plus sûr. Mon pauvre cocher s'y est opposé, mais les soldats l'ont battu et nous ont fait descendre de force pour nous installer dans ces carrioles de paysans, tels des voleurs, et nous conduire, nuit et jour, très lentement, sur trois milles allemands, sans nous laisser dormir ni nous reposer, ni même nous arrêter pour manger. Nous n'avions même pas une peau de mouton ni une couverture pour nous couvrir, bien qu'on soit en hiver – c'était juste après Noël – et que je sois sur le point d'accoucher.

Dans la charrette, la Balkcha, Mary et Johanna se collaient contre moi pour essayer de me réchauffer. Anka Seniavina sanglotait en reniflant. Anissia, la femme du colonel Campenhausen et Anna Kramer priaient en tremblant, Golitsyna se réchauffait et réchauffait les autres avec de la vodka. Mais cela n'a pas suffi – j'ai pris froid.

Quand je suis arrivée à Wesel, où je devais embarquer sur un yacht et remonter la rivière et le canal jusqu'à Utrecht où m'attendait Peter, j'étais fiévreuse. J'ai essayé de me rassurer en mettant les courbatures dans mes jambes et dans mon dos sur le compte du poids que m'avait fait prendre mon heureux état. Mais en arrivant sur le pont pour inspecter le bateau prévu pour le voyage, une douleur m'a transpercée, tel un coup de poignard dans le ventre.

Wesel, une ville pareille à tant d'autres, restera dans mon esprit à cause du clocher de sa cathédrale – gris, pointu, aiguisé comme une lame de fer.

À croire que c'était avec cette lame qu'on me transperçait en la vissant dans mon utérus. J'ai compris que l'accouchement avait commencé, mais je n'avais jamais donné naissance en étant si fiévreuse et souffrante. Nous avons tout juste eu le temps de retourner à l'auberge. Heureusement, Lestocq était là, Johanna et Anna Kramer se sont affairées en silence, envoyant les domestiques leur chercher des serviettes et de l'eau chaude.

Une chance que nous nous trouvions déjà sur les terres du roi de Prusse – les gens de Hanovre m'auraient sans doute conduite à la tombe avec leurs façons imperceptiblement sournoises.

Le travail a été particulièrement long, il a duré presque deux jours. La poche des eaux ne voulait pas se rompre et les contractions me transperçaient, me vrillaient, me retransperçaient et me vrillaient de nouveau, comme si le Seigneur voulait m'attraper par le sexe pour me retourner. Qu'Il voulait me faire rôtir après m'avoir embrochée sur la pointe de cette cathédrale.

La douleur fait parfois divaguer autant que la stupeur ou le delirium.

Au début de l'accouchement, j'avais dicté une lettre à Peter, l'implorant de se hâter à mon chevet.

Mais il ne s'est pas montré à Wesel. Je souffrais d'autant plus que je le soupçonnais de m'être infidèle à Amsterdam. J'aurais pourtant dû être habituée, ne plus jalouser ces filles de passage. Mais me tromper au moment même où je me faisais transpercer par la flèche de la cathédrale, où je me voyais mourir en mettant au monde un autre de ses enfants, c'était plus que je n'en pouvais supporter.

Au terme de ce long calvaire, j'ai fini par accoucher. D'un garçon encore. Notre deuxième devait s'appeler Pavel, notre Pavloucha. Le deuxième apôtre, la deuxième recrue. Encore faible, ayant perdu beaucoup de sang, mais emplie de joie, j'ai envoyé mon page, Semion Mavrine, porter la nouvelle à Amsterdam, dans l'espoir qu'il trouve Peter déjà en chemin.

Comme je regrette que Pavloucha n'ait été accuelli dans le royaume du Seigneur que pour quatre heures, avant de s'en retourner là d'où il venait, vers la lumière. Ou vers les ténèbres... On ne le saura jamais, car les cieux peuvent être l'un ou l'autre, lumière ou ténèbres.

De ce début d'année 1717, je ne me souviens que des ténèbres. Ténèbres, alors que je guérissais de la fièvre dans des pièces étouffantes, ténèbres dans mes yeux inondés de larmes. Ténèbres des soirées d'hiver à attendre Peter, qui n'est jamais arrivé. Il m'a écrit d'Amsterdam pour me féliciter d'avoir mis au monde notre enfant – il se réjouissait que nous ayons accueilli un nouvel hôte et expliquait qu'il ne pouvait venir en raison de la route, trop longue pour envisager de la faire en carrosse avec cette maladie de *tchetchuy*, les hémorroïdes, qui l'empêchaient même de s'asseoir. Nous avons lu cette lettre auprès du corps de Pavloucha, auprès du corps embaumé de ce nourrisson reparti si vite ; auprès de ce petit paquet posé sur une couche mortuaire improvisée dans une auberge. Peter plaisantait à propos de son derrière, écrivait qu'il se demandait pourquoi cette partie innocente de son corps souffrait de tels maux, à moins qu'elle ne paye pour les fautes d'une autre partie... Là, Anissia n'arrivait pas à lire ce que Peter avait écrit, mais je devinais à quelle partie du corps il pensait, d'autant que

Mavrine, revenu tout content des mille roubles dont Peter l'avait récompensé pour la bonne nouvelle, a été si attristé par mon malheur qu'il m'a tout raconté, sans même que j'aie à lui graisser les mains : Sa Majesté le tsar Batouchka, si heureux d'avoir encore un fils, avait aussitôt arrosé cela en compagnie de Khmelnitski et de Yeremka, et à ses douleurs au derrière était venu s'ajouter un mal de tête effroyable suivi d'une redoutable fièvre, une *ognevitsa*, qui avait brûlé le tsar comme un feu.

En rédigeant la réponse que je lui dictais, Anissia se signait et me demandait s'il fallait vraiment écrire cela. Je pense que, craignant le courroux de Peter, elle a adouci la plupart de mes mots. Une nouvelle lettre de Peter est arrivée avant que j'aie eu le temps d'envoyer ma réponse, où le chagrin avait remplacé sa joie. Il me consolait à sa manière et écrivait : On n'y peut rien. Ce que le Seigneur a donné, le Seigneur le reprend, comme à Job, qui a beaucoup souffert – tout relève de Sa volonté, que Son nom soit sanctifié pour les siècles des siècles. Il me demandait d'y voir la volonté de Dieu. Il écrivait qu'il guérissait, mais qu'il attendait encore l'envoyé du roi d'Angleterre et ne pouvait venir en raison de sa maladie.

Je n'en croyais pas un mot. Quand il s'agissait de s'amuser, il était en bonne santé…

Chaque jour qui passait, le petit Pavloucha, embaumé sur le lit, rétrécissait, se rabougrissait, rapetissait.

Peter continuait d'écrire des lettres : il m'assurait que la fièvre le faisait vraiment souffrir, mais qu'il souffrait encore plus que je ne le croie pas alors qu'il me disait la vérité, Dieu en était témoin, je lui manquais, il viendrait me rejoindre, ce qui le tourmentait, c'était de me savoir si près sans qu'on puisse se voir...

Je n'en croyais toujours pas un mot. Même quand il disait que je lui manquais.

Mary, Johanna et Anna Kramer m'ont apporté bien plus de réconfort que mon propre mari. Il faut croire que l'envoyé du roi lui importait plus que la mort d'un autre de nos enfants.

Peter n'est jamais venu dire adieu à notre Pavloucha. Au bout d'un mois, je l'ai envoyé en voyage dans son petit cercueil chez la seule personne qui, je le savais, s'occuperait de lui : Alexandre. Dans ma lettre, je le priais de l'enterrer de la plus belle des façons, qu'il y ait des chœurs qui l'accompagnent au ciel avec des cantiques. Je lui ai presque tout raconté : que Peter n'était pas venu, que je luttais contre la mort, que je ne parvenais pas à me remettre de mon accouchement, mais que je prévoyais de me rendre à Amsterdam dès que j'aurais repris des forces.

Le Sérénissime a bien fait les choses : j'ai su qu'il avait réuni tous les nobles et avait très cérémonieusement emmené mon tout petit du palais d'Été à la cathédrale Pierre-et-Paul, où il a été enterré et où Théophane Prokopovitch a prononcé un sermon d'une grande sagesse. Quand nous nous sommes revus, Alexandre m'a raconté qu'il avait choisi les meilleurs chœurs, pour que leurs chants bercent mon enfant vers un sommeil éternel. Il m'a dit que ce jour-là, dans l'église, pas une seule personne n'avait gardé les yeux secs...

Johanna, avec son intelligence et son soutien silencieux, m'est devenue indispensable dès ce séjour à Wesel. Elle avait traversé de nombreuses épreuves durant sa vie tumultueuse à Hambourg, et avait elle-même perdu une petite fille, qu'elle avait eue avec un homme qu'elle aimait, une petite fille qu'elle continuait de pleurer, comme moi tous les enfants que j'avais perdus.

« Votre Majesté, il faut prendre soin de vous maintenant, et seulement de vous, il faut reprendre des forces. Tout le reste peut attendre. Pensez à ceux qui en profiteront si vous allez mal. Ne laissez pas ce plaisir à vos ennemis. »

Seigneur, personne ne m'avait jamais parlé comme cette édentée ravagée par la vie et par Dolgorouki.

Mais Johanna avait raison. C'est elle qui m'a remise sur pied à Wesel, pour que je puisse me rendre le plus vite possible à Amsterdam. Début février, j'ai retrouvé Peter qui souffrait vraiment d'hémorroïdes et qui récupérait doucement de sa fièvre. J'avais peut-être eu tort de m'inquiéter. Il s'ennuyait réellement de moi. Il était impatient de me montrer la ville qui lui avait fait une telle impression dans sa jeunesse. Il voulait m'y installer le plus confortablement possible, et avait donc chassé notre marchand, Osip Solovyov, de sa luxueuse demeure pour nous y installer à sa place. Quand je suis arrivée, le mobilier et le parquet avaient déjà souffert, Peter ayant célébré la naissance du défunt Pavloucha, mais la maison était située au meilleur endroit de la ville, le long du Herengracht, le canal des Seigneurs, et sur son fronton resplendissait un immense aigle taillé dans la pierre. Tout était bien pensé à l'intérieur, c'était à la fois douillet et luxueux, et quand je l'ai fait remarquer à Peter, il s'est mis à jurer – ça lui rappelait le cadeau qu'il n'avait pas réussi à me faire, cette maison miniature ornée d'écailles de tortue, de soieries et de minuscules meubles qu'il avait voulu m'acheter pour que je puisse admirer le luxe et l'ordre d'une maison hollandaise. Son propriétaire, un certain marchand Brandt, ne voulait pas la vendre car elle appartenait à sa défunte épouse, Petronella. Il a fini par réclamer trente mille guldens pour cette rareté : seuls les Hollandais pouvaient se permettre de dépenser autant d'argent pour une chose inutile. Même pour Peter, c'était trop cher, il s'était fâché avec Brandt, et il en jurait encore, mécontent de n'avoir pu m'offrir cette maison de poupée.

À la vérité, j'étais soulagée de ne pas avoir reçu ce cadeau. Je n'étais plus une petite fille qui jouait à la poupée. Et j'avais bien connu une maison bourgeoise – peut-être moins riche et remplie de bibelots de la taille d'un dé à coudre – à l'époque où j'étais chez le pasteur Glück et devais récurer les sols, polir la moindre surface, le moindre recoin, la moindre étagère, si je ne voulais pas avoir affaire à Kristina Emerentia Glück. Les riches dames d'Amsterdam pouvaient s'amuser à épousseter leurs maisons de poupée jusqu'à la fin de leurs jours, moi je préférais les salles des palais aux hauts plafonds et les allées de jardin menant à des massifs de fleurs et à des fontaines.

Évidemment, je n'ai pas dit tout cela à Peter. Je lui avais tellement manqué, il faisait de son mieux pour que je sois heureuse.

Il n'avait pas réussi à rencontrer l'électeur de Hanovre et roi d'Angleterre : ce dernier l'avait poliment évité en disant que le souhait du tsar de tenir une conférence de guerre lui était parvenu trop tard, alors qu'il était déjà en chemin vers l'Angleterre.

Nous avons tous les deux compris que ce n'était pas vrai, mais nous n'en avons pas parlé. J'avais assez de bon sens pour ne pas lui mettre ses échecs politiques sous le nez.

Nous n'avons pas non plus parlé de Pavloucha : voyant Peter si pressé de me montrer les beautés d'Amsterdam, je me suis gardée de contrarier ses ardeurs. Nous étions ensemble depuis quatorze ans, mariés depuis neuf, et nous fêtions à Amsterdam le cinquième anniversaire de notre mariage officiel. J'avais appris à prévoir chacun de ses gestes ou de ses paroles. Si j'avais commencé à l'accabler avec ma tristesse, il se serait mis en colère et se serait renfermé, d'autant qu'il n'était toujours pas rétabli – il était plus prudent de ne pas l'agacer. Je voguais sur les humeurs de Peter comme une barque sur les canaux d'Amsterdam...

Dès qu'il a commencé à récupérer grâce à mes soins et à sortir de nouveau, il m'a emmenée en bateau à Zaandam, où il avait autrefois travaillé en tant que menuisier sur un chantier naval ; comme s'il voulait que je connaisse celui qu'il était avant notre rencontre. Une façon de me montrer qu'il ne désirait pas seulement le rapprochement de nos corps, mais aussi celui de nos âmes. Il m'a présenté Cornelis Calff, le propriétaire des bateaux, qui se souvenait de lui depuis son séjour de jeunesse ; il m'a fait visiter les meules à amidon, où il avait goûté le blé moulu et détrempé ; puis nous avons observé Calff mettre un de ses bateaux à l'eau. Peter m'a attrapée par la main, comme s'il s'était soudain souvenu de quelque chose, et s'est dirigé vers la modeste maison en bois du forgeron Gerrit Kist qui l'avait hébergé pendant quatre jours : « Bonjour, patron, me voilà, c'est moi, master Peter ! » a-t-il crié joyeusement en frappant à la porte et en donnant le nom sous lequel il avait voyagé à l'époque. Mais l'accueil n'a pas été celui qu'il espérait : le forgeron Kist ne voulait aucunement le laisser entrer – il était furieux, car le tsar russe était reparti vingt ans auparavant sans payer la note de sa pension et ce n'était pas l'honneur d'une nouvelle visite qui effacerait sa dette ; Kist ne s'est pas radouci quand Peter a fini par s'acquitter de cette somme qui ne valait plus ce qu'elle valait à l'époque.

Les Hollandais vivaient très simplement : la parole était le seul précepte qu'ils respectaient. Ils pouvaient négocier des semaines, voire des mois durant, ils pouvaient débattre dans les guildes et les conseils jusqu'au petit matin, mais une fois qu'ils avaient trouvé un accord, ils ne le reniaient jamais. Le rang n'y changeait rien : on tenait parole, même à un pauvre, on payait ses dettes. À tel point que les puissants avaient parfois l'air de s'incliner devant leurs domestiques.

J'ai compris que le Hollandais était l'exact contraire du Russe. Ce que je comprenais moins, c'était que Peter cherche à changer les Russes en Hollandais. C'était impossible : ils étaient de caractères trop différents. Ils étaient aussi différents qu'Amsterdam l'était de Saint-Pétersbourg. L'une et l'autre ville avaient des ponts et des canaux, mais hormis cela, il n'existait pas deux villes plus dissemblables. Russes et Hollandais avaient une tête, deux bras et deux jambes, mais le Seigneur n'avait pas créé de peuples plus opposés.

À la longue, les excursions sur les digues, les chantiers navals, les moulins à papier et à amidon, l'étude des appareils et des boussoles, des établis et des machines fonctionnant à la vapeur ont commencé à me lasser. Je voulais passer plus de temps dans la ville elle-même – elle m'avait paru un peu ennuyeuse et trop ordonnée : des maisons, avec toujours le même nombre de fenêtres, de la pierre grise, de la brique rouge, des ponts à voûtes, l'eau grisâtre des canaux ; on y éprouvait un calme rassurant, mais peut-être trompeur. Et puis j'ai assisté à un miracle : un triste jour de février, les nuages lugubres ont laissé passer la lumière dorée du soleil. Une lumière qui a apporté de la couleur à toute chose : les nuages sont devenus gris bleu, verts, roses ; elle a rehaussé le rouge des briques, parsemé l'eau d'écailles scintillantes, blanchi le plâtre des murs et les coiffes des femmes, noirci les rampes et les cadres des fenêtres, rosi les joues et recouvert de cuivre les cheveux et les cils des passants. De la plus haute tour, ceinte d'une couronne bleue, a retenti un carillon : près d'une centaine de cloches ont joué une mélodie que les orgues les plus raffinés n'auraient pu égaler, elles ont rempli le ciel d'une ville ravivée par la lumière.

Et tandis que résonnait cette musique miraculeuse, comme autant de cloches de cristal au-dessus de l'eau, tout s'est figé : la lumière, les couleurs, les sons, mon cœur. On aurait dit que les cloches jouaient à l'intérieur de moi, dans la petite poche où je conservais l'antidote de mon âme et le souvenir de mes enfants. Le temps s'était arrêté. C'est seulement lorsque l'écho du dernier coup s'est éloigné que les rayons du soleil ont de nouveau disparu derrière le gris des nuages, que la ville a retrouvé son aspect habituel – à nouveau, les rames ont fendu l'eau, les sabots des chevaux ont martelé le sol, et la rue a vibré du bourdonnement des voix.

Mons m'a expliqué que cette mélodie était d'un compositeur de Thuringe, célèbre et très à la mode, un certain Bach. La ville était si riche qu'elle commandait des œuvres aux compositeurs pour que les cloches apportent de la joie aux passants.

Amsterdam sera toujours pour moi de l'or sous la grisaille, du luxe sous la modestie.

Derrière les portes de maisons ordinaires se cachaient des richesses extraordinaires. De l'extérieur, on aurait dit la demeure d'un bourgeois peu dispendieux, mais l'intérieur était une caverne aux trésors. Ils étaient si riches qu'ils avaient besoin de le cacher.

Là-bas, ce n'était pas pour des bibelots qu'on dépensait de l'argent, mais pour des tableaux et des *naturalia* venus du monde entier : des tulipes, des coquillages, des écailles de tortue, de la teinture rouge de cochenille, des cornes d'animaux monstrueux et des minéraux rares. J'ai compris que la soif de Peter pour le monde et pour sa diversité lui venait tout droit de Hollande.

C'était là-bas, et non dans l'orgueilleuse Gdańsk, qu'il fallait acheter des tableaux : il y avait des marchands d'art à chaque coin de rue, qui les vendaient sans faire de manières. Osip Solovyov, le malheureux marchand qu'on avait expulsé de chez lui, avait déjà acheté quelques tableaux pour Peter, dont le plus cher était celui d'un dénommé Rembrandt : David disant adieu à Jonathan, qui m'a fait penser à Alexis Petrovitch. Je ne sais pas si Peter avait jamais étreint son fils comme les deux hommes du tableau s'étreignaient, mais c'était peut-être ce qui leur manquait pour faire la paix et se pardonner l'un à l'autre. Je me demandais si ce tableau, peint sur une planche de bois, rappelait aussi à Peter son premier-né... Peter a acheté des marines – pour ses palais à Strelna, Peterhof et Monplaisir ; il a fait main basse sur toutes les collections de dessins botaniques qu'il trouvait. Ayant appris le décès, dans la misère, d'une célèbre dessinatrice, graveuse et voyageuse, Maria Sybilla Merian, il s'est empressé d'acheter pour une bouchée de pain deux albums de natures mortes à ses héritiers. Il avait eu le temps de voir la vieille dame avant sa mort. C'était une femme qui avait voyagé en Amérique et avait consacré toute sa vie aux plantes, aux larves, aux chenilles, aux papillons et aux insectes ; jamais en Russie une femme n'aurait pu se consacrer à l'étude des vers de terre sans devenir la risée de tous. Nous avons rencontré son élève, la peintre Rachel Ruysch, que je connaissais déjà à cause des bocaux d'horreurs de son père, entassés par Peter à Preobrajenskoïe puis transportés à Saint-Pétersbourg. À Amsterdam, elle n'était pas connue pour les rubans de dentelle dont elle ornait les membres des enfants dans leurs bocaux, mais pour ses toiles aux fleurs magnifiques. Ce n'était pas ce qui intéressait Peter. Une autre artiste avait attiré son attention, Henriëtta van Pee, qui était plus jeune, bien plus avenante et peignait des portraits miniatures sur des plaques d'ivoire. Peter s'est mis en tête non seulement de poser pour elle, mais de la ramener à Saint-Pétersbourg pour qu'elle y travaille. La jolie Henriëtta était une femme rusée : elle avait croisé mon regard derrière l'épaule de Peter, et elle a poliment refusé, en expliquant qu'un portrait en miniature exigerait de Sa Majesté le tsar de Russie au moins vingt séances de pose, de plusieurs heures à la fois. Peter ne disposait d'autant de temps pour aucune femme au monde, et encore moins pour des tableaux si petits.

Oui, Amsterdam était l'exact contraire de notre Saint-Pétersbourg : les femmes s'y occupaient d'artisanat, de science et d'art et, à l'évidence, elles étaient parfois bien plus futées que les hommes, voire que leurs souverains. Elles se tenaient droites, regardaient Peter dans les yeux, prenaient la parole et ne se contentaient pas de répondre aux questions.

Nous avons commandé nos portraits, non pas à Henriëtta van Pee, mais à un autre peintre à la mode, Arnold Boonen, qui nous a représentés sous un jour noble, mais peu ressemblant : il nous a fait la peau très mate, comme des habitants des steppes d'Asie ; avec des visages allongés, étrangers. Le but était probablement de nous embellir, et Peter a aimé ces peintures : sur ce portrait officiel, il paraissait plus jeune, plus mince et il portait sa cuirasse ; les deux grandes toiles ont été dotées de cadres clinquants et savamment sculptés, entièrement dorés à la feuille. Boonen peignait vite, à la différence de cette van Pee.

C'était à croire que mes pensées à la vue du tableau de David et Jonathan avaient convoqué Alexis Petrovitch, car Peter, qui attendait toujours que son fils le rejoigne, a enfin appris qu'il avait fui Saint-Pétersbourg et demandé l'asile à Vienne. Nous naviguions à ce moment-là sur des canaux vers La Haye et Peter s'est mis dans une telle colère que j'ai cru qu'il allait me jeter par-dessus bord.

Ce qui a éveillé ses soupçons, c'est que je n'aie pas eu l'air très surprise. Ni plus affectée que cela par la nouvelle de cette défection. Il a compris que je savais quelque chose. Mais jamais je n'aurais imaginé qu'il me mettrait tout sur le dos.

Il a froissé et roulé en boule la lettre annonçant la fuite d'Alexis. Il l'a jetée sur la table de la cabine, faisant tomber tous les papiers qui s'y trouvaient. Makarov, son secrétaire, s'est évaporé, comme aspiré par le vent. Et Peter m'a prise à la gorge.

« Tu es coupable, tout est ta faute ! »

J'ai cru que j'allais m'évanouir : de stupéfaction, plus que de suffocation.

Mais je ne pouvais le laisser m'étrangler.

J'ai essayé de glisser mes doigts entre les siens et mon cou.

« C'est ta faute, les mauvaises langues rapportent que je veux écarter mon premier-né et confier le trône à notre enfant ! Tu as menacé Euphrosine pour ouvrir la voie à notre Petrouchka – et tu as fait tellement peur à cette stupide roussâtre qu'elle s'est pissé dessus et a convaincu Alexis de fuir ! Une telle bêtise ne lui serait pas venue à l'esprit. Il n'est coupable de rien, et voilà qu'il se cache à Vienne comme un criminel ! Comme si j'étais un monstre ! Quelle honte, devant toute l'Europe ! *Blyad*, Catherine, tout est ta faute ! Tu me crois aveugle, tu crois que je ne vois pas combien tu es avide de pouvoir, comme tu lèches le cul de tous ceux qu'on croise dans les cours. Tu sais si bien te les mettre dans la poche ! Ils sont tous si gentils avec toi ! Tu te vautres dans les honneurs.

Tu crois que je n'ai pas vu que Frédéric et sa reine préféraient te parler à toi plutôt qu'à moi, ton tsar ? Tu crois que je n'ai pas remarqué tes regards torves et pleins de reproches ? Je suis trop simple pour toi ? Je ne sais pas me comporter avec les rois ? Toi oui ? Tu es passée des cuves à linge aux rois, mais tu sais ? Et maintenant, je ne suis plus assez bon pour toi ? Tu prends des grands airs devant tout le monde comme si tu couchais avec un barbare ! Tu as décidé de surpasser ton mari en matière de politesse et de cérémonie ? Tu n'es qu'une buandière, *blyad*, une *portomoïka*, as-tu oublié qui a fait de toi un être humain ? Une dame, une tsarine ? Tu penses que je suis vieux, que je vais tomber malade et mourir, que tu vas pousser Alexis hors du chemin pour l'écarter et diriger à ma place ? »

J'ai commencé à voir des étoiles. Mes doigts n'avaient plus assez de force pour écarter ses mains, serrées autour de mon cou comme la pince d'un forgeron. Ne pouvant plus respirer, je me suis mise à prier dans ma langue maternelle.

Je ne sais pas d'où c'est venu, mais je lui ai donné un coup de genou dans l'aine. Sans réfléchir. Pour lui faire lâcher prise.

Il s'est écroulé sur le sol de la cabine, et s'est recroquevillé en gémissant. C'est là que les convulsions ont commencé.

À cet instant, j'ai compris que Dieu me protégeait. Je me suis signée et je me suis précipitée pour apaiser sa crise.

Comme je l'avais fait des centaines de fois durant notre vie commune. Je lui ai parlé, lui ai caressé la tête et l'ai rasséréné : « *Yei Bogu*, pour l'amour de Dieu, Peter, tu as failli m'étrangler, et je te pardonne, tu as agi sous le coup de la douleur, mais tu connais ton fils, c'est une fichue gangrène, un vilain oiseau, un benêt, il n'a besoin de personne pour se faire du tort ! Je n'y suis pour rien, Peter, pense à ta santé, ne va pas la ruiner pour si peu… De tout cela il ne restera qu'une farine très fine… »

J'ai continué de babiller, jusqu'à ce qu'il se calme. De le caresser, jusqu'à ce qu'il s'apaise ; ses jambes ont cessé de tressauter sur le parquet de la cabine. Il s'est endormi et a ronflé.

Sa tête reposant sur ma poitrine ; les veines de ses tempes cessant peu à peu de palpiter ; le rouge refluant de ses joues ; un filet de salive s'échappant du coin de ses lèvres. Un portrait qui n'avait rien d'officiel, mais un portrait tout de même. Indestructible – il est demeuré intact dans mon souvenir.

Quelques minutes avant, il voulait m'étrangler, à ce moment c'était moi qui aurais pu l'achever…

Je ne pouvais pas pleurer. Je craignais que mes sanglots ne fassent trembler ma poitrine et ne le réveillent.

La vérité était très simple – quand Peter n'arrivait pas à ses fins, le coupable était toujours celui qui se trouvait le plus près de lui. La boisson ne l'aidait certainement pas à y voir clair. Son esprit s'embrouillait. Ses altérations revenaient désormais bien plus souvent que les jours de calme.

Et il n'arrivait pas à ses fins – son alliance militaire vacillait, le roi d'Angleterre refusait de le voir tant qu'il n'aurait pas retiré son armée du Mecklembourg. Les Anglais n'avaient pas l'intention de céder la mer Baltique aux Russes. Même moi, avec ma cervelle de baba, je comprenais cela. Les Hollandais ne l'aideraient pas à affronter les Suédois. Il lui faudrait tenter de rallier les Français à sa cause, et conclure une alliance avec eux. Et puis, peut-être qu'au fond de son cœur, il regrettait le petit Pavloucha… Tous ces soucis et ces revers avaient embrumé son esprit…

J'ai obtenu de jeter l'ancre quelque part près de Leiden, pour que nous puissions nous reposer sur la rive sans être ballottés par les vagues.

Peter, à son réveil, s'est comporté comme si de rien n'était – il ne se souvenait plus du coup que je lui avais porté. À La Haye nous avons été accueillis avec les honneurs et les salves des canons. Heureusement, il faisait déjà sombre, et les bleus autour de mon cou étaient dissimulés par mon collier de perles. Nous nous sommes installés chez notre envoyé Kourakine, dans la grande avenue bordée d'arbres où se trouvaient uniquement des palais et les demeures des envoyés éclairées par des flambeaux ; je n'avais jamais vu rien de tel, une rue qui ressemblait à l'allée du plus magnifique des parcs. C'était rassurant d'habiter chez l'un des nôtres, et de savoir que personne n'exigerait de Peter qu'il rembourse les dégâts après notre départ.

À La Haye, nous avons dû de nouveau poser pour un portrait par le peintre le plus célèbre de la ville, Carel de Moor, un homme d'un âge respectable qui dirigeait la guilde des peintres de la ville. Je n'en avais aucune envie, je n'étais pas encore remise de l'accouchement, de ma maladie ni de mon empoignement avec Peter. J'aurais voulu qu'on me peigne lorsque j'étais fraîche, jeune et belle. Au lieu de cela, c'est quand on se sent le plus mal et fatiguée que l'on a le plus besoin de votre portrait. Un supplice. Mais Moor, à l'évidence, était un expert dans son domaine, et plus encore, dans sa perception des êtres humains. Il était calme, digne et sûr de lui : à tel point qu'il a su dompter Peter qui se levait de sa chaise tous les quarts d'heure pour aller regarder derrière l'épaule du peintre et lui demander pourquoi il appliquait la couleur de telle ou telle façon. Au bout d'un moment, le maître Moor a posé sa palette et son pinceau et a calmement proposé à Sa Majesté d'achever lui-même son portrait, car il était, lui, incapable de travailler ainsi.

Ce jour-là, Peter était de bonne humeur, il n'est rien arrivé au peintre : il n'a reçu aucun coup de bâton. Le tsar de Russie s'est contenté de rire, s'est rassis et le maître Moor a pu reprendre son ouvrage.

Puis ç'a été mon tour. Moor voulait me peindre comme Peter – en toute simplicité, pour qu'on devine mon pouvoir à mon maintien et non pas à ma toilette ou à ma parure. Le ruban de l'ordre de Sainte-Catherine pour seul joyau. Et ma cape bordée d'hermine, attachée par une broche. Dans le coffret à bijoux apporté par Mary et Anissia, il a fait son choix : l'aigrette offerte par Alexandre, avec les diamants et les topazes bleus. Il a demandé à Mary de la piquer dans mes cheveux en disant que cela irait avec les motifs de myosotis de ma robe. Il me regardait comme s'il me connaissait, j'en étais un peu troublée. Je ne sais pas ce qui m'a pris de lui raconter que je me sentais très fatiguée, épuisée par la maladie ; il devait déjà savoir que nous avions perdu un enfant quelques mois auparavant, durant le voyage – la nouvelle n'avait pas seulement circulé en Hollande, mais dans toute l'Europe.

Le peintre a posé sur moi un regard attentif et, de ce que j'ai pu en comprendre, m'a répondu qu'il ne voyait aucune beauté dans les diamants ou les couronnes, ni dans les jeunes visages enjoués, mais qu'il la percevait à cet instant, si bien que mon portrait serait l'un de ses plus réussis.

On pouvait voir, à son expression, qu'il s'appliquait. Il était tellement absorbé par son travail qu'à un moment il a commencé à croquer dans une pomme, ce qui était un grave manquement à la politesse.

Quand il a enfin terminé son œuvre, c'était bien moi. Pas celle que j'avais l'habitude de voir dans le miroir, mais moi. Pas embellie, mon Dieu, vraiment pas, plus très jeune, mais bien une souveraine. Je n'avais jamais soupçonné qu'il y avait tant de sagesse dans mon regard. Je portais ma décoration et mon hermine – mais j'étais comme nue. Le pouvoir nu, qui n'a plus besoin de beauté parce qu'il a bien mieux que cela : la sagesse, l'expérience et la force. Peter aussi avait été peint tel qu'il était. Pas le Peter des pièces de monnaie, le vrai Peter, celui de la vraie vie. Sur le portrait, les yeux de Peter étaient ses véritables yeux : noirs, impénétrables, sans que l'on sache s'ils brillaient de bonté ou de cruauté.

La réponse m'a été apportée par Peter lui-même : il m'a annoncé qu'il continuerait le voyage seul, que je ne l'accompagnerais pas à Paris. Les Français avaient soi-disant déclaré que mon ascendance ferait des remous à la cour du roi. Il y allait pour conclure une alliance avec les Français contre les Suédois, et j'ai dû me soumettre aux règles de bienséance.

À nouveau, la vérité était peut-être plus simple : Peter voulait se rendre seul à Paris. Pour que je ne me mette pas en travers de son chemin, que je ne râle pas quand il lamperait du vin français, que je ne l'empêche pas de trousser les putains françaises. Peut-être me punissait-il aussi pour ce qu'il avait commencé à me reprocher quand il avait failli m'étrangler sur le bateau : d'être devenue son égale et de recevoir parfois plus d'égards des autres souverains que lui.

Mon portrait peint par Carel de Moor lui a tant déplu qu'il l'a laissé à Kourakine : il a dit qu'il était d'une facture trop neuve, trop dépouillée ; que je ressemblais à un homme ; il enverrait un peintre de France qui en ferait un plus joli. Sa propre image l'a ravi, il a dit : « C'est bien ma trogne, une bonne *kharia*, dommage qu'elle soit déjà si vieille. »

Mary Hamilton, Willem Mons, Anissia et tous mes courtisans, en apprenant la nouvelle – que nous n'irions pas à Paris – erraient comme des âmes en peine, comme s'ils avaient perdu père et mère ; seule Anastasia Golitsyna, comme à son habitude, titubait d'ivresse. Je ne devais pas leur montrer que j'étais blessée, ni les laisser penser que c'était pour Peter une façon de me punir. J'ai dit à tous, calmement, que c'était à cause de ma santé. Que je ne m'étais pas encore remise après l'accouchement à Wesel.

Je voulais leur montrer le même visage que celui que j'arborais sur le portrait de Moor : puissant et sage. Même si j'avais une boule dans la gorge : toutes ces auberges, ce long voyage, marqué par les maladies et les souffrances, puis être aux portes de Paris et les voir se refermer. Je ne connaîtrais pas Paris. Peter m'avait signifié que c'était lui l'homme, le souverain, le supérieur.

À La Haye, avant le voyage à Paris, Peter avait commandé une somptueuse robe de chambre et un caftan bleu ciel encore plus précieux, brodé d'or et aux boutons en diamants. Le tailleur m'a dit qu'il n'existait que deux exemplaires de cette précieuse chose au monde : l'un appartenait à Sa Majesté le tsar de Russie, l'autre au roi de Pologne. De rage, j'en ai commandé un troisième et j'ai ordonné de l'envoyer – en cachette – à Saint-Pétersbourg, pour le Sérénissime, le prince Menchikov, gouverneur général.

Durant son voyage, Peter a fait comme si de rien n'était : je recevais à La Haye des lettres affectueuses avec ses impressions, disant même que je lui manquais. Il pensait à moi : de Bruxelles, il m'a fait parvenir une magnifique dentelle brodée des initiales de nos deux prénoms. Comme promis, il a fait envoyer un peintre d'un genre très différent : M. Nattier, ventru, imbu de lui-même et bavard. Il a passé une demi-journée à me choisir un diadème, ce portrait devait être dans le goût russe ; au diadème s'ajoutaient la couronne, et le sceptre, et les rubis, et les perles, les diamants, l'hermine, la dentelle de Bruxelles, la robe en brocart argenté, et la cape avec les aigles bicéphales ; les rides effacées, les joues rosies, la taille affinée, les traits du visage lissés.

J'y étais représentée tout autrement, à la mode française peut-être... Je ne sais pas, je ne suis pas allée à Paris. Un vrai chou à la crème, ou une porcelaine. Le portrait a beaucoup plu à Peter quand il l'a vu, il a dit : Je te retrouve telle que je t'aime. Charmante, douce, impériale et enjouée à la fois, avec ces seins dans lesquels je n'ai qu'une envie, c'est de me blottir.

Moi, il ne m'a pas beaucoup plu. J'ai pensé que tant qu'à m'embellir, il aurait pu le faire davantage.

Seigneur, quelle idiote... Je donnerais cher maintenant pour ressembler au portrait d'alors, d'il y a dix ans. À l'époque, je ne me plaisais pas... Quelle *doura* j'étais.

Si j'avais présagé des ravages du temps... Si j'avais su que, passé un certain âge, cela va de mal en pis. Je me serais réjouie de ce que j'avais.

Désormais, il est trop tard, je ne veux même plus me regarder dans le miroir.

4

Non, il n'est pas trop tard, ce ne sont que quatre heures qui sonnent.

Mais il fait déjà sombre, sans doute à cause de l'orage.

Sombre. Votre Majesté est sombre.

C'était à Berlin, je vois son petit visage, le visage de cette petite princesse prussienne, Wilhelmine, légèrement déformé par ce mépris poli, candide, que seule une fillette peut éprouver à l'égard d'une femme plus âgée. Une envie d'humilier – en s'en prenant à la beauté qui se fane inexorablement. Tu es vieille, je suis jeune ! Une envie de se venger. Du comportement de Peter. Puisque je ne peux pas l'atteindre lui, je me vengerai sur toi.

Elle devait avoir huit ans, le même âge que ma Liza à l'époque. Elle avait encore les joues charnues d'une enfant, mais elle savait, par les courtisans et par ses parents, qu'elle deviendrait très belle. Ses yeux étaient bleus, ses cheveux dorés, ses traits réguliers, sa peau lumineuse comme seule peut l'être celle d'une enfant à cet âge-là. Quelle beauté, cette Wilhelmine, la fille du roi de Prusse. Ça n'a pas échappé à Peter, quand nous

nous sommes arrêtés à la cour de Berlin sur le chemin du retour vers la Russie : il l'a reconnue, l'a prise dans ses bras, l'a soulevée et l'a couverte de baisers. Mon Dieu, comme elle a hurlé, cette petite Wilhelmine, comme elle a frappé le visage de Peter avec ses mains, bourré son ventre de coups de pied, comme elle se débattait et hurlait – Veux pas être cajolée par des étrangers, t'es repoussant, tu pues, tes baisers me dégoûtent, lâche-moi sur-le-champ. Quand Peter a reposé cette petite Hohenzollern en riant, et que le roi et la reine de Prusse ont poliment fait comme si de rien n'était, la petite princesse ébourriffée a planté son regard sur moi en passant et a dit : Votre Majesté est sombre. *Dunkle.* Elle avait tout casé en un seul mot : basanée, hâlée, louche, ignoble, ignare et grossière.

Ce petit bout avait su m'humilier avec une politesse irréprochable.

J'espère que la princesse prussienne Wilhelmine von Hohenzollern a attrapé la variole, et si ce n'est pas fait, qu'elle l'attrapera.

Non, je retire mes mots. Je ne souhaite de mal à personne. Pas même à elle, pour ce dédain d'enfant, plus blessant qu'un coup de couteau.

C'était surtout la faute de Peter : pourquoi l'a-t-il attrapée comme ça ? C'est à moi que cette enfant l'a fait payer. Peter s'en moquait bien – rien ne l'empêchait d'attraper et de taquiner les enfants des autres s'il en avait envie. À Paris, il avait même attrapé le jeune roi de sept ans, Louis XV. Il l'avait soulevé dans ses bras et embrassé. Le pope Bitka et le petit Noir Hannibal ont raconté qu'ils avaient cru que la cour de France allait se chier dessus ou s'évanouir, et notre envoyé Kourakine tomber en apoplexie. Il fallait voir leurs têtes. Peter m'avait aussi écrit, dans une lettre de Paris, que le petit roi lui avait rendu visite, qu'il mesurait à peine deux doigts de plus que notre nain, mais qu'il était assez intelligent pour son âge.

Peter devait penser qu'un enfant n'était pas encore tout à fait un être humain, mais un jouet avec lequel on s'amusait. Peu importait qu'il soit le souverain légitime d'un autre pays. Il ne pensait sûrement pas à mal, il était simple et sincère, comme il l'était d'ordinaire en Russie.

Mais Wilhelmine de Prusse a giflé Peter et l'a bourré de coups, contrairement au roi français, trop poli pour cela. Une effrontée, ai-je pensé.

Les petites filles, à l'aube de leur puberté, sont parfois plus courageuses que les femmes au crépuscule de leur vie.

Car que reste-t-il d'une femme, une fois défraîchie, quand elle n'est plus féconde et se fane ? Qu'en reste-t-il, aussi grande et noble soit-elle ?

D'après Peter, rien. Il racontait qu'à Paris, il avait cherché à rendre visite à la compagne du défunt roi Louis XIV, Mme de Maintenon, dont on murmurait dans toute la cour qu'il l'avait épousée en secret, célèbre pour sa beauté, sa sagesse, sa dévotion et son charme si grand qu'après elle le roi n'avait plus cherché aucune maîtresse et qu'il disait qu'un seul regard, un seul mot, un seul effleurement de sa main lui importait plus qu'une nuit entière passée avec la plus fraîche des beautés de la cour. Peter racontait que lors de son séjour à Versailles, le régent français, voulant témoigner son respect au tsar de Russie, lui avait alloué les appartements du Trianon dans lesquels avait autrefois vécu cette dévote Françoise de Maintenon, et où le roi Louis avait passé tant de temps. Il disait que ces chambres étaient luxueuses, tendues des plus magnifiques et coûteuses soies lyonnaises, rouges, jaunes et vertes, mais trop chargées de croix, de prie-Dieu, de reliques et de tableaux saints, si bien qu'il avait décidé de s'y amuser un peu avec sa délégation russe : ils avaient fait venir de Paris des putains et les avaient laissées grimper comme des chattes le long des rideaux de brocart, se balancer aux lustres de cristal, avant de les trousser sur tous ces prie-Dieu afin de désacraliser ces appartements qui ressemblaient plus à une chapelle. Il disait aussi que le *Kammerdiener* du défunt roi de France, un certain Blouin, apprenant cela, avait éclaté en sanglots, comme si les Russes avaient profané une tombe. Malgré tout, Peter, curieux de voir cette femme qui avait été pendant tant d'années la maîtresse, la favorite, l'épouse du plus grand monarque d'Europe, celui ayant eu le plus long règne, s'était rendu au domaine de Saint-Cyr, où elle avait fondé une maison d'éducation pour jeunes filles nobles et où elle attendait la fin de ses jours, car elle avait déjà quatre-vingt-deux ans. Une véritable légende. Elle avait dû, à son époque, être une beauté exceptionnelle, une dame extraordinaire.

Quand Peter est arrivé à Saint-Cyr, Mme de Maintenon a refusé de le recevoir, prétextant qu'elle était souffrante. Mais on ne dit pas non au tsar. Ignorant les protestations de ses courtisans qu'il a écartés de son passage, il s'est introduit dans sa chambre à coucher plongée dans l'obscurité, car s'il faisait encore jour en cette paisible soirée d'un printemps tardif, tous les rideaux étaient tirés – aussi bien ceux des fenêtres que ceux de son alcôve, à peine entrouverts. Peter me racontait cela allongé au lit à côté de moi. Il me racontait qu'il s'était posté au pied du lit de la Maintenon et avait demandé, avec l'aide de Kourakine : « Alors, de quoi souffrez-vous, madame ? » Un filet de voix venu de derrière les rideaux lui a répondu : « D'une grande vieillesse. » Et Kourakine lui a traduit : « Elle dit qu'elle souffre d'une grande vieillesse, qu'elle est déjà une *staroukha.* » Sur quoi Peter a écarté d'un coup les rideaux du lit. Il m'a raconté qu'il l'avait vue allongée là, telle une momie flétrie sous une coiffe de dentelle, une rognure qui n'avait plus rien de la beauté inouïe entre les jambes de laquelle aimait s'agenouiller le roi. « Si je m'attendais à ça, Catherine ! Seuls ses yeux noirs brillaient entre les rides ; impossible de savoir si c'était de colère ou de tristesse, mais ils scintillaient comme des cafards. » Il était resté assis là un moment, à la regarder droit dans les yeux avec mépris, puis il avait crié « Ha ! » pour lui signifier qu'on ne refusait rien au tsar russe et il était sorti.

Que reste-t-il d'une femme rattrapée par la vieillesse, aussi grande et noble soit-elle ?

Si j'en croyais le récit de Peter, il ne lui restait que ses yeux. Bon sang, mieux vaut ne jamais être affectée de la cataracte.

Peter a également raconté qu'il avait vu à Paris un médecin anglais opérer un patient de la cataracte : à peine lui avait-il percé l'œil avec une aiguille que le vieux de soixante-cinq ans avait retrouvé la vue. Peter avait sommé l'Anglais de former un étudiant russe qui puisse répéter cette opération chez nous. Ses lettres parlaient de tout ce qu'il avait acheté, des joyaux, de la manufacture des Gobelins, où l'on tissait des tapis. Il se réjouissait d'avoir reçu en cadeau les plans des jardins de Versailles et de Marly, qu'il rapportait à Saint-Pétersbourg, pour faire encore mieux ! Il se plaignait que je lui manquais, disait qu'il avait hâte que l'on se voie, pourtant il ne se pressait pas de me rejoindre. Le mois de mai s'est achevé, il a passé son anniversaire à Paris, sa fête aussi, tandis que je l'attendais toujours en Hollande... Mais seules ses lettres arrivaient avec ses impressions et ses apostilles disant qu'il s'ennuyait de moi.

Je n'en croyais pas un mot – c'était lui qui m'avait interdit de me rendre à Paris. Tout en moi me criait que Peter me trompait.

Que m'aurait dit Alexandre ? Catherine, cesse tes crises de jalousie, *blyad* !

Quand tout allait vraiment mal, il me disait d'en rire. Le rire est à la fois la meilleure défense et la meilleure arme : tant que tu riras, personne n'aura de prise sur toi !

J'ai envoyé deux chemises à Peter ; dans ma lettre, j'ai écrit pour plaisanter qu'il n'en avait peut-être plus de propres et lui ai demandé s'il s'était trouvé de nouvelles *portomoïki*.

J'ai reçu sa réponse : les *portomoïki* étaient chez Chafirov, qui ne savait plus où donner de la tête avec ces Françaises, mais lui était vieux et ne pensait plus à cela. D'ailleurs, après Paris, il comptait se rendre à Spa, boire les eaux curatives qui faisaient la réputation du lieu depuis des siècles.

De Spa, il m'a envoyé un cadeau : sa putain française qu'il avait fini par trouver à Paris. Il écrivait qu'il était las des vins français, que les docteurs à Spa lui avaient à nouveau interdit la vodka, tout comme les plaisirs de la chair, et que ne sachant pas se retenir il confiait sa maîtresse aux bons soins de ma cour.

Je n'ai pas daigné la regarder. J'ai ordonné qu'on la tienne le plus loin possible de mes yeux.

Johanna l'a évaluée – d'égale à égale. Elle a rapporté en fronçant le nez que c'était une véritable Française, du visage maquillé jusqu'au parfum, des orteils jusqu'à la perruque à la dernière mode – tout chez elle était très français, même le mal dont elle souffrait.

Je ne sais pas si elle disait vrai, je n'ai pas vérifié. Mais j'ai écrit à Peter que s'il l'avait congédiée, ce n'était peut-être pas pour se retenir, mais parce qu'elle était malade, elle était arrivée chez nous souffrante, et j'espérais qu'il n'avait pas lui-même contracté cet horrible mal français. Je lui ai fait parvenir de la vodka et du vin. J'ai ajouté qu'il me manquait, que s'il avait été à mes côtés, je ne doutais pas que nous aurions conçu un nouveau Chichetchka. Et j'ai renvoyé la Française en France.

Après avoir expédié cette lettre, j'ai ri. J'ai ri, comme Alexandre me l'avait autrefois ordonné. J'ai ri pour ne laisser personne avoir de prise sur moi. Ensuite, je me suis enivrée. Par chance, j'avais la Balkcha et Mary à mes côtés pour me tenir compagnie. Tous les soirs, nous buvions ensemble parfois jusqu'à trois heures du matin, jusqu'à ce que je m'endorme. La Balkcha et Mary installaient leurs matelas par terre dans ma chambre, je les voulais près de moi, pour éviter qu'une inquiétude immense, inexplicable, déchirante s'empare de moi. Le lendemain, dès le réveil, je rendais visite aux marchands dans leurs échoppes. Jamais je n'avais fait autant d'achats : des robes, des tissus, des chaussures, des bijoux, des miroirs, des tableaux et des onguents pour préserver ma beauté. Parfois je m'inquiétais de savoir comment j'allais rapporter toutes ces choses à Saint-Pétersbourg, mais Mons me rassurait – nous les enverrions en plusieurs fois.

J'ai enfin revu Peter début août. Comme il l'avait ordonné, j'étais revenue à Amsterdam, mais je ne pouvais plus habiter chez Solovyov, dans son palais sur le Herengracht avec son aigle de pierre – après notre dernière visite, on aurait dit une étable en ruine. J'ai séjourné dans sa résidence d'été, dans une jolie forêt à Haarlemmerhout, où les nobles d'Amsterdam avaient leurs maisons. Avec Willem Mons, nous avions promis à Osip que la sienne serait entre de bonnes mains : mes courtisans à moi étaient plus soigneux.

Quand Peter est arrivé, il y a passé deux jours pendant lesquels je ne l'ai pas laissé sortir du lit. Nous avons commencé par nous pinter bien comme il faut – il était assoiffé après sa cure à Spa, et moi assoiffée de distractions ; et puis j'avais besoin d'apaiser toute la colère que j'avais accumulée en l'attendant. Si je n'avais pas bu, je n'aurais pas pu m'acquitter de mon devoir conjugal, après cette Française.

Je lui avais manqué, il n'a même pas mentionné sa catin, peut-être craignait-il d'avoir contracté sa maladie ; mais ses docteurs m'avaient assuré que ce n'était pas le cas. Il avait besoin de chaleur, de réconfort ; de ce qui lui était habituel et familier. Il était redevenu mon capitaine. Il m'a couverte de cadeaux de Paris, de baisers ; il me parlait jusqu'à l'aube, s'endormait contre ma poitrine. Il était doux, comme un baume.

Il m'a confié qu'il avait lancé les recherches pour retrouver Alexis Petrovitch et sauver l'honneur de la Russie vis-à-vis de l'Europe. Il avait envoyé son ambassadeur, Piotr Tolstoï, et son conseiller, Alexandre Roumiantsev, à Vienne, en exigeant de l'empereur qu'il leur remette le tsarévitch, mais il s'est avéré qu'Alexis Petrovitch et Euphrosine étaient déjà à Naples.

En regardant les poutres au plafond, dans la résidence de Solovyov, j'ai dit à Peter : « Que Tolstoï parle à Euphrosine. Elle seule peut ramener Alexis en Russie. Que Tolstoï lui transmette l'ordre de la tsarine de rentrer à la maison. »

C'est tout ce que j'ai dit. Rien de plus. Je l'ai dit parce que je savais que c'était vrai. J'avais vu comment Alexis la regardait… C'est tout ce que j'ai dit. Quel mal y avait-il à cela ? Est-ce que j'aurais pu savoir comment ça finirait ?

Si l'on savait toujours comment ça finit, il y a beaucoup de choses qu'on ne dirait pas et qu'on ne ferait pas. Si seulement on savait…

Comme le pauvre Mons avait l'habitude de dire avec son expression de grande mélancolie : « Les voyages sont ainsi faits qu'on n'en revient jamais le même. »

C'est certain. Au départ, on ne sait encore rien. C'est au retour qu'on sait des choses. Je savais que nous ne pourrions pas résider dans les mêmes endroits où nous avions logé à l'aller, puisqu'ils étaient en ruine. C'est pourquoi nous avons passé la nuit aux portes d'Amsterdam, chez le marchand Brandt, celui de la maison de poupée que Peter n'a jamais pu acheter. Au lieu de cela, il avait acquis pour trente mille florins, à la condition que tout cela ne se retrouve pas dans notre maison, l'immense collection de Frederic Ruysch de membres et d'horreurs marinés. Il pourrait mettre cela où il voudrait, mais ailleurs que dans notre maison. Qu'il construise un pavillon séparé pour ces nouvelles monstruosités, j'étais déjà assez effrayée comme ça en passant devant les vitrines installées dans notre palais d'Été. Moi, je suis repartie avec un tableau de la fille de Ruysch que Mons a pris soin de cacher dans le convoi, représentant des fleurs avec un ver de terre égaré sur une feuille. Ce ver avait son importance : après l'avoir aperçu entre les roses et les fleurs les plus magnifiques, on remarquait aussi une mouche, des pucerons, de la pourriture, des feuilles rongées et quelques pétales fanés. Ce ver rappelait l'implacable vérité : entre les roses et les tulipes les plus somptueuses, une impureté s'immisce toujours, une douleur invisible ronge toujours la meilleure des vies. Ces fleurs, il me les fallait à tout prix. J'ai acheté le tableau en secret, ce qui était encore plus délectable. Durant tous ces mois solitaires, loin de Peter, j'avais perdu l'habitude de lui demander sa permission, l'argent accumulé chez les banquiers me conférant de l'audace. Je continuais d'apprendre à me taire, à ravaler les questions et les paroles qui n'auraient rien changé et ne pouvaient m'attirer que des malheurs.

En nous arrêtant à Wesel, sur le chemin du retour, ni Peter ni moi n'avons parlé de Pavloucha, ou de ce qui s'était passé dans cette ville.

Un voyage retour n'est jamais le même qu'un voyage aller.

Néanmoins, beaucoup de choses vous deviennent familières. En approchant de Berlin, et en apprenant par Mons, qui lui-même le tenait des *Kammerjunker* royaux, que le roi de Prusse mettait à l'abri les plus beaux meubles et objets du palais de Monbijou, où nous devions résider, je n'ai ressenti aucune gêne, cela m'a seulement amusée. Avant de repartir, Peter et ses compagnons de beuverie ont fait du petit bois de ce que les courtisans prussiens n'avaient pas caché.

Je ne ressentais plus de honte, c'est à peine si j'ai eu honte lorsque, à Berlin, Peter, en voyant la plus précieuse sculpture du roi de Prusse, le dieu romain Priape – nu, grimaçant et avec un formidable *khouï* en érection –, m'a sommée, devant tout le monde, devant Sa Majesté le roi et sa reine, devant leurs nombreux enfants, parmi lesquels l'insolente Wilhelmine, d'y grimper, et d'embrasser cette idole en marbre sur la bouche ; de l'embrasser sur les lèvres et de branler sa queue, son *Schwantz* en marbre. Je n'ai éprouvé que quelques instants d'humiliation, je lui ai murmuré à l'oreille, en russe, de ne pas me faire ça, mais il a dit tout fort en allemand, devant tout le monde, que si je n'obtempérais pas, on me couperait la tête. Il voulait montrer sa supériorité, rien de plus ; si ce n'est qu'il avait bu comme un trou quelques jours auparavant. Je n'ai eu honte qu'un court instant, en embrassant et en caressant ce vieux marbre un peu jauni… J'ai pensé que la statue était millénaire et avait vu bien pire – elle se remettrait de la brève humiliation de la tsarine. Ces moments-là passaient, de toute façon. Si Dieu le voulait, je ne reverrais jamais la famille royale de Prusse.

Peter riait. Me rappelant le conseil donné par Alexandre, j'ai ri, moi aussi. Le roi de Prusse, sa famille et ses courtisans ont à leur tour ri poliment. Seule la petite Wilhelmine me regardait, les yeux écarquillés d'horreur.

Ce qui m'a le plus humiliée, ce sont les mots de Wilhelmine. *Dunkle*. Sombre, sale, commune.

Je me demande toutefois si le plus douloureux n'est pas de s'apercevoir qu'on a perdu le courage de hurler et de se débattre, contrairement à cette petite princesse qui n'avait pas encore goûté à la vie.

Plus on vit, plus on s'élève et plus la chute est dure. Plus il faut s'armer de courage. Garder le silence. Être plus silencieuse que l'eau et plus basse que l'herbe.

Les voyages sont ainsi faits qu'on n'en revient jamais la même – celui-là m'a guérie de mon sentiment de honte. Et de la conviction vaine qu'à force de volonté, je réussirais à nous faire une petite place en Europe. Cette asssurance que notre luxe et notre politesse allaient faire forte impression. À la fin du voyage, tout cela n'avait plus grande importance. Pas de doute, nous avons fait forte impression, nous avons dépensé beaucoup d'argent et laissé la trace de notre passage : longtemps après, on pourchassait encore les ambassadeurs de Peter avec des factures fabuleuses pour les palais dévastés en Prusse, au Danemark, en Hollande. Mais ce qui inquiétait le plus tous ces pays, c'était l'armée russe que nous laissions au Mecklembourg.

D'autant que Peter avait conclu un accord avec les Français à Amsterdam : la France s'engageait à arbitrer la paix entre les Russes et les Suédois, et à diminuer les subsides du roi de Suède. La paix et la fin de la guerre étaient dans l'air. Le voyage en France de Peter avait presque été un succès. Il avait seulement échoué à marier Lizenka à ce roi de France, âgé de sept ans... Il a dit qu'à cause de mon ascendance, les Français n'avaient même pas envisagé une telle alliance. Mais allez savoir. Peut-être qu'après avoir fait connaissance avec Peter, les Français ont décidé qu'il était encore trop tôt pour se lier avec cet homme mi-éclairé, mi-scythe. Allez donc savoir. Je n'étais pas à Paris pour le vérifier...

Le retour a été plus rapide que l'aller ; nous passions par des lieux qui m'étaient familiers. Plus vite, car il n'y avait plus ni attente ni espoir. Berlin, Danzig, Stutthof et, de là, le bateau pour Königsberg. Un soir à Memel, le lendemain à Palanga ; Mitau, Riga, Revel. Peter en tête, à vive allure ; je suivais, plus lentement, avec tous mes achats.

Nous sommes arrivés à Saint-Pétersbourg par une fin de soirée d'octobre, en même temps que tombaient sur la ville de gros flocons mouillés. J'ai versé une larme – c'était infiniment bon d'être chez soi, d'apercevoir les lumières des palais, leurs reflets dans l'eau glacée, et de sentir sur mon visage ces gros flocons de neige – presque comme lorsque, dix ans auparavant, Peter m'avait fait sa demande en mariage sur le pont Saint-Jean...

Mais la neige n'est jamais la même, pas plus que l'homme après un voyage.

C'est en voyant mes enfants, surtout Petrouchka Petrovitch, que j'ai compris combien ce voyage avait été grand et long, combien j'étais fatiguée. J'avais laissé un nourrisson de trois mois, à peine sevré, et retrouvais un garçonnet qui avait bientôt deux ans et déjà quelques dents. Un garçonnet à la tignasse blonde, assis sur un petit cheval de race islandaise, qui brandissait son épée en essayant de réciter un compliment écrit par Théophane Prokopovitch pour Peter et moi : il balbutiait plutôt, tandis que Théophane, derrière lui, déclamait les paroles ; ensuite est venu le tour d'Alexandre Alexandrovitch Menchikov, tout aussi apprêté, le fils du Sérénissime et de Daria, âgé d'à peine un an de plus, de nous saluer d'un discours appris en français. Les deux ont été applaudis à tout rompre, tellement ils étaient adorables... Anouchka et Lizetta étaient revêtues de robes à la mode espagnole et semblaient sortir tout droit d'un conte de fées : elles énervaient le petit Sacha Menchikov, car elles étaient plus âgées et parlaient mieux français que lui.

On est surpris de voir comme les enfants des autres grandissent vite. Je voyais comme les miens avaient grandi en notre absence... Mon cœur s'est serré quand Chichetchka ne m'a pas reconnue. Comment aurait-il pu ? Avant mon départ, je n'avais été pour lui qu'une voix, un sein, une sensation de chaleur... Peter a serré son fils contre sa poitrine et l'a lancé dans les airs, moi je l'ai couvert de baisers. Anouchka a accouru et s'est blottie contre moi en criant : « Maman ! » ; et Lizetta : « Matouchka, que m'as-tu apporté comme cadeau ? »

Il y a eu des larmes de joie, des baisers, des cadeaux et des souvenirs de voyage ; Petrouchka a reçu un plumier en jaspe de la part de son père. Dès lors, chaque jour, j'ai passé le plus de temps possible avec mes enfants, Peter jouait avec eux, tout comme Alexandre, fier d'avoir, sous son aile, gardé les filles et Chichetchka en bonne santé et veillé à leur éducation. « J'ai une bibliothèque de mille livres, s'enorgueillissait Alexandre, ajoutant immédiatement : Ce n'est pas pour moi, *mein Herz*, ce n'est pas pour moi, mais pour nos enfants ! » Il avait acheté tant de livres pour eux, et il avait engagé des professeurs pour leur enseigner l'allemand, l'italien et le français.

J'avais eu raison de lui laisser nos enfants l'esprit tranquille.

Mais ils avaient tellement grandi pendant ces deux années…

Une lourde culpabilité m'envahissait quand je les regardais… et un couteau s'enfonçait dans mon cœur chaque fois que Chichetchka, appelé auprès de sa matouchka, courait se blottir contre la nourrice ou contre Daria… J'ai presque commencé à exécrer Daria, qui n'y était pour rien. Mais elle avait déjà Alexandre, et maintenant même mon fils courait d'abord vers elle.

Alexandre et moi avons pu parler un peu plus le 24 novembre, lors de la Sainte-Catherine et de la grande fête qui a eu lieu en présence des sénateurs et des généraux, avec des feux d'artifice et des pétards, et une promenade nocturne en bateau sur la Neva.

Pendant que les roues de Catherine tournoyaient en explosant dans le ciel, tandis que tous criaient en admirant les lumières dans la nuit, il a choisi son moment pour porter un toast en silence et trinquer avec moi.

Des feux d'artifice, il y en avait déjà eu, à Moscou, quand Peter avait dit : « Attends-moi, ne t'endors pas. » Ceux du mariage d'Alexandre à Kiev, qui avaient empêché notre baiser. Ceux qui ont inscrit dans le ciel « Unis par l'amour » et « Espoir et patience », d'autres plus modestes dans les pays étrangers… Mais ce soir-là, les roues, les feux d'artifice, les pétards éclataient sans discontinuer. Soudain j'ai senti le parfum de sa perruque – Alexandre se trouvait à mes côtés avec un verre de champagne, il me demandait dans un murmure, comment vas-tu Catherine, après ce voyage ?

Les feux d'artifice, tout comme la neige et les gens, n'étaient jamais les mêmes. Tout dépendait du moment en question. Il arrivait que la vue d'un flocon de neige en train de fondre, d'une étincelle dans le ciel, vous atteigne en plein cœur. Ce flocon ou cette étincelle, c'est vous, non seulement vous êtes de passage, mais vous n'êtes qu'un instant.

J'ai pris conscience des nombreux feux d'artifice que j'avais vus dans ma vie. De toutes les choses que j'avais connues… Conscience que j'avais vécu plus de la moitié du temps qui m'était imparti… et que je vivais désormais non pas pour moi, mais pour l'avenir de mes enfants.

Nous avions appris, Alexandre et moi, qu'il était plus prudent de parler quand il y avait du bruit autour de nous. Le palais d'Été, celui d'Hiver et tous les autres, même les arbres et les buissons des parcs avaient des oreilles.

J'ai haussé les épaules et levé les yeux au ciel. Une réponse que personne ne pouvait entendre.

« Catherine, maintenant tu ne dois penser qu'à toi. Et à tes enfants. Ça me désole d'avoir à te le dire, mais Chichetchka est faible, il est trop souvent malade, tu dois le protéger. » Alexandre a lancé un regard en direction de Peter, ivre, qui s'amusait : à son bras déambulait Machka Matveïeva, une fille de dix-huit ans aux joues rouges, fille d'Andreï Matveïev, notre ancien envoyé à Vienne, et petite cousine de Mary. Mais à la différence de Hamilton, cette Machka, qui habitait à l'étranger presque depuis sa naissance, était parfaitement instruite : elle parlait plusieurs langues, jouait de la harpe, savait danser et était rompue aux règles de *politesse*. Cette fille maudite était une Russe d'un genre nouveau – le genre dont rêvait Peter.

« Catherine, il faut nous préoccuper de la gangrène. Tolstoï les a trouvés, ça n'a pas été difficile : Alexis et sa suite ont été repérés à Vienne, et partout où ils sont passés en Italie les habitants disaient qu'on voyait bien qui ils étaient – il n'y a que des Russes pour boire autant... Et le petit page de l'escorte, un garçon avec un gros ventre... Cette garce de Froska ! Tolstoï écrit qu'il les a convaincus de rentrer : il leur a menti en disant que Peter allait tout leur pardonner et leur permettre de se marier... C'est un cercueil, et non le mariage, qui attend Alexis... Mais toi, quand ils arriveront, tu dois faire parler Euphrosine, tu trouveras le moyen, j'en suis sûr... »

Je le voyais venir. À son retour, après deux ans d'absence, Peter avait trouvé un effroyable bazar. Rien n'avait été fait, les sénateurs et les nobles avaient écrit dans leurs lettres qu'ils travaillaient d'arrache-pied, quand ils ne faisaient que paresser et voler. Seul Alexandre se démenait – le couperet n'était pas tombé loin la dernière fois, il n'allait pas se remettre en danger. Mais les autres... Le plus merveilleux, c'est qu'il n'y avait aucun coupable. Pas un. Personne n'était responsable pour les usines à l'arrêt, les institutions en berne et les lois non appliquées, les routes non tracées, les ponts et les ports non construits, les manquements à la collecte des impôts – tous se montraient du doigt.

De retour à Saint-Pétersbourg, Peter s'est mis à se lever avant quatre heures, pour réunir les sénateurs dès cinq heures et demie et essayer de faire les comptes, de voir ce qui manquait, ce qui n'avait pas vu le jour, quel retard avait été pris sur ce qui aurait dû être achevé. Le chat était parti pendant deux ans et les souris s'en étaient donné à cœur joie. Si bien que je comprenais Alexandre – il avait peur. Il redoutait d'être de nouveau désigné coupable – car il était le plus proche du tsar, son bras droit. Chaque fois qu'il avait peur, il essayait de faire diversion. En cela, Alexis était le leurre parfait. Pour détourner l'attention de Peter de la gestion des affaires.

Je me demande si Alexandre ressent quelquefois du remords ? Rien qu'un tout petit peu, *tchyut, tchyut* ?

Mais comment aurions-nous pu savoir de quelle façon tout cela finirait ?

— Alexandre...

Grand Dieu, quel goût amer dans la bouche. Comme j'ai chaud, je brûle... Il a dit que des blocs de glace flottaient hier encore sur la Neva... J'aimerais tellement qu'on m'y plonge...

Est-ce qu'il est toujours là, ou déjà parti ? Pourquoi fait-il si sombre dans cette pièce, pourquoi tous les bruits me parviennent-ils comme si j'étais sous l'eau, que m'arrive-t-il ? J'ai peur... je brûle et je frissonne à la fois. Je ne sens plus mes bras ni mes jambes... Cela ne m'était encore jamais arrivé... Une punition...

J'ai eu un mauvais pressentiment dès l'instant

où Alexis est revenu et a été assigné à résidence à Preobrajenskoïe. Il semblait s'être calmé, résigné. Il espérait être libéré au plus vite de la succession au trône, et revoir sa Frosenka enceinte, qui voyageait en prenant son temps depuis Venise vers la Russie. Il l'a écrit dans une lettre à Euphrosine qui a été interceptée : « Dieu merci, cette charge me sera ôtée et je pourrai vivre tranquillement avec toi à la campagne. » Il la sommait de ne se priver de rien, de voyager à son aise, de bien manger, de protéger le petit et de s'acheter à Innsbruck un carrosse des plus confortables. Nos gens étaient particulièrement doués pour détacher et recoller les sceaux de cire des lettres. Celles d'Euphrosine étaient plutôt froides ; écrites par le *pisor*, elle y disait simplement qu'elle avait hâte de manger du caviar, du poisson fumé et du gruau. En lisant les doubles de ces lettres, Peter riait sous cape : une vraie Finlandaise – elle ne peut se passer de gruau, de caviar et de saumon fumé, elle va grossir ! Nous savions tout d'elle, de ses sorties en gondole, ses achats, ses haltes. Peter se moquait gentiment, il lui était même reconnaissant : elle avait ramené le tsarévitch.

Mais le retour d'Alexis a fait revenir la peur à Moscou, et peut-être aussi à Saint-Pétersbourg. On la voyait sur les visages : les partisans du vieil ordre avaient espéré que Peter mourrait, qu'Alexis prendrait sa place et que tout redeviendrait comme avant. Désormais, ils tremblaient : le 3 février, Peter s'est assis sur le trône de la grande salle du trône du Kremlin ; j'étais sur le mien avec Petrouchka, une marche plus bas. Piotr Tolstoï a fait entrer Alexis : sans épée, comme un prisonnier. Le premier-né s'est agenouillé devant Peter ;

son visage était d'un gris de cendre au milieu de cette débauche d'or et d'ornements dans l'antique salle du Kremlin.

« Père, souverain suprême, je reconnais avoir péché et manqué à tous mes devoirs filiaux… Je ne suis pas digne d'être votre fils… »

En regardant Alexis, je m'étonnais qu'il ne s'évanouisse pas. Cette salle dorée aux voûtes basses, peinte en rouge sang, était une véritable étuve. J'étais reconnaissante à Peter de ne pas m'obliger à vivre continuellement au Kremlin. Les saints nous observaient depuis le plafond, et il y avait sur les murs des aigles à deux têtes et des lions rugissants ; on se serait cru dans les entrailles sanguinolentes du prédateur qu'était le vieux pays. Ces murs avaient tout vu : le sang versé, peut-être même des exécutions. Nous étions sur un échafaud rouge et cruel… Peut-être que Peter était vraiment le seul espoir de ce pays, sa bouffée d'air frais ?

Alexis s'est repenti de toutes ses errances, et plus encore d'avoir fui et demandé la protection à des souverains étrangers.

Peter a pris la parole, reniant son premier-né qui n'avait eu de cesse de désobéir à son père et de manquer à ses devoirs filiaux, qui avait été un piètre mari pour son épouse légitime, qui avait copulé avec une vulgaire esclave, qui avait déserté et fui à l'étranger. Il a annoncé ne lui pardonner qu'à une seule condition, qu'il renonce à son droit au trône et livre ses complices. L'air se faisait de plus en plus lourd.

Mon Dieu, j'ai si chaud – je brûle à l'intérieur et à l'extérieur. Une amertume se répand dans mon corps et je me crispe comme sous l'effet d'une crampe ; dans ma bouche un goût étrangement sucré, ma langue enflée. Je veux que ça s'arrête, je veux me rafraîchir, je veux de l'air et être libre. Je veux sortir, le plus vite possible. Comme alors, dans la salle du Kremlin. Je veux sortir. Que cela cesse.

Alexis aussi voulait que ça s'arrête le plus vite possible pour se retrouver, après avoir tout perdu, contre la poitrine replète d'Euphrosine. Il a immédiatement livré ses complices. Chafirov a lu le verdict, énumérant tous les forfaits du tsarévitch, lui assurant le pardon et lui retirant le droit à la succession du trône. À cet instant, Chichetchka est devenu l'héritier direct. Assis sur mes genoux, il jouait avec mes bijoux et, bien sûr, il ne comprenait pas ce qui se passait : pourquoi tout le monde se levait, s'agenouillait, se levait de nouveau ; et pourquoi nous sommes sortis dans le froid, par la cour du Kremlin, au son des cloches, pour rejoindre la cathédrale de la Dormition où nous nous sommes à nouveau agenouillés et relevés. Le chœur chantait, Alexis Petrovitch a baisé la croix et s'est précipité à mes pieds, moi qui tenais Petrouchka Petrovitch, en jurant sur les Saintes Écritures et les reliques l'obéissance éternelle à son demi-frère : à la mort de leur père, il le reconnaîtrait comme le souverain légitime et jamais au grand jamais il ne tenterait de récupérer son droit au trône. Les nobles agenouillés dans l'église ont juré la même chose.

Qu'ai-je ressenti en devenant la mère de l'héritier ? Est-ce que je me suis sentie, ne serait-ce qu'un instant, comme la Bogoroditsa sur terre, tenant dans mes bras le futur souverain tout-puissant, le Seigneur de toute la Russie ? Ai-je ressenti le même triomphe qu'après avoir accouché de Petrouckha ?

Diable, non. Celle qui a un jour tenu dans ses bras un enfant de trois ans fiévreux en train de faire ses dents durant les interminables heures d'une cérémonie, dans l'étouffante grande salle du trône, puis dans le froid de la cathédrale à l'air chargé d'encens, celle-là comprendra. Je veillais à ce qu'il supporte tout cela sans se mettre à brailler, et j'espérais qu'il ne vomirait pas ni ne ferait dans ses langes au moment le plus solennel. S'il commençait à se trémousser, à se tordre, à s'échapper de mes bras, je le berçais et le faisais sautiller sur mes genoux. En dernier recours, je lui donnais discrètement à sucer du pain sucré imbibé de vodka, enveloppé dans un morceau de mousseline, comme me l'avait enseigné sa nourrice. Cela le calmait un moment. J'ai fait tout ce que je pouvais, sachant que c'était à moi que Peter en voudrait si Chichetchka perturbait la cérémonie. Nous vivions un moment extraordinaire : ce n'est pas tous les jours que l'on rompt le principe divin de la primogéniture. Face à la foule et à ses regards hostiles, le nouvel héritier devait se montrer digne d'être le souverain oint.

De l'agitation, de l'inquiétude, rien que le tourment. Pas le moindre triomphe. Voilà ce dont je me souviens.

Et aussi de la peur : d'avoir pris part au sacrilège. D'avoir troublé l'ordre divin.

En revenant de la cérémonie, le visage de Peter s'est mis à tressauter. D'un geste de la main, il a désigné le Perron Rouge du Kremlin, immense, aux colonnes massives et aux arches voûtées et, se retournant vers moi, il m'a demandé : « Tu crois peut-être, Catherine, que tout cela est pour moi ? Pour Piotr Petrovitch ? Ce n'est ni pour moi, ni pour notre fils, et pas non plus pour toi... C'est pour la Russie... Pour que jamais ne reviennent les temps de mon enfance : c'est de là que les streltsy ont précipité deux de mes oncles, Kiril et Ivan Narychkine – ils les ont pris et les ont poussés depuis ce haut perron, sous les yeux de ma mère et de nous, ses enfants. Ils les ont jetés sur une forêt de piques dressées et la foule les a déchiquetés, comme on arrache la viande d'une broche... Leur foie, leurs *patrokha*, leurs intestins se sont déversés, leurs veines bleu-gris pendaient... Matouchka nous couvrait les yeux, à mon frère et à moi, mais je voulais voir – j'étais curieux, j'ai regardé à travers ses doigts, et je ne peux pas défaire ce que j'ai vu... Il m'arrive encore d'en rêver... Pendant deux jours et deux nuits, les streltsy et la foule des Moscovites, les nôtres, se sont déchaînés, ils ont pillé tout ce qui se trouvait sur leur chemin. Pendant deux jours et deux nuits, notre mère, enfermée à double tour, a tremblé de peur que l'on nous assassine tous, et qu'on la viole, même si elle était la mère des tsars, du sang des souverains... Il faut tenir les nôtres d'une poigne ferme... je veux qu'ils vivent comme des hommes. Je leur ai sacrifié ma vie, regarde mes mains, elles sont rugueuses, mes flancs sont couverts de cicatrices des batailles, je crache mes poumons, je vais devenir aveugle à force de rédiger des oukases... Je ne pouvais pas laisser à Alexis la Russie, qui commence juste à prendre forme humaine... Il l'aurait ramenée au point de départ, aux ténèbres... Ma vie entière aurait été vécue pour rien ! »

Ce soir-là, Peter a bu et a eu une crise épouvantable. Mes caresses n'étaient d'aucun secours, il se rappelait le massacre ; j'ai dû faire venir les médecins avec du laudanum. Le lendemain, quand il a été remis, je l'ai imploré de moins boire – de ne pas se précipiter vers sa tombe, Petrouchka était encore petit. Mais, comme à chaque lendemain de beuverie, Peter était suspicieux : « Tu ne vas pas me faire croire que cet *izverg*, ce dégénéré d'Alexis, a tout fomenté lui-même. Sa fuite, et le complot contre moi ? Je mets ma tête à couper qu'ils sont légion derrière lui – à attendre ma mort, à vouloir m'écarter et anéantir la Russie ! Légion ! »

Peter avait déjà oublié qu'il avait donné sa parole à son premier-né d'avoir pitié de lui et de lui pardonner.

Peter était en proie à un genre nouveau d'altération : on pouvait désormais lui dire ce qu'on voulait, il n'entendait rien. Il n'écoutait que lui-même et répétait tout ce qu'il disait comme si quelque chose s'était enrayé dans sa tête – parfois, même son bras ou sa jambe se mettaient à tressauter, comme pour se libérer ; et à chaque répétition, il devenait de plus en plus morne. Il me faisait penser à un mécanisme ou à une horloge cassés : j'avais déjà vu cela – l'aiguille, s'approchant de douze heures, n'arrivait jamais à les passer, et retombait toujours au huit, pour reprendre sa course désespérée jusqu'à douze. Tout comme Peter. Si ce n'est que son chiffre douze était son incapacité à se montrer clément : à peine son âme indiquait-elle la bonté comme une boussole indique le nord, à peine arrivait-elle à l'encoche de l'indulgence, qu'elle retombait en tremblant : retour à l'amertume, la soif de vengeance, et le souhait du plus fort d'anéantir le plus faible, coûte que coûte.

Pendant que nous étions encore au Kremlin, j'ai eu un mauvais pressentiment – les choses allaient mal se terminer. Il n'a pas voulu m'écouter : plus il enrageait, plus il buvait, et plus il buvait, plus il enrageait. Je redoutais d'attiser sa fureur, je n'avais pas oublié la façon dont s'était terminé notre périple. Mais j'attendais de nouveau un enfant : je le lui ai dit, et il s'en est réjoui : « Ce sera peut-être une nouvelle recrue. » J'espérais que cette annonce le calmerait... Hélas, sa joie n'a pas duré et il a aussitôt redoublé de méfiance envers son premier-né.

Alexis a livré ses complices : les coupables, et peut-être même des innocents. Il a dit que sa mère, à Souzdal, avait été au courant de sa fuite. Tout comme le frère de celle-ci, Lopoukhine, la demi-sœur de Peter, Marfa, le sénateur Piotr – frère de l'amiral Apraxine –, Narychkine et Samarine, Troubetskoï, le redoutable Vassili Dolgorouki, le tuteur Viazemsky, son confesseur et les domestiques. Il ne manquait qu'une personne : Euphrosine. Il prétendait l'avoir attirée dans ce voyage par la ruse, en assurant que son père l'envoyait en mission secrète comme ambassadeur.

Cet idiot d'Alexis Petrovitch. Faible, idiot, amoureux, s'ennuyant de sa petite truie. Seul l'esprit embrumé de Peter pouvait le voir tel un monstre capable de remonter le temps jusqu'au massacre des escaliers du Kremlin, sauf que cette fois c'était le tsar Batouchka qu'on empalerait sur les piques.

Quel est ce vacarme ? Qui bat le pavé sous mes fenêtres ?

Seigneur Jésus, cessez donc de taper du pied comme ça. Ce bruit se propage douloureusement dans tout mon corps.

C'est un bruit familier : celui de centaines de chaussures ferrées sur la pierre. Une commande, un cri déchirant ; le crépitement de centaines de fusils qui s'arment, puis soudain le silence : l'armée s'est déployée autour de mon palais. Pas besoin de deviner qui en a donné l'ordre : Alexandre. Pas besoin de deviner pourquoi : c'est sûr, je me meurs.

Peter était devenu si suspicieux qu'il a ordonné à trois bataillons du régiment Preobrajensky d'encercler le Kremlin pendant le renoncement au trône d'Alexis. On avait entendu le même bruit. Alexandre avait pris les mêmes dispositions à Saint-Pétersbourg : il avait fait encercler la ville par l'armée, seuls les marchands de nourriture avaient le droit d'entrer, et tous ceux qui quittaient la ville étaient fouillés pour vérifier qu'ils n'aidaient pas un noble à sortir en douce. Il a envoyé ses gens à Souzdal, chez Eudoxie, la mère d'Alexis, et il s'est avéré qu'elle vivait très librement – un an après le *postrig*, après s'être coupé les cheveux, elle avait retiré son voile et menait une existence paisible dans l'une des chambres du couvent, prenant même un amant, l'officier Stepan Glebov, les nonnes fermant les yeux depuis de nombreuses années sur leurs amours. Elle vivait dans le péché, mais les nonnes récitaient des prières à son intention, comme si elle était la tsarine légitime.

Peter s'est mis dans une rage encore plus folle en apprenant qu'on se moquait de lui depuis vingt ans. Que même les babas *monakhini*, même les nonnes, lui avaient désobéi. Eudoxie vivait comme une putain ! Il l'a fait arrêter et les a tous fait venir à Moscou : elle, le père Andreï, le pope de Souzdal, les religieuses, Glebov ; il a même arrêté Dosifey, l'évêque de Rostov – il était inadmissible qu'il ait prié pour Eudoxie comme si elle était encore la tsarine. De Saint-Pétersbourg ont commencé à arriver ceux qui avaient été arrêtés par Alexandre : Kikine, Dolgorouki et de nombreux autres.

Les interrogatoires ont duré tout février et mars, entrecoupés de Synodes pochards.

Les sentences ont été prononcées fin mars. Certains s'en sont mieux tirés que d'autres : Piotr Apraxine a affirmé avoir seulement prêté quelques milliers de roubles au tsarévitch, *yei Bogu*, croyant qu'il se rendait en Europe auprès de son père, Votre Majesté ! Vassili Dolgorouki, sous la torture, a avoué ne ressentir que de la pitié pour le malheureux Alexis. Parmi les proches de Dolgorouki qui ont plaidé sa cause, il se trouvait des gens utiles à Peter, des ambassadeurs et des sénateurs. Il a donc destitué Dolgorouki de son grade de général, s'est approprié tous ses biens et, pour l'avilir complètement aux yeux de l'Europe, il lui a arraché la décoration décernée par le roi du Danemark pour la renvoyer à Copenhague. Avant d'être déporté à Kazan, éreinté, pas rasé, vêtu d'un caftan noir, Dolgorouki m'a demandé une audience. Je l'ai reçu, en m'arrangeant pour que Johanna soit à mes côtés. Elle a vu Dolgorouki se jeter à mes pieds, implorer ma clémence, il s'est justifié pendant au moins une heure, s'est lamenté des malheurs à venir et m'a remerciée. Matouchka miséricordieuse, sans vous, sans votre capacité à calmer Sa Majesté impériale de temps à autre, nous aurions vécu un enfer. Johanna avait été témoin de cela et en avait été satisfaite. Elle n'a pas vu et n'a pas su que j'avais ordonné de lui faire envoyer deux cents ducats à Kazan – sa famille était influente et n'avait pas été contrainte, elle, à l'exil.

Peu à peu, j'apprenais l'art de la politique : satisfaire le plus de monde possible afin d'en tirer profit. Peter torturait et punissait, j'avais pitié et je distribuais des aumônes : Peter n'était pas éternel et la reconnaissance de toute la famille de Dolgorouki pouvait être utile.

Même la Golitsyna, la *dotchka botchka*, a dû payer. Les interrogatoires des autres l'ont fait apparaître comme une colporteuse de rumeurs : non contente de nous rapporter ce qu'elle entendait dans le palais d'Alexis où elle avait remplacé la vieille Rjevskaïa, elle rapportait aussi ce qu'elle entendait chez nous – à la tsarevna Marfa, à la tsarine Prascovia, aux Dolgorouki, Samarine et autres. Peter était hors de lui : dire qu'il lui avait accordé sa confiance alors qu'elle fréquentait le camp d'Alexis, c'en était trop ! Je lui ai évité d'être envoyée à la *Spinhaus*, la filature, un bagne pour femmes où on envoyait les criminelles – clochardes, prostituées, voleuses, complices d'assassinat – et les femmes qui se mêlaient de politique. J'ai imploré Peter et il a eu pitié – notre *choutikha* n'a reçu que le fouet : devant la foule, sur son dos de matronne de cinquante ans, avant d'être renvoyée à son mari et à leurs manoirs. Elle l'avait mérité – moi aussi elle m'avait dénoncée, dans les lettres qu'elle écrivait au tsar Batouchka pendant notre voyage, disant que je buvais du vin jusqu'à trois heures du matin avec mes filles et que je dilapidais les *tchervontsy* dans les magasins de luxe ; cette Golitsyna ne savait pas tenir sa langue, elle méritait tout de même une petite leçon.

Peu à peu, j'apprenais l'art de la politique : punir ceux que je voulais punir tout en me montrant clémente et bonne.

Peter s'est occupé des autres, je ne m'en suis pas mêlée.

Les religieuses de Souzdal ont été battues au knout sur la place publique : le prix à payer pour avoir joué les entremetteuses et prié pour la tsarine exilée. Ensuite, il les a envoyées se repentir dans les couvents les plus rudes des îles de la mer Blanche. Il n'a pas touché à Eudoxie, il ne l'a pas montrée publiquement, pour ne pas irriter le peuple. Il l'a mise dans un couvent inatteignable, près du lac Ladoga.

J'essayais autant que possible de me tenir à l'écart de Peter et de ses punitions pour les religieuses : surtout ne pas y être associée, de près ou de loin. Ni même que mon nom soit mentionné par les gens qui en parlaient sur les places publiques. J'étais enceinte, j'ai dit que cela ferait du tort à l'enfant. Je ne suis pas allée regarder l'exécution des peines. Je n'ai pas vu l'évêque Dosifey se faire rouer de coups sur la roue, hurlant qu'il n'était pas le seul coupable, coupables, ils l'étaient tous, hurlant d'aller demander au peuple quel tsar il réclamait, quel nom était sur toutes les lèvres, certainement pas celui de l'Antéchrist. « Idiot », a dit Peter. Il a ordonné qu'on l'achève pour qu'il cesse de hurler. Je n'ai pas non plus vu Kikine, l'instigateur et confident du tsarévitch, qui a passé deux jours sur la roue. Peter s'est approché de lui et a demandé pourquoi il l'avait trahi, lui, un homme instruit, un homme intelligent. Et Kikine lui a lancé, face à la foule : « On étouffe à tes côtés, tsar Batouchka, le cerveau d'un homme intelligent a besoin d'espace ! » Pourquoi est-il allé lui dire cela ? Peter a lui-même veillé à ce qu'on lui brise les os très lentement. Jusqu'à ce qu'il supplie qu'on ait pitié de lui et qu'on le laisse devenir moine. Peter a eu pitié de lui – il a ordonné qu'on coupe sur-le-champ la tête de Kikine, cette tête qui avait tant besoin d'espace.

Les exécutions se sont poursuivies à Moscou : les condamnés marchaient docilement, comme les moutons à l'abattoir, et posaient l'un après l'autre la tempe sur le billot visqueux. Glebov a été le seul que Peter a fait rôtir sur les braises, marquer au fer rouge, allonger sur une planche recouverte de clous, le seul à qui on a lentement enfoncé un pieu affûté dans le cul, et pourtant Glebov n'a rien voulu avouer : il criait que l'amour n'est pas une faute mais une bénédiction du Seigneur, et quand Peter l'a approché en lui proposant de mettre fin à ses souffrances en échange d'un aveu, on a dit que Glebov, du haut de son pieu, avait craché au visage du tsar. Et que tout ça s'était passé sous les fenêtres de la prison d'Eudoxie. C'est ce que les gens ont raconté, mais je n'y ai pas cru.

Mon Dieu, me voilà comme Glebov, je brûle, comme si j'étais allongée sur des charbons ardents et des clous... Pourquoi dois-je souffrir ainsi, je n'ai jamais souhaité la torture à personne... Je pensais qu'en voyant couler le sang des victimes, Peter allait s'apaiser, autoriser Alexis à épouser son Euphrosine et à disparaître à la campagne.

Comme je me trompais. Mais ce n'était pas moi la coupable... Quand Alexis s'est jeté à mes pieds à Pâques en m'implorant d'intercéder pour que son père l'autorise à se marier, j'ai même eu pitié. Après tout, il était mon beau-fils et mon parrain.

J'étais innocente, c'était Euphrosine la coupable.

Elle est arrivée en avril et on l'a envoyée directement à la forteresse Pierre-et-Paul. Le jour où je l'ai vue, où on l'a amenée par bateau, en cachette, à Monplaisir, elle n'était plus enceinte. Personne n'a demandé où avait disparu l'enfant. Peter, lui, devait le savoir, puisqu'il avait rendu visite à Frosia dans la forteresse. Peut-être était-il mort-né, peut-être avait-il vécu très peu de temps... Elle avait été prévenue : seule une *kronprinsessa* donne naissance à un héritier. Elle paraissait en bonne santé, elle n'avait pas maigri, elle portait une robe achetée à Venise avec l'argent d'Alexis ; elle était rose et dodue comme un gâteau. Alexis, en la voyant, s'est penché vers elle, pensant qu'elle se jetterait dans ses bras. Mais elle est restée figée. Jusqu'à ce qu'elle ouvre sa minuscule bouche, ronde comme un petit pain – et le condamne à la mort.

« Le *kronprins* Alexis Petrovitch me prenait de force, il me violait, je ne suis allée nulle part de mon plein gré. Le *kronprins* a envoyé des lettres à l'empereur à Vienne, dans lesquelles il se plaignait du tsar Batouchka et l'appelait "le despote" ; il s'est réjoui quand il a entendu parler de la révolte de l'armée russe au Mecklembourg, il a dit "Dieu existe !" et se préparait à se rendre là-bas pour en prendre la tête ; il s'est plus encore réjoui en apprenant, dans une gazette, la maladie du petit tsarévitch Piotr Petrovitch, il a dit : "Elle lui a été envoyée par Dieu !" ; nuit et jour il échafaudait des plans de ce qu'il allait faire une fois sur le trône, à la mort de son père, qui n'avait de toute façon plus longtemps à vivre ; il a dit que la Russie ne serait pas un *babie tsarstvo*, le royaume d'une femme, il expédierait la tsarine Ekaterina et ses enfants dans un couvent, aucun nouveau navire de guerre ne serait mis à l'eau, on laisserait les anciens pourrir dans les ports, les bateaux ne seraient utilisés que pour le commerce, l'armée serait réduite, on ne conserverait que les unités de protection des frontières, il n'y aurait plus de guerre, la Russie ne s'étendrait plus sur les terres voisines, la vieille Moscou redeviendrait la capitale et tout le pouvoir spirituel serait rendu à l'Église et aux popes. »

Quand j'avais vu Euphrosine la première fois, j'avais su qu'elle était capable de tuer.

Ses mots l'ont tué. Elle a encore tiré deux brouillons de lettres d'Alexis à l'empereur, qu'elle avait subtilisés. Et elle m'a regardée avec fierté.

J'ai eu pitié d'Alexis Petrovitch… mais ça n'a pas duré longtemps : je l'ai haï de s'être réjoui de la maladie de Petrouchka. Non, je ne pouvais avoir pitié de quelqu'un qui désirait la mort de mes enfants.

Alexis Petrovitch était un homme mort après les mots d'Euphrosine, je n'ai même pas eu à intervenir. Tous ces mois d'interrogatoires, toutes les tortures de ses compagnons, avaient été inutiles. Peter a décidé que le procès de ce fils qui s'était élevé contre son père serait public. Il a commencé par l'Église : il a appelé trois métropolites, cinq évêques, quatre archimandrites et une foule de popes importants qui ont lâchement répondu que juger le tsarévitch pour trahison n'était pas l'affaire de l'Église. Ils étaient rusés, ils ont répondu à Peter : dans l'Ancien Testament et dans le

Lévitique, il est écrit que quiconque ayant maudit père et mère mérite la mort ; d'un autre côté, l'Évangile dit que le Christ nous apprend à pardonner –qu'il ne faut pas tourner le dos au fils prodigue à qui le père a ouvert ses bras.

Mais cela n'a pas suffi à Peter ; il lui fallait de la clarté, il a alors convoqué une cour laïque.

Quand j'ai appris cela, tout mon corps a frissonné. Car tout procès, en Russie, commence par un interrogatoire, autrement dit par la torture.

Le 19 juin, Alexis Petrovitch a reçu vingt-cinq coups de knout dans la forteresse Pierre-et-Paul, mais il n'a rien dit de nouveau, pas un mot de plus que ce qu'il avait dit en renonçant au trône.

Un cri derrière la fenêtre, les chaussures des soldats qui claquent en se mettant en rang. Le vent qui cingle comme les coups de knout, et fait plier les branches des bouleaux aux feuilles tremblantes. Non, ce n'est pas le bruit du knout, mais le bruit plus doux d'un fouet. Le knout déchire la peau et s'enfonce dans la chair, qui se gorge de sang. Ensuite, c'est un bruit d'éclaboussure que l'on entend, à chaque lambeau de peau qui se détache tel un ruban rouge...

Au début je ne pensais pas à tout cela. Il ne s'agissait que de chiffres, vingt-cinq coups le 19 juin, quinze le 24. Du nombre de coups. Peter rentrait de la forteresse – où, comme le racontait Alexandre, il lui arrivait d'interroger personnellement son fils – et s'asseyait pour boire jusqu'à l'aube. Le matin, il retournait à la forteresse pour continuer d'interroger Alexis.

Après le 24 et les quinze coups de plus, Alexis a avoué : il avait souhaité la mort de son père, il avait réuni l'armée pour le renverser du trône ; il a avoué tout et n'importe quoi... Il a été aussitôt reconnu coupable.

Ce n'est qu'à ce moment que la terreur s'est emparée de moi : dans la forteresse, Alexis est passé d'une ombre pâle de ma mémoire, vêtu de l'uniforme rouge des bombardiers, à une personne de chair et de sang, l'adolescent timide de quatorze ans dont je me souviens encore. Un enfant de la chair et du sang de Peter. Peu importait qu'il ait souhaité la mort de mon Petrouchka – peut-être qu'il était ivre, qu'il n'avait pas réfléchi, qu'il s'était emporté en disant cela ? Bon ou mauvais, n'en demeurait-il pas le fils de Peter ?

Serais-je un jour capable d'ordonner que l'on juge, que l'on fouette Chichetchka, Anouchka ou Lizenka, jusqu'à ce qu'ils ne soient plus que des lambeaux sanguinolents ? N'importe lequel de mes enfants, peu importe ce qu'ils aient fait ? Quand bien même ils auraient levé la main pour me tuer ?

Deux jours plus tard, au petit matin, on a annoncé qu'Alexis voulait voir son père. Peter s'est de nouveau dépêché vers la forteresse. À onze heures du matin, seul Alexandre est revenu au palais : sans un mot, sans cérémonie, il a ouvert la porte d'un coup de pied, s'est laissé tomber dans un fauteuil, blafard, et a demandé que je lui serve de la vodka. Il l'a avalée d'un trait. Il s'est signé. Il a sangloté. Il a de nouveau bu. Il s'est encore signé. Et encore. Puis il m'a regardée. Ses yeux étaient remplis de larmes. Mais d'autre chose aussi : de peur. Une peur que je n'avais jamais vue dans les yeux d'Alexandre.

« Catherine, il l'a... » Alexandre hoquetait, il s'est signé. « Il l'a... » Il s'est signé à nouveau.

« Je détestais ce lâche, mais je ne lui ai jamais souhaité... » Puis il a murmuré : « J'ai signé le premier le verdict pour que... pour qu'on en finisse au plus vite. Je suis parti une demi-heure après, je n'en pouvais plus... Peter est resté, personne ne pouvait l'arrêter... Il l'a... Catherine, il vaut mieux que tu ne saches pas... Évite de te mettre en travers du chemin de Peter, aujourd'hui... »

Il ne fallait pas me le répéter deux fois. Je me suis retirée dans mes appartements. Je me suis enfermée dans ma garde-robe avec Mary et nous avons joué aux cartes. Peter est rentré dans l'après-midi et il est allé directement dans sa *tokarnia*. À cinq heures, un messager a galopé sous les fenêtres du palais annonçant que le tsarévitch était en train de mourir, victime d'apoplexie, il voulait dire adieu à Sa Majesté. Peter s'est préparé à retourner la forteresse.

Je savais que c'était un mensonge. Alexis Petrovitch était mort avant onze heures du matin. Son décès n'a été annoncé que le soir : un deuxième messager est arrivé avec la nouvelle alors que Peter montait dans son carrosse peu après six heures. Voyant le soin qu'on prenait à falsifier le temps, j'ai su qu'Alexandre m'avait dit la vérité. Peter l'avait bien tué, le tout était maintenant de prouver qu'il n'était pas là au moment où ça s'était passé.

Le lendemain matin, j'ai envoyé Johanna Karo et Anna Kramer préparer le corps d'Alexis pour la mise en bière : le laver, l'envelopper dans un linceul. Je savais que si je ne le faisais pas, personne d'autre ne s'en préoccuperait.

Je les ai vues réapparaître plus vite que je ne l'escomptais, blafardes, muettes et tremblantes.

Elles étaient revenues chercher ce qui leur manquait, mais elles avaient besoin d'un verre et elles répondaient à toutes mes questions par : « Votre Majesté, il n'y a pas de mots pour cela. » Elles ont bu chacune un petit verre de vodka, puis un autre. Johanna a enfoui son visage dans ses mains sur la table et a pleuré ; elle a dit qu'elle n'avait pas le courage d'y retourner. Anna, sans un mot et sans faire de manières, a commencé à prendre des choses dans les armoires, les malles et les tiroirs pour les rassembler dans un balluchon : de la céruse, du rouge, de la cire d'abeille, des bandages, de l'étoupe, des ciseaux, du fil épais et des aiguilles. Ensuite elle a disparu. Je n'ai pas posé de questions – il valait mieux que je ne sache pas. Et puis j'avais compris.

5

La cire, les bougies et l'encens.

Le bourdonnement des cloches, les ordres cinglants des officiers.

Les flammes vacillantes des bougies, la mèche noire de suie, le jaune de la cire fondante, l'encens et la myrrhe, l'odeur de chair légèrement avariée et celle, à peine perceptible mais persistante, de la merde.

L'odeur de la mort.

Une odeur partout présente quand j'ai vu le corps d'Alexis Petrovitch quelques jours plus tard.

Cette odeur… Surtout que j'étais enceinte de sept mois et que j'avais trop bu… Le lendemain du décès d'Alexis, Peter avait célébré l'anniversaire de la victoire à Poltava : *Tebia Boga khvalim* et *Te Deum* emplissant la cathédrale dans la journée – suivis d'un bal dansant qui avait duré jusqu'à l'aube ; comme d'habitude, comme s'il ne s'était rien passé. J'avais bu pour tenir le coup, mais je l'ai senti au réveil et à cela s'est ajouté le mal de mer : Alexis était mort depuis deux jours mais Peter a tenu à mettre à l'eau un nouveau navire, le *Lesnaïa*, avec vingt-quatre canons, construit selon ses plans. Il a fallu boire de nouveau, comme l'exige le baptême d'un navire, et Peter a souhaité passer la nuit à bord pour admirer le feu d'artifice tiré au-dessus de l'eau à l'occasion de la fête. J'ai bu trop de vin, j'ai mal dormi, sans pouvoir bouger car Peter reposait sur mon épaule. Le lendemain, nous avions mal à la tête. Et il y avait cette odeur.

Alexis, entouré de bougies et de fumée d'encens, était allongé sur un catafalque dans l'église de la Sainte-Trinité : son front était large et arrondi, comme un œuf de géant, son visage enduit de pommade et de céruse qui ne parvenaient pas à cacher les blessures, les bosses et les lividités. Il était recouvert jusqu'au cou d'un linceul en velours noir ; l'une de ses mains était posée par-dessus pour qu'on puisse l'embrasser, selon la tradition orthodoxe. Anna Kramer s'est signée, elle s'est approchée de lui en silence et a remis le linceul en place – elle l'a remonté jusqu'au menton. Il m'a semblé qu'elle essayait de cacher une cicatrice noire et des points de suture sur son cou. Mais je devais forcément me tromper…

Peter a interdit aux ambassadeurs étrangers de rendre hommage au défunt, il ne l'a pas refusé à nos gens mais il leur était interdit de s'habiller en noir : son premier-né était mort en criminel, il n'y avait pas lieu de trop le pleurer. Seules les femmes avaient le droit de porter le deuil. Daria, Varka, Anissia, Mary, Johanna, Anna, Modesta Balk et moi, ainsi que Willem Mons et quelques courtisans de Peter étions tout de même vêtus de noir et tenions une bougie allumée. Quelques-uns, dans l'assistance, ont voulu embrasser la main du mort, mais à peine s'étaient-ils approchés du cercueil qu'ils reculaient.

Anna ne cessait de retourner auprès de cette main : elle s'agenouillait quelques instants comme pour la caresser, la presser, puis revenait à sa place. Elle a murmuré quelque chose à Johanna : « Malheur, la cire a refroidi, les ongles ne tiennent pas. »

Mais j'ai dû mal entendre. C'était peut-être mon imagination : les points de suture dans le cou, les ongles arrachés, recollés avec de la cire... Peter n'avait pas pu permettre qu'on arrache les ongles de son fils...

« Oh, Absalom, Absalom, mon fils... » Théophane Prokopovitch a consacré son sermon funèbre à un traître, le fils de David. La question que ne cesseraient de se poser les absents était de savoir si Peter avait essuyé une larme. Il l'a essuyée. Non seulement ça, mais il a pleuré. J'ai vu de mes yeux les larmes couler à flots sur son visage tandis qu'il tenait la bougie, même s'il ne portait pas le deuil. Sans doute avait-il pitié de lui-même. Après tant d'années passées avec lui, je devinais ses pensées : jusqu'au dernier instant, il a dû se sentir tel Abraham, sacrifiant son fils sur l'autel de sa foi en une nouvelle et meilleure Russie. La Russie était son Dieu : le commencement, la fin et les moyens, la raison de tout. Seulement, aucun ange du Seigneur n'était venu retenir son bras au moment de trancher la gorge du malheureux Isaac.

Je restais parfois avec Lizenka et Anouchka quand elles étudiaient : je brodais en silence, j'écoutais et j'apprenais. Le français, l'histoire grecque et romaine. Leur tuteur, le jeune Ernst

Gottlieb Glück, connaissait les légendes grecques les plus intéressantes et les plus cruelles : l'une d'elles parlait du dieu Chronos dévorant ses enfants. Ce dieu avait été assez bon, et même juste, jusqu'à ce que quelqu'un lui prédise que son propre fils allait le renverser, si bien qu'il avait décidé de tuer tous ses enfants – de les dévorer.

Glück, dans son élan, leur expliquait que cette légende pouvait être lue comme une allégorie : Chronos étant le maître du temps, peut-être était-ce une histoire à propos du temps : du temps qui passe et qui oppose les générations de parents et d'enfants – les jeunes voulant diriger à leur façon et réparer les fautes des aînés, les vieux craignant d'être écartés, qu'on leur fasse de l'ombre, et s'accrochant à leur monde au point de vouloir détruire leurs enfants plutôt que de risquer qu'ils les anéantissent. Je n'ai pas réussi à me contenir, j'ai jeté ma broderie, tapé de rage sur la table et j'ai ordonné à Glück de cesser de fourrer des idioties dans la tête de Lizenka et d'Anouchka : que Dieu les préserve de dire quelque chose de semblable devant leur père ! Le maître du temps, tuant, dévorant ses enfants car on lui avait prédit qu'il allait être renversé... Ernst Gottlieb Glück devait réfléchir avant d'ouvrir sa sale bouche pour raconter des choses si dangereuses ! Et à qui ? À mes filles, qui répétaient à leur père tout ce qu'elles apprenaient, comme des petits perroquets !

Mais cette loi du temps existait peut-être vraiment ? Tout comme Peter avait combattu l'ordre ancien, son fils combattait-il le nouvel ordre du tsar, considérant qu'il était déjà dépassé ? Peut-être que le temps, en Russie, ne coulait pas comme une rivière, qu'il était condamné à tourner en rond.

Mieux valait ne pas se poser ces questions.

Qu'est-ce que j'ai ressenti ? Qu'ai-je ressenti durant ces journées au cours desquelles nous avons enterré Alexis ?

Aussi étrange que cela puisse paraître, je me souviens que je n'ai rien ressenti. J'étais calme, j'avais accompli mon devoir – j'ai veillé à ce qu'un dernier hommage chrétien soit rendu à sa dépouille, j'étais présente pendant qu'on chantait les psaumes devant son cercueil ouvert et quand il a été descendu dans la crypte de la cathédrale Pierre-et-Paul : dans son caveau attenant à celui de Charlotte Christine, sa défunte épouse, malheureuse et mal-aimée.

Sa chère Euphrosine ne s'est montrée ni à l'église de la Sainte-Trinité ni à la cathédrale Pierre-et-Paul. Le Sénat voulait l'envoyer au couvent, mais j'ai convaincu Peter de tenir la promesse que je lui avais faite : qu'elle resterait en vie si elle m'obéissait. Peter a cédé et lui a accordé une dot, pour le grand service qu'elle avait rendu à la Russie – trois mille roubles sur l'argent laissé par Alexis ; il lui a aussi permis de garder les affaires et les bijoux offerts par le tsarévitch à l'étranger.

Tout était de la faute d'Euphrosine : elle aurait dû avoir la trahison et la mort d'Alexis sur la conscience. Personne ne l'avait obligée à enjoliver à ce point son témoignage… Je n'ai fait que la dédommager et tenir parole. J'ai appris qu'elle avait épousé un officier de notre garde, qu'elle vivait tranquillement quelque part, plus basse que l'herbe, plus silencieuse que l'eau, heureuse peut-être.

Elle voulait vivre et pour cela elle était prête à tout. Je l'ai vu dans ses yeux, la première fois que je l'ai rencontrée. Elle n'a fait que trahir un amant qu'elle n'aimait pas…

Les femmes comme elle ne meurent pas, elles vivent. Elle nous survivra à tous.

Une fois l'esclave Euphrosine Fiodorova affranchie par Peter, je me suis souvenue de la petite Lovisa von Burghausen, que j'ai à nouveau tenté de retrouver, en vain. La dernière fois qu'on l'avait vue, c'était à la maison de Dimitrie Cantemir, qu'elle avait fuie. J'ai ordonné à nos gens de continuer à la chercher… En attendant, j'ai demandé à Peter d'accorder la liberté à l'esclave Anna Kramer, pour son dévouement et son silence. Elle s'était jetée à mes pieds et m'avait demandé une nouvelle fonction car elle ne voulait plus servir Mary Hamilton. Je la comprenais – Mary était devenue insupportable depuis notre grand périple : elle était soit malade, soit tellement capricieuse que personne, pas même moi, ne voulait se trouver à ses côtés. Mener la belle vie lui était monté à la tête. Elle continuait de s'entendre comme chien et chat avec son Orlov : j'ai même dû envoyer Johanna les calmer, un jour où leur dispute résonnait dans tout le palais d'Été ; mais la plupart du temps, elle était indisposée et ne pouvait me servir de *Kammerfrau*.

Comme un fait étrange, nous avons été nombreux – Peter excepté – à commencer à nous sentir mal après l'enterrement d'Alexis. J'avais des vertiges – ma grossesse touchait à sa fin, mais ce qui pesait aussi sur moi, c'était le poids du silence craintif : je le portais en moi comme une pierre, parce que chaque faux pas pouvait devenir l'étincelle qui mettrait le feu à la colère de Peter, lequel était en ce temps-là avide de punitions, de tortures et de sang, même pour l'offense la plus insignifiante. La toux d'Alexandre a repris et nous avons entendu dire qu'elle avait empiré au point qu'il passait ses journées aux bains de son palais, le seul endroit où il arrivait à respirer. Une semaine plus tard, n'y tenant plus, ne pouvant plus porter ce silence à moi toute seule, j'ai voulu lui rendre visite – et en effet, ses domestiques m'ont répondu que le Sérénissime ne recevait personne. Ils ne pouvaient me laisser entrer, il s'était enfermé dans sa *mylnia* pour suivre sa cure – mais j'étais la tsarine et j'entrais où je voulais.

Il n'y était pas seul, il avait de la compagnie – des bouteilles de vin et des nuages de vapeur. Je l'ai trouvé effondré entre les jets d'eau, au pied de la baignoire, bourdonnant quelque chose à propos du vin qui avait le mérite de tout effacer, répétant qu'il voulait se laver, se débarrasser de la crasse du cachot de la forteresse, que la culpabilité s'évaporait en même temps que la sueur. Il m'a dit : « Catherine, il me semble parfois qu'il est fou... faire ça à son propre fils... imagine, Dieu nous en préserve, qu'il ait un jour des soupçons à notre sujet ? » Il m'a attrapé la main : « Il faut que tu le saches, j'ai signé le premier, parce que c'était déjà un cadavre... uniquement pour cela... vingt-cinq, puis quinze – quarante coups de knout, un homme robuste n'y résisterait pas, lui c'était un faible... il n'y a pas eu que le knout... il y a ce que Peter lui a fait subir de ses propres mains... »

Oubliant la politesse, j'ai couvert sa bouche avec ma paume. Je ne voulais rien savoir.

C'était curieux de le voir à nouveau nu et sans

perruque. Il était grisonnant, mais je le trouvais toujours beau.

Moi, j'étais là dans la splendeur de mon apparat de tsarine – le visage fardé, vêtue de mes soieries, parée de pierres et de diamants, avec un ventre énorme dans lequel, telle une perle dans son écrin, se trouvait peut-être un nouveau prétendant au trône de Russie.

« Allez, Alexandre, debout, allons-y. »

Je l'ai recouvert d'un drap de bain, je l'ai aidé à se redresser, il a attrapé mon épaule de sa main mouillée, il a posé la tête sur ma poitrine et ne voulait plus la retirer. Il était complètement, désespérément ivre.

« Allons, allons-y. C'est ça… reprends-toi, ce n'est pas le moment de t'effondrer. »

Je l'ai raccompagné à ses appartements. En passant devant le grand miroir vénitien, il s'est arrêté et, d'un rire d'ivrogne, il a montré notre reflet du doigt : « En voilà un couple, le *Bruder* du monstre et la femme du monstre ! » Il s'est tourné vers moi, et en me scrutant d'un air étrange, il a murmuré : « Ma tsarine, oh toi, ma reine… » J'ai regardé vers le miroir. Il avait raison : j'étais la création de cet homme nu et ivre, de cet homme agrippé à moi, la créature qu'il avait poussée vers les hauteurs toutes ces années. Comme elle était loin, cette blonde nue, apeurée et oppressée, qui s'était contemplée dans le miroir, pour la première fois sans honte ni peur, à côté d'Alexandre, quelque part dans un abri temporaire durant la guerre en Ingrie.

Depuis le mur de la chambre, un grand portrait de Daria nous observait d'un œil noir.

« Pas la peine de nous regarder comme ça… »

Et il a ricané : « La tsarine n'est quand même pas nue... si ?... » Alexandre était tellement ivre qu'il conversait avec les portraits. « Tu te souviens, Catherine ?... »

Je devais le faire taire sur-le-champ – et si quelqu'un nous entendait ? « Allons, Alexandre, allons, Peter va arriver d'un moment à l'autre, il a dit qu'il s'apprêtait à venir te voir. Allons, Alexandre, reprends-toi, reprends-toi... arrête de faire l'idiot, si j'ai pris un jour un coup au visage, ce n'est pas pour qu'aujourd'hui tu te laisses aller et que tu gâches tout. »

Il fallait que je le force à reprendre ses esprits. Ses domestiques m'ont aidée, nous y sommes parvenus avec de l'eau froide et un bouillon chaud. Quand Peter est arrivé et nous a trouvés installés dans le salon en noyer à discuter poliment, seuls les yeux d'Alexandre étaient encore un peu rouges : peurs, torts, faiblesses, remords, tout était de nouveau profondément enfoui. C'était plus facile pour moi qui n'avais rien à me reprocher. Est-ce qu'on aurait pu me reprocher de ne pas toujours réussir à arrêter Peter ? Qui aurait réussi, mon Dieu, qui ? Je me suis juré de faire tout mon possible pour sauver la vie d'innocents condamnés ou tombés en disgrâce.

Un serment que j'allais trahir peu de temps après.

De nouveau cette odeur : les bougies, l'encens, la myrrhe. L'odeur de la mort, l'air est aussi étouffant que lors des obsèques d'Alexis Petrovitch.

— *Gospodi pomiluï*, Seigneur, aie pitié...

La voix chantante et bourdonnante de Théophane Prokopovitch, reconnaissable entre toutes. J'ouvre les yeux – c'est bien lui, les bougies sont allumées et la myrrhe se consume, six popes sont réunis à ses côtés. Ils se préparent pour la dernière onction. C'est lui maintenant l'ecclésiastique le plus influent ici. Et c'est après le procès d'Alexis qu'il a commencé à prendre de l'importance... Il a fourni à Peter la réponse que trois métropolites, cinq évêques, quatre archimandrites et une grande quantité de popes importants, tous connaisseurs des Saintes Écritures, n'avaient pas réussi à lui apporter. Théophane Prokopovitch a dit ce que le souverain voulait entendre : *Vsiakaïa vlast' ot Boga*. Toute autorité vient de Dieu. Ces mots ont tellement plu à Peter qu'il s'en est servi comme d'un dogme pour sa réforme de l'Église. Toute autorité vient de Dieu, et celle du tsar lui est conférée par Dieu. Même les popes devaient obéir au tsar.

Ces seules paroles ont valu à Théophane Prokopovitch de devenir évêque de Pskov. Je l'ai nommé métropolite de Novgorod et placé à la tête du Synode. J'en avais besoin à mes côtés et j'avais l'approbation d'Alexandre. Quoi de mieux qu'un chef de l'Église qui affirme que tout ce qui vous passe par la tête est la volonté de Dieu ? *Vsiakaïa vlast' ot Boga*. Toute autorité vient de Dieu, et celle du tsar lui est conférée par Dieu. Le tsar et la tsarine n'ont même pas besoin de se repentir, puisqu'ils mettent en œuvre la volonté du Seigneur et ne sauraient se tromper. Seuls les simples mortels se trompent et commettent des péchés.

On y est – le dernier sacrement. J'y ai déjà eu droit quand je suis tombée malade, je ne sais plus si c'était il y a une semaine ou quelques jours. Pitié, Seigneur, je suis donc bien en train de mourir, pour de bon cette fois. Je brûle, je brûle et le mal me tiraille.

Théophane Prokopovitch tient dans ses mains l'icône tant aimée de Peter. *Spas Nerukotvornyi*, le visage de Jésus sur le voile de sainte Véronique. Torturé, austère, sans la moindre trace de compassion dans les yeux. Leur expression est vide, indifférente ; les gouttes de sang sur son front, sous les épines d'églantier, sont plus éclatantes que les rubis de son cadre. Ne me regarde pas, Seigneur… Il fut un temps où Tu me défendais et me protégeais, puis Tu m'as condamnée, punie, anéantie… Mais je me suis efforcée de ne jamais perdre espoir, j'ai gardé la foi, j'ai essayé de me comporter honnêtement… l'as-Tu oublié ?

Il fut un temps – je T'aimais, petite – où je Te faisais confiance. Il fut un temps où je Te craignais. Mais je me suis toujours soumise à Ta volonté, j'ai toujours senti Ton regard sur moi. Pourquoi Tes yeux sont-ils si froids aujourd'hui, si indifférents ? Si dénués d'amour… Ne T'ai-je pas toujours été dévouée… ?

Ou presque… À l'exception de ces quelques mois, après la mort d'Alexis Petrovitch, où j'ai été délivrée d'un poids, où l'avenir de mes enfants est devenu plus radieux, où plus aucun obstacle ne se dressait entre Petrouchka et le trône. Et, même alors, je m'efforçais de faire le bien pour les gens. Y compris pour ceux qui ne m'étaient pas reconnaissants. Seulement je n'y arrivais pas toujours…

Encore cette odeur, l'odeur de la mort.

L'été où Alexis est mort, nous avons perçu une odeur dans le jardin d'Été – qui n'avait rien à voir avec de l'encens ou de la myrrhe. Une puanteur terrible, près d'une des fontaines. Les jardiniers ont cru qu'un rat avait péri sous un buisson, ou que les eaux usées du palais avaient débordé d'un égout. Ils ont commencé à tout fouiller et ont fini par le trouver : l'une des voies d'écoulement de la fontaine était bouchée par un paquet. Ils l'ont ouvert : à l'intérieur se trouvait un nouveau-né en état de décomposition. Le plus terrible est qu'il était enveloppé dans un linge poisseux qui venait de ma cour, un linge portant mon blason de tsarine. Un bâtard de ma cour, dans un linge de la tsarine, brodé de mon blason.

Heureusement, après l'affaire Alexis, Peter avait écrasé ou intimidé la plupart de ses ennemis. Sans quoi les mauvaises langues se seraient peut-être mises à m'accuser. Mais Peter ne pouvait rester silencieux : il avait publié un oukase interdisant de tuer les nouveau-nés, qu'ils soient bâtards, faibles, souffrants ou infirmes. Et voilà qu'un cadavre de nourrisson était retrouvé dans sa propre demeure, dans un linge de son épouse. Dans le jardin de son palais, bouchant sa fontaine.

Le secret a été percé de manière fortuite avant même que Peter ait commencé à interroger nos courtisans.

Un soir, un *denstchik* a apporté à Peter une dénonciation anonyme au sujet de l'interminable procès des conspirateurs d'Alexis. Peter a mis le papier dans la poche de son caftan pour le lire le lendemain matin à tête reposée. Au réveil, ne le trouvant plus, il a envoyé chercher Ivan Orlov, qui l'avait aidé à se déshabiller. Orlov ne travaillait pas ce jour-là, il s'était saoulé la veille avec un courtisan quelconque. Les gardes l'ont trouvé – en train de cuver, encore un peu ivre – et l'ont amené à Sa Majesté qui, entre-temps, avait retrouvé le papier ; il y avait un trou dans sa poche et le document était tombé dans la doublure. Mais Orlov, qui ne se doutait pas qu'on l'avait appelé à cause du billet disparu, a commencé à se justifier pour une autre affaire qui l'empêchait de trouver le sommeil. Comme dit le dicton : le chapeau d'un voleur brûle. Il est tombé à genoux devant Peter et a affirmé n'avoir jamais été au courant d'aucun enfant mort, il aimait Mary Danilovna Hamilton depuis trois ans, Dieu en était témoin, et, oui, elle avait plusieurs fois été grosse, mais, *yei Bogu*, elle lui avait dit qu'ils étaient mort-nés.

Pendant que les gens de Peter cherchaient Mary Hamilton, Ivan Orlov a accouru chez moi – il s'est jeté à mes pieds. Prise au dépourvu, je ne comprenais rien : ce qu'il faisait là, de quoi il se repentait et pourquoi il répétait que ça n'était qu'une affaire de jalousie, que lui n'avait jamais, au grand jamais, prononcé un mot contre la tsarine Matouchka ; tout venait de Mary, qui avait colporté ces rumeurs selon lesquelles Sa Majesté – moi ! – mangeait de la cire pour préserver sa beauté et que c'était pour ça que le visage de Sa Majesté – le mien ! – était horrible, parsemé d'affreux points noirs qu'elle cachait sous une épaisse couche de fard ! Mary Danilovna avait voulu faire porter ces mensonges à Avdotia Tchernicheva, et c'était finalement sur Orlov que ça tombait !

Je ne comprenais rien aux divagations d'Orlov...

J'ai donné l'ordre qu'on m'amène Mary Hamilton.

Mary s'est lancée dans des propos incompréhensibles : elle avait voulu détourner Orlov de Dunka, Avdotia Tchernicheva, qu'il avait commencé à fréquenter ; par jalousie, et uniquement par jalousie, elle avait accusé Avdotia de raconter que moi, la tsarine, je mangeais de la cire pour rester belle... Elle avait inventé n'importe quoi, une bêtise pour nuire à Avdotia... pour qu'Orlov se tienne à l'écart !

Elle se tenait là, tremblante, blafarde, bouffie – elle n'avait plus rien de la beauté qu'elle avait été, tellement belle qu'on ne pouvait même pas la jalouser, on ne pouvait que l'admirer. Seuls ses cheveux cuivrés étaient toujours bouclés, comme les copeaux sous le rabot d'un faiseur de cercueils.

Il arrive qu'on voie une personne et qu'on ait le sentiment de la connaître depuis toujours – elle vous est si chère que vous posez la tête sur sa poitrine, si proche qu'elle dort sur un matelas à vos pieds quand vous n'allez pas bien ; elle semble envoyée pas le Seigneur pour vous réconforter. Il arrive que cette personne vous soit si familière que vous avez le sentiment de la connaître depuis toujours, et puis vous vous apercevez soudain que, bon sang, il n'en est rien.

Ma grossesse touchait à sa fin, j'étais mal en point, j'étais irascible, je n'ai pas pu me retenir – je me suis approchée de Mary, je l'ai giflée, fort. Et je l'ai poussée...

Si j'avais mangé de la cire d'abeille et du pollen, c'était toujours en guise de remède, sur les conseils de Blümentrost, pour apaiser la faim incessante qui me tourmentait chaque fois que j'avais peur, or j'avais constamment peur, et je ne voulais pas grossir. La cire et le pollen me coupaient la faim, la cire faisait aussi blanchir ma peau et ne me donnait certainement pas de points noirs. Mary aurait mieux fait de se regarder elle-même dans une glace – c'était elle qui avait perdu sa beauté, qui était devenue blafarde et bouffie...

Mary a éclaté en sanglots, elle ne savait plus

comment se justifier. Mais je ne voulais plus rien savoir. Peter, soucieux de défendre mon honneur, s'est chargé d'elle : il l'a envoyée à la forteresse Pierre-et-Paul et a ordonné qu'on lui donne cinq coups de knout. Ivan Orlov a pris le même chemin.

Alexandre aussi s'en est occupé : il a fait fouiller sa chambre dans le palais d'Été par les gens de son beau-frère, le commissaire de police Anton Devier. On a dit que c'était pour se venger car elle avait rejeté les avances du Sérénissime quand Peter s'était lassé d'elle. Il me semble que c'était beaucoup plus simple : j'étais la tsarine d'Alexandre, sa carte maîtresse, sa dame, l'atout sur lequel il avait tout misé, et avec lequel il devait battre tous les autres : les dames, les valets… surtout ceux qui parlaient trop et cherchaient à me calomnier.

Je pense qu'Alexandre voulait juste la faire taire. Mais en retournant sa chambre de fond en comble, ils ont retrouvé tout un tas de bijoux en diamants qu'elle m'avait volés. Et de l'argent, dissimulé ici et là : des *tchervontsy*, des ducats et des thalers, à l'évidence dérobés pendant notre voyage.

Après cinq coups de knout, elle s'est mise à parler. Elle a tout raconté, mais rien sur Vanka Orlov – lui n'était au courant de rien. Il ne savait pas que les trois cents *tchervontsy* rouges qu'elle lui avait offerts provenaient de mes coffres, ni qu'elle avait été enceinte trois fois et que tous les enfants étaient mort-nés. Orlov ne savait rien, on ne pouvait rien lui reprocher…

Lui, en revanche, n'a fait qu'accabler Mary lors de son interrogatoire : c'était une dévergondée qui pendant le voyage avait couché avec la moitié des valets de Peter, Alaberdijev, Kocheliov, et même avec le page Mavrine ; déjà au Danemark et en Hollande, il s'était disputé avec elle, il s'en était plaint aux autres courtisans, en la traitant de putain et de *blyad* – ce qu'ont par ailleurs confirmé les rapports de leurs interrogatoires. Il avait eu des soupçons pendant le voyage du retour – un soir, à Revel, où il lui avait demandé si elle n'était pas *briukhataïa*, grosse, elle avait répondu qu'elle était malade, qu'elle avait les boyaux à l'envers, d'où son ventre si gonflé et si dur.

Mary a reçu cinq autres coups de knout.

Peter m'a lu le rapport d'interrogatoire : accrochée par les bras sur le *dyb* de torture, elle a avoué avoir été enceinte deux fois, et avoir tué les enfants avec des médicaments contre la constipation – la troisième fois, la dernière, elle avait accouché au-dessus d'une bassine remplie d'eau, dans laquelle l'enfant était tombé, mais elle était tellement faible qu'elle s'était évanouie et à son réveil l'enfant était mort. Elle n'avait jamais eu de liaison avec un autre *denstchik* qu'Orlov. De ses rapports avec Peter, elle n'a évidemment rien dit. Et évidemment, personne ne lui a rien demandé.

Les dates qu'elle a données m'ont fait songer qu'elle avait peut-être perdu un enfant lors de la traversée en mer à l'occasion de l'anniversaire de Peter – ce n'était pas pour rien que, durant la tempête, dans la cabine, elle avait tellement serré sa ceinture à la taille et qu'elle avait ensuite disparu quelques jours.

C'est Piotr Tolstoï qui a pris le relais de l'enquête : il s'est intéressé aux domestiques de Mary. Heureusement, j'avais déjà promu l'intelligente Anna Kramer, et elle a été présentée comme la dame de cour d'Anouchka, ce qui lui a évité l'interrogatoire. Mais il restait une autre domestique de Mary, Katerina Ternovskaïa, une mauvaise baba, qui a tout raconté : comment sa maîtresse rapportait des bijoux qu'elle cachait dans ses habits, et comment, après avoir fait deux fausses couches, elle avait donné naissance à un enfant ; Mary avait accouché dans une bassine remplie d'eau et avait elle-même glissé son doigt dans la bouche du nouveau-né jusqu'à ce qu'il s'étouffe ; elle lui avait ordonné de l'envelopper dans un linge et de l'enfouir dans un trou ou un conduit quelconque du jardin du palais d'Été. Pour cela, elle lui avait offert une paire de boucles d'oreilles.

Les nouvelles concernant Mary m'ont vite lassée. Sa trahison m'avait rendue amère, sa bassesse me répugnait ; je m'en voulais de l'avoir laissée s'approcher si près, d'en avoir fait ma dame de compagnie, de lui avoir montré le monde – elle aurait pu briller à la cour, mais il faut croire que nos courtisans ne se comportaient pas mieux que des bêtes. Le détail des interrogatoires – ses copulations et la façon dont elle s'était débarrassée des bâtards – ne m'intéressait plus. Elle n'était qu'une chienne en rut, voleuse et menteuse ; une chienne dans tous les sens du terme, moins la fidélité et l'attachement à son maître. J'étais si en colère, si déçue, que j'ai compris qu'au fond de mon cœur, elle m'était toujours chère.

Le 31 août, j'ai donné naissance à une petite fille robuste et vigoureuse que nous avons appelée Natalia. Je me demandais comment on pouvait lever la main pour tuer son enfant, mais surtout j'ai pris conscience qu'aucune femme n'est à l'abri du destin. Mary elle-même s'était autrefois blottie dans les bras de sa mère, et à en croire Willem Mons, aucun signe du zodiaque ne pouvait lui prédire un tel destin.

Le destin de Mary était de se retrouver à notre cour. D'y croiser Peter, qui l'avait compromise aux yeux de tous, puis oubliée. Son malheur a été de tomber amoureuse d'un vaurien – un lâche qui ne voulait pas l'épouser – et qu'aucun prétendant convenable ne se soit présenté. Sa malédiction a été que cet amour se soit accompagné de grossesses successives. Et que personne ne l'ait prise sous son aile, ne l'ait conseillée, même pas moi. Elle avait bien vu comment Peter m'avait traitée durant ce voyage – vu les larmes, les mois d'attente solitaire, les humiliations, les bleus. Qui aurait pu défendre Mary, qui ?

Au mois de novembre, la cour de Peter a rendu son jugement : Mary Hamilton était condamnée à mort. C'était la peine prévue pour un infanticide selon l'oukase, et en attendant que cette peine soit exécutée, elle devait rester enchaînée dans la forteresse.

Ils ont prononcé la peine et l'ont oubliée. Peter était très occupé : il avait découvert et interrogé de nouveaux complices d'Alexis Petrovitch. Finalement, juste avant Noël, il a décapité neuf d'entre eux et exposé leurs têtes sur des pieux au milieu de la place de la Sainte-Trinité. À peu près au même moment, une nouvelle réjouissante nous est parvenue : quelque part en Norvège, lors d'une attaque, une balle perdue avait tué Charles de Suède. La balle l'avait frappé à la tempe alors qu'il sortait la tête de sa tranchée, ce qui a fait dire à tout le monde que la balle devait être, comme lui, suédoise. Charles XII n'étant plus, la paix redevenait possible. À l'occasion de l'étouffement définitif du complot d'Alexis et de la nouvelle réjouissante venue de Norvège, Peter a fait graver une médaille : d'un côté son profil, de l'autre une montagne surmontée d'une couronne et, entre les nuages, l'inscription : *Tvoïo velitchestvo vezde iasno*, nulle part ta grandeur n'est assombrie.

Il s'est calmé puis il est parti se soigner à Olonets, dans les Eaux martiales. Cinq ans auparavant, un moujik avait découvert une source qui ne gelait jamais, même au milieu de l'hiver, et qui l'avait guéri de tous ses maux. Blümentrost et Erskine ont examiné cette eau : elle était très riche en fer, ce pour quoi on l'avait appelée source martiale, en l'honneur de Mars, dieu de la guerre et de ce métal. La Russie avait enfin ses eaux curatives, qui n'avaient rien à envier à celles de l'Europe. J'ai dû laisser mes enfants et mon nouveau-né aux Menchikov et accompagner Peter jusqu'à ces thermes situés à de nombreuses verstes au nord : là où mon mari, le souverain, voulait aller, je devais le suivre.

Olonets ne ressemblait en rien aux luxueuses villes d'eaux de l'Occident – seuls s'y trouvaient quelques bâtiments en rondins et une église en cours de construction. Mais les eaux chargées en fer m'ont fait autant de bien qu'à Peter : mon corps a commencé à dégonfler, je dormais mieux, mon teint s'éclaircissait et ma taille s'est amincie. Surtout, en renonçant à boire chaque soir une bouteille de vin en dînant copieusement, je passais de moins en moins de nuits sans sommeil, et mon esprit s'aiguisait. J'ai pris clairement conscience de ce que Peter avait fait à son premier-né. Je me suis souvenue du Jugement dernier qui m'attendait, ce mon devoir et du serment prononcé lors de mon baptême : aider Peter à trouver la lumière.

Comme à chaque fois qu'il ne buvait pas, Peter était en manque de tendresse. Je m'efforçais de lui donner ce qu'il voulait, même si mon corps n'obéissait pas : si je ne l'abreuvais pas, il était triste et se braquait, se raidissait quand Peter s'approchait ; j'étais incapable d'éprouver le moindre désir, même quand mon mari faisait preuve de la plus grande tendresse. J'ai appris à mon corps à mentir : par la voix, par les gestes et d'autres ruses. J'ai appris à mentir, à endurer, même si le plus souvent, au lieu d'un plaisir étourdissant, je ne ressentais que de la douleur ; presque la même douleur qu'autrefois, quand j'étais cette chose, cet orifice dénué de sentiments dont se servait Cheremetiev.

Comme si on m'avait entendue, lors de notre séjour aux Eaux martiales, nous avons appris la mort de Cheremetiev à Moscou : combien de fois j'avais rêvé de le voir exploser, et mon vœu s'était presque réalisé – il est mort gonflé comme une outre. D'un œdème.

La nouvelle qui m'aurait tant réjouie dans ma jeunesse ne m'a apporté aucune joie. Peut-être Peter m'avait-il déjà appris à adopter le point de vue d'une souveraine, à considérer les gens comme s'ils étaient des choses – en mesurant leur utilité à l'État ou à ma personne. Peut-être pensais-je aux âmes dans la balance sur le tableau du Jugement dernier à Gdańsk. Et à Mary Hamilton, aussi scélérate soit-elle, qui depuis novembre attendait son exécution, enchaînée dans la forteresse Pierre-et-Paul, dans l'incertitude, ne sachant jamais quel serait son dernier jour. Existe-t-il plus grande torture que le temps qui sépare le condamné de sa mort ? J'ai compris que ça se passerait exactement comme pour Cheremetiev : cette mort ne me procurerait aucun soulagement, aucune quiétude, elle ne serait en aucun cas la preuve de la justice suprême. Je voulais me souvenir du rire de Mary, qui éclatait comme un feu d'artifice, de ses doigts tendres dans mes cheveux, de ses bras accueillants, et laisser là où ils étaient, avec elle, dans un village éloigné de l'exil, la trahison, les mensonges et les vols. Pouvait-on tuer cette pauvresse uniquement parce qu'elle pensait avec ce qu'elle avait entre les jambes, et non avec sa tête ? Cela n'aurait-il pas pu arriver à n'importe qui ? Le châtiment appartient au Seigneur, c'était à Lui de la punir…

Aussitôt revenue des Eaux martiales, j'ai commencé à réfléchir à une façon de la sauver. J'ai songé à une solution : persuader la tsarine Prascovia de se jeter aux pieds de Peter pour intercéder en faveur de Mary. Selon la vieille tradition russe, le tsar ne pouvait refuser les demandes des tsarines et des tsarevnas. J'y mettrais aussi du mien, elle avait été ma dame de compagnie.

De retour à Saint-Pétersbourg, sans rien dire à Peter, j'ai rendu visite à Mary dans la forteresse – après tout, elle n'avait rien d'une prisonnière d'État impliquée dans un complot.

Le triste tableau qui s'est offert à mes yeux – les pots de chambre encore remplis d'excréments, les torchons, la saleté, une misérable couche, une table, une icône avec une lampe dans un coin et Mary, rabougrie et amaigrie – n'était supportable qu'en sachant qu'elle allait être pardonnée grâce à mes efforts. Nous connaissions la date de l'exécution, le 14 mars de l'année 1719. Mary s'est précipitée à mes pieds, elle regrettait sincèrement : elle pleurait en me demandant ce qu'elle aurait pu faire. À la cour, on attendait d'elle qu'elle soit belle, qu'elle brille et se pare, mais elle n'en avait pas les moyens car elle donnait tout ce qui restait de son salaire à Ivan Orlov pour qu'il ne la quitte pas : elle l'aimait, et l'amour ne choisit pas ; elle n'avait pas choisi que son amant ait des dettes de jeu ! Les complices d'Orlov menaçaient même de le livrer au tsar… Dieu sait qu'elle aurait voulu élever ses enfants, mais comment ? Comment le tsar l'aurait-il considérée avec un bâtard ? Ces enfants n'étaient pas de lui, mais d'Orlov ; s'ils avaient été du tsar Batouchka, il lui aurait vite trouvé un mari, comme il avait fait pour Avdotia Tchernicheva, et pour Machka Matveïeva qu'il avait fiancée et qui s'apprêtait à épouser Roumiantsev ! Le Batouchka, Sa Majesté, ne l'avait jamais beaucoup aimée, il venait la voir parce qu'elle était belle – il aimait la contempler ; allongé dans le lit, entortillant ses boucles autour de son poignet et de sa main, il disait : Il n'existe pas deux chevelures comme la tienne à Saint-Pétersbourg ! Certes, la beauté provoquait parfois sa passion et ses faveurs, mais il n'éprouvait pas d'affection pour elle, ça non… Qu'aurait-elle donc pu faire ?

Mary a imploré que l'on exauce sa dernière volonté : qu'on lui apporte une jolie robe. Et un miroir. Et un peu de fard pour ses joues. Même le jour de son exécution, elle voulait paraître belle pour le monde et pour Vanka Orlov, au cas où celui-ci serait parvenu à l'apercevoir. Je le lui ai promis. J'étais convaincue de réussir à la tirer d'affaire.

Willem Mons dirait plus tard que le moment était simplement mal choisi : nous étions le 13 mars, un vendredi, jour où le diable parvient souvent à ses fins. Ni moi ni la tsarine Prascovia n'avons réussi à obtenir la grâce de Peter ; Prascovia avait accroché la requête au collier de Lizetka, la chienne du tsar – un tour qui le faisait toujours sourire –, et de vive voix elle lui a demandé d'avoir pitié de Mary Danilovna. J'ai moi aussi plaidé sa cause ce soir-là, ainsi qu'Apraxine – même Piotr Tolstoï, qui l'avait interrogée, a tenté d'adoucir le cœur de Peter…

Rien n'y a fait. Peter a rétorqué que toute autorité vient de Dieu, *Vsiakaïa vlast' ot Boga*, qu'à son oukase s'ajoutait la volonté du Seigneur, la vie d'un enfant était sacrée. Le tsar n'allait pas enfreindre ses propres oukases, et encore moins les lois du Seigneur. Que Mary serve d'exemple.

Jusqu'au dernier moment, quand Mary Hamilton est montée sur l'échafaud dans la robe que je lui avais fait porter, l'une de ses plus jolies, presque neuve, en soie blanche avec des nœuds noirs sur le corset et les manches, le teint pâle, les lèvres peintes de carmin, ses boucles cuivrées entrelacées tels des coraux ou des veines, jusqu'à ce dernier moment nous avons cru que Peter, en la voyant si belle, si humble, si désespérée et repentante, aurait pitié d'elle. Ne l'avait-il pas désirée autrefois, ne lui avait-il pas rendu visite, ne l'avait-il pas embrassée, n'avait-il pas pris son plaisir en elle avant de s'allonger à son côté et d'entortiller tendrement ses cheveux autour de sa large main ?

Lorsqu'il a rejoint Mary sur l'échafaud, s'est approché d'elle, tremblante et digne d'un tableau, et qu'il a embrassé passionnément son front puis ses lèvres, un soupir d'admiration a parcouru la place de la Sainte-Trinité ; une telle marque d'affection de la part du tsar était très inattendue et très belle : sur la place, hommes et babas, jeunes filles et jeunes garçons, enfants, mendiants et *iourodivi* regardaient bouche bée, le sourire aux lèvres, les yeux brillants comme s'ils assistaient à une pièce de théâtre et que, *vot vot*, la pièce se finirait bien pour les amoureux ; seul le regard des neuf têtes plantées sur les pieux de la honte depuis décembre était vide d'espoir – il y avait longtemps que leurs orbites avaient été nettoyées par les corbeaux et les goélands. Peter a fini par murmurer quelque chose à l'oreille du bourreau : la foule retenait son souffle dans l'attente d'un heureux dénouement.

La clémence de Peter n'allait pas loin : le bourreau ne poserait pas ses mains sur le corps autrefois caressé par Peter, il ne s'agenouillerait pas, n'arracherait pas la robe blanche et les nœuds noirs des épaules de Mary, il ne toucherait ni son décolleté ni sa poitrine. Il n'y a eu qu'un seul coup, précis, non pas à la hache mais à l'épée, comme il convient aux nobles : la tête a roulé aux pieds de Peter, les flots de sang rouge se sont mêlés aux cheveux roux et au gris de la neige sale et piétinée.

Les habitants de Saint-Pétersbourg, qui avaient déjà tout vu, n'ont pu retenir un cri d'effroi. Peter leur réservait pourtant une autre surprise : il a saisi la tête de Mary par ses beaux cheveux et après l'avoir contemplée un long moment, il a baisé ses lèvres entrouvertes, et après avoir secoué ce qu'il restait de sang, s'est lancé dans un cours d'anatomie devant les gens du peuple réunis sur la place : voyez ici la colonne vertébrale, ici l'œsophage, là la trachée, les cartilages, les veines ; voilà comment fonctionne le corps, personne ne peut vivre sans tête ; chacun pourra bientôt l'observer de près dans la future Kunstkamera.

Heureusement, j'avais obtenu la parole de Peter, aussi changeante et hésitante soit-elle, que son cabinet de curiosités ne serait pas exposé dans notre maison. Le bocal avec la tête de Mary a été conservé hors de ma vue, dans le palais de Kikine, puis dans le Palais du peuple du jardin d'Été, jusqu'à ce qu'on construise le palais de la Kunstkamera, où on lui a donné une place de choix, dans la salle principale. Plus tard, un des envoyés anglais à Saint-Pétersbourg, certainement tout aussi piqué que Peter, a dit, en passant des heures devant le bocal avec la tête de Mary, qu'il n'avait jamais vu de plus joli visage. Quel homme étrange…

S'il l'avait vue vivante… Avec ses cheveux cuivrés, ses sourcils noirs et la façon dont les coins de sa bouche se retroussaient avant qu'elle éclate de rire…

Plus tard, Peter m'a confié qu'il ne pouvait pardonner cet infanticide : si l'on comptait bien, l'enfant trouvé dans un conduit de la fontaine était peut-être de lui. Il a avoué avoir rendu plusieurs visites à Mary. Il a dit : « Catherine, c'est ta faute, à toujours prendre des airs, à être de mauvaise humeur, sèche, que me restait-il à faire ? »

Avais-je vraiment besoin d'un autre bâtard de Peter, un garçon qui plus est ? Il y avait déjà ceux d'Avdotia, élevés par Tchernichev… Y en avait-il encore beaucoup ?

Peu importe. Mary avait été – elle n'était plus. Je

n'avais rien fait pour l'aider, alors que je m'étais doutée qu'elle était enceinte. Je ne m'en étais pas mêlée, elle devait résoudre ses ennuis toute seule, comme nous toutes. Je devais m'efforcer de sauver ceux que je pouvais sauver. Mais j'avais parfois manqué de détermination. Je n'ai pas non plus réussi à sauver Evva Holender, la jeune épouse de Vassili Olsufiev.

Peter avait d'abord paru apprécier l'Allemande d'Olsufiev. Puis il s'est mis en tête de la tourmenter... C'était une femme agréable et humble, et Peter a voulu éprouver les limites de son humilité. Il a commencé par lui arracher une dent douloureuse. Ensuite, pour asseoir son pouvoir, le jour du baptême de leur enfant, il a ordonné aux parents de l'appeler non pas Vasia, comme ils le souhaitaient, mais Adam – la mère étant Evva, le fils serait Adam. Vassili l'a convaincue d'accepter qu'on lui arrache la dent et que son fils porte le nom imposé par Peter. Elle ravalait toujours ses larmes et supportait. Elle ne s'est rebellée qu'une seule fois. Peut-être n'était-elle tout simplement pas de nature à se faire plus basse que l'herbe, plus silencieuse que l'eau. Elle ne savait peut-être pas courber l'échine, ni l'âme, ce qui est désastreux pour une femme.

C'est arrivé quand Evva Olsufieva était enceinte. Elle allait accoucher à tout moment. Peter venait de publier un oukase exigeant de ses courtisans qu'ils organisent des réceptions polies. Ils devaient se retrouver chaque semaine dans la demeure de l'un des nobles de Saint-Pétersbourg, et s'y restaurer, danser, converser, entre hommes et femmes, en observant les règles de politesse. Seulement, après un quart d'heure de gêne où personne ne trouvait rien à se dire, les hommes partaient se chamailler bruyamment de leur côté, et les femmes parlaient entre elles comme elles en avaient l'habitude. De cuisine, de chiffons et d'enfants, tandis que les hommes discutaient de questions les concernant et de politique. Peter voulait que tous se mélangent, bavardent, échangent des traits d'esprit et se lancent des regards, comme il l'avait vu faire à Paris et en Europe... Il forçait les plus timides à boire afin qu'ils se détendent et qu'hommes et femmes se parlent. Personne ne devait repartir sobre. Il a annoncé qu'il donnait une *machkara* de ce genre au Sénat : trente femmes ont pris peur et ne sont pas venues ; Evva, dont la grossesse arrivait à son terme, en faisait partie. Peter a enragé et leur a ordonné de se rassembler le dimanche suivant pour vider la coupe de la punition – cette redoutable coupe remplie de vodka. Apprenant cela, Evva Olsufieva a accouru pour me supplier de la défendre, elle ne pouvait pas s'y rendre dans son état. J'ai transmis sa requête à Peter, mais celui-ci m'a dit qu'il ne répondrait de rien si elle ne venait pas – en Russie, on n'aimait pas beaucoup les étrangères, mais encore moins celles qui réclamaient un traitement de faveur. Dans un cas comme dans l'autre, elle boirait la coupe de la punition, et si elle rechignait elle aurait aussi droit au knout. La même punition m'attendait si je le dérangeais à nouveau. Il n'a rien voulu savoir – voilà ce que j'ai dit à Evva, les larmes aux yeux, quand je suis retournée auprès d'elle. Je lui ai conseillé de venir, de faire semblant de boire et de recracher discrètement la vodka. Mais Evva ne s'est pas montrée le dimanche. Au lieu de cela, à l'aube d'une nuit de tourmente, elle a prématurément mis au monde un enfant mort-né.

Peter, le lendemain, à peine réveillé de sa beuverie, s'apprêtait à envoyer les gardes pour l'arrêter et la faire fouetter, lorsqu'on lui a apporté un paquet. Evva lui avait adressé le corps de son enfant dans un bocal, avec un petit mot : c'était un cadeau pour lui et sa Kunstkamera en cours de construction. Peter a pris cela pour une plaisanterie, et non comme un message rempli de l'amertume mortifère d'Evva. Il n'imaginait pas qu'on puisse ressentir à son égard un tel mépris, une telle haine, le maudire en silence. Son autorité de tsar lui était conférée par Dieu. Et aussi, en l'occurrence, par la vodka...

Une mauvaise fièvre s'est emparée d'Evva après son accouchement. Elle ne s'en est jamais remise – ses paroles n'ont plus jamais eu de sens.

Je n'avais pas réussi à empêcher Peter cette fois-là. J'avais essayé, mais il m'avait repoussée. Je ne pouvais pas me laisser bousculer comme ça devant mes courtisans. Qui, après ça, aurait obéi à mes ordres ?

J'ai beaucoup pleuré et prié après le malheur d'Evva. Je craignais que la cruauté de Peter se retourne contre nous. Le Seigneur avait tout vu... Je pressentais qu'Il Se préparait à nous châtier... Et le châtiment s'est produit, lors des excès habituels du Synode pochard. Peter avait projeté de marier Nicolas Bourgeois, le géant qu'il avait ramené de France et qu'il employait désormais comme laquais. Il lui avait choisi sa fiancée, une géante finlandaise, presque aussi grande que lui, sinon plus, et il attendait d'eux qu'ils aient des enfants tout aussi grands. Mais avant de se marier, les fiancés devaient distraire le Synode : on avait habillé le couple de géants comme des nourrissons, avec des chemises blanches et des bonnets de dentelle, et au lieu d'une tétine, on leur avait fourré dans la bouche une bouteille de *krepych*, de vodka. Nous buvions, nous riions, tout était très amusant. J'avais même oublié tous mes malheurs : Evva, devenue folle, Mary, décapitée un mois plus tôt.

Je me souviens encore de la date : le 25 avril 1719.

Willem Mons avait prédit que l'année 1719 serait une année malheureuse pour Peter et moi. Quoique, selon ses calculs, dix-neuf aurait dû signifier un achèvement et un apogée – de même qu'une décade commence par un et se termine par neuf.

À moins que l'apogée soit juste le moment où le Seigneur distribue Sa punition ?

Quand le messager est arrivé, tout essoufflé, nous n'avons pas compris ce qu'il disait : nous pensions qu'il s'agissait des géants, de ces nourrissons géants, une plaisanterie du Synode pochard. Nous nous en sommes moqués, nous étions si ivres et pris par la fête que nous n'avons pas compris tout de suite...

« Le petit est mort... le petit est mort... »

Peter s'est esclaffé : « Nous allons l'asperger d'eau et il ressuscitera, et puis nous lui donnerons à nouveau du *krepych* ! »

Alors le messager est tombé à genoux et a crié : « L'héritier du trône, le tsarévitch, le petit Piotr Petrovitch vient de mourir... Nous avons perdu notre tsarévitch, Seigneur, aie pitié ! »

En partant festoyer, nous avions laissé

Chichetchka vivant et en bonne santé, il n'avait même pas de fièvre, il s'était juste plaint d'avoir un peu mal à la gorge. La fièvre était montée d'un coup, provoquant même des convulsions…

Plus tard, les gens diraient : « La faute à Saint-Pétersbourg, aux courants d'air humides de Saint-Pétersbourg au printemps, qui sont mauvais pour les petits enfants. »

Alexandre et Daria, qui s'étaient souvent occupés de Chichetchka, avaient vu comme moi qu'il devenait fragile, qu'il était constamment malade. Il avait commencé à parler plus tard que nos autres enfants ; il n'était pas aussi intelligent qu'Anouchka ni aussi vif que Lizetta au même âge. Il attrapait difficilement les choses avec ses mains, il tenait laborieusement la plume entre ses doigts. Il n'aimait que les épées, les hochets, les canons miniatures, les chevaux. Et il admirait Peter, son « Papenka », qui disait : « Il sera chef de guerre ! » Non, il ne le serait jamais… Jamais notre Chichetchka ne serait chef de guerre. Jamais il ne gouvernerait.

J'y ai aussitôt vu le châtiment que Dieu nous envoyait. Le doigt menaçant du Seigneur…

Il punissait Peter pour son atrocité sanglante, inutile mais irréprimable. Pour Alexis Petrovitch, pour les torturés, pour Mary, pour Evva et son enfant, et pour les autres… Mais pourquoi moi, pourquoi me punissait-Il, moi ? Le Seigneur pensait-Il réellement que j'étais en mesure de retenir Peter ? Je le craignais de plus en plus…

J'ouvre les yeux et devant moi, Théophane Prokopovitch tient une autre icône. Tous continuent de chanter, l'encens continue de brûler mais je la vois à travers la fumée : *Voznesenie*, l'Assomption, la mère de Dieu, allongée dans son cercueil.

Je comprends seulement maintenant pourquoi cette image est si étrange, pourquoi les icônes sont si troublantes : ce n'est pas ce qu'on voit dans la réalité. Tout ce qui entoure la mère de Dieu est déformé. Comme si je regardais dans un miroir hollandais convexe… Je ne perçois distinctement que l'icône, tout autour ma vision est floue, comme si j'étais sous une cloche de verre : je suis derrière le verre – l'univers de notre Seigneur se perd dans le fond doré de l'icône.

Les icônes vous donnent le sentiment d'être emprisonnée, protégée du monde immense et effrayant qui s'étend à l'extérieur. Pas comme dans la réalité, où la route rétrécit en s'éloignant, jusqu'à n'être plus qu'un point à l'horizon. Où les choses lointaines sont petites et insignifiantes. Non, les images saintes russes sont différentes : plus on s'éloigne, plus la route s'élargit, à l'infini. Derrière l'or, l'obscurité… Les choses éloignées de nous, dont on ignore tout, sont souvent immenses et menaçantes. Comme si on était une mouche sous une cloche…

Je comprends soudain qu'en Russie Dieu n'est pas amour, mais peur. Une peur toute-puissante, enveloppante, étourdissante. L'amour, si on a de la chance, n'arrive qu'ensuite. Après la mort, peut-être.

Un jour, près d'une église, j'ai eu pitié d'un vieux *iourodiv* édenté, dont les mollets n'étaient qu'une plaie, déjà gangrenée. Je lui ai fait aumône d'un rouble et lui ai dit : Dieu sera généreux, Il récompensera tes souffrances par la vie éternelle. Le vieux m'a regardée avec indifférence : C'est à vous,

Matouchka, aux puissants, que reviendront le paradis et la vie éternelle. Notre bon Dieu, *Bozhenka*, ne se souvient jamais de nous sur Terre, Il ne s'inquiétera pas plus de nous après notre mort.

— Je ne Le crains pas.

J'essaie de montrer du doigt le *Spas*, qu'on tient derrière Théophane Prokopovitch. Je n'émets qu'un sifflement, je ne sais même pas si l'on m'entend…

Théophane Prokopovitch m'a entendue. Il se signe et dit à voix basse :

— Il faut Le craindre, Matouchka, il le faut… Mais le Tout-Puissant est miséricordieux, Il pardonnera. Vous devriez à nouveau vous confesser, *isposvedatsa*…

Il est peut-être miséricordieux, mais est-Il juste ? Pourquoi m'a-t-Il punie ? Pourquoi m'a-t-Il enlevé Petrouchka ? Et les autres ? Je me suis confessée pas plus tard qu'il y a quelques jours, que veulent-ils de plus ?

Quand Petrouchka Petrovitch est mort, nous nous sommes sentis tous les deux comme recouverts d'une chape de plomb. Le reste du monde, lointain, étouffé et ténébreux, se trouvait au-delà de cette chape. Sans Alexandre, qui a immédiatement accouru au palais, nous aurions été incapables de nous occuper de la mise en bière. Alexandre a même passé la première nuit avec Peter, enfermé dans sa *tokarnia*…

On a emporté le petit cercueil de Chichetchka aux aurores, à cinq heures, au son des salves des canons, sur une barque sur la Neva. Nous l'avons accompagné, naviguant entre les plaques de glace, vers l'église de Saint-Lazare du monastère Alexandre Nevski.

Chichetchka est celui de nos garçons qui a vécu le plus longtemps, quatre ans et cinq mois, à cinq jours près... Il était en train de devenir un petit homme, qui ressemblait toujours plus à son père...

Et pendant deux de ces quatre années, au lieu de l'allaiter, d'assister à ses premiers pas, de le voir tenir sa tête, sourire pour la première fois et tendre les mains, je me traînais en Europe selon le bon vouloir de Peter. Si j'étais restée auprès de lui durant son enfance, peut-être aurait-il été plus robuste, peut-être l'aurais-je protégé... Ma douleur était telle que je n'ai même pas pu assister à son enterrement.

Peter, en rentrant de l'enterrement, s'est enfermé pendant trois jours dans sa *tokarnia*. Il a interdit qu'on lui apporte de la nourriture. Ou à boire. On l'a entendu se lamenter, hurler comme s'il était blessé. Il y avait aussi des coups sourds. Comme s'il se tapait la tête contre les murs, de tristesse...

Il ne m'a pas laissée entrer, même pour le consoler. J'étais effrayée, j'avais besoin de lui, il me fallait au moins préserver Peter. Rester sans héritier et sans époux aurait signifié ma perte. Le seul héritier était désormais le petit-fils de Peter, celui qui avait le même âge que Petrouchka – le fils d'Alexis.

Peter avait sacrifié son premier-né pour que Petrouchka puisse gouverner. Mais Chichetchka n'était plus...

Mon malheur était si infini que je me sentais morte aussi... Il me fallait pourtant survivre. À quoi cela aurait-il servi que Peter, moi et nos trois filles mourions ? Cela n'aurait profité qu'aux ennemis de Peter et de la Russie. C'est ce que je lui ai dit quand il a fini par ouvrir sa porte, trois jours plus tard. Il était tellement affaibli que j'ai eu de la peine pour lui ; si diminué que j'ai compris combien il souffrait, et je me suis rappelé combien je l'aimais malgré tout. Je lui ai tout pardonné. J'ai couru vers lui, passant devant tout le monde dans le couloir, et lui, toujours en larmes et sans un mot, m'a ouvert ses bras robustes, mon unique refuge depuis déjà de nombreuses années.

Ses joues barbues et mal rasées étaient mouillées de larmes. Il m'a dit : « Nous avons assez souffert, Catherine, nous nous sommes assez fait souffrir l'un l'autre, cela suffit... Le Seigneur ne veut plus que nous soyons en deuil... »

Le lendemain matin, nous sommes partis pour Ekaterinhof, où nous avons passé la nuit sur le bateau. Nous avons couru d'un palais à un autre – tous nous rappelaient Petrouchka : là il avait fait du cheval, là il s'était blessé, là il avait allumé la mèche du canon pour la première fois, là il avait goûté ses premiers fruits confits, ici et là, il avait été souffrant... Nous n'étions bien nulle part, nous nous sentions comme pourchassés... Peter s'imaginait que s'il s'attardait à un endroit, on l'assassinerait. Nous avons continué à aller de palais en palais, de bateau en bateau... jusqu'à ce que nous arrivions ici, à Tsarskoïe... Les attaques de Peter nous y ont retenus – des crises plus ou moins fortes le saisissaient chaque jour. Je l'ai veillé, dans ma petite maison en bois d'avant la construction de ce palais hollandais... Pendant un mois, nous avons vécu comme dans un village de campagne : le matin et le soir nous allions prier dans l'église en bois où Dieu semblait à portée de main, simple, pas du tout effrayant, sans effusion de sang ni rubis… Je préparais à manger à Peter, et avant qu'il s'endorme je lui caressais la tête jusqu'à ce qu'il se calme – jusqu'à ce que je le guérisse, jusqu'à ce que je parvienne à éloigner la détresse de ses tempes clairsemées. Jusqu'à la fin mai, quand il a fêté ses quarante-sept ans sans trop d'excès et qu'il est parti avec sa flotte poursuivre la guerre.

Au cours de cette année, j'ai cru en Dieu : Dieu était juste, Il continuait de me protéger, puisque, après m'avoir ôté mon fils, Il m'avait rendu Peter, plus dévot, plus calme, de nouveau attaché à moi et se contentant de sa femme aimée. Mes quarante ans approchaient, j'ai compris qu'il ne me restait que Peter et que je devais veiller sur lui comme sur la prunelle de mes yeux, surtout depuis que le décès de Chitchechka l'avait forcé à s'assagir et à apprécier ce qu'il possédait : ma fidélité infinie et indulgente, un amour que même une mère ne sait pas toujours donner.

Comme j'avais tort. Comme il est impossible de prédire l'avenir…

Avec Peter, le calme précédait toujours la tempête.

6

Il fait sombre. La nuit est-elle déjà tombée, ou fait-il si noir à cause de l'orage ?

Des coups, les bottes des soldats qui claquent de nouveau : les régiments se mettent en rang devant le palais.

Je me meurs, mais on dirait qu'ils craignent que je m'enfuie… ou de voir s'enfuir un de ceux qui sont là avec moi. Ou qu'on proclame tsar ou tsarine quelqu'un d'inattendu… mais qui ? Eudoxie, la prisonnière ? Alexandre ? Les régiments lui obéissent, pourtant…

Peut-être est-ce l'orage qui approche. Non pas le bruit des bottes, mais le tonnerre au loin. Ou Peter dans son nuage noir, qui vient déjà me chercher ?

L'orage… Comme si la mort de Petrouchka n'avait pas suffi, Peter a été foudroyé par la trahison de ses alliés. À la mort du vilain Charles de Suède, sa sœur, Ulrika Eleonora, a hérité du trône et transmis sa couronne à son mari, le landgrave de Hesse-Kassel, ce qui a fait d'elle la reine consort. Charles XII n'étant plus, tous ceux qu'il avait agacés – les Français, les Anglais, les Prussiens, les Danois et même le roi de Pologne – se sont rapprochés du nouveau monarque suédois. Les Français ont versé les subsides qu'ils devaient aux Suédois, les Anglais leur tribut pour les villes de Werden et de Brême. Toute l'alliance de Peter s'est ainsi retournée contre lui et les Suédois étaient de nouveau prêts au combat : ils ont fait dire à Peter qu'il ne serait pas question de paix tant qu'il n'aurait pas rendu les territoires conquis. L'amiral anglais Norris, que Peter avait si somptueusement reçu à sa table, a rallié les Suédois en un claquement de doigts, emmenant avec lui tous ses navires ; quant à l'envoyé polonais, Chomętowski, il s'est rendu à Saint-Pétersbourg pour annoncer que le roi de Pologne comptait faire la paix avec la Suède, et il a tenté de convaincre Peter d'en faire autant. Malgré sa puissance, il s'est révélé que Peter, dans l'adversité, n'avait plus aucun ami.

J'ai songé qu'en diplomatie la conduite d'un souverain et l'estime que lui portaient les autres chefs d'État valaient parfois bien plus que les armes. Comment expliquer autrement que tous, à la mort de ce fou furieux de Charles, aient tourné le dos à Peter pour rejoindre le nouveau roi de Suède ? Tous, même ses alliés les plus sûrs… Mais Peter ne comptait rien céder : il envisageait d'attaquer la Suède depuis la Finlande et de conquérir tout le golfe de Botnie.

Plus les choses allaient mal pour Peter, plus il avait besoin de moi. Et il le sentait. Je me souviens de son infinie tendresse en ce temps-là. Il pensait à moi, prenait soin de moi. Il a consolidé Reval, le port-forteresse principal du golfe de Finlande, et a entrepris de m'y faire construire un palais, le Katharinental : il disait que ce serait son prochain cadeau d'amour. Il m'écrivait combien il avait hâte que je le découvre ; la menthe, les roses et les fleurs avaient beaucoup poussé, les allées du jardin continuaient de s'allonger, le palais de s'élever, les moulures en stuc de recouvrir les murs comme le givre recouvre une fenêtre... Dès qu'il rentrait, il voulait me voir, passer du temps avec moi et me confier ce qui occupait sa tête et son cœur – ses rêves. Son labeur – les lois, les collèges, les manufactures, les réformes, les canaux, les routes, les ports, les palais et les parcs – commençait à porter ses fruits. En arrivant à Saint-Pétersbourg, les envoyés s'émerveillaient, mais ce n'était plus par crainte et à demi-mot, désormais ils étaient sincères, admiratifs. Peter était apaisé, il passait ses soirées au calme et, quand il allait à des réceptions, il m'emmenait presque toujours avec lui. Je croyais que notre malheur l'avait fait réfléchir, lui avait ouvert les yeux sur ce qui était le plus important dans la vie ; qu'il avait cessé de folâtrer, qu'il s'était assagi ; il délaissait à présent les beuveries du Synode pochard pour partir en cure aux Eaux martiales. Il rendait parfois visite à ses jeunes cailles, mais par habitude plus qu'autre chose. J'étais sereine, moins jalouse. Durant l'été, Peter a marié Machka Matveïeva à Alexandre Roumiantsev, et le baptême de leur fils, quelques années plus tard, a suscité des sourires moqueurs parmi nos courtisans : il suffisait de compter sur ses doigts pour savoir que l'enfant avait été conçu pendant la longue absence du père, envoyé à l'ambassade de Constantinople. J'étais malgré cela la marraine du petit Piotr Alexandrovitch Roumiantsev, ce nouveau bâtard de Peter. Je laissais faire : l'amour que me portait Peter était différent ; il n'avait rien à voir avec les sentiments furtifs qu'il éprouvait pour les filles de passage, semblables aux tirs à blanc des canons pendant les fêtes.

Je ne me souviens pas à quel moment Peter s'est mis à me raconter ouvertement ses coucheries. Probablement après notre voyage en Europe et sa maîtresse française, que j'avais écartée en douce. Oui, c'est là qu'il a commencé à me dire qui étaient ses maîtresses, et ce qu'il faisait avec elles. Il allait jusqu'à se moquer des particularités de chacune, de leurs marottes, des bruits qu'elles faisaient. Cela m'a peinée de l'entendre louer les avantages de chacune, mais je savais que tant qu'il me racontait cela, je n'avais rien à craindre. Après avoir ri de leurs gémissements, de leur babillage avant et après l'amour, de ce qu'elles aimaient ou de la façon dont elles avaient échoué à attiser son désir – chose qui arrivait lorsqu'on tentait d'éveiller les ardeurs d'un vieillard –, il ne manquait jamais d'ajouter : « Sois tranquille, Catherine, tu sais bien que tu es la meilleure pour moi, personne ne pourra t'égaler. »

Je pouvais être tranquille – il ne trouverait jamais mieux que moi. Avec moi, il pouvait rire de choses dont les autres auraient pleuré. Avec moi, il n'avait pas besoin de faire semblant. Je pouvais être tranquille. Après tout, j'étais la tsarine. Et je n'étais ni la première ni la dernière à qui ça arrivait. J'écoutais Ernst Gottlieb Glück enseigner l'histoire antique à mes filles pour les préparer à leur futur règne et à leur vie de femme : il n'y avait qu'à voir Livie, l'épouse d'Auguste, une grande femme, une impératrice, qui avait choisi de fermer les yeux sur les maîtresses de l'empereur. J'avais compris une chose : pour aller loin, il ne fallait pas s'arrêter à des broutilles. Moins je me souciais de la *devka* que troussait Peter, plus je parvenais à en rire – ou même à attirer son attention sur une jeune fille qu'il n'avait pas encore débourrée –, et moins Peter mettait de désir, de fougue ou de caprice enfantin à poursuivre l'une de ces amourettes. J'avais souffert tant d'années avant de comprendre : le fruit qui n'est pas interdit, celui qu'on vous sert, est rarement sucré, et ce qui nous unissait Peter et moi était l'amour suprême, singulier, forgé au fil de nos joies et de nos malheurs, celui que ne venait pas obscurcir la jalousie. Un amour aussi robuste que l'acier d'une épée turque, un amour endurci par la douleur, le chagrin et la culpabilité.

Ma seule inquiétude à cette époque était que, contrairement à avant quand je tombais enceinte avec un seul de ses baisers, à présent que nous avions tant besoin d'un nouvel héritier pour remplacer Petrouchka, rien n'y faisait. Comme si mes entrailles, lacérées par tant de grossesses et d'accouchements, disaient finalement : assez, il est temps de se reposer. J'étais encore une femme fertile, et non pas une rognure, pour reprendre les mots de Peter, pourtant la graine ne germait pas. Quand mes menstrues ont cessé pendant quelques mois et que je me suis réjouie, cette fois était peut-être enfin la bonne, mon corps m'a trahie et a rejeté en un flot de sang ce qui aurait pu devenir un nouvel héritier… Blümentrost, Lestocq et les autres médecins dodelinaient de la tête : une première fausse couche à mon âge, après tant d'accouchements, était la preuve de ma santé de fer…

C'était plus fort que moi, je retournais en pensée chevaucher les plaines lointaines de Moldavie brûlées par le soleil, où, dans une tombe peu profonde, reposait un fils né sans nom...

Il me fallait avoir un autre garçon. Cela devait marcher, je voulais rendre Peter heureux, il nous fallait un héritier. Il me le fallait... Je devais assurer mon avenir. Je devais avoir un fils pour le jour où mon mari ne serait plus là. Quand une femme ne peut plus être le prolongement de son époux, elle se doit d'être au moins celui de son fils. Sans quoi il n'est pas de quiétude. Seule, on n'est rien.

Le calme, avec Peter, ne faisait toujours que précéder la tempête.

Tempête qui s'est présentée à mon vieux mari sous la forme d'une jeune fille de vingt ans à la crinière noire.

Le pire, c'est que j'ai peut-être été à l'origine de ce malheur. Après la débâcle sur le Prut, nous avions recueilli son père à Moscou – sans que je puisse savoir que nous couvions une vipère en la personne de Dimitrie Cantemir. Cet hospodar de Moldavie à la politesse irréprochable était un homme instruit, et il avait eu un coup de foudre pour Anastasia Troubetskaïa, la fille de dix-sept ans de ma *Staatsdame*, lors d'une visite à Saint-Pétersbourg. J'avais consenti à leur mariage, avec l'accord de Peter – afin que le vieil allié, en épousant cette jeune beauté, éduquée en Suède où sa famille avait été retenue en otage pendant dix ans, se sente redevable envers Peter et envers ma cour. La noce a eu lieu, nous avons dansé sur la musique turque de l'orchestre de Cantemir ; il y avait des fruits inconnus et des mets orientaux ; nous avons très peu bu, car le hospodar était abstème depuis sa jeunesse. À la place de la coupe de la punition et des toasts, son plus jeune fils, Antioche, a déclamé des vers en russe et en latin, et sa fille aînée, la princesse Maria, a chanté, d'une assez belle voix, en italien. Je me souviens de l'avoir questionnée sur Lovisa von Burghausen, l'esclave suédoise à un seul sein qui avait appartenu à sa défunte mère et que j'avais perdue de vue – alors que j'aurais tant voulu l'aider… Maria, qui était bien élevée, m'a répondu avec compassion : elle se rappelait cette pauvre prisonnière aux cheveux blonds que sa mère avait obtenue de la princesse Prascovia Repnina en échange d'un diamant… La petite Suédoise était intelligente, mais très farouche, tel un animal sauvage, et ne songeait qu'à recouvrer la liberté. À la mort de la princesse Cassandra, la mère de Maria, les autres domestiques avaient tenté d'empoisonner la Suédoise : le boulanger, qui convoitait la place de Lovisa pour sa fille, avait mis quelque chose dans son pain. Mais Lovisa ne comptait pas attendre qu'on l'achève : elle avait fui pour rejoindre le Faubourg allemand à Moscou, où elle avait demandé de l'aide à un marchand anglais. Celui-ci l'avait envoyée avec son convoi à Arkhangelsk, loin de Moscou et de ses bourreaux, sauf que cette fille aux cheveux blonds ne passait pas inaperçue et que les gardes avaient eu vite fait de la ramener dans la demeure des Cantemir. L'intendant ne l'avait pas épargnée : pour qu'elle ne s'enfuie plus, il lui avait passé des chaînes aux poignets et enfoncé des clous dans la semelle de ses souliers, si bien que la pauvre boitillait et cliquetait dans la cuisine du palais des Cantemir, les pieds endoloris et les mains gelées – à Moscou, contrairement à son Iaşi natal, même le bois des palissades se fendait sous l'effet du gel, et pourtant elle devait faire la lessive à l'eau froide. On l'obligeait aussi parfois à dormir dans une pièce non chauffée. Dieu sait que Maria et sa sœur, Smaragda, n'approuvaient pas ce traitement peu chrétien. En secret, elles ordonnaient aux domestiques d'envelopper ses chaînes dans des lambeaux de tissu afin qu'elle puisse venir dans leur chambre sans faire de bruit et s'y réchauffer auprès du feu de cheminée ; là, en échange d'un *kovsh* de vin doux et d'un quignon de pain ou des restes de leur dîner, Lovisa leur racontait toutes sortes d'histoires terribles, qu'on ne trouvait pas dans les livres mais qui lui étaient arrivées. La pauvre restait parfois dormir avec elles. Abreuvée de vin doux, elle acceptait à contrecœur de leur montrer son sein – ou plutôt la vilaine cicatrice qu'elle avait à la place. Elle était tellement abîmée par la misère qu'elle n'était déjà presque plus une femme : elle avait passé la majeure partie de ses années de servage le ventre vide et ne saignait que quelques fois par an. Que tant d'obstacles et de souffrances aient pu s'abattre sur une jeune fille qui n'avait pas seize ans, comme si le Seigneur lui envoyait tous ces malheurs pour la préparer au martyre, était inconcevable ; et pourtant, cette petite infirme affamée était courageuse et obstinée ; ses yeux bleus ne s'assombrissaient que lorsque les autres domestiques la raillaient, mais le plus souvent, elle avait le regard clair et impassible d'un loup qui s'ennuie de sa forêt, un regard vers le lointain, vers la liberté… C'est ce qui l'a perdue… À la mort de la princesse Cassandra, les Cantemir sont partis un temps à Saint-Pétersbourg, et Lovisa la Suédoise n'était plus là à leur retour : tous leurs domestiques la détestaient, et l'intendant Ivanov et sa femme l'avaient vendue sur le marché aux esclaves de Moscou, à l'insu de leurs maîtres, ainsi que deux autres esclaves de Narva et de Finlande. Cette fois, ça n'avait pas été en contrepartie d'un diamant, mais d'un éventail, d'un bout de tissu de Damas et d'un peu d'argent. On disait que les esclaves suédoises ou finlandaises étaient très demandées par les Arméniens, les Circassiens et les Turcs, qui rêvaient qu'elles enfantent leur progéniture – car ils avaient appris à leurs dépens que la Suède était une nation de guerriers et voulaient féconder leurs femmes aux cheveux blonds : je n'osais imaginer ce qui attendait Lovisa dans ces contrées !

La princesse Maria Dimitrievna Cantemir racontait les histoires aussi bien que Lovisa : elle ouvrait de grands yeux brillants, et l'on était pendu à ses lèvres d'où s'échappaient l'un après l'autre des mots sonores et éloquents, telles des notes de musique.

Ce qui m'est resté de cette première rencontre, c'est que Maria Cantemir était une conteuse née, elle avait un don pour cela. Je me souviens aussi qu'elle s'inquiétait de l'arrivée d'Anastasia, une jolie belle-mère de dix-sept ans, aussi jeune qu'elle et à qui elle devrait désormais obéir dans sa propre maison. Je comprenais cette inquiétude de voir arriver une rivale dans le cœur de son père : Maria, pour tout dire, était assez laide à mes yeux – elle était plutôt maigre et dégingandée, le front large et le grand nez grec de son père, et, au-dessus de ses lèvres bavardes, l'ombre d'une moustache ; sa peau était parsemée de petits boutons, comme en ont les vierges de dix-sept ans qu'aucun homme n'a jamais touchées.

Je ne me suis doutée de rien quand Peter s'est

rendu de plus en plus souvent chez Dimitrie Cantemir – le souverain prévoyant à cette époque une incursion vers le sud, en Perse, il n'y avait rien d'étonnant à ce qu'il s'attarde jusqu'au soir chez cet ancien allié qui connaissait ces contrées. Je n'avais pas de raison de m'en faire, de l'épier ni de soupçonner quoi que ce soit ; Peter avait relancé les manœuvres de guerre, il continuait la construction de mon palais près de Reval, il attaquait et ravageait les rives suédoises, il remportait des batailles navales. Jusqu'à ce que les cartes du destin soient rebattues de sorte que les Suédois se sentent pris au piège et que leurs envoyés commencent à négocier la paix à Nystad.

Il semblait que nous allions enfin connaître ce temps dont nous avions rêvé, celui de la paix ; le calme était à l'horizon – nous allions enfin pouvoir en jouir.

Et puis il y a eu une tempête… En octobre, la flotte de l'amiral anglais Norris ayant levé l'ancre pour quitter la mer Baltique, nous pouvions nous aussi rentrer à Saint-Pétersbourg, notre paradis. Les premiers navires sont partis sans tenir compte des nuages sombres et menaçants. Le ciel et la terre se sont si bien mélangés durant cette longue nuit, que nous avons même craint pour notre flotte amarrée dans le port, mais lorsque le jour s'est levé, clair, ensoleillé et apaisé – c'était comme s'il n'y avait jamais eu de tempête ; elle avait pourtant été si forte que même les plus anciens disaient n'en avoir jamais connu de telle. Sur les navires partis la veille, nous avions perdu dix-sept galions : les débris qui flottaient à la surface de l'eau étaient la seule preuve qu'ils avaient fendu la mer – des planches, des bouts de bois venant des lits et des tables dans les cabines, des oreillers, des couvertures, des tonneaux, des bouteilles vides, des lambeaux de voiles, mais aucun être humain accroché à un mât ou à un radeau de fortune – un tapis de déchets qui s'étendait à perte de vue lorsque nous avons pris la mer, dans un silence de mort, étincelant de rayons de soleil dorés ; la preuve, s'il en fallait une, que la nature était plus puissante que la flotte et le royaume de la Russie. Un bruit a soudain percé ce silence, un bruit si inattendu que les marins ne voyaient pas d'où il pouvait venir : on aurait dit les cris d'un porcelet. Ils ont mis une barque à l'eau et ont repêché la source de ce bruit : un petit tonneau, balloté par les flots, dans lequel – par miracle – se trouvait un nourrisson de seulement quelques mois, apparemment en bonne santé, criant à pleins poumons dans ses langes défaits et souillés. Les marins ont tout de suite su à qui il était : un major écossais mercenaire de notre armée était parti la veille avec sa femme et leur petit, né durant le voyage.

Ému aux larmes, Peter, qui connaissait bien la mer, a dit : Nous avons perdu plus de trois cents hommes, par ce temps d'octobre leurs corps ne referont surface que dans trois à cinq jours au mieux ; ce pauvre enfant, seule la Providence l'a sauvé.

J'ai demandé que l'on me montre le miraculé.

Le soulevant du tonneau et de ses langes souillés, je l'ai pris dans mes bras, l'enveloppant dans la chaleur de mon manteau de fourrure.

Il était rougeaud, robuste, et en touchant sa petite poitrine j'ai senti qu'il n'avait même pas de fièvre. Voyant mes yeux, il s'est tu d'un seul coup et a planté son regard bleu dans le mien. Il se taisait et me fixait comme s'il savait qu'il regardait dans les yeux de la tsarine, en se contentant de remuer ses petites jambes avec acharnement, à la manière des enfants de son âge. Puis il s'est remis à pleurer.

Mes yeux se sont remplis de larmes. J'ai compris que c'était un signe du Seigneur. Que je tenais la preuve de Sa toute-puissance, de Sa miséricorde, qui dépasse l'entendement, et de Son amour infini et incommensurable. À moi qui avais enterré tant d'enfants, qui avais versé tant de larmes, à moi, la tsarine toute-puissante, avec tous mes palais, mes diamants, mes fourrures et mes édredons, mes nourrices et mes bonnes, mes centaines de domestiques, mes douzaines de médecins et leurs efforts vains, Il me disait : regarde cet enfant, Ma volonté est infinie même si tu ne peux la comprendre, cet enfant pur et innocent, cet orphelin qui a survécu dans un tonneau à la plus terrible des tempêtes et au naufrage du bateau, est Mon miracle ; le miracle du Seigneur est ce qui défie les lois de la logique inventées par vos esprits futiles ; j'ai pris ton petit Petrouchka, mais celui-ci a survécu, car telle est Ma volonté.

Je n'ai même pas senti que je m'étais mise à pleurer.

Pour Petrouchka. Pour cet enfant sans défense. Pour moi-même…

Blümentrost, après l'avoir examiné, a déclaré que l'enfant était en parfaite santé et qu'il défiait toutes les lois de la médecine : comment était-il possible qu'il ait surmonté une tempête en pleine mer par une nuit d'octobre, qu'il se soit retrouvé dans un tonneau, que ce tonneau ne se soit pas rempli d'eau et que l'enfant n'ait pas pris froid, ne soit pas tombé malade.

Si cet enfant réfutait les lois de la science et de la médecine, c'est justement qu'il n'était pas un simple enfant, mais la preuve de la volonté de Dieu.

Je le tenais dans mes bras en sanglotant sans bruit. Les larmes ruisselaient sur mon visage, comme si mon âme avait été pourvue d'une digue hollandaise et que celle-ci venait de céder : mon antidote secret, l'âcreté de l'orgueil, le limon accumulé par le passé, les résidus d'amertume, les caillots de tristesse, les humiliations, le doute, tout s'écoulait ; la peur et la culpabilité d'avoir sacrifié Alexis Petrovitch en vain, de n'avoir pas sauvé Petrouchka. L'enfant était la preuve de la toute-puissance du Seigneur et de l'insuffisance de la souveraine que j'étais.

On m'a raconté plus tard que l'émotion m'avait empêchée de tenir l'enfant plus d'un instant dans mes bras. Cet instant avait pourtant contenu toute ma vie d'avant.

J'ai remis l'orphelin à Modesta et lui ai ordonné d'en prendre soin. Je lui ai dit que nous l'élèverions à la cour du tsar. J'ai donné de l'argent pour qu'on en prenne soin. Et d'après ce que je sais il vit en bonne santé, adopté par un courtisan de Peterhof ; Peter a promis qu'une fois adulte, il serait engagé dans la marine. Mais je n'ai jamais rendu visite à cet enfant, je ne l'ai pas revu : un seul instant peut parfois être trop long, trop ample, trop douloureux.

Sans cet instant, sans ce signe du Seigneur, cette preuve de Son existence, je n'aurais peut-être pas supporté les épreuves qu'Il m'a envoyées.

Il y a des journées ensoleillées qui se terminent dans la tempête.

Cependant, après cet événement, je ne voyais plus que la grâce de Dieu. Ne m'avait-Il pas très clairement montré qu'Il existait, et que Sa volonté était infinie ?

Alors, avec un zèle encore plus grand, comme pour tenter de me racheter, je me suis mise à sauver et à défendre les innocents dont les requêtes, les *tchelobitnyïé,* se trouvaient sur le bureau de ma chancellerie. Modesta Balk et Willem Mons les triaient, car je ne pouvais les lire. Eux ne s'intéressaient qu'aux personnes influentes qui me sollicitaient pour leurs affaires, ils plaçaient ces demandes en haut de la pile ; mais ce qui m'intéressait, moi, c'était au contraire celles des impuissants qui avaient confié leur dernière pièce au *pisor* pour qu'il rédige leur plainte : une veuve, mère d'un petit officier qui avait été injustement taxé et n'avait plus un kopeck à lui donner ; une femme, mère de douze enfants dont le mari, seul pourvoyeur de la famille, avait été envoyé au cachot et avait eu une amende qu'il était incapable de payer, rien que parce qu'il avait insulté les collecteurs d'impôts ; ceux qui écrivaient étaient pour la plupart des vieillards et des femmes, puisque les jeunes avaient été enrôlés ; et la plupart du temps ils écrivaient parce qu'ils avaient à se plaindre de notre État – les officiers, les *tchinovniki* et les collecteurs d'impôts. Leur survie – et souvent leur vie – dépendait de ma volonté.

La déesse Victoire avait commencé à déployer ses ailes lors des tractations de paix de Nystad, mais le peuple ne soufflait pas pour autant – la paix avait ses conditions et Peter, qui avait besoin de toujours plus d'argent pour les fonctionnaires, les constructions, l'armée, et de toujours plus d'or pour des cérémonies et des distractions toujours plus inédites, augmentait sans cesse les impôts. Il a recensé tous les hommes du pays, même les vieux et les nourrissons, et mis en place un impôt de capitation, soixante-dix kopecks chacun. Il a interdit aux serfs de quitter les terres et leur maître sans permission écrite. Peter, qui aimait tant les voyages, en a privé ses sujets. Les gens simples de son pays payaient pour devenir des esclaves.

À la fin de l'année, nous avons beaucoup bu. Peter buvait de plus en plus souvent sans moi. Il disait qu'il buvait avec des hommes, dans les tavernes et les auberges : il fallait les remercier pour le chemin parcouru jusqu'à la paix.

Comment savoir qu'une autre a déjà pris votre place dans le cœur de votre mari ?

Ce sont des choses minimes, au début. Puis bientôt on dirait que votre seule présence l'agace.

Un regard distrait qui glisse sur vous, sans s'attarder ni sur votre peau, ni sur vos cheveux et encore moins sur vos yeux. Un regard glacial que vous surprenez soudain. Une lassitude. Des visites de moins en moins fréquentes dans votre lit. Une tape indifférente sur le bras, soi-disant amicale, en réponse à un baiser ou une étreinte.

Jusqu'à ce qu'il se mette à parler de vous au passé, comme d'une chose révolue.

Un jour est arrivée une caisse qui avait fait l'objet de longues négociations avec le pape de Rome. À l'intérieur, comme dans un cercueil, se trouvait Vénus, la déesse de l'amour – une statue en marbre achetée à Rome par les envoyés de Peter.

Les Romains s'étaient fermement opposés à son départ en dépit de tout l'or proposé. Elle avait été découverte et déterrée en terre italienne et devait y rester. Mais le précédent affront, celui du tableau du Jugement dernier à Gdańsk, avait suffi à Peter. Cette fois, il s'agissait d'une femme, Vénus, et non du Juge suprême. Et les femmes s'achetaient, qu'elles soient ou non déesses de l'amour.

Quand les clous ont été soigneusement retirés du couvercle de la caisse en bois, quand la paille, le lin tressé et le tissu ont été dégagés, nous avons aperçu une cuisse qui avait l'air vivante – les veines du marbre, les traces laissées par les baisers de la terre au fil des siècles, donnaient à cette pierre l'aspect de la peau ; on croyait même y déceler la marque d'un coup. Ensuite est apparu un pied délicat, puis le ventre, un sein et, pour finir, le visage, d'une beauté surnaturelle, marqué d'une fissure : on aurait dit qu'elle avait reçu un coup sur le nez. Elle a été soulevée et mise debout avec douceur et précaution. La déesse de l'amour était sans défense, sans force, sans volonté – elle n'avait pas de bras. Elle ne pouvait ni donner de coups ni en rendre, ni repousser ni inviter, ni caresser ni étreindre ; elle subissait le désir des autres, à chacun de deviner dans quelle position son créateur avait imaginé ses bras. Peter regardait le marbre rempli de vie et son visage s'est éclairé d'une expression de pur désir comme je n'en avais pas vu depuis longtemps. Dans la lueur de ses yeux, ses narines dilatées, aux coins de ses lèvres, dans ses rides. Il m'avait regardée ainsi autrefois, longtemps auparavant. Mais ce n'était pas moi qu'il voyait à ce moment-là. Sentant que je l'observais attentivement, il a cru devoir dire quelque chose et, devant tout le monde, il a lancé : « Mon Dieu, Catherine, comme elle te ressemble quand tu étais jeune, la Matouchka d'alors… »

J'ai rougi. À la différence de la statue, j'avais des bras, mais j'étais aussi douée de sentiments et de raison. Je voyais qu'il mentait. Ces derniers temps, il ne regardait plus que Maria Cantemir de cette façon. J'ai compris qu'ils étaient amants à l'instant où je l'ai revue à Saint-Pétersbourg, un an ou à peine plus après le mariage de son père avec Anastasia. C'etait l'année où les tractations pour la paix se poursuivaient, mais durant les fêtes d'hiver nous trinquions avec un peu d'avance à la patrie et à la future paix. De nouveau, ç'a été une succession d'assemblées, de mariages de courtisans, de baptêmes, de festins et de bals masqués. L'une des *machkari* a été particulièrement majestueuse, Peter ayant exigé que tous les invités aient de nouveaux costumes. Sotte comme j'étais de penser qu'il s'était complètement calmé, j'ai voulu lui rappeler notre jeunesse : mon costume était celui d'une cavalière, d'une Amazone, sauf que j'avais remplacé la culotte de jadis par une jupe qui cacherait mes jambes épaisses. Si épaisses que je n'arrivais pas toujours à enfiler mes bottes sur ma culotte de cheval… Je me tenais là, vêtue de mon uniforme de velours vert orné de galons et de bouffettes dorés, les pieds serrés dans mes étroites chaussures en soie à talon, mais un seul regard sur Peter et sur elle a suffi à m'ouvrir les yeux. Tout s'est éclairé. C'était comme si la foudre m'était tombée dessus – j'ai même cru ressentir une onde de douleur –, qu'elle me brûlait et me réduisait en cendres… Peter portait un costume de capitaine de bateau hollandais… elle était déguisée en mousse, les cheveux en bataille, une chemise blanche froissée, un gilet, un pantalon et des bottes hautes. Un véritable mousse, jusqu'à l'ombre de moustache au-dessus de ses lèvres rosées. Elle riait, satisfaite, et ses yeux brillaient. Peter ne l'a pas palpée et attrapée durant ce bal masqué, ainsi qu'il avait l'habitude de le faire avec les autres. Au contraire, il se tenait à distance : il ne s'est arrêté qu'un instant auprès d'elle pour échanger quelques mots.

Je me souviens de tout, de chaque instant de ces minutes qui s'accumulaient comme les preuves à charge lors d'un interrogatoire. Du sourire de Peter. Et du sien. Du doigt qu'elle promenait dans sa chevelure et autour duquel s'entortillaient ses boucles noires. De leurs yeux qui se dévoraient comme si rien n'existait autour d'eux. Des mots que je ne pouvais entendre mais qui s'échappaient de leurs lèvres en autant de mottes de terre jetées sur mon cercueil. Mon Dieu, combien elle paraissait embellie depuis la dernière fois que je l'avais vue – elle avait forci, ses boutons avaient disparu et son visage resplendissait telle une monnaie nouvellement frappée, une médaille à la virilité de Peter ; elle rayonnait timidement, comme Daria lorsqu'elle avait été amoureuse dans sa jeunesse, elle pétillait comme Mary, elle resplendissait d'un calme rieur, effronté et confiant, comme moi autrefois. Des rayons chauds que la lie noire déposée par des années de mortifications avait depuis longtemps éteints chez moi.

Bon sang, elle ressemblait tant à la jeune fille que j'avais été – tout aussi brune et voluptueuse. Elle était deux fois plus jeune que moi, issue d'une famille de khans tatars et très très instruite. Elle était de celles qui intéressaient Peter. De la trempe de Varka, d'Elżbieta Sieniawska, d'Anna Kramer, de cette peintre Henriëtta van Pee. De celles qui l'attiraient irrésistiblement parce qu'elles pouvaient parler longtemps et intelligemment de choses dont les autres femmes ne se doutaient même pas. Mais à la différence de Varka la bossue, celle-ci n'était pas laide. Il ne lui faisait pas l'amour par pitié, en fermant les yeux sur ses boutons ; au contraire, il l'avait si bien éveillée à l'amour qu'elle avait embelli.

J'ai compris que Maria réunissait tout ce que Peter appréciait le plus : la douceur sombre d'un joli corps et la sagacité d'un esprit affûté. Elle était ce souffle de printemps venu gonfler les voiles de sa virilité fatiguée. Mon amiral Mikhaïlov se tenait aussi fier qu'un galion lors de la parade navale, on aurait dit que son canon allait bientôt tirer…

Maria parlait, elle parlait sans discontinuer, elle lui racontait quelque chose, une histoire, avec tant d'ardeur qu'elle en agitait les bras. Et lui ne se lassait pas de l'écouter. Il l'écoutait en la dévorant des yeux.

Et tandis qu'il la dévorait, je buvais… Je les regardais pendant cette *machkara*, en vidant un verre de vin après l'autre. Mes pieds enflaient, j'étais de plus en plus serrée dans mes chaussures, et je voyais le moment où mes orteils allaient en percer le bout. Quel supplice.

L'autre, pendant ce temps-là, avait vingt ans et portait des bottes fortes confortables. Elle ne devait pas penser à son corps, ni même le percevoir, si ce n'est les battements de désir dans son bas-ventre.

Ils n'ont discuté que quelques minutes, mais il

était évident qu'ils se retrouveraient bientôt pour de longues heures. C'était écrit sur leur front. J'aurais voulu savoir s'il l'avait déjà frappée au visage, si elle aimait quand il ronflait et transpirait, et quand il gémissait de douleur en pissant dans le pot de chambre ? À moins qu'il le fasse en cachette, jouant au jeune homme ? D'ailleurs, Peter ne m'a jamais parlé d'elle. Il s'est même mis en rage quand j'ai osé le questionner : alors, comment était-elle au lit ?

J'ai remarqué qu'Alexandre aussi regardait dans leur direction – son visage était tellement tendu qu'il commençait à ressembler à un chien de chasse lituanien qui vient de flairer l'odeur du sang. Je me demandais juste celui de qui. Se pouvait-il que ce soit le mien ?

Peut-être.

Cet hiver-là – en dépit des festins, des ripailles et de la paix qui s'annonçait – a été le début de mes malheurs. L'enfant trouvé dans la tempête était peut-être moins un signe du Seigneur qu'un avertissement des punitions à venir.

Ce devait être en février. Toujours est-il qu'il faisait terriblement froid. Il avait gelé comme jamais. Je m'étais échappée pour quelques jours à Strelna, pour me reposer des altérations de Peter. Peut-être espérais-je qu'ainsi il s'ennuierait de moi ? Je ne me souviens pas. Nous étions peu nombreux : la Balkcha, Johanna, Tanka, Ustinia, quelques domestiques, les gardes ; le manoir de Strelna était une petite construction de bois, je n'y emmenais jamais toute ma cour. Je me souviens que, ce soir-là, un vent effrayant grondait derrière la fenêtre, le feu crépitait joyeusement dans le poêle en faïence. Nous avions sûrement trop bu de vin avec la Balkcha et les autres filles – il faisait si froid, nous étions si tristes, si inquiètes de ce que Peter était en train de faire à Saint-Pétersbourg ; et ce vent qui hurlait comme un loup. Nous avons ri, puis ri aux larmes, ri à en voir double, à vaciller et à avoir la tête lourde ; c'était un de ces soirs où l'on s'abat sur son lit telle une hache sur un tronc d'arbre, sachant que l'on aura soif pendant la nuit et qu'on le regrettera au réveil, et pourtant ces quelques heures d'oubli, d'un noir complet et profond, semblent valoir la peine d'endurer cela.

Je me suis réveillée collante de sueur, avec une sensation de pesanteur et d'étouffement. Ma tête me lançait. Et il y avait ce bruit.

Mmmhhh… Mmmhhh… Mmmhhh… Mmmhhh…

Des gémissements réguliers, comme les coups rapides et sourds qu'on assène à une bête avant de l'égorger.

J'aurais voulu me lever, mais j'étais comme en proie à la stupeur.

Ces bruits.

J'ai pensé que j'étais en train de rêver. Je me rappelle le baldaquin et les lueurs du feu qui, dans le noir, se reflétait sur les murs et le plafond. Les rideaux verts du lit remuaient légèrement. Toutes les bougies s'étaient consumées. Ou éteintes.

Je voulais me réveiller, je voulais crier, mais je ne pouvais pas. On m'étranglait ; non, ce n'était pas ça, une main était plaquée sur ma bouche. Toujours pas ça, on ne me couvrait pas la bouche, quelqu'un l'avait prise dans la sienne ; quelqu'un qui empestait le tabac à pipe et la vodka. Et une odeur de dents gâtées : un relent de mort.

J'avais très mal à la tête, j'étouffais, j'essayais de me lever, de le repousser, mais je ne pouvais pas.

Mmhh !... Mmhh !... Mmhh !... Mmhh !... Mmhh !...

Toujours plus vite, plus fort, encore plus vite, plus fort...

Et cette puanteur...

Le tabac, la vodka, la mort.

Je veux me libérer.

J'essaye de me lever, mais je ne peux pas. Je tourne la tête au moment où je ne peux plus contenir ma nausée.

Je comprends que je suis en train de vomir. Quatre mains me soulèvent, me tournent sur le côté, me tiennent la tête pour que je ne m'étouffe pas. Les mains sont froides comme la glace, je dois être brûlante. Je vois le reflet pâle de mon visage dans le bol en argent – les cheveux emmêlés, les joues qui pendent, un jet de vomi chaud et collant dégouline sur mon reflet...

Comme si j'étais sous l'eau, j'entends parler Blümentrost, Lestocq et Alexandre. Je ne comprends rien. Les vomissements me secouent, encore et encore, comme les sons dans mon souvenir, jusqu'à ce que je retombe sans force sur les oreillers, épuisée, et que les battements dans mes tempes me fassent atrocement souffrir.

Je me rappelle que je l'ai repoussé, que la douleur me transperçait les tempes, comme si on y enfonçait une broche. Je l'ai repoussé, repoussé plus fort et je me rappelle le jet chaud et visqueux qui s'est étalé sur ma cuisse. Comme du vomi, mais en plus petite quantité.

C'est seulement à ce moment que je me suis mise à crier. Jusque-là, ma voix ne m'avait pas obéi – j'essayais de hurler, mais rien ne sortait. Comme dans un rêve. Modesta et Johanna ont accouru, et derrière elles venaient les pas pressés des autres filles, martelant le plancher.

Dès que je l'ai reconnu, j'ai immédiatement ordonné à Johanna de tout verrouiller. Elles ont réussi juste à temps à fermer la porte au nez des autres domestiques. Ça m'a aussitôt dessaoulée, j'ai su ce que je devais faire pour me protéger.

Elles ont claqué la porte et l'ont verrouillée de l'intérieur. Elles dormaient à moitié, tremblaient de peur pour leur vie, encore un peu ivres… Lui, il était tellement saoul qu'il chancelait, la chemise sortie et la braguette ouverte. Il en avait une si petite que je ne l'avais presque pas sentie. Mais ce n'était pas une raison. Je me souviens de la flaque de neige fondue et sale qu'avaient laissée ses bottes sur le plancher.

François Villebois. L'un des protégés de Peter, le mari d'Elisabeta Glück. Un Français.

« Votre Majesté, au nom de Dieu, pardonnez-nous, c'est notre faute, c'est notre faute… Il est arrivé en courant, disant qu'il portait une dépêche importante et urgente de Sa Majesté… » Modesta et Johanna sont à genoux, se tordent les mains.

La dépêche, non décachetée, traîne sur le tapis.

Villebois semble revenir à lui, vacille, se frappe le front : « Seigneur, qu'ai-je fait ! » Un Français, toujours galant… Mais pourquoi moi, pourquoi à moi ? Je n'aurais pas cru que ça puisse m'arriver. Je frissonne, je tremble de tous mes membres, mais je ne peux pas le leur montrer. Je dois enfermer ça au plus profond de moi, sinon ils penseront que je suis faible.

Je ne sais pas comment j'ai fait pour dessaouler aussi vite et pour donner des ordres ce soir-là.

Toujours ce désir de me sauver, cette volonté de survivre.

Il avait fait irruption, bien après minuit, ivre et criant avec son accent français qu'il avait une dépêche de la part de Sa Majesté. Mal réveillées, Johanna et Modesta, qui dormaient dans des fauteuils derrière ma porte, l'avaient laissé entrer. Elles aussi étaient ivres : elles se sont rendormies ausitôt. Il n'y avait pas eu beaucoup de bruit : il a fallu un moment avant que je sorte de ma stupeur et commence à résister. Il y avait seulement eu ses gémissements, et elles étaient trop avinées pour les entendre.

Personne ne devait savoir ce qui s'était passé. J'ai ordonné aux gardes d'arrêter Villebois pour s'être introduit dans ma chambre, saoul, sans cérémonie ni politesse. Personne ne devait savoir. Pas même Alexandre. Seulement Peter, car je voulais lui demander la tête de Villebois. Pour la toute première fois, je voulais la tête de quelqu'un.

Quand il a été emmené, je me suis enfermée dans ma chambre.

J'ai jeté à terre le dessus-de-lit, la courtepointe et les draps, et je les ai piétinés. Je me suis effondrée sur le sol et, avec le coin du dessus-de-lit, je me suis mise à frotter la trace du viol sur mes cuisses, comme si je voulais l'arracher, et ma peau avec. Je l'avais brodé moi-même, avec amour, en cousant ensemble des bouts de tissus de couleurs différentes. J'en avais fait deux, un pour moi à Strelna, l'autre pour Peter.

La tête douloureuse, j'ai alors versé des larmes plus douloureuses encore.

J'ai senti que j'étais l'esclave de Dieu, Ekaterina, qui, bien que tsarine, pouvait être violée par le capitaine complètement ivre de la flotte de son mari, François Villebois – qui avait été garçon d'honneur lors de mon mariage avec Peter. Parce que j'étais une femme, et lui un homme, parce que nous étions en Russie, où *Bog vysoko*, Dieu est si loin que ce n'est plus Lui qui dirige, mais la vodka, qui transforme les hommes en bêtes.

Je me souviens des hurlements du vent derrière la fenêtre. Et de la douleur qui me fendait le crâne. Tout comme maintenant.

J'ai gardé le lit quelques jours. J'étais trop faible, le matin, après avoir ouvert les yeux, pour poser le pied par terre. Je demeurais allongée et sans volonté, comme si j'étais devenue la mue de ma propre peau. J'étais quelque part au plafond et je m'observais sans comprendre : pourquoi moi ? Pourquoi cela m'était-il arrivé ? J'étais la tsarine... et si impuissante...

Pour finir, même si je n'étais toujours pas remise, nous sommes partis de Strelna pour retrouver Peter, pour retrouver Saint-Pétersbourg. Je me suis précipitée dans ses bras, je lui ai raconté ce qui m'était arrivé en sanglotant. Et je lui ai demandé la tête de Villebois. C'est la seule et unique fois de ma vie où j'ai réclamé la peine de mort. Pour avoir souillé mon corps et ma souveraineté. Peter était alarmé : il m'a demandé un peu de temps pour tirer les choses au clair.

Et il les a tirées au clair : il a dit que Villebois portait bien ce soir-là une dépêche de sa part. La nuit était si froide et le gel si terrible que, dans le traîneau, il ne s'était pas réchauffé uniquement avec des couvertures et des fourrures, mais aussi avec de la vodka. Il en avait bu une bouteille, peut-être plus. Pour un Français, cela suffisait. Il était ivre mort, au point qu'il ne devait même plus se rappeler son nom. Alors, voyant une femme sous le baldaquin, il s'était précipité sur elle… tsarine ou pas… c'était un Français, un coureur… enfin, Catherine… il n'y a pas de quoi… prends-le comme un compliment – tu es encore une belle femme et tu t'étonnes que les hommes ne sachent pas se retenir… et puis tu n'es plus une vierge, allons, oublie, ne perds pas ton temps avec ça… n'y pense plus… allons, viens là, que je te fasse l'amour pour que tu oublies. Tu seras comme neuve.

Et la lourde main de Peter m'a attrapé le sein. Je l'ai repoussée.

Tout ce que je voulais, c'était la tête de Villebois sur le billot. Je n'ai demandé cela qu'une seule et unique fois…

Mais je ne l'ai pas obtenue. Peter m'a dit sans détour : Ça n'arrivera pas, ne fais pas l'idiote, Catherine, essaye de comprendre – c'est un compagnon d'armes qui a fait ses preuves au combat, l'un des premiers officiers de notre flotte, les gens comme lui, ça ne se trouve pas sous le sabot d'un cheval. La belle affaire ! Il était tellement saoul qu'il ne se souvient de rien, de toute façon. Et tu devrais oublier, toi aussi.

Je voulais sa tête, ou au moins le savoir en Sibérie, au bagne. Je voulais qu'il soit puni. La justice, voilà ce que je voulais. Je voulais le soutien de Peter…

Au lieu de ça, Villebois a été brièvement envoyé en exil et n'est même pas arrivé jusqu'en Sibérie. Il est rentré au bout de quelques mois et, à l'occasion de la paix de Nystad, il a été élevé au rang de capitaine de deuxième classe.

Qu'ai-je ressenti ? J'étais comme morte, ça m'a

fait encore plus de mal que quand ça m'était arrivé dans ma jeunesse. J'étais seule au monde à l'époque, une pauvresse sans personne pour la défendre.

J'étais la tsarine, on continuait de me piétiner. Et il n'y avait toujours personne pour me défendre. Même pas le Seigneur...

Alors que je devais plus que jamais surveiller mes arrières.

Je devais aussi m'occuper de mes filles, Anouchka, Lizenka et Natalouchka. Cette dernière était en bonne santé, mais elle mangeait tant qu'elle était deux fois plus grosse que les enfants de son âge ; Peter l'appelait la géante, *velikancha*, et je m'inquiétais déjà de savoir comment nous la marierions. Comme c'est souvent le cas avec les géants, elle manquait de force – elle s'essoufflait dès qu'elle se mettait à courir. Mais nous commencions à préparer le mariage d'Anouchka – nous avions passé le printemps à Riga où était arrivé Holstein, le futur marié. Par chance, tout s'est bien terminé, nous avons réussi à la marier... mais à l'époque rien n'était joué, il s'agissait de nous montrer sous notre meilleur jour. Pour ne rien arranger, Maria Cantemir était elle aussi venue à Riga à la demande de Peter – son père la lui amenait désormais lui-même tel un entremetteur, car on ne refuse rien au tsar, surtout quand on veut reconquérir des territoires occupés avec son aide ; que sa fille s'allonge sur le dos pour la Moldavie, sa mère patrie, était un moindre mal.

Et, comme si cela ne suffisait pas, un coup de tonnerre a traversé notre ciel : l'arrivée d'une certaine Gendrikova, une importune quelconque, une *tchelobitnitsa*, qui insistait pour voir la tsarine.

Dans la maison où nous étions à Riga, elle est d'abord tombée sur Peter. Il est aussitôt venu me chercher, le visage cramoisi : « Catherine, c'est à toi de t'en occuper – elle prétend qu'elle est de ta famille ! Tes nobles lituaniens ont refait surface ! »

Les gardes ont introduit une femme qu'ils tenaient par les bras – pas tant une femme qu'une misérable, une vagabonde. En haillons, épuisée et maigre ; son visage, rougi par le soleil et l'amour de la boisson, était tout ridé, il lui manquait des dents, les rares cheveux gris qui laissaient voir la peau grise de son crâne étaient ramassés en un chignon lâche ; sa jupe était tachée, sa vieille chemise maculée de saleté et de sueur ; elle avait les mains gercées, les paumes calleuses et les articulations noueuses.

Elle ne s'est pas jetée à mes pieds. Elle a seulement tapé dans ses mains et crié en polonais « Marcia, c'est vraiment toi ! Merci mon Dieu ! », elle s'est signée et, ne sachant pas quoi faire de ses mains, elle y a enfoui son visage en secouant la tête… Puis, encore plus troublée, elle a attrapé sa jupe et fait une révérence maladroite. Après, elle n'a plus bougé, elle ne savait plus quoi faire.

Il y a eu un silence gêné, durant lequel le temps semblait s'être arrêté. J'ai compris que le Seigneur m'envoyait un nouveau signe. Je regardais cette pauvre femme comme si je me regardais moi-même : celle que j'aurais été si je n'étais pas devenue tsarine. Son visage était comme le reflet du mien, si ce n'est qu'il était affreusement marqué par la faim et la pauvreté. Elle était maigre et rabougrie, mais nos traits étaient les mêmes : son petit nez retroussé, l'arc de ses sourcils, ses lèvres… la seule différence, c'était que les coins de sa bouche retombaient, ses joues étaient creusées et son visage, sa poitrine et son cou étaient couverts de rides et de taches. J'étais en train de regarder celle que j'aurais été si mon destin d'orpheline n'avait pas dévié de son sillon.

La pauvre a commencé à s'agiter. Puis, se tordant les mains, elle est tombée à genoux et a ânonné, effrayée : « Pardonnez-moi, Votre Majesté, si vous ne me reconnaissez pas, je suis Kristina Skowrońska, désormais mariée au catholique Simon Heinrich, nous avons quatre enfants, nous vivons dans une ferme, à côté de Riga... Chaque fois que Vos Majestés sont venues sur ces terres, nous les avons regardées passer, mais toujours de loin, de très loin... Anna aussi est mariée, à un Polonais, Michał Joachim ; ils travaillent la terre, ce sont devenus des paysans... »

D'un geste de la main, j'ai signifié aux gardes et à Peter de nous laisser seules et de fermer la porte. J'avais quelques questions à lui poser. Avant de partir, sur ordre de Peter, les soldats l'ont fouillée sans ménagement – pour vérifier qu'elle n'était pas armée.

Nous savions toutes deux qu'elle ne mentait pas. Mais il y avait un mot que nous redoutions toutes deux de prononcer : « sœur ».

Voilà ce que Peter et l'empire avaient fait de moi : je craignais même l'apparition de ma petite Kristinka ; je craignais que les murs nous entendent, nous voient. Je craignais que mes ennemis l'apprennent – qu'ils utilisent cela contre moi et qu'ils la détruisent. Je craignais aussi qu'elle me rabaisse aux yeux de Peter : il y avait Maria Cantemir et ses ancêtres des khanats orientaux, et puis il y avait moi et ma vagabonde de sœur. Quand j'étais jeune, belle et seule, Peter ne s'était pas soucié de mon ascendance, plus tard il avait cherché à retrouver les miens pour savoir qui ils étaient et nous protéger, mais à présent toute ma vie d'avant apparaissait au grand jour et au moment le plus dangereux. Peter m'avait toujours déconseillé, pour des raisons politiques, de me flatter de descendre de nobles lituaniens. Voilà qu'en plus ils ressemblaient à des gens du peuple, *podlye liudi*... Que pouvait-il se produire de pire ?

Ma pauvre petite sœur, Kristinka Skowrońska, épouse Heinrich, avait tellement peur que je ne prononce pas un seul mot qu'elle tremblait comme une feuille. Elle a encore articulé tout doucement : « Votre Majesté, vous m'avez vous-même ordonné, autrefois, de ne pas oublier que nous étions les enfants du coq et du faucon... »

Je sais, je sais, je sais ! aurais-je voulu hurler.

« Karol est vivant lui aussi, Votre Majesté, il travaille comme garçon d'écurie dans une grande taverne à quelques milles polonais d'ici, en Courlande, malheureusement il est trop porté sur la bouteille, il a épousé une Russkof, Maria, qui l'encourage à boire, ils ont six enfants... Il s'est vanté aux soldats de passage, pour qu'on lui donne à boire, qu'il... qu'il était le frère de la tsarine... les hommes du tsar l'ont arrêté... depuis je ne sais pas où il est. Il paraît que notre aîné, Samuel, est lui aussi en vie, qu'il a épousé l'une des nôtres... »

J'ai posé mon doigt sur mes lèvres.

Un long instant de doute. Très long. Trop long... Je me suis rappelé la sensation d'autrefois, quand nous étions tous blottis les uns contre les autres, elle me manquait. La même chair et le même sang, dix petites mains enlacées et une seule et même chaleur. Je regrettais Marta Helena Skowrońska, qui aimait tant Dieu, qui était si petite, si pure et si bonne. Où était-elle ? Où avait-elle disparu ? À moins qu'elle se cache encore au plus profond de mon âme, puisque je me languissais d'elle ? Peut-être pouvais-je la faire revenir ?

J'ai fait un pas en avant et j'ai ouvert mes bras. Kristina s'y est précipitée en pleurant.

« Chut, Kristina, chut. Ne fais pas de bruit. Pas maintenant, ce n'est pas le moment, tu mets ta vie en péril. »

Et la mienne. À la vérité, je craignais d'abord pour moi.

Sa rude étreinte avait des relents de campagne ; une odeur qui imprégnait sa peau, ses guenilles, une odeur tenace de sueur amère, de fumée âcre et de bouse douceâtre.

« Je vais m'occuper de toi. Mais plus tard. Le moment est mal choisi. Fais comme on te dira ; nous allons t'aider, te sortir de la pauvreté. Mais si tu tiens à ta vie, reste tranquille, ne dis rien à personne. »

J'ai pris la cloche sur la table et j'ai sonné. À côté se trouvait la besace avec l'aumône que je distribuais dans les rues de Riga. Il devait y avoir vingt roubles, peut-être moins. Je l'ai donnée à Kristina. Peter est arrivé sur-le-champ avec les gardes, Mons et les domestiques.

Je ne sais plus ce que j'ai dit. Mais avec Peter, nous avons décidé qu'elle devait disparaître. Piotr Tolstoï et la chancellerie secrète l'ont installée avec sa famille dans le manoir d'un *tchinovnik*, près de Riga, avec de l'argent pour vivre, mais en vérité elle était comme assignée à résidence. Provisoirement. Je m'en occuperais plus tard.

La sueur, la fumée et la bouse de vache. De la douceur de l'enfance, je ne retrouvais rien. Cette odeur avait peut-être été la nôtre, sans que nous la percevions. Quoi qu'il en soit, à cet instant, la petite Marta Helena Skowrońska a cessé d'être. Elle n'était peut-être pas morte, mais elle est restée à jamais dans le passé. Ekaterina Alexeïevna, tsarine, épouse et mère, devait garder son pouvoir aux yeux de Peter, elle ne devait pas mourir, et elle devait marier Anouchka. Son promis, Karl Friedrich Holstein, était alors à Riga. Que se serait-il passé si lui ou ses espions avaient eu vent de cette histoire à propos de sa belle-famille ? La sœur de la tsarine, la tante de la tsarevna…

Ce n'était pas contre toi, Kristina, il n'y avait rien de personnel. Il s'agissait juste de ma vie, de ma survie dont tu ne savais rien et ne saurais jamais rien…

Peter et moi nous sommes disputés – il voulait que tu disparaisses de notre vue pour toujours. Tu comprends ça ? Il n'a pas été facile à convaincre. Mais j'y suis arrivée, de la seule façon que je connaissais. Ce soir-là, il a dit : « Bon, Catherine, *davaï*… mais dans ce cas viens, viens là, montre-moi comment on fait ça dans les campagnes, *po kholopsku…* »

Je ne veux même pas y repenser.

Le lendemain, tout apprêtés, nous avons rencontré le futur mari d'Anna, en faisant preuve de la plus grande politesse et en mettant en avant tout ce que Peter avait apporté à Riga depuis qu'il l'avait conquise. Il avait envoyé en Russie des gens de la ville et des alentours, afin qu'ils apprennent aux Russes à travailler, de manière soigneuse et honnête, il avait déménagé toujours plus de garnisons russes à Riga, et après avoir transformé les *Kirchen* allemandes en églises orthodoxes, il avait exigé qu'on célèbre la Pâque orthodoxe. C'était tout de même curieux de vouloir introduire en Russie l'heure et les coutumes occidentales et, à côté de ça, d'imposer son calendrier et ses lois russes aux terres occidentales qu'il conquérait le long de la mer Baltique. Holstein ne comprenait pas grand-chose à toutes ces ambitions. Il nous était agréable, car Peter représentait la force. Quelques années plus tard, nous l'avons enfin marié avec Anouchka. Tant pis si elle est récemment venue se plaindre à moi, pleurer sur mon épaule... Se plaindre qu'il la traitait mal... Mal, mal... Qu'est-ce qu'elle y connaissait, aux mauvais maris ? Tant pis s'il buvait beaucoup, son Holstein-Gottorp, tant pis s'il allait voir des putains, s'il levait parfois la main sur elle... Peut-être est-ce d'avoir vécu trop longtemps en Russie – en six ans, il a eu le temps d'absorber, de se laisser contaminer par les coutumes de nos hommes. Mais existe-t-il un homme sans vices ? Malgré tout, il me plaisait. Nous n'avons pas trouvé mieux pour elle. Quand nous les avons fiancés, nous espérions qu'il occupe un jour le trône de notre ennemi mortel – il était l'un des prétendants à la couronne suédoise, le neveu légitime de Charles XII, l'enfant de sa sœur. Mais il est advenu ce qu'il est advenu... Les choses sont comme elles sont.

Où est Anouchka ? Où est Anouchka ? Est-elle ici, dans cette pièce ? Mon Dieu, je me sens si mal, je brûle et j'ai les tempes qui cognent. Je ne peux même pas ouvrir les yeux… Je ne comprends plus ce qui m'arrive.

Les Suédois… La Russie a signé le traité de Nystad et la paix est revenue… Est-ce que je m'en suis réjouie ? Quand j'y pense, j'aurais vraiment dû, on mettait fin à vingt et une années de guerre. La guerre qui m'avait violée. La guerre qui avait fait de moi une esclave, une chose. Sans la guerre, j'aurais vécu une vie de domestique chez les Glück et je serais certainement aujourd'hui comme mes sœurs, Kristina et Anna. Peut-être aurais-je eu une blanchisserie à Marienbourg avec des rideaux blancs et une enseigne ? Qui peut le savoir… Pourquoi faut-il toujours qu'il en soit ainsi ? Qu'on ne puisse se réjouir de quelque chose que l'on attend depuis longtemps. C'est que déjà un autre danger menace…

L'un des points du traité de paix stipulait que tous les esclaves suédois se trouvant en Russie devaient être rendus à la couronne suédoise. Lors des négociations, Peter a plaisanté devant tout le monde, devant les sénateurs et les envoyés étrangers : « Eh bien, Catherine, peut-être dois-je te rendre aussi ? Tu es bien une prisonnière suédoise… Qu'en penses-tu – je devrais ? » Il a ri. J'ai été parcourue d'un frisson.

À l'époque, les plaisanteries sinistres de Peter n'étaient qu'à moitié des plaisanteries. Surtout que mes ennemis faisaient circuler le bruit que, puisque nous n'avions toujours pas de fils, Maria Cantemir, issue d'une lignée de souverains orientaux, pourrait donner à Peter un fils empereur – afin que, après avoir vaincu les Suédois, on puisse s'étendre à l'est et au sud, recréer l'Empire byzantin, et que Saint-Pétersbourg devienne la

Troisième Rome. Ekaterina Alexeïevna ne serait pas la première tsarine à se retrouver au couvent.

Je me souviens d'avoir fait une révérence et rétorqué être l'une des rares prisonnières suédoises à rester volontiers. Je me suis alors approchée de lui et, devant tout le monde, j'ai planté un long baiser sur ses lèvres.

Peter a rougi, flatté.

« Bon, je vais devoir négocier avec le nouveau roi de Suède pour te garder. »

Les autres ont eu moins de chance : dans le traité de paix, il était écrit que nous rendrions tous les esclaves à l'exception de ceux qui s'étaient convertis à notre religion. Mais beaucoup de Suédois ayant depuis le temps été baptisés de force, de nombreux endroits de notre Sibérie sont restés complètement suédois.

J'ouvre difficilement les yeux. Les bougies scintillent toujours. Chaque mot est douloureux et résonne dans mes tempes, mais je demande :

— Où est Lovisa von Burghausen ?

Un murmure se propage dans la pièce : « Elle divague… » Mais alors Olsufiev se racle la gorge et dit :

— Votre Majesté, elle a été échangée, en 1721… elle est rentrée en Suède, a épousé un vicaire et s'est installée à Njurunda. Elle est toutefois surveillée par la chancellerie secrète, parce qu'elle ne s'est pas assagie : elle dicte à son pasteur des mémoires sur la Russie, sur son servage, sur notre cruauté… elle nous traîne dans la boue, cette putain ingrate, nous aurions dû l'achever… n'était-elle pas bien ici, dans notre pays, chez les Repnine et les Cantemir ? Elle a eu de la chance de tomber chez les nobles et pas dans un bouge quelconque… elle est toujours en vie, elle devrait nous en être reconnaissante…

— Malheur à nous si cette idiote fait imprimer ça. Et si on la supprimait ? Avant que les Suédois aient diffusé ses commérages… On le peut encore… même en Suède, nous avons nos hommes, dit Alexandre.

— Je défends qu'on la touche. Le Seigneur a clairement voulu qu'elle survive.

Lovisa est libre, désormais. Moi, je suis restée ici. Prisonnière du pays qui m'appartient.

7

L'horloge sonne, mais les coups sont si lointains que je crois entendre les clochettes de Petrouchka qui résonnent dans l'au-delà…

La chaleur et la douleur sont devenues insupportables, ça me lance maintenant dans les entrailles, et mon corps est comme transpercé d'aiguilles. Respirer est ce qui me fait le moins souffrir, tellement j'ai mal ailleurs. On dirait que ma tête va bientôt exploser.

J'entends murmurer autour de moi que je suis dans la dernière phase du délirium, que mes heures sont comptées. Que je divague, que j'étouffe, que j'ai la respiration sifflante. Personne n'a compris pourquoi je parlais de Lovisa. Je ne vais tout de même pas leur expliquer. Je n'ai pas de force, il vaudrait mieux que je m'assoupisse. Mais la douleur m'en empêche…

Je suis presque certaine d'avoir été empoisonnée. Peut-être par Alexandre, et assurément par le pouvoir. Il s'insinue en vous comme un poison, par la bouche, le nez, les yeux, par tous les orifices de votre corps. Jusqu'à ce qu'il soit impossible de vivre sans lui – tout ce que vous faites est dicté par votre désir de le conserver. Ce n'est plus vous qui gouvernez mais le pouvoir en votre possession qui vous gouverne comme si vous étiez une marionnette. Quand vous vous élevez au point de ne pouvoir aller plus haut, tout ce que vous pouvez faire, c'est chercher à rester en équilibre sur ce sommet. Vous vous réveillez et vous vous couchez avec une seule pensée en tête – comment ne pas céder votre place. Comment ne pas chuter... Qui, d'en bas, pourrait être en train de vous secouer ? De quel côté viendra le danger ? Vous ne faites plus que ce qui peut vous aider à y rester – au sommet du pouvoir où il y a si peu de place. Il faut se montrer forte, inébranlable. Ne jamais faillir... C'est un poison qui s'insinue si profondément en vous que vous devenez comme intoxiquée : ni les plus belles fleurs et sculptures de votre jardin, ni le luxe, ni la musique ni la danse, ni les mets ni le vin ne vous procureront de plaisir – car jamais vous ne perdez de vue qu'à la moindre distraction quelqu'un vous fera tomber. Vous êtes une bête traquée par les chasseurs : votre odorat et votre ouïe s'aiguisent. De même que votre désir sanglant de survivre. De saisir à la gorge celui qui ne vous a pas encore mordue. Et vous devenez vous-même venimeuse : chaque minute passée à lutter pour votre survie est empoisonnée. Vous ne vivez plus, vous luttez.

La victoire de Peter sur les Suédois m'a été gâchée pour cette raison. Il ne me reste que quelques souvenirs de son retour en bateau à Saint-Pétersbourg et de son entrée solennelle dans Moscou. Le Sénat, les voïvodes de province, les citadins et les paysans, encouragés par Théophane Prokopovitch, ont, comme à Rome, proclamé Peter rien de moins qu'empereur. C'est à cet instant qu'il est devenu le père du peuple, l'empereur de toute la Russie, Pierre le Grand. Ce titre lui a été présenté par trois fois sur la place du Sénat, et Peter l'a accepté à la troisième. La modestie feinte de la cérémonie était aussi une invention de Théophane Prokopovitch. Autant que l'était le fait de se comporter avec Peter, bien vivant, comme s'il était mort, comme s'il appartenait au passé, à une autre époque, à l'Histoire : il a été ordonné de conserver les débris de son premier bateau, celui avec lequel, adolescent, il avait navigué sur la Iaouza, point de départ de la flotte russe ; de conserver aussi notre premier chalet en bois, à partir duquel s'était construite Saint-Pétersbourg ; je ne pouvais plus jeter ses vieux uniformes, ses vieilles bottes, sa robe de chambre : tout devenait relique de Pierre le Grand pour les futures générations. Théophane Prokopovitch était en train de créer la légende du souverain et orchestrait toutes les festivités, la mise en scène et les cérémonies. Afin de célébrer la paix de Nystad et la proclamation de l'empereur, on a érigé, pour cinq cent soixante roubles, un temple de Janus éclairé de lumière bleutée : le dieu romain du Temps, aux deux visages, regardait dans des directions opposées – à la fois vers le passé et vers le futur. Le présent n'avait pas de visage : il était impossible de le voir, de le regarder dans les yeux. Le présent, c'était nous – aveuglés par nos peurs, nos espoirs, nos colères, nos passions, nos jalousies et nos péchés, nous ne pouvions pas nous voir ; seule notre conscience aurait pu nous servir de miroir, mais encore aurait-il fallu se souvenir d'en avoir une : tout demeurait dans l'ombre des grandes aspirations de l'avenir.

Assise là avec mes trois tsarevnas, je regardais mon mari coiffé de sa couronne de laurier, en songeant combien il me rappelait Janus, à lutter constamment contre le passé et à ne désirer que la gloire de l'avenir ; il était si rarement dans l'instant présent – et toujours impatient. Mais ce n'était pas le moment de penser à cela : on a hissé sur un filin l'aigle bicéphale de la Russie ; deux soldats en armure, représentant l'un la Suède et l'autre la Russie, se sont serré la main. À cet instant, les coups de centaines de canons, de milliers de fusils ont retenti : jamais encore on n'avait entendu pareilles salves, des dizaines de milliers d'armes tirant ensemble. Je recevais, au côté de mon grand Peter, l'empereur, les respectueuses félicitations des envoyés et traduisais pour lui, du suédois, du polonais, de l'allemand et même un peu du français, ce qu'ils disaient. Une table était dressée pour un banquet comme on n'en avait jamais vu – un millier d'hommes et de femmes allaient y participer, tout le *znat'* ; on avait installé dans les rues de Saint-Pétersbourg des fontaines de vin, et on faisait rôtir un bœuf farci à la volaille sur la grand-place ; les feux d'artifice se sont prolongés des heures durant, et la célébration elle-même a duré deux semaines au cours desquelles Peter et sa capitale ont bu sans discontinuer. Lors des derniers jours de décembre, pendant les grands froids, le tsar, portant le simple uniforme de colonel du régiment Preobrajensky, est entré dans Moscou au battement des tambours, au son des clairons, des cors, des bassons et des hautbois ; derrière Peter marchaient Alexandre Menchikov, les généraux, les capitaines, les lieutenants, les quinze régiments ; une foule de gens, un arc de triomphe dans la rue Tverskaïa, et les cloches, les cloches, les cloches... les cloches étourdissantes, assourdissantes, de toutes les églises de Moscou. Théophane Prokopovitch réitérait ses félicitations au souverain, il avait rédigé de nouveaux discours, il y avait un orchestre, un deuxième arc de triomphe l'attendait, puis un troisième, érigé avec l'argent du Sérénissime... Au pied de cet arc, Peter a adressé un signe de la main au peuple fou de joie – Moscou, qui avait autrefois voulu égorger le petit Piotr Romanov, le jeter sur des fers de lance, qui l'avait considéré comme l'Antéchrist une fois adulte, l'idolâtrait –, on aurait dit une mer frémissante, des gueules ouvertes, des sourires, des yeux exorbités, des personnes tombant à genoux dans la neige, jetant leur chapeau dans les airs, vers le dieu... Mais Peter, même à l'heure du triomphe, n'aimait pas Moscou plus que cela, et c'est surtout dans le Faubourg allemand qu'il a célébré sa victoire. Les festins et les bals masqués ont duré six semaines et, pour la première fois, les rues de la vieille capitale ont été éclairées aux lanternes et aux flambeaux. Tout le monde se réjouissait, sans savoir une chose : la paix signifiait que Peter allait avoir le temps, pour le malheur du peuple russe, de s'intéresser à ses affaires. Ils ne savaient pas qu'on leur préparait la Table des rangs, selon laquelle la nation russe allait être répartie en deux cent soixante-deux sortes de servitude au tsar et à l'État. Il l'avait empruntée aux Allemands et aux Suédois et à un certain Leibniz, mais elle était devenue, dans les mains de Peter, d'une rigidité extrême... Fini, la noblesse, l'ascendance et l'héritage. Seuls les serviteurs du tsar auraient un rang, et Peter, dans les années à suivre, allait écrire des milliers d'oukases pour la vie quotidienne – il y avait une règle pour tout, de la conservation des cornichons à l'épaisseur des bougies. Il prenait les Russes pour des ignares à qui il fallait dicter la conduite jusque dans la moindre vétille. Il a transformé son peuple en une armée, contrainte d'exécuter ses ordres.

Mais la foule moscovite, guère habituée au changement, ne le savait pas encore : elle ne pressentait pas les larmes amères qui couleraient ni les oukases mettant sa vie sens dessus dessous, elle pouvait encore se réjouir.

Ce n'était pas comme Saint-Pétersbourg, qui une fois de plus a signifié à Peter combien son œuvre était imprévisible : quelques mois après avoir été érigé, le temple de Janus, le dieu du Temps, a été emporté par la crue printanière. Les éléments et Saint-Pétersbourg – la ville qui n'avait presque pas de passé – tenaient à ce que ce soit clair : l'avenir dans le paradis de Peter serait toujours incertain.

Le pressentiment inexplicable d'un malheur m'a empêchée de me réjouir pleinement du triomphe. J'avais désormais trop à perdre et ne pouvais baisser la garde un seul instant – comme un animal traqué, j'ai essayé de suivre le regard de mon mari en direction de la foule. Où était Maria, la regardait-il ? Peter rentrerait-il ou non au palais après les beuveries ?

Je faisais de mon mieux pour la contrer, sans me faire remarquer. Je n'arrivais parfois à rien – ainsi quand elle faisait étalage de son éducation, ou quand elle s'est mise à imiter ma coiffure et que j'ai publié un oukase disant que seules la tsarine et ses filles avaient le droit de porter une aigrette en diamant de chaque côté de leur coiffure. Peine perdue – elle est reparue à ma cour avec une seule aigrette – ce qui ne faisait qu'ajouter à son charme, puisqu'elle était déjà parée de sa jeunesse.

D'autres fois, j'arrivais à l'affaiblir. Elle était fainéante, comme le sont les gens du sud, et gâtée, comme le sont les princesses – alors j'ai commencé à l'emmener à toutes les cérémonies impériales, les mises à l'eau de navires, les inaugurations de collèges ; partout où il fallait faire preuve de patience et de dévouement pour rester debout des heures durant à écouter les discours au milieu des bourrasques. Rattrapée par l'ennui, elle maugréait et se mettait en colère – ce qui déplaisait à Peter. Sachant combien elle était écœurée par ses bacchanales barbares, je l'obligeais à y prendre part avec toute la cour. J'ai trouvé une alliée inattendue en Anastasia Golitsyna, qu'à la mort de Daria Rjevskaïa nous avions fait revenir de son exil pour l'instaurer princesse higoumène. La *choutikha*, qui n'aimait pas non plus Maria, n'omettait jamais de l'inviter. Maria s'est mise à regimber, à mentir en disant qu'elle était malade. Cela a mis Peter hors de lui, il a même envoyé Tolstoï chez les Cantemir pour s'assurer qu'elle disait vrai. Je tentais, mine de rien, de semer la discorde entre Peter et Maria, et parfois – mais pas toujours – j'y parvenais.

C'était comme un retour en arrière dans le temps – ça m'a rappelé la première fois que Peter m'avait frappée. Le visage couvert de bleus, j'avais tout de suite vu qui étaient mes amis et qui mes ennemis, qui avait une joie mauvaise dans le regard, et qui de la compassion. Qu'en était-il maintenant ? J'avais mes courtisans, et ils semblaient m'être fidèles, mais je leur étais indispensable. Mes dames de compagnie faisaient front autour de moi – mais qui étaient-elles ? Modesta Balk, la fille d'un marchand de vins devenue *Staatsdame*, Margarethe von Campenhausen, la femme du colonel, Elisabeta Villebois, Johanna, ma *Kammerfrau*, toutes d'origine si modeste qu'elles auraient été perdues sans moi. Tandis que les femmes des vieilles familles nobles s'étaient tournées, comme sur un claquement de doigts, vers la nouvelle maîtresse. Même Daria, même elle, désireuse de plaire à Peter, avait invité Maria Cantemir chez elle. Je me demandais si Alexandre était au courant – si ça venait de lui ou s'il savait d'où venait ce nouveau souffle de printemps ? J'avais des frissons rien que d'y penser. Que deviendrais-je sans son soutien ? M'avait-il trahie ? Et s'il jouait double jeu et misait désormais sur elle ? Seule Varka a su m'apaiser : « C'est une peureuse, notre Daria, rien qu'une peureuse, Ekaterina Alexeïevena, elle ne réfléchit pas... Alexandre Danilovitch l'a déjà grondée... » Varvara savait que nos liens – à Peter, Alexandre, les filles Arseneïeva et moi – remontaient à loin, qu'ensemble nous avions vu beaucoup de choses et bu beaucoup de vin... Les autres étaient des pièces interchangeables. À la cour de Russie, on ne pouvait être sûr que d'une seule chose : un jour ou l'autre, on tombait. Ceux qui gardaient leur place le plus longtemps étaient ceux qui trahissaient le plus vite, dès qu'ils sentaient le vent tourner. Les sénateurs se rendaient de plus en plus souvent chez le vieux Cantemir. Willem et Olsufiev avaient appris de domestiques fiables que Piotr Tolstoï y allait beaucoup, et qu'il avait glissé à l'hospodar combien ce serait une bonne chose de se lier au tsar, que si un héritier naissait, il pourrait envoyer la tsarine – moi ! – au couvent, et faire de Maria l'épouse légitime. Il insufflait aussi son poison à l'oreille de Peter : un héritier, un héritier, il fallait un héritier pour le nouvel empire !

Les nuages s'accumulaient au-dessus de ma tête. De nombreux sénateurs commençaient à diriger leurs faveurs vers la nouvelle maîtresse. Après tout, Maria Cantemir était l'une des leurs, une orthodoxe de naissance, une femme venue d'Orient. Ou, comme le disait Willem Mons avec mépris, « une barbare comme les autres, seulement un peu plus instruite ».

Et puis soudain Peter a de nouveau amendé la loi sur la succession au trône. L'ancienne loi lui permettait de choisir parmi ses descendants directs en passant outre le droit d'aînesse, la nouvelle lui permettait de choisir son successeur en toute liberté parmi ses sujets ; ce pouvait même être un *iourodiv*, ou un nain. J'ai cru recevoir un coup dans le ventre. Peter m'a regardée froidement : « De quoi t'inquiètes-tu, Catherine ? Mon héritier aurait dû être mon petit-fils, Piotr Alexeïevitch, maintenant je peux choisir qui je veux. Pourquoi t'affoler, tu devrais te réjouir. Je prendrai la décision qu'il faut. » Quelque temps plus tard, nous avons appris la grossesse de Maria Cantemir.

Peu après, Peter a annoncé une nouvelle campagne militaire : vers la mer Caspienne cette fois, en direction de la Perse. Celle-ci étant affaiblie, il s'apprêtait à reconquérir les terres se trouvant au sud d'Astrakhan. Dimitrie Cantemir – qui connaissait ces contrées et leurs habitants, parlait leurs langues et avait rédigé les proclamations annonçant que l'empereur russe Pierre le Grand allait venir les libérer – devait être du voyage. Il emmenait avec lui son épouse, mon ancienne dame de compagnie Anastasia, et sa fille enceinte, la princesse Maria.

Je ne voulais pas voyager, mais je savais qu'il le fallait. Que je ne pouvais pas rester à attendre les bras croisés qu'elle m'écarte et prenne ma place. Ne signifiais-je donc rien, tous ces enfants que j'avais mis au monde ne signifiaient-ils donc rien pour Peter ?

Nous allions emprunter la voie d'Alexandre de Macédoine, mais Alexandre, qui aimait tant ce souverain, est resté pour s'occuper de Saint-Pétersbourg et de nos filles, à Peter et à moi. J'ai pris avec moi une suite qui avait fait ses preuves lors du précédent voyage : Modesta Balk, son frère Willem Mons, Margaretha von Campenhausen, Johanna, Olsufiev, les médecins. Je ne brûlais pas d'envie de partir pour ces contrées lointaines, ces steppes consumées par le soleil. Je le devais, pourtant. Mais les voyages sont décidément surprenants – on ne sait jamais ce qui peut se passer. Il arrive même qu'on n'en soit pas déçu, surtout quand on n'en attend rien.

Peter avait déclaré à son armée – de vingt-deux mille fantassins, sept mille dragons et soixante-dix mille Cosaques, Kalmouks et Tatares réunis en chemin – que nous allions combattre pour une juste cause et pour la gloire de la Russie : il s'agissait de venger trois marchands russes assassinés dans le Caucase après avoir été dépouillés de leurs marchandises, un butin d'une valeur d'un million, et de rétablir l'ordre – même si personne ne nous l'avait demandé – sur les terres de Perse séfévide. Autrement dit, de conquérir ces terres ou de les assujettir en effrayant ou en corrompant leurs souverains.

Nous sommes partis fin mai dans des conditions agréables, puisque nous avions choisi la voie maritime et naviguions sur les fleuves. Je me rappelle la chaleur, le soleil, mais aussi tout ce que ce voyage avait d'enchanteur. Willem Mons, mon irremplaçable *Kammerjunker,* s'était chargé de mon confort – ma cabine était aménagée comme une petite chambre du palais. Peter, qui se préparait à la campagne militaire et buvait bien moins que d'habitude, était de bonne compagnie. Parfois, il montait dans une barque et rejoignait l'un des bateaux à voile de la flottille, le plus souvent celui de Cantemir, situé quelques navires derrière et transportant le futur bâtard de Peter. Malgré tout, je ne devais rien laisser paraître de mon mécontentement, ni par un mot ni par un regard – je devais rester impassible, comme aux cartes. Je devais être douce, me rendre indispensable à Peter. Et me comporter à l'opposé de Maria, que la grossesse rendait de plus en plus irritable et qui, n'étant pas familière de la guerre, trouvait le voyage très éprouvant.

À Kazan, je suis allée voir l'icône de la Mère de Dieu, célèbre pour ses miracles, et l'ai priée de m'aider à rester où j'étais. Je lui ai demandé sa protection, j'ai donné généreusement aux moines. Peter, me voyant assumer mes obligations de tsarine avec zèle, s'est comme radouci. Je le voyais : il réfléchissait. Les pensées s'enclenchaient dans sa tête comme dans un engrenage : la vieille Catherine avait du bon, elle assurait son devoir, s'occupait de lui pendant le voyage, était de bonne humeur – contrairement à la jeune amante enceinte, qui était constamment malade, languissante et pleine de reproches.

Je ne savais lire ni les livres ni les papiers, mais je lisais mieux que quiconque dans la tête de Peter. Je voyais clair en lui, je réfléchissais avant d'agir. À un moment, quelque part sur la Volga, en contemplant les vagues de la rivière, les rives qui s'étendaient à l'infini, j'ai compris qu'après toutes les gifles de Peter, toutes ses humiliations, ses coups et ses camouflets dont il ne se rendait pas compte à quel point ils m'avaient blessée, après qu'il ne m'avait pas défendue, moi, son épouse, après sa trahison avec Maria, une trahison qui avait failli me réduire en un tas de cendres, après l'amendement à la loi sur la succession, j'ai compris que je ne ressentais plus d'amour pour Peter. J'ai compris que j'étais seule et n'avais que moi. Que je ne devais m'occuper que de moi – et ne prendre soin de Peter que dans la mesure où cela me servait. C'était étrange de ressentir le vide complet dans mon âme, aussi déserte que la steppe brûlée par le soleil.

À Astrakhan, nous avons assisté à une chose atroce : un des marchands indiens était mort – ils étaient des centaines dans la ville, ils avaient même leur propre rue, et c'est au bout de cette rue qu'ils avaient dressé un bûcher pour le corps. Sa femme, tout en soieries, le visage barbouillé de cendres, est montée sur le bûcher – pas seulement pour lui faire ses adieux, mais pour mourir avec lui. On nous a expliqué qu'elle n'aurait pas pu vivre ni sur la terre ni dans l'autre monde, où elle aurait été condamnée pour avoir été trop attachée à la vie. Chez nous, la mort du mari signifiait un peu plus de liberté pour une femme, chez les Indiens, elle signifiait sa propre mort.

À Astrakhan, j'ai commencé moi aussi à me préparer à la mort de mon mari : j'ai eu une discussion avec Piotr Tolstoï. Peter avait eu une crise sévère qui nous avait fait craindre pour sa santé, surtout qu'il faisait très chaud. J'ai demandé à Tolstoï s'il savait ce qu'il faisait, s'il avait réfléchi aux prochaines étapes : que se passerait-il, que ferait-il si, Dieu nous en préserve, Peter n'était plus ? Je lui ai dit que la reconnaissance n'était pas l'apanage des princes qui avaient perdu leurs domaines, mais celui des tsars, et que je n'oubliais jamais ceux qui m'étaient fidèles. Je lui ai ensuite demandé comment se portait sa protégée enceinte, la princesse Cantemir. J'ai vu sur le visage de Tolstoï qu'il m'avait parfaitement comprise.

C'est certainement durant ce voyage, alors que Peter allait et venait entre les navires, que tout a commencé. Avec Willem Mons. Tout a commencé innocemment, car il n'existe rien de plus merveilleux que de voyager avec une personne sensible à la beauté et à la poésie. Là où, au cours du périple, Peter voyait des terres à conquérir et des ressources naturelles, Willem Mons voyait la grâce des choses, les couleurs et les formes, percevait les arômes et les senteurs. Mons s'était préparé – il avait lu plusieurs livres écrits par d'anciens voyageurs qui s'étaient rendus en Perse. Ce qu'il avait appris, il nous en faisait profiter. Avec sa lunette à longue-vue, il observait depuis le pont la nature et les créatures les plus magnifiques : c'est lui le premier qui a remarqué les canards mandarins, brillant des couleurs de l'arc-en-ciel, et le pélican, dont il est dit dans les Saintes Écritures qu'il nourrit ses petits de son sang, mais qui les nourrit en fait des poissons qu'il pêche et garde dans la grande poche de son bec ; près de la mer Caspienne, il a été le premier à me montrer les flamants roses, ces oiseaux qui semblent appartenir au paradis plutôt qu'à ce monde. Il n'y avait pas un animal, une plante, un fruit, une fleur, une pierre, une tribu, une coutume ou une légende à propos desquels il n'ait lu quelque chose. Tandis que Peter posait son doigt sur les cartes et se préparait à la conquête, Willy admirait le monde. Je le vois encore – son profil, son œil plissé à côté de la lunette, ses longs cheveux agités par la brise venue de la rivière ou de la mer… Chaque fois que quelque chose attirait son attention, il me le montrait : il m'enlaçait respectueusement pour tenir la lourde lunette près de mon œil. C'était étrange de le sentir tout contre moi, sa poitrine contre mon dos, son visage près du mien ; je n'avais pas imaginé qu'il était aussi sec et musclé ; j'ai plusieurs fois été parcourue de ce doux frisson à vous faire pâmer, oublié depuis longtemps ; plusieurs fois, je n'ai pu détacher mon regard non pas des oiseaux et des plantes au bout de la lunette, mais de son avant-bras et de sa main dont les veines battaient sous la chaleur, aussi beaux que le marbre romain. Plusieurs fois, j'ai cru percevoir le picotement de sa joue rasée malgré l'espace qui nous séparait ; plusieurs fois, ayant posé sa lunette, il m'a regardée dans les yeux et c'était comme si nos regards plongeaient l'un dans l'autre, tels les doigts de deux mains se caressant. Il m'a semblé que certains de ces regards avaient duré très longtemps, mais qui sait : la chaleur nous accablait. La chaleur et ce décor déroutant de l'Orient, où sourdaient le danger et le désir.

Peut-être y avait-il un peu de vérité là-dedans – car plus le voyage se faisait dangereux, plus nous tenions à la vie, plus nous avions goût à la vie, que nous voulions dévorer à pleines dents. Plus nous avancions, plus ce sentiment se confirmait.

L'Orient, ou « le mystérieux Orient », comme disait Willem Mons, y était-il vraiment pour quelque chose ? Après Kazan et Astrakhan, des villes aux noms inconnus nous attendaient – Tarki, Derbent… Nous découvrions un monde à part, sauvage. En Orient, nous, les Russes, représentions tout compte fait la politesse, le progrès, l'ordre, l'Occident et l'Europe : car il y avait là un peuple plus féroce que le nôtre, et qui paraissait en retard sur nous de quelques siècles. Les Circassiens, les Tatares, les Daghestanais étaient encore plus cruels qu'aucun Russe, aucun Cosaque ou aucun Kalmouk – de nos éclaireurs ne nous revenait que la tête, sans plus de cérémonie ; tout le long des routes, on voyait les corps charcutés de leurs ennemis, empalés sur des pieux ; les tribus hostiles dévalaient leurs montagnes tels des vautours et se montraient tout aussi impitoyables dans la bataille, puis y repartaient aussi brusquement qu'elles en étaient descendues. La première fois qu'elles nous sont tombées dessus, nos soldats n'ont même pas eu le temps d'armer leurs fusils ; Peter, en l'apprenant, s'est mis dans une telle rage qu'il a ordonné au reste de l'unité de poursuivre à pied en portant l'équipement le plus lourd ; j'ai dû monter dans son carrosse pour le convaincre de changer d'avis : je l'ai fait par crainte de perdre nos hommes et que l'on n'ait plus personne pour nous défendre. Ma clémence, mon intercession auprès de Peter afin que l'armée puisse se reposer, m'ont valu l'infinie reconnaissance de nos hommes. À nouveau, ils étaient de mon côté. En Orient, nos soldats sont devenus aussi les miens : je suis devenue leur Mère miséricordieuse sur le champ de bataille. Tolstoï était le témoin des vivats assourdissants en mon honneur.

Ce qui m'a le plus surprise, ce sont les coutumes orientales, sans doute imposées depuis la nuit des temps par la cruauté et la lubricité sauvage des hommes : sur ces terres, ces deux choses régissaient la vie des femmes. Si les Circassiennes que j'avais rencontrées en route – les femmes des chefs et leurs filles, toutes extraordinairement belles, aux traits réguliers, portant deux tresses et un voile blanc attaché à leur coiffe – avaient le visage découvert, se comportaient dignement et paraissaient respectées, à Tarki, où les mahométans avaient plusieurs épouses, j'ai reçu la visite des quatre épouses du souverain local, le *chamkhal*, ainsi que de ses huit concubines, encore plus belles car elles n'étaient là que pour son plaisir. La jalousie des hommes et la cruauté de leurs coutumes obligeaient ces femmes à se couvrir de la tête aux pieds, seuls leurs yeux brillaient à travers une fente, on aurait dit que les arbustes taillés en cônes du jardin de Peterhof s'étaient mis à marcher. Elles n'ont dévoilé leur visage qu'une fois seules avec moi, et m'ont présenté leurs cadeaux – des brocarts de soie et des fruits : des oranges, des raisins, des poires et des melons. Nous étions assises par terre, sur des coussins et des tapis, et nous parlions avec l'aide de l'interprète. J'ai compris que leur présence était une immense marque de respect à mon égard, à l'égard de la tsarine, de la part de leur souverain, qui d'habitude ne leur permettait pas de quitter la maison – même pour rendre visite à des voisines. Elles vivaient comme emprisonnées dans des palais à peine meublés – où il n'y avait que des tapis, des tentures et des coussins ; elles n'avaient le droit de sortir que dans le jardin ou sur le toit. Une fois qu'elles se sont senties en confiance, qu'elles ont eu regardé mes courtisans, mes pages, et évidemment Willem Mons, elles ont voulu savoir combien d'épouses on pouvait avoir dans mon pays : quand nous avons répondu qu'un homme ne pouvait avoir qu'une seule épouse et que celle-ci pouvait non seulement sortir de la maison, mais aussi aller à l'église, se rendre chez les voisins, au bal et aux réceptions, ou encore voyager, elles ont tapé dans leurs mains de stupéfaction et ont répété plusieurs fois quelque chose avec un grand désespoir dans la voix, qu'on nous a traduit par : « Quel pays heureux, quel pays heureux que celui-là ! »

Ma Russie, qui m'avait tant effrayée quand j'y étais arrivée, était pour elles un pays heureux.

J'ai compris que le bonheur ne se mesurait qu'à l'aune du malheur. Tout comme autrefois la liberté des Polonaises et des Hollandaises m'avait étonnée, la Russie apparaissait aux Daghestanaises comme une terre promise, le paradis des femmes. Peut-être que plus nous allions vers l'est et plus la liberté s'amenuisait ? Willem Mons devait expliquer par la suite que les Daghestanaises descendaient de Thalestris, la reine des Amazones, mais leurs coutumes – plus exactement leur esclavage

– étaient très éloignées de celles de leurs aïeules belliqueuses.

Le temps nous joue parfois des farces, en renversant les coutumes au cours des siècles. Se peut-il que la Russie connaisse un siècle où les femmes gouverneront ?

J'ai voulu faire quelque chose d'osé, d'interdit, donner à ces femmes un peu de liberté. Je savais que nos soldats mouraient d'envie de savoir ce qui se cachait derrière ces voiles, à l'intérieur de ces cônes – j'ai dit à ceux qui voulaient voir mes invitées sans voile de venir en petits groupes. Jusque tard dans la soirée, jusqu'à ce qu'elles partent, par douzaines ou plus, les officiers russes sont venus voir les épouses et les courtisanes du souverain de Tarki. Au début, elles étaient gênées et rougissaient, puis, dans leurs regards, la curiosité a laissé place au désir – jamais de leur vie elles n'avaient montré leur visage à tant d'hommes à la fois. Chacune, ou presque, s'est choisi un des nôtres et on aurait dit qu'elle le caressait passionnément de ses yeux noirs.

Mon regard a rencontré celui de Willem – j'ai vu qu'il comprenait ce qui se passait. Et à nouveau, nous ne pouvions nous quitter des yeux.

Peter était déjà parti avec son armée.

Dans la forteresse de Tarki, dans la chambre aux murs blancs, jonchée de tapis, de soieries et de coussins, je me préparais à m'endormir, seule, avec une vue sur les toits plats de la ville qui descendaient vers la baie bleu topaze au loin. Les odeurs, les tapis et les brocarts, les épices, les parfums entêtants, les fleurs, les oiseaux, la mer, tout ici était vif, étranger et inquiétant. J'avais laissé derrière moi, en Occident, là où le soleil se couche, tout ce qui m'était familier. On était ici en Orient. Je songeais aux femmes du souverain que j'avais vues, et à dire vrai je n'étais pas si différente d'elles. Tout comme elles rêvaient de pouvoir se rendre chez leur voisine, je rêvais d'asseoir ma volonté. De me prouver à moi-même que j'en avais encore une. De prouver que je n'étais l'esclave de personne – ni de Peter ni, au fond, de Dieu. Je n'étais pas mahométane, encore moins indienne. Et même pas russe.

Quand Willem est arrivé, je n'ai pas été surprise de le voir. Je l'attendais. Sans doute la sœur, Modesta, avait-elle laissé entrer le frère.

Je crois qu'on peut mettre ça sur le compte de la chaleur, des odeurs enivrantes, des plats avalés ce jour-là : le caviar noir de la mer Caspienne, des mets avec des épices inconnues, des gâteaux dégoulinant de miel. Du vin dont nous nous étions abreuvés avec les courtisans en détaillant les femmes mahométanes une fois qu'elles étaient parties. Et de ce doux étourdissement déferlant par vagues, cette faiblesse dont je ne me souvenais plus quand je l'avais éprouvée pour la dernière fois. La beauté de Willem et sa mélancolie, ses mains veinées, comme sculptées dans le marbre. Et ce souhait d'être libre. De n'appartenir à personne, de décider pour soi, au moins quand il s'agit de pécher. Je me souviens que Willy était un peu effrayé, un peu inquiet, et à la fois très déterminé. Il s'est agenouillé à mes pieds et a plaqué son visage contre mon sexe à travers ma chemise. C'était lui qui était prêt à être mon esclave. J'ai pris sa tête dans mes mains, je l'ai relevé et, avide de ce que je ne connaissais pas, j'ai goûté ses lèvres interdites.

Nous nous unissions en un baiser onctueux quand un cri sourd, guttural, presque inhumain, a déchiré le ciel au-dessus de la ville : le prêtre mahométan invitait les siens à la prière, mais on aurait dit que c'était la mort qui les appelait.

Nous étions en Orient – le temps était scandé par des cris et non par des cloches. Notre temps à nous n'avait pas cours là-bas.

Quand, quelques heures plus tard, le cri pour une nouvelle prière s'est fait entendre, Willem était toujours avec moi. Je me souviens d'avoir eu une sensation de nausée, après cette première fois : probablement de crainte, à cause de ce que j'avais fait. Durant ce voyage en Perse, nous avons goûté à des bouillies qui enivraient bien plus que le vin, presque à en perdre conscience, et qui donnaient une nausée très semblable. La nausée que j'éprouvais cette fois-là était peut-être un mélange d'un trop-plein de plaisir et de peur : de peur que Peter ne l'apprenne. Car en amour, il existe des limites qui, une fois franchies, empêchent de revenir au temps d'avant. Mais était-ce de l'amour, est-ce que j'aimais Willy ? Je ne sais pas, je ne crois pas. Non, il s'agissait de liberté, d'un plaisir pur, sans retenue, sans gêne, d'un plaisir personnel. Que je m'octroyais. Tout cela était à moi, rien qu'à moi. Tout était très différent d'avec Peter, et même d'avec Alexandre.

Willy était un amant excellent, curieux, éduqué par les femmes qu'il avait aimées, et elles avaient été nombreuses. C'était un indigent, un pauvre adjudant devenu *Kammerjunker*, qui ne pouvait conquérir ni par le pouvoir ni par ses biens, mais seulement par son talent à aimer, ne fût-ce que brièvement. À ses côtés, chaque femme devait se sentir unique au monde. Je me rappelle que lorsque je l'ai vu la toute première fois, quand je l'ai pris à mon service, il m'a fait penser à un de ces anges asexués des icônes. Ce qu'il n'était pas le moins du monde : c'était un homme de chair et de sang, beau comme une statue, mais pour le reste – vivant et infatigable. Faire l'amour avec lui ne relevait pas du simple plaisir, c'était un art. Il n'y avait pas de limites à ses inventions et à son raffinement, et j'éprouvais une jouissance comme je n'en avais jamais connu, même du temps de ma jeunesse. L'Orient y avait sans doute sa part : les odeurs d'encens, d'huiles, de fruits et de vin ; et la peur de la mort, qui pouvait à tout moment nous tomber dessus sous la forme de soldats armés dévalant les montagnes enneigées qui touchaient le ciel. Comme avait l'habitude de dire Willy – l'Orient enivrant. Il savait vous parler au lit – ses mots vous enchantaient telle une poésie d'amour. Nous pouvions discourir des heures entières… Je me souviens de ce qu'il a dit la première nuit, à Tarki : cette ville, ancienne capitale des Khazars, était appelée la perle des forteresses, et toi tu es ma perle, tu es ma forteresse.

Peter ne me disait jamais rien de tel. Et il ne se donnait pas autant de mal.

Quand mon carrosse et mon convoi ont rejoint les unités de Peter quelques jours plus tard, je me suis promis d'être très, très prudente. Et qu'une fois de retour en Russie, dans notre Occident, cette folie orientale prendrait fin.

Notre destination suivante était une ville appelée Derbent, un port fondé par Alexandre le Grand où se croisaient les routes commerciales du sud vers le nord, et de l'est vers l'ouest. Alors qu'ils avançaient vers la ville à la Porte de fer, les émissaires de Peter n'ont pas reçu l'accueil déférent qu'ils escomptaient – l'un d'eux est revenu sans nez et sans oreilles, et les trois Cosaques envoyés pour négocier nous ont été renvoyés la poitrine entaillée et le cœur arraché, porteurs de la réponse de l'ennemi. La cruauté des montagnards mahométans était sans égale : leurs petits groupes attiraient nos éclaireurs dans une ravine, se mettaient à genoux et jetaient leurs armes comme pour se rendre puis, dès que les nôtres approchaient, ils leur sautaient dessus et les égorgeaient. Ils savaient qu'ils allaient mourir et ne faisaient pas grand cas de leur vie.

Cependant, les longues années de discipline de l'armée, la puissance de nos chevaux et nos dizaines de milliers de soldats nous donnaient l'avantage. Nous qui voyagions à l'arrière-garde voyions les lieux déjà nettoyés : les nôtres répondaient aux Orientaux avec autant de férocité – sur les bas-côtés « nettoyés » gisaient des cadavres : personne n'était épargné, ni les hommes, ni les femmes, ni les enfants. Je me rappelle avoir vu, par la fenêtre du carrosse qui cheminait sur la route, la tête du fils du chef de la tribu ennemie enfoncée sur un pieu : le garçon devait avoir dix-huit ou vingt ans et, même touché par la mort, il était infiniment beau. Lui aussi ressemblait à un ange sur une icône, et peut-être même un peu à Willem Mons ou à ce souverain des temps anciens, Alexandre le Grand. Il était d'une telle beauté que même nos soldats, en passant à cheval devant lui, se signaient et l'admiraient.

Je crois que c'était là le signe du Seigneur,

l'avertissement – seulement je n'ai pas su le lire, le comprendre.

Il y a eu d'autres signes : au croisement de deux routes, nous sommes tombés sur une grosse pierre gravée d'une écriture orientale. D'après l'explication de l'interprète, il était écrit que celui qui soulèverait cette pierre géante découvrirait en dessous des richesses incroyables, et Peter a évidemment ordonné qu'on la soulève sur-le-champ. Une demi-journée durant, nos soldats se sont affairés avec des pelles, des rondins de bois et des leviers, et ont finalement réussi à la faire rouler sur le côté. En dessous se trouvaient d'autres pierres, et une nouvelle inscription, gravée au verso. Peter a ordonné qu'on la lui traduise : « Que cherches-tu, idiot ? Il n'y a rien ici, il n'y a jamais rien eu. »

Peter a bien failli avoir une nouvelle crise. Willem et moi avons été pris d'un fou rire irrépressible, silencieux. Bien sûr, il n'était pas question de rire tout haut. Il a fallu nous contenter de regards furtifs, épuisés par le désir…

Notre armée avait beau avoir pavé de cadavres la route qui menait à Derbent, la ville d'Alexandre le Grand s'est soumise à Pierre le Grand sans lui opposer de résistance : le gouverneur local lui a apporté la clé en or de la ville sur un coussin de soie et lui a juré fidélité.

Pendant que Peter fêtait la prise de Derbent, que mes dames, exténuées, se reposaient dans leur chambre, et que Modesta faisait le guet derrière la porte, Willem et moi, encore dans nos habits de voyage, échangions des caresses toujours plus empressées. Jusqu'à ce que les bols en métal, les plateaux et les tasses se mettent à trembler sous l'effet d'un soubresaut de plaisir ; jusqu'à ce que la terre semble bouger sous mes pieds et que s'installe le silence, immédiatement rompu par un vacarme : effrayée, Modesta tapait du plat de la main sur la porte, tandis que résonnaient les pas de Peter, ses éperons en fer martelant le plancher. « Catherine, tu vas bien ? Un tremblement de terre, tu te rends compte ? Un vrai tremblement de terre ! Le Seigneur est témoin que Derbent la captive a tremblé de peur devant l'empereur de Russie ! » Je m'en fichais bien. Moi qui venais de trembler de plaisir, de concert avec la terre.

Il fallait mettre un terme à tout cela avant qu'il soit trop tard. Cela devenait trop dangereux. Je m'étais promis de le faire en rentrant d'Orient. Il fallait que cela cesse avant, d'autant que nos affaires militaires allaient mal : les provisions sont venues à manquer avant même notre arrivée à Bakou, chez le féroce sultan Utemish – l'armée ne se nourrissait que de *sukhari*, de pain sec et de fruits, essentiellement des pastèques et des melons, qui donnaient la colique. La chaleur qui nous accablait le jour nous laissait sans force pour affronter le froid qui descendait avec la nuit, mais il était impossible d'allumer des feux de camp, qui auraient trahi notre présence. Peter voulait avancer et poussait nos régiments à bout, sans leur accorder de répit. Quand les généraux, désespérés, Apraxine en tête, se sont mis à se plaindre que les soldats étaient à bout, qu'ils allaient tomber comme des mouches, j'ai profité que Peter dormait pour donner l'ordre de les laisser se reposer et de ne pas les réveiller aux aurores. Faibles comme ils l'étaient, ils auraient été incapables de nous défendre ; un jour de plus ou de moins ne changerait rien.

Quand Peter s'est réveillé, j'ai bien cru qu'il allait avoir une crise d'apoplexie. Je lui ai avoué avoir donné l'ordre de les laisser se reposer. Les nôtres devaient reprendre des forces s'ils voulaient combattre, ils ne devaient pas payer pour le manque de compassion de Peter. À mon étonnement, Peter n'était plus fâché. Il a dit : Tu as raison, Catherine, que ferais-je sans toi ? Il m'a été particulièrement reconnaissant ensuite quand nous avons repoussé avec succès l'attaque des montagnards, à laquelle les soldats épuisés n'auraient pas résisté. Peter et ses généraux m'ont remerciée pour ma perspicacité, mais il s'agissait de bon sens, voilà tout : comment auraient-ils pu combattre s'ils ne tenaient pas sur leurs jambes ? Il me semblait que l'histoire du Prut recommençait, qu'on avait de nouveau besoin de moi à la guerre. Pour raviver des souvenirs, j'ai dit : « Peter, il fait chaud, et si on se rasait la tête ? » Le barbier français lui a rasé le crâne. J'ai pris les ciseaux et j'ai coupé mes longs cheveux bouclés. Je ne sais même pas ce qui m'a pris. Était-ce vraiment pour lui rappeler ce qui s'était passé dix ans auparavant ? Le convaincre que, parfois, le temps s'enroule tel un ressort, telle une boucle de la chevelure de Mary Hamilton ? Nous ramener en arrière ? Ou alors pour ressembler, avec mes cheveux courts, davantage à une guerrière qu'à une femme, et oublier mon péché avec Willem Mons ? Une sorte de *postrig*, cette tonsure des nonnes – pour dire adieu à celle que j'avais été et entamer une nouvelle vie, où je serais libérée de mon amour pour Peter ?

Quoi qu'il en soit, j'ai eu de la chance : cela a ému Peter. Il a ramassé mes boucles noires au sol et les a remises respectueusement au barbier français en disant : Tu m'en feras une perruque.

Pendant le reste de la campagne, il a porté un chapeau et moi un casque de bombardier qui m'allait étonnamment bien ; notre armée était fière que je sois à ses côtés, une des siennes. J'étais de nouveau la tsarine-soldate, la Matouchka de tous.

J'avais vécu comme une tragédie ma première campagne de guerre dans la vallée du Prut. Il m'avait semblé que nous allions tous mourir, que mes filles seraient orphelines. Cette deuxième fois, j'avais le sentiment que le temps, les circonstances se répétaient, comme une leçon déjà apprise. Je ne pensais qu'à survivre. Qu'à rentrer.

Tout s'est soldé par une tempête en mer Caspienne qui a fait couler plusieurs de nos bateaux d'avitaillement. Le sultan Utemish continuait par ailleurs de tuer nos soldats et refusait de rendre sa ville de Bakou. Peter, ayant laissé des garnisons à Derbent, Tarki et dans d'autres villes, a décidé de rentrer à Astrakhan, puis à Moscou, et d'attendre l'année suivante pour faire mener cette guerre par les chrétiens locaux – les Arméniens et les Géorgiens – qui avaient besoin de routes commerciales. Voilà ce qui a interrompu notre guerre contre la Perse. La boucle du temps a refait de moi une sœur d'armes, la favorite de l'armée. Et avoir à ses côtés l'armée russe qui vous adore est une chose dont on peut être fière.

Une bonne nouvelle nous attendait à Astrakhan : Maria Cantemir avait donné naissance prématurément à un enfant mort-né. Je ne me suis même pas signée : c'était bien fait pour elle et ses ambitions dynastiques. Le bruit courait que j'avais donné l'ordre de l'empoisonner, et que son médecin, Grigory Polikola, avait disparu après avoir déclenché l'accouchement avec ses remèdes. La vérité était beaucoup plus simple : Piotr Tolstoï n'était pas idiot et avait décidé de tout miser sur sa carte maîtresse – celle qui avait le respect de l'armée russe. Il a bien fait – il avait soutenu les Cantemir, mais s'était ravisé et avait réparé sa bévue par l'entremise de ce Polikola.

Nous sommes restés environ un mois à Astrakhan – une nouvelle maladie est venue s'ajouter à celles dont Peter souffrait déjà : la strangurie. Il avait tout le temps envie d'uriner mais n'y arrivait pas, et souffrait d'atroces douleurs qu'il fallait apaiser avec des pierres chaudes. J'avais mal pour lui en le soignant : j'ai songé que le Seigneur le punissait, pour toutes ses beuveries et sa débauche, à travers l'instrument de ses péchés – le *khouï*. Peter, quand ses douleurs ont diminué, a revu brièvement son ancienne passion, Maria Cantemir, à Astrakhan. Pour lui rendre visite, il a posé sur sa tête rasée sa nouvelle perruque, faite avec mes cheveux noirs. Je me suis approchée de lui pour arranger sur son front des mèches de mes propres cheveux. Sans un mot, il a pris ma main et l'a embrassée. Il m'était reconnaissant pour la Perse, d'avoir résisté aux difficultés de l'expédition et de lui être aussi dévouée ; d'être à ses côtés, quoi qu'il arrive. Il ne lui fallait plus une amante, mais une garde-malade. Je me souviens de m'être dit qu'il paraissait extrêmement fatigué ; qu'il avait, lentement mais sûrement, entamé son inévitable voyage vers la mort. Il est revenu de cette visite encore plus fatigué – les Moldaves peuvent être particulièrement pénibles. Je soupçonne Dimitrie

Cantemir de lui avoir farci la tête d'inquiétudes pour l'avenir de sa fille... Le vieux était déjà malade de phtisie, il toussait du sang, il ne voulait pas laisser sa fille dans le besoin... Il a dû agacer Peter avec ses requêtes. J'en suis même certaine car Cantemir est ensuite tombé totalement en disgrâce – il a même commencé à m'écrire en me demandant d'intercéder en sa faveur. Quel idiot...

Pendant tout le voyage de retour, alors que nos galères ramaient à contre-courant d'Astrakhan vers la Russie automnale, qui se couvrait des premières neiges, le calme s'est installé dans mon âme. Non pas l'espoir ni la patience, simplement un calme indifférent. Comment disait Willy ? On n'est jamais tout à fait la même personne à la fin d'un voyage. Je suis rentrée de la campagne de Perse forte d'un nouveau pouvoir : celui de ne plus aimer Peter, de ne plus être épuisée par mes sentiments pour lui. De ne l'avoir peut-être jamais aimé. Désormais, vieux et fatigué, protégeant son crâne vulnérable avec mes cheveux en guise de casque, il avait besoin de moi, il ne pouvait plus se passer de moi. Désormais, je pouvais le gouverner, il était entièrement mien ; désormais, j'étais l'impératrice de Pierre le Grand.

Il me l'a dit lui-même. Il m'a dit : « Katerinouchka, l'amie de mon cœur, tu as toujours été l'épouse du combat de ma vie, prépare-toi, nous allons rentrer et nous te couronnerons impératrice. »

À bord de la galère, tandis que ramaient nos esclaves et nos prisonniers politiques, je ne cessais de penser à cette pierre quelque part au Daghestan, à tous nos efforts pour la soulever et à l'inscription qui nous attendait en dessous :

« Que cherches-tu, idiot ? Il n'y a rien ici, il n'y a jamais rien eu. »

Je ne sais pas d'où je tiens ce morceau de sagesse – certainement pas de Mons – que l'amour est toujours l'esclave du temps. En amour, il ne suffit pas d'avoir les mêmes désirs, il faut aussi les avoir au même moment.

En mer, puis dans le carrosse cahotant jusqu'à Moscou, Peter, animé d'une passion nouvelle, me disait combien il m'aimait, me parlait de mon futur couronnement, de la façon dont j'avais de nouveau sauvé son empire, me disait qu'une fois impératrice je pourrais, avec l'aide de bons conseillers, continuer ce qu'il avait commencé, que j'étais la seule en qui il pouvait avoir confiance, la seule à qui il pouvait confier l'avenir de son empire – je souriais et je restais silencieuse. En me contentant de lui caresser affectueusement la tempe de temps à autre.

Il n'y avait rien sur la pierre qu'était devenu mon cœur après toutes ces années aux côtés de Peter ; peut-être n'y avait-il jamais rien eu.

Quand j'ai été couronnée deux ans plus tard, au printemps, par un mois de mai ensoleillé, j'ai pensé la même chose : que je devenais pierre, l'impératrice de pierre.

C'était ce qu'écrivaient en français les envoyés français et les autres diplomates dans leurs dépêches vers toute l'Europe : « *Catherine, l'impératrice de Pierre le Grand.* »

Avec le peu de français que je connaissais, j'ai compris : Catherine, impératrice de la grande pierre.

Il m'a couronnée de pierres, de diamants. Sur la couronne, faite sur mesure et, pour la première fois en Russie, à la mode occidentale, se trouvaient mille cinq cents brillants et sur le dessus, sous la croix de diamants, était posée une pierre de la taille d'un œuf de tourterelle : un immense rubis sang de pigeon. J'avais été autrefois cette tourterelle innocente, cette petite idiote de *golubouchka*… Et voilà que je portais un rubis sang de pigeon, une couronne et ses quatre livres de diamants. Que je peinais à maintenir sur ma tête tant elle était lourde. Une cape, une mantille de brocart, brodée d'aigles bicéphales et doublée d'hermine. Une robe venue de Paris, pourpre, brodée d'argent, avec la plus longue des traînes, tenue par les dames d'honneur.

Le temps que la robe soit cousue et brodée à Paris, j'avais tant forci que je rentrais à peine dedans. Que voulez-vous – l'année qui avait précédé mon couronnement impérial avait été mouvementée… Nous avons passé l'hiver de notre retour de Perse à Moscou – non seulement il était difficile de voyager tellement les routes étaient mauvaises, mais au début de l'année 1723 j'ai senti que je portais à nouveau un enfant. Sachant toutefois comme le Seigneur nous met à l'épreuve ici-bas, j'avais peu d'espoir. Cette grossesse, qui s'est conclue en octobre par un accouchement prématuré et malheureux – un autre petit Pavloucha est arrivé et reparti le même jour –, a davantage marqué mon corps que mon cœur. Lequel était plus calme désormais, plus froid. Pour ne rien arranger, on aurait dit, cette année-là, que le temps s'était mis à tourner en rond, que nous étions revenus en arrière, que tout reprenait comme avant : les querelles, le désordre. Alexandre, le Sérénissime, est à nouveau tombé en disgrâce à cause de ses dépenses et d'une dispute avec Piotr Chafirov, qui l'accusait de graves recels. J'ai dû à nouveau le défendre, et à nouveau j'ai reçu un coup au visage de la part de Peter – j'étais enceinte, il n'a pas frappé fort, cela n'a pas été aussi douloureux que la fois précédente, quand son coup avait failli m'arracher la tête. Il devait y avoir une nouvelle exécution sur la place, celle de Chafirov cette fois, mais au dernier moment j'ai obtenu de Peter, souffrant, qu'il transforme la peine de mort en un exil lointain. À nouveau, le peuple, appauvri et subissant l'impôt de capitation, s'est mis à grogner, à appeler Peter l'Antéchrist, les gens ont fui par milliers vers les terres polonaises, au point que nous avons dû ériger une barrière à la frontière pour les empêcher de quitter la Russie. Il y a eu de nouvelles mises à l'eau de navires, des feux d'artifice, des bals masqués avec des costumes d'amazone et de vendeuse de raisin, des Synodes pochards et des farces avec des nains – cette fois pour l'enterrement de Volkov. Les gens ont presque autant ri en voyant la procession miniature de nains en noir qu'ils avaient ri à son mariage. Après les fêtes d'hiver, Peter est reparti se soigner aux Eaux martiales, car il souffrait encore et toujours de strangurie, d'altérations et de calculs rénaux, tout recommençait, tout tournait en rond et ralentissait, à l'image des rouages fatigués d'une horloge – les ressorts de la vie de Peter perdaient de leur vivacité. Et pourtant, si ses forces s'affaiblissaient, sa colère redoublait, car la douleur ne le quittait pas…

Qu'y avait-il donc de différent, de nouveau ?

Moi. J'étais nouvelle. J'approchais de la quarantaine et ne voulais ni vieillir ni mourir. Au contraire, voyant ce que Peter devenait, voyant ce géant qui avait provoqué l'admiration et la terreur se transformer en ogre épuisé, tourmenté, malade et irrité, portant de plus en plus difficilement son corps, je voulais plus que jamais profiter de ma vie. Surtout à Saint-Pétersbourg.

Ce n'est qu'au retour de Perse que j'ai apprécié ce que nous avions créé tous les trois – Peter, Alexandre et moi. En rentrant d'Europe, mon regard s'était brouillé à la vue des flocons, de l'eau et des lumières, mais cette fois, après l'Orient sauvage, Saint-Pétersbourg m'est apparue comme le paradis sur terre. Vingt ans de ma vie – de la masure en rondins non chauffée et des pivoines inondées aux palais scintillants : les palais d'Été et d'Hiver, Peterhof, Monplaisir, Marly, le palais d'Alexandre sur l'île Vassilievski et Oranienbaum avec ses orangeries, et mon palais personnel, Tsarskoïe. Celui-ci était mon secret : je l'avais construit peu à peu, avec l'aide d'Alexandre, sans rien dire à Peter. Ce n'est qu'au retour de Perse que je le lui ai montré – je lui ai fait la surprise, prétextant de l'emmener voir un terrain propice à la construction d'un palais, au lieu de quoi il a trouvé, derrière le petit bois, un palais déjà érigé, avec des allées de parc déjà tracées et des sillons de potager déjà creusés ; un petit palais à un étage, large de seize fenêtres, mais mon Dieu, comme il était ravissant ! À l'intérieur était dressée une table de festin, j'avais tout aménagé selon mon goût, tout brillait : à l'époque, je voulais encore de l'or. En levant mon verre à la santé de mon mari, j'ai regardé l'horloge, et au moment où je le portais à mes lèvres, une salve a retenti : onze canons étaient cachés dans le jardin. Peter était joyeusement étonné, il a dit : « Eh bien, Catherine, tes surprises sont désormais impériales ! » et aussi que c'était l'un des plus beaux jours de sa vie. Ce qu'il voulait, c'était encourager tout le monde en Russie à créer – à créer de soi-même, sans que ça vienne de lui. Mais il ne comprenait pas que pour cela – pour créer par soi-même, sans ordre venu d'en haut – il fallait être libre, ne pas avoir peur de lui et ne pas craindre d'être puni pour la moindre transgression. J'étais une des rares à pouvoir le faire.

Ah, Saint-Pétersbourg... Cette ville était peut-être construite sur un marécage, elle était certainement invivable en hiver, mais en été et au début de l'automne... quel paradis ! Notre étonnante création, à tous les trois. Si ça n'avait tenu qu'à Peter, il n'y aurait eu qu'un port, des églises, une forteresse, des bâtiments officiels, des usines et des auberges. Si ça n'avait tenu qu'à Alexandre, il n'y aurait eu que des palais, ceux du tsar et les siens. Quant à moi, je voulais du luxe, des jardins, des quais et des rues magnifiques, et tous deux avaient à cœur de me satisfaire. Peter se serait contenté de Monplaisir, mais je préférais passer mes soirées au palais de Peterhof – comme pour me consoler de n'avoir jamais été à Versailles. Saint-Pétersbourg n'était peut-être pas parfaite, la ligne de la perspective Nevski n'était peut-être pas droite, à cause d'un mauvais calcul des deux groupes d'ouvriers qui l'avaient tracée en partant chacun d'une extrémité, mais c'était notre enfant chérie à tous les trois. Ses défauts et son manque de confort ne vous apparaissaient que de près. De loin, elle était d'une beauté stupéfiante. Il avait fallu que je rentre de Perse pour apprécier le miracle que nous avions créé – ce n'était pas Amsterdam, qui cachait modestement son luxe, ni une deuxième Venise, que je n'avais jamais vue, mais une ville, celle de Peter, comme on n'en avait jamais érigé en Russie. Un morceau d'Europe, et non des moindres. Marécages, forêts de bouleaux, baraquements, cadavres d'ouvriers flottant sur la Neva, tout ce dont je me souvenais avait été remplacé par des bateaux à voile voguant sur des canaux, une capitale européenne née de nos rêves qui scintillait d'or. Notre ville sans passé, où, éblouis par tant de beauté, nous pouvions oublier qui nous étions vraiment et être ceux que nous avions toujours rêvé d'être.

Mais c'est à Moscou que j'ai été couronnée, en mai 1724. Les préparatifs avaient duré une bonne partie de l'année, au moins six mois. Je n'avais même pas eu le temps de faire le deuil de Pavloucha, dans mon cœur engourdi et vide. Nous avons passé deux mois aux Eaux martiales, pour apaiser les maux de Peter, et je devais encore prier et jeûner avant la cérémonie. Je n'ai rien mangé pendant deux jours – afin de ne pas être dérangée par les besoins naturels –, et j'ai réussi à rentrer dans ma robe. À neuf heures du matin la cloche s'est mise à sonner, des tapis avaient été disposés depuis le Perron Rouge jusqu'à la cathédrale de la Dormition. Dix mille gardes, des centaines de canons, les tirs, les cloches, les cris poussés par les soldats. Et le poids, le lourd fardeau – la robe pourpre et le manteau –, tout cela semblait m'ôter mes forces avant même que l'on me couronne. Peter était vêtu du luxueux caftan bleu dont il n'existait que trois pièces dans le monde : celui du roi polonais, celui d'Alexandre et le sien. Sous ses chaussettes d'un rouge vif apparaissaient les veines de ses mollets fatigués. Peter m'a tendu la main, je lui ai donné la mienne et il m'a regardée un long, long moment. J'ai senti une boule de larmes grossir au fond de ma gorge. J'ai compris que nous étions liés – non plus par l'amour, mais par quelque chose de plus fort : la vie elle-même. Je ne serais pas devenue qui j'étais sans lui. Et lui non plus n'aurait pas été là sans moi – il serait dans la tombe depuis longtemps.

Nous avons marché lentement, solennellement, en nous arrêtant pour nous reposer. Il le fallait, étant donné le poids de l'habit de couronnement – sans quoi nous n'aurions jamais atteint l'église. Là-bas, nous avons baisé la croix tendue par Javorski, Prokopovitch et les popes, et deux fauteuils en or nous attendaient sous le baldaquin, à côté de l'iconostase. C'est alors qu'on a apporté la nouvelle couronne impériale occidentale, de quatre livres, sertie de deux mille cinq cents diamants et d'un rubis sang de pigeon.

Par notre volonté, nous couronnons notre épouse aimée impératrice de toute la Russie.

Il a posé la couronne de diamants sur ma tête. Elle était si lourde qu'on aurait dit une couronne de pierre. Et malgré la perruque arrangée spécialement pour cela, elle tenait difficilement en place. Il m'a donné l'orbe, et a gardé pour lui le sceptre de Russie. J'ai cru que le poids de la couronne et du manteau allait me broyer. Un instant, je me suis sentie coupable, indigne ; je lui devais tout, ma vie, de même que ce fardeau sacré. Mes larmes ont jailli. Je me suis agenouillée pour baiser la main de Peter. Mais il m'a relevée. Sa paupière s'est mise à tressauter et j'ai été saisie de cette vieille peur d'avoir fait quelque chose de mal, peur qu'il se mette en colère et que son altération éclate de nouveau, là, devant tout le monde. Qu'il puisse me frapper. Au moment le plus solennel et le plus inopportun de tous. Ou peu après.

J'ai compris à cet instant que je ne lui devais rien.

L'onction d'huile sainte m'avait donné des forces. La prochaine onction n'aurait lieu que sur mon lit de mort, mais grâce à elle j'appartenais à l'éternité. Ou du moins à l'Histoire. J'étais une souveraine ointe par le Seigneur.

Plus tard, Peter a ri en disant qu'il m'avait donné l'orbe et avait gardé le sceptre, car il était un homme : en guise de bâton, de fouet, selon la vieille tradition russe. Pour que, même devenue impératrice, je sache où était ma place, et que je n'en bouge pas d'un *khouï*.

Il était encore plus difficile de marcher avec la couronne sur la tête. Après la cérémonie, Peter s'est senti mal, il s'est retiré pour se reposer. Toujours la strangurie, les calculs rénaux, ses douleurs aux jambes.

Lors de la procession solennelle depuis la cathédrale de la Dormition jusqu'à l'église de l'archange Michel pour aller prier sur la tombe des tsars, Alexandre marchait quelques pas derrière moi – m'accompagnant telle une ombre, ainsi qu'il l'avait fait toute sa vie. Il était si heureux, si fier... Comme si j'étais son impératrice à lui. Il lançait à la volée de pleines poignées de monnaie à la foule réunie. Tandis que j'avançais, la foule tombait à mes pieds – pour ramasser les pièces. À cet instant, nous étions très aimés des gens du peuple, Alexandre et moi. Plus que Peter, qui les avait accablés d'impôts. C'était une façon pour Alexandre de paver d'or mon chemin vers l'avenir.

Le festin et la célébration ont duré jusque tard dans la nuit, et se sont prolongés pendant plusieurs jours. Peter était si mal qu'il n'a assisté qu'à quelques toasts. Je suis restée le temps que l'exigeait la cérémonie.

Nous avons festoyé en secret avec Willem Mons, à qui nous devions le faste et la beauté de la cérémonie. À l'occasion de mon couronnement, je l'ai fait *Kammerherr* – il était désormais responsable de toutes les affaires de ma cour. Ses nouvelles fonctions, bien sûr, lui permettaient d'être constamment à mon côté et de me rendre visite dès qu'il en avait envie.

Cependant, ce que je souhaitais par-dessus tout, c'était me saouler rien qu'avec Alexandre, comme au bon vieux temps. La santé de Peter se dégradait à une telle vitesse que nous savions l'un et l'autre qu'il n'y aurait plus longtemps à attendre.

8

— Alexandre Danilovitch... Alexandre...

Il regarde sa montre avec les portraits du duc et de la duchesse. Il vérifie qu'elle est à l'heure. Ah, si nous étions nés en d'autres temps, en d'autres lieux... ou même dans cette Russie d'après-guerre, où tout a déjà beaucoup changé, du moins pour ce qui est de notre Saint-Pétersbourg... Les choses se seraient peut-être déroulées autrement. Tu aurais été duc, j'aurais été ta duchesse, nous aurions vécu heureux et pour longtemps... Toute notre vie nous avons lutté pour survivre, et nous sommes tellement couverts de blessures qu'il ne reste de nous que des contours évidés. Nous sommes rongés de l'intérieur par ce profond désir de survivre à tout prix, et grisés par l'impunité, empoisonnés par le pouvoir, qui plus que jamais repose entre nos seules mains. Empoisonnés par le soupçon, par la soif de puissance... Tellement empoisonnés que, allongée là, je me demande ce que tu m'as donné à boire dans cette tasse en porcelaine... m'aurais-tu empoisonnée ?

Je ne serais pas moi, je ne serais pas ici, sans

toi, Alexandre. Peut-être aussi que je ne serais pas là en train de mourir ?

Je ne sais pas si j'ai réussi à prononcer ton nom une dernière fois, ou si je n'ai laissé échapper qu'un souffle.

— Il est probable que Sa Majesté impériale n'entende plus rien... Le râle qui précède la mort a commencé...

C'est la voix de Lestocq.

Je me meurs, donc. Voilà à quoi cela ressemble – à rien. À une stupeur. J'entrouvre les yeux : la chambre est pleine de gens. Ils sont si nombreux que je manque d'air. Mes filles sont là – Anouchka pleure, Liza me regarde horrifiée, les yeux ronds. Le même regard que le jour où elle s'était précipitée dans mon alcôve et m'avait surprise avec Willem Mons en fâcheuse posture. Des yeux bleus tout aussi ronds et apeurés, mais j'avais encore plus peur qu'elle – je redoutais qu'elle me dénonce à Peter. On n'imagine pas ce que c'est que de vivre dans la peur de sa propre fille, de dépendre de sa clémence. Je m'efforçais de toujours la combler, et elle en profitait. Heureusement, ça n'a pas duré.

J'ai eu honte parfois de cette courte période de temps, entre mon couronnement, en mai, et novembre. Quoi qu'il en soit, Peter m'avait faite impératrice. Vers la fin de sa vie, il était constamment en demande, réclamant ma tendresse, comme un enfant, et durant tous ces mois, je l'ai trompé : je l'évitais, cherchant toujours des occasions de ne pas me trouver dans le même palais que lui. Quand il se passait une semaine sans qu'il reçoive de lettre de moi, il me suppliait d'en dicter une et de la lui envoyer. Il a commandé un petit portrait de moi à un artiste – les cheveux détachés, sans couronne, sans hermine, vêtue d'une simple chemise de nuit et du ruban bleu, comme si j'étais sur le point d'aller me coucher avec lui – je n'étais plus jeune, mais il disait que pour lui j'étais la plus belle. Il emportait ce tableau partout où il allait et m'a écrit qu'il me regardait toujours avant de s'endormir. Il est parti faire une nouvelle cure en Carélie, dans le Petrovskaïa Sloboda, qu'Alexandre avait fait construire pour lui. De là-bas, il m'écrivait pour me dire combien de verres d'eau il buvait par jour, quelle quantité il pissait – si c'était peu ou beaucoup – et s'il avait de l'appétit. Quand on me lisait ses lettres, je me rendais compte que je n'avais aucune envie de le voir – c'était Willem, avec ses caresses, ses mots doux, son goût pour le luxe, la musique et les divertissements, qui me ravissait. Bien que faisant mon devoir le plus consciencieusement possible, sans éveiller de soupçons, j'essayais de voir Peter le moins possible, je lui souriais, m'efforçais de lui être agréable, mais la plupart du temps je n'avais qu'une envie, échapper à la persistante odeur de maladie et d'urine. Échapper à toutes ces fioles de médicaments, à ces tubes argentés qu'on insérait dans le trou de son membre impérial infidèle – celui qu'il avait trempé un peu partout, celui que j'avais l'habitude de caresser, d'aimer et que je craignais un peu, celui qui lâchait cette semence redoutable qui m'engrossait encore et encore – pour en extraire une pisse trouble ou même rouge de sang, sans quoi il n'évacuait que quelques gouttes en gémissant de douleur. La différence d'âge entre nous était devenue criante… Peter débordait d'imagination pour m'attirer ici ou là, dans un de ses palais – à Peterhof, il a même fait installer une fontaine qui jouait de la musique, avec des cloches et des grelots. Il m'a écrit que, même à Paris, on n'en trouvait pas de pareille. Qu'est-ce que je pouvais en savoir ? À cause de lui je n'avais jamais mis les pieds à Paris, et je lui en voulais encore pour cela. De Saint-Pétersbourg, il m'a écrit qu'après s'être promené dans le jardin d'Été, il était retourné dans le palais et que son cœur s'était serré, qu'il avait voulu s'enfuir de ces pièces si vides sans moi, si tristes. Moi, je me souvenais de tous les coups qu'il m'y avait donnés... De Reval, où il avait fait construire pour moi le palais de Katharinental dont on était en train de peindre la façade en rose, il m'a écrit que les arbres avaient tant poussé qu'on aurait dit que les branches se donnaient la main au-dessus des allées, qu'il m'enjoignait de l'y retrouver, car les fraises et les cerises y mûrissaient beaucoup plus tôt qu'à Saint-Pétersbourg, qu'il m'en envoyait, qu'il en avait fait macérer dans de la vodka pour que je les goûte... et qu'il s'ennuyait tellement sans moi... Viens me voir, Catherine, viens me voir.

Cette *tsidoulka*-là, je me souviens précisément de ce que j'ai pensé quand on me l'a lue.

Mâche ta merde, Peter.

Voilà ce que j'ai pensé. J'ai jeté sa lettre et je suis allée dans l'alcôve avec Willem Mons. Nous ne nous privions plus de faire l'amour. Ensuite, nous buvions du champagne et mangions les fraises au sirop de vodka envoyées par Peter. Modesta et ma fidèle Johanna montaient la garde.

Mais tout cela – même mon désir de faire du mal à Peter – était dû au vide immense et effrayant en moi, autrefois rempli de tant de choses – de tant de sentiments différents.

Le plaisir que nous prenions avec Willem ne comblait que mon sexe ; ses douces paroles poétiques et passionnées ne comblaient que mes oreilles ; son corps gracile, si beau à regarder, ne comblait que mes yeux. C'était un véritable festin pour les sens, d'une opulence tout impériale.

Cependant, je ne me suis jamais offerte à Willem. Cela ne m'a jamais traversé l'esprit. Je me contentais d'en tirer du plaisir, en ne pensant qu'à moi.

Ça n'était pas comme avec Peter. Ou avec Alexandre.

Je voyais rarement Alexandre seule à seul. Il était le plus souvent en compagnie d'autres personnes, et quand nous nous retrouvions tous les deux, c'était pour parler de nos affaires. De Peter, de sa santé, comme deux médecins. Ou de nouveaux projets de palais à construire, notre passion commune, d'autant que nous n'avions pas à transporter les briques nous-mêmes. D'argent – je pouvais dire merci à Alexandre, grâce à qui j'étais devenue très riche en économisant mes kopecks et en amassant des intérêts chez les banquiers de Hambourg et d'Amsterdam. Mais le plus souvent, nous nous taisions. Nous ne pouvions parler de ce que nous attendions tous les deux.

À l'automne, je lui ai fait part de mon rêve. Un cauchemar que j'avais fait une nuit alors que Peter était de nouveau parti en cure : je dors et soudain je sens quelque chose à côté de moi dans le lit. Quelque chose qui bouge. C'est rugueux et froid, ça bouge et j'ai du mal à respirer. Comme maintenant. Dans ce rêve, je repousse les couvertures et découvre que mon lit grouille de serpents noirs, le plus grand s'enroule déjà autour de mon cou, m'étrangle et s'apprête à me mordre. Je m'étais réveillée trempée de larmes et de sueur, suffoquant.

Alexandre m'a tapoté la main et a soupiré :

« Un rêve comme un autre, Catherine ; rappelle-toi que nous vivons dans un nid de vipères... Cela dit les rêves sont parfois annonciateurs de quelque chose – sois vigilante pendant un temps... Moi aussi, je serai sur mes gardes. »

Deux semaines plus tard, Peter est rentré de cure, encore un peu malade et toussant. Comme toujours quand nous nous retrouvions sous le même toit, je l'ai accueilli de façon agréable, pleine d'attentions. Je ne me souviens plus de ce que nous avons mangé ce soir-là, certainement un plat que Peter appréciait. Peut-être un jambon rôti, une carbonade, ou un cochon de lait. Mes gens étaient là, Modesta, Willem ; Johanna, les bonnes et un des *Tafeldecker* faisaient le service. Je me souviens que nous sommes restés attablés jusque tard dans la soirée. Peter a demandé quelle heure il était. Willem a sorti de son gousset la montre que je lui avais offerte, celle avec les diamants et mon portrait sur le couvercle, et l'a regardée : « Dix heures. » Peter a dit : « L'heure de se quitter, mesdames et messieurs, l'heure de nous reposer. » Nous nous sommes donc levés de table et avons pris congé. Mons est allé dans ses appartements, Modesta dans les siens, les femmes du palais restaient sur place.

Nous étions le 8 novembre 1724, il était dix heures du soir.

Vêtue de la chemise de nuit que Peter aimait, j'étais assise à mon miroir pour enlever les fards de mon visage. Avec l'aide de mes dames. Peter était de retour et, s'il ne souffrait pas trop, une nouvelle nuit conjugale m'attendait. Il est alors entré. Le visage agité de tics. Il a jeté un papier sur la coiffeuse, m'a attrapée par la nuque et m'a donné un coup derrière la tête : Lis, *blyad* !

J'ai relevé la tête calmement.

« Que veux-tu que je fasse, Peter ? Lis, lis... tu sais bien que je ne sais pas lire. Lis toi-même. »

Son visage a tressauté. D'un seul côté, au niveau de l'œil, du coin des lèvres. Une crise se préparait.

« Il est écrit, *souka*, chienne, que tu baises Mons sous mon nez ! *Tvar' !* Traînée ! Et que ta dernière fausse-couche, Pavloucha, n'était pas de moi, mais de lui ! »

Avec l'infidélité, c'est toujours une question de temps avant qu'elle soit découverte.

Je n'ai jamais ressenti autant de peur qu'alors. Et de colère. Pavloucha... J'aurais voulu répliquer : s'il avait été de Willem, peut-être qu'il aurait vécu... Mais je savais me contenir. J'ai seulement haussé les épaules et j'ai continué d'ôter le rouge et le blanc de mes joues et le noir de mes sourcils avec de petits linges que je trempais dans des pommades parfumées. Dans le miroir, je voyais la céruse s'effacer et mon visage réapparaître, à nu : hâlé par le soleil, rougi par le vin, avec sous les yeux des cernes noirs d'inquiétude et d'insomnie. Tel qu'il était sur le portrait peint à La Haye et qui avait tant déplu à Peter. La vraie moi, en encore plus vieille. Mais qui ne craignait pas de se regarder en face. Ni de regarder Peter en face.

« Et qui donc a pu t'écrire tout ça , Peter ?

— Qui... qui... La lettre n'est pas signée, quelqu'un l'a déposée... Je viens de la trouver... »

J'ai saisi un autre linge et je l'ai trempé dans du

vinaigre parfumé, pour finir d'ôter ce qu'il restait de céruse.

« *Souka, blyad,* misérable blanchisseuse, toute ma vie je t'ai traitée en égale, j'ai fait de toi le joyau de la Russie devant le monde entier, je t'ai faite impératrice ! »

Impassible, je me regardais dans le miroir. Peter continuait de hurler :

« C'est moi qui t'ai faite, de même que le feu, en chauffant le sable, en le fondant et en le forgeant, a fait la splendeur qu'est ce miroir ! Je t'ai faite, et je vais aussi te détruire, *blyad* ! »

L'immense main qui avait autrefois caressé mes seins, mes cuisses, le ventre portant ses enfants, et tout le reste, s'est refermée en un poing énorme, le même qui s'était tant de fois abattu sur moi, et a frappé. Non pas mon visage, mais mon reflet dans le miroir vénitien.

Je me regardais, brisée en mille morceaux. Des éclats triangulaires dégringolaient en tintant sur la coiffeuse. Le cadre était fendu et quelques fleurs de verre en sont tombées. Mon reflet morcelé était parsemé de gouttes de sang. Je me suis souvenue qu'une fois, longtemps auparavant, il m'avait apporté une poignée de fraises des bois et que, les voyant dans sa paume, j'avais d'abord pensé à du sang…

J'ai dit, imperturbable :

« Et maintenant ? Crois-tu avoir apporté de la beauté au monde ? Le palais, la Russie, le monde se trouvent-ils embellis ? Chacun se porte mieux, maintenant, n'est-ce pas ? »

Il m'a saisie par le menton.

« *Souka,* regarde-moi dans les yeux, dans les yeux ! Tu l'as baisé, pas vrai ? »

Je connaissais si bien Peter après tant d'années... Je connaissais ses points faibles et je savais où frapper si je voulais rester en vie, survivre. Je savais que c'était lui qui avait besoin de moi, désormais. J'étais son impératrice. Je l'ai regardé calmement et lui ai dit encore plus calmement :

« Ça ne t'a pas dérangé quand il s'agissait de Villebois. J'ai parfois du mal à te comprendre. Quoi qu'il en soit, tu es le meilleur pour moi, tu l'as toujours été, et je suis la meilleure pour toi, comme tu le dis toi-même. Que veux-tu de plus ? »

J'avais dit ce que j'avais à dire ; il le prendrait comme il le voudrait, mais pas un seul de mes mots ne pouvait être interprété comme un aveu de culpabilité.

Malgré tout, il a compris tout ce qu'il y avait à comprendre.

Seigneur, le cri qui s'est échappé de sa poitrine. C'était le cri qu'on pousse sur l'échafaud.

D'un seul geste, il a balayé tout ce qui se trouvait sur la coiffeuse, les débris du miroir, les fioles, les linges, les pommades et les bijoux. Perles, diamants et bouts de verre ensanglantés se sont éparpillés sur le sol. Il s'est rué hors de la chambre – Johanna et les servantes ont à peine eu le temps de s'écarter de la porte à laquelle elles avaient collé l'oreille pour tout écouter. Johanna a manqué de se faire ouvrir le crâne. Il s'est mis à saccager la pièce voisine ; tout ce qui se trouvait à sa portée a été balancé par terre : candélabres, vases, horloge, papiers et babioles diverses, tandis qu'il hurlait et rugissait comme une bête blessée et mourante. Il attrapait le manche de son couteau de chasse accroché à sa taille et le tirait de son fourreau : je crois qu'il voulait m'égorger. Puis il le remettait vigoureusement à sa place, bramait de nouveau à s'en étrangler et, le visage déformé par les convulsions, recommençait à tout dévaster. Quand il n'y a plus rien eu à renverser, il a tiré les nappes et les a piétinées, s'en est pris aux chaises et aux fauteuils – qu'il empoignait par le dossier et frappait sur le sol avant de les dépecer avec son couteau pour en faire ressortir la bourre ; il a retourné toutes les tables et les guéridons ; s'est de nouveau saisi de son couteau pour lacérer les rideaux, les tableaux, les tentures et les draperies ; il a tout saccagé, comme il le faisait dans les palais étrangers, au Danemark, en Prusse ou en Hollande, à la fin de son séjour. Il a encore jeté sa perruque, celle faite avec mes mèches de cheveux. Et il est sorti la tête nue, en claquant la porte si fort qu'elle s'est fendue sur toute sa longueur.

Peut-être mettait-il fin une fois pour toutes à son incursion à l'étranger – son incursion en moi, l'étrangère de l'Occident ?

Chacun de nous pensait avoir trahi l'autre. Je l'avais trahi, il m'avait trahi. Il ne comprenait pas – n'avait-il pas toujours voulu m'avoir à ses côtés, ne m'avait-il pas tout donné ? Il attendait tout de moi. Je ne comprenais pas qu'il puisse attendre de moi que je l'aime ou que je lui sois fidèle après tout ce qu'il m'avait fait. Dieu sait que j'ai cru l'aimer, que je voulais l'aimer, mais comment aurais-je pu quand il se comportait de manière si inhumaine et m'avait transformée en pierre inerte ? La trahison, l'amertume, la déception mutuelles. Les palais détruits – éclats de verre, débris, lambeaux. Voilà comment s'achevaient toutes ses visites à l'étranger. Une de plus.

Johanna a dit qu'il avait saisi son couteau de

chasse au moins vingt fois durant sa fureur. Mais il ne m'avait pas égorgée.

Willem Mons a été arrêté chez lui, une heure plus tard. Et emmené à la forteresse Pierre-et-Paul. Sur ordre de Peter, il est resté enchaîné un jour et une nuit, sans explication, tenu dans l'ignorance. Pauvre Willy, il a dû vivre des heures interminables... Le temps de l'incertitude est le plus long qui soit.

Il a ensuite été amené à Peter, dont le visage était si courroucé que Willem, en le voyant, s'est aussitôt évanoui, privant ainsi Peter du plaisir de l'effrayer davantage. On a même dû faire une saignée à Willem pour qu'il reprenne ses esprits.

Il va sans dire qu'il n'a pas échappé aux tortures dans la forteresse. Peter a simplement ordonné à Tolstoï de ne pas abîmer sa jolie gueule. Il n'a pas eu à l'interroger longtemps – la perquisition du domicile de Willem Mons, ou plus exactement la saisie de ses papiers, ne laissait aucune place au doute. On y a trouvé presque deux cent cinquante requêtes lui demandant d'intercéder auprès de moi ou de Peter, et lui offrant pour cela des pots-de-vin, en argent, en bijoux ou en objets précieux que, bien sûr, il acceptait – avec la complicité de sa sœur Modesta Balk. Tout le monde crachait au bassin – princes, sénateurs, dignitaires –, personne n'y échappait, et ce depuis plusieurs années. Gagarine, Golovkine, Dolgorouki payaient des centaines de *tchervontsy*, offraient des services en argent, des brocarts de soie, des livres de café... même mon entourage le plus proche, même la famille – la tsarevna Prascovia, fille de Saltykova, lui avait offert des villages avec mille cinq cents serfs. Même – et j'ai cru m'écrouler en l'apprenant

– Alexandre avait dû lui graisser la main pour que je le reçoive. Il a offert de l'argent et, une fois, alors qu'il avait un besoin urgent de me voir, un cheval arabe avec le plus luxueux des harnais.

Je me demande si ce n'est pas un de ses *tchelobitniki,* ses quémandeurs insatisfaits, qui l'a dénoncé.

Aux centaines de billets faisant état des pots-de-vin acceptés par Mons et de son commerce se sont ajoutées des centaines de lettres qu'il avait écrites à des femmes et reçues d'elles. À moi, il n'écrivait pas – puisque je ne savais pas lire et qu'il me voyait presque tous les jours. Mais il avait écrit pour moi – ou plutôt pour lui – environ trente poèmes d'amour que la chancellerie secrète a confisqués sur-le-champ. Mon nom n'était mentionné nulle part, mais il était clair qu'il s'agissait de moi – partout il m'appelait « celle dont je suis tombé amoureux bien que mon seul devoir soit de la respecter ».

Cela m'a beaucoup étonnée, émue aussi. Qu'il se serve de moi pour son commerce n'avait rien de surprenant. Il n'y avait pas de vie sans pots-de-vin, en Russie… Ce qui me surprenait, c'était que pareils poètes et mélancoliques puissent aussi être de tels profiteurs, de tels escrocs.

C'est Alexandre qui m'a informée des requêtes et des lettres d'amour, qui est resté à mes côtés quand tout le monde m'a tourné le dos. Peter m'a assignée à résidence dans le palais, il m'a coupé les vivres et a ordonné aux domestiques comme aux autres de ne plus obéir à aucun de mes ordres. Peter, lui, a bu sans discontinuer en tenant des propos incohérents, il a exigé qu'on ramène Maria Cantemir de Moscou à Saint-Pétersbourg, mais connaissant l'état de santé de Peter, je ne m'inquiétais pas trop pour la vertu de la princesse. Tout cela, je l'ai su par Alexandre, le seul qui ne craignait pas de me rendre visite, même si Peter le soupçonnait d'avoir été au courant de toute l'histoire avec Mons et de n'en avoir rien dit à son *Bruder*.

Assis à côté de moi, Alexandre a soupiré : « Catherine, dans quoi t'es-tu fourrée... *Yei Bogu !* » Il m'a doucement tapoté la main et m'a regardée comme autrefois, chez Cheremetiev – si bien que mes joues ont rougi, j'avais de nouveau dix-huit ans, puis il a dit : « Catherine, tu aurais dû me le dire... pourquoi n'es-tu pas venue me voir ? »

Je ne sais pas ce qui m'a pris, j'ai entouré son visage de mes mains et je l'ai embrassé sur la bouche. Je n'avais rien à perdre. Et puis, il était désormais le seul homme au monde que j'avais envie d'embrasser.

Ce baiser était brûlant et solide comme un cachet de cire rouge sur le pacte d'une vie.

« *Vsyo*, je dois y aller maintenant, Catherine – je dois empêcher Peter de te faire du mal. Prie pour moi. »

Mal m'en a pris, j'ai tenté de prendre la défense de Willem Mons. J'ai obtenu de voir Peter, mais ça s'est mal terminé : il était ivre, il m'a hurlé que je devais cesser une fois pour toutes de me mêler de l'affaire Mons, qu'il ne voulait plus me voir, et puis il m'a jeté une planche de bois de sa *tokarnia* à la figure en criant que j'étais une vipère, que j'avais voulu empoisonner Maria Cantemir et que j'avais empoisonné son enfant.

Il était évident qu'elle était derrière tout ça.

Mais c'était Tolstoï qui s'était chargé de son cas, pas moi.

Anouchka et Lizetta étaient les plus effrayées. Natalouchka était trop petite pour comprendre. Mais la vertueuse Anna ne comprenait pas davantage, elle pleurait et disait : « Matouchka, pourquoi as-tu fait cela ? Papenka t'aimait tant… »

Lizetta se taisait. J'en ai conclu qu'elle n'avait rien dit à Anouchka. Bien qu'elle ait été au courant pour Willem et moi. Elle nous avait pris en flagrant délit. Au contraire, elle s'est résolue à convaincre Peter de dîner avec moi. Ah Lizetta… une politicienne née !

Willem Mons a été décapité sur la place de la Sainte-Trinité, une semaine exactement après son arrestation. Les gens ont dit qu'il s'était comporté de façon héroïque – il était calme, il a remis à Peter, qui était là, sa montre avec mon portrait, et il a lui-même ôté sa chemise sur l'échafaud. Comme il devait être beau. Peter lui a dit : « C'est bien dommage de te perdre, mais il le faut. » L'affaire Mons et le verdict avaient été vite réglés ; il était condamné pour avoir reçu des pots-de-vin, je n'étais mentionnée nulle part. Le prince Sérénissime Menchikov non plus. J'ai compris qu'Alexandre y avait veillé.

Modesta Balk a reçu des coups de knout – cinq coups qui ont failli lui coûter la vie. Elle devait en recevoir plus, mais j'ai imploré qu'on en réduise le nombre – elle venait de donner naissance à une fille, dont nous avions célébré le baptême quelques semaines plus tôt. Ensuite, elle a été déportée en Sibérie, à Tobolsk. On a envoyé ses fils sur le front perse, et son mari, Fédor Balk, a eu la permission de se marier de nouveau. Modesta Balk, Mons de son nom de jeune fille, était désormais considérée comme morte.

Pendant un certain temps, la tête du beau Willy est restée sur la place, enfoncée sur un pieu. Son corps svelte, qui m'avait procuré tant de plaisir, avait été abandonné près du billot, et quand il a commencé à pourrir, on l'a attaché à la roue de torture. Peter, à moitié ivre, mal en point, m'a installée dans son carrosse et m'a fait passer devant la tête enfoncée en m'ordonnant de regarder. Avec le froid, le visage mort ne se décomposait pas et, étrangement, il ressemblait de plus en plus à ce jeune Perse. Peter a dit : « Voilà, admire ce que tu as fait. » J'ai gardé mon calme, pas un seul muscle de mon visage n'a bougé. J'ai dit : « Qu'est-ce que ça a à voir avec moi, Peter ? Tu l'as condamné pour escroquerie ; tu as agi comme bon te semblait. » Je ne devais rien dire qui puisse me nuire.

Ne supportant plus mon indifférence, Peter est arrivé dans ma chambre quelques jours plus tard avec une offrande recouverte d'un tissu. Il l'a posée sur la coiffeuse, où se trouvait autrefois le miroir, et a ôté le tissu : un bocal avec la tête du pauvre Willy. Peter a agité un doigt menaçant devant mon visage : N'essaye même pas de le cacher ou de le recouvrir. Matin et soir, regarde-le et réfléchis à ce que tu as fait. J'ai haussé les épaules : une tête de plus ou une de moins… celle-ci allait seulement me gâcher la vue. Ma chambre n'était pas la Kunstkamera.

J'ai compris qu'avec Peter nous nous étions lancés dans un jeu mortel : le premier de nous deux qui prendrait peur et cillerait, qui montrerait un signe de faiblesse, perdrait.

Ce n'est qu'une fois Peter parti, tard dans la

soirée, que j'ai fondu en larmes en regardant la tête de Willy sur la table. J'avais de la peine pour lui, mais je n'avais pas eu le choix. Je devais faire attention à moi.

Lors des célébrations pour ma fête, neuf jours après l'exécution de Willem, nous avons fait bonne figure : nous avons fiancé Anouchka avec Holstein, nous avons pris part aux festivités, du moins nos silhouettes impériales y ont-elles pris part. Nous étions à des centaines de lieues l'un de l'autre, nous ne pouvions même pas nous regarder.

Alexandre m'a raconté plus tard que ces neuf jours avaient été décisifs, que mon destin s'y était joué. Peter, enragé, voulait me juger au Sénat et me voir exécutée sur la place, il voulait me retirer mon titre d'impératrice, me dévêtir, me fouetter, me décapiter et me planter sur un pieu. Il voulait ma tête.

Alexandre avait convaincu Piotr Tolstoï, Osterman et Makarov, le secrétaire de la chancellerie secrète, de se jeter avec lui aux pieds du tsar Batouchka en implorant sa clémence. Alexandre a dit : *Bruder*, que fais-tu ? Toute l'Europe, tous les envoyés l'ont vue, ils la connaissent, l'apprécient ; Catherine est ton bouclier, le bouclier du tsar russe, elle te représente avec politesse. La décapiter serait détruire tout ce que tu as fait pour que la Russie se rapproche de l'Occident ; ce serait nous renvoyer des centaines d'années en arrière ! Il y a deux siècles, depuis Henri d'Angleterre, que les rois d'Europe ne coupent plus la tête de leurs babas ! Tu sais bien que tout le monde baise à droite et à gauche, y compris les reines – leurs monarques ferment les yeux, c'est tout ! Réfléchis, *Bruder*, fais marcher ta cervelle – il faut marier

Anna Petrovna à Holstein et Elizaveta Petrovna à un important souverain européen... Qui voudra d'elles, si tu achèves leur mère ? Tu te montrerais en barbare, en ogre ; qui voudra faire partie de ta famille ? Tous étaient déjà si horrifiés après Alexis Petrovitch... Peter, je te le dis, tu vas mettre par terre tout ce que tu as fait pour la Russie... Et tout ça pour quoi ? Pour une baba ? Ça n'en vaut pas la peine !

Tolstoï, Osterman et Makarov l'ont soutenu. Tous s'étaient agenouillés pour supplier Peter d'entendre raison et de changer d'avis. Ils l'ont prié de placer la politique au-dessus de sa colère.

Peter s'est ravisé, il a eu pitié. Mais, vexé et rongé par son impuissance face à l'opinion européenne, il a bu tout le mois de décembre, jusqu'à Noël, et au Nouvel An. Il déambulait dans Saint-Pétersbourg avec son Synode pochard, entrant dans toutes les demeures des nobles et ne dessaoulant jamais. Il ne rentrait plus se coucher – on le portait ou on le ramenait en traîneau, inconscient. La journée, il était au supplice, les docteurs lui posaient ces tubes pour qu'il urine ; on lui a même retiré quelque chose. Des calculs, apparemment. Peter était fiévreux et malade, mais continuait de boire.

Alexandre disait que Peter ne tiendrait pas longtemps. Il creusait sa propre tombe, ce n'était plus qu'une question de temps. Une question de temps – de jours, voire de semaines.

En attendant, Alexandre ne chômait pas. Il rassemblait mes partisans et s'achetait les faveurs de l'armée. Puis il m'a dit : « Catherine, tu ferais bien d'aller voir Peter. Au moins pour les apparences – pour qu'on ne dise pas que vous étiez ennemis, que vous étiez fâchés à la mort du tsar Batouchka. »

Lizenka a amadoué son père et s'est arrangée pour qu'il m'invite à dîner dans ses appartements.

C'était le 12 janvier 1725.

Je suis allée dans sa *tokarnia*. Je l'ai à peine reconnu – il était tête nue, sans perruque, il était bouffi, il s'était empâté, il avait des cernes, les coins de sa bouche étaient affaissés par l'amertume. Ses yeux, qui brillaient autrefois d'une noirceur ardente, étaient mornes, larmoyants. Je voyais qu'il était en proie à la douleur et au désespoir. La boisson l'avait détruit.

Un instant, je l'ai vu tel qu'il était vingt ans auparavant dans la demeure d'Alexandre, dans cette chambre aux tentures de soie, à la lumière de la bougie qu'il m'avait demandé de lui apporter. J'ai revu son visage se détacher dans la pénombre, ses yeux briller de passion et d'attente, un sourire se dessiner sur ses lèvres... « Ne crains rien, ma jolie... » Comme il tremblait, comme il me désirait...

J'avais un tout autre homme en face de moi. Un homme tremblant de haine. Moi aussi, j'étais tout autre. Comment en étions-nous arrivés là ?

C'est ce que je lui ai dit en tombant à ses pieds : « Peter, comment en sommes-nous arrivés là ? »

Nous avons parlé trois heures durant, avons pleuré tous les deux, nous sommes demandé pardon, puis de nouveau accusés, mais nous n'avons jamais réussi à savoir, à comprendre, ce qui nous était arrivé. Une chose était sûre : il n'avait pas compris mes chagrins. Ni moi les siens. Nous étions trop différents l'un de l'autre ; cela avait toujours été, même si, le Seigneur en est témoin, j'ai fait de mon mieux. Nous avons dîné tous les deux, réconfortés seulement par l'habitude, par les choses que nous avions partagées toutes ces années – la maison, le vin et la nourriture. Il s'est enivré plus rapidement que d'ordinaire. Une douleur terrible l'a saisi – une douleur insupportable. J'ai appelé le médecin. Et je suis sortie.

Tout ce que je savais, c'était qu'il était trop tard. Nous n'avions plus d'avenir ensemble, il s'agissait seulement d'une trêve. Le temps continuait de s'écouler.

Peter s'est remis à boire de plus belle. Il a bu pendant encore deux semaines jusqu'à ce que l'agonie commence. Il aurait dû prendre des médicaments après son opération, mais il n'en avait rien fait et la fièvre était montée. Ce n'est que plus tard que nous est parvenue la réponse d'un célèbre médecin hollandais, à qui l'on avait décrit les symptômes de Peter : il disait qu'il aurait pu sauver le tsar avec des médicaments qui ne coûtaient que cinq kopecks si la maladie avait été prise à temps. Et à condition, évidemment, qu'il n'ait pas bu.

Ce jour-là, le jour où l'agonie a commencé, j'ai réuni, sur les conseils d'Alexandre, les chefs de guerre, les généraux et les majors. Je les ai soudoyés selon leur rang – trois mille, deux mille ou mille roubles. Quand il est mort, dix jours plus tard, nous avons versé les salaires qui n'avaient pas été payés aux unités de l'armée. J'ai même pris un peu d'argent de ma bourse personnelle, celui des intérêts bancaires. Alexandre a fait en sorte que l'armée entoure le palais d'Hiver et crie : « Notre Père le tsar est mort, mais Mère est toujours vivante ! » Et encore : « Si les vieux boyards se mettent en travers de notre chemin, nous leur broierons la tête ! » J'ai été portée jusqu'au trône par Alexandre et l'armée.

J'ai accompagné Peter durant son agonie, j'étais auprès de lui. Au début, il criait nuit et jour tellement il souffrait. Les derniers jours, ce n'était plus qu'un long râle. La fièvre montait, il était au supplice. J'ai vu la vie quitter son visage, je l'ai vu se transformer lentement en cadavre. Je passais mon temps à son chevet – je lui devais bien ça. Parfois ma présence le calmait, parfois il enrageait. Les altérations. Il était deux personnes à la fois, l'une que j'aimais, l'autre que je détestais. Il en avait toujours été ainsi. Avant de mourir, il ne m'a rien dit de gentil, pas un mot agréable. Trop de choses avaient déjà été dites, et faites.

Durant les dernières vingt-quatre heures, il n'était plus conscient. Il n'était que douleur.

Il est mort le 28 janvier 1725, peu après quatre heures du matin. Il s'est endormi à l'heure à laquelle il avait l'habitude de se réveiller, la gueule à l'envers.

Je ne sais pas s'il avait laissé un testament. Son secrétaire, Makarov, a dit que non. De toute façon, l'empire m'est revenu – mon couronnement avait confirmé la succession. Les Dolgorouki, les Golitsyne et Repnine auraient voulu faire monter sur le trône son petit-fils, Piotr Alexeïevitch, et faire de moi la régente, avant de m'écarter. Ça n'a pas marché – j'avais l'armée avec moi. Chez nous, ç'a toujours été comme ça : l'empire appartient à celui qui détient l'armée.

À peine Peter était-il mort qu'il entrait déjà dans l'Histoire, sur injonction de Théophane

Prokopovitch : le sculpteur italien Rastrelli s'est précipité pour couler le masque mortuaire de son visage, de ses mains et de ses pieds, et il a pris les mesures de son corps pour fabriquer une statue de cire ; puis est arrivé Nikitine, notre peintre, pour immortaliser Pierre le Grand. Avant qu'il commence à dessiner, j'ai pris la perruque faite de mes cheveux et je l'ai posée sur la tête de Peter : tout le monde devait le reconnaître, or le peuple ne savait pas qu'il était presque chauve et se rasait la tête.

Nous avons attendu quarante jours pour enterrer Peter, selon son souhait : il souhaitait une longue veillée, comme un souverain européen ; il avait laissé des instructions très précises pour ses funérailles. Il reposait embaumé dans l'une des salles du palais d'Hiver, sur un catafalque noir entouré de bougeoirs en bois dorés à la feuille, d'obélisques et de pyramides, sous un baldaquin, sans icônes. Le dixième jour, il a commencé à noircir et à suinter – le fait est qu'il avait commencé à pourrir de son vivant ; les médecins ont dit que c'est parce que sa vessie était gangrenée que l'embaumement n'avait pas réussi. Mais peut-être que les médecins de Saint-Pétersbourg ne savaient tout simplement pas s'y prendre, personne ne savait embaumer en Russie. Puisque l'Église considérait cela comme un péché. Peter exigeait souvent des choses qu'on ne savait pas encore faire en Russie. Et il ne laissait pas le temps d'apprendre ce que les autres avaient mis des siècles à maîtriser.

J'allais auprès de lui deux fois par jour pour le pleurer. Mes lamentations étaient devenues un spectacle pour les courtisans et le peuple en deuil

– ils ont usé les tapis jusqu'à la trame. Personne ne comprenait que j'aie autant de larmes en moi.

Mais moi, je le savais. C'étaient des larmes de peur. J'avais tant de fois souhaité la mort de Peter, et ces derniers temps nous l'avions attendue, Alexandre et moi, comme un salut ; j'avais craint qu'il ne me fasse exécuter, j'avais voulu me libérer de cette peur perpétuelle, et cela avait fini par arriver. C'était arrivé et j'étais terrorisée. Car j'ai compris que je ne savais pas, que je n'étais pas capable de vivre sans lui.

Un jour, on avait amené un moujik à Peter pour la Kunstkamera : un énorme goitre, de presque deux fois la taille de son visage, avait poussé sur son cou, sa joue et son épaule. Le moujik a raconté que cela avait commencé par un petit bouton. Il l'avait gratté avec des ongles sales, le bouton était devenu un abcès purulent et avait fini par atteindre cette taille gigantesque. Peter avait ordonné aux médecins de l'opérer, de retirer ce goitre, en dépit des hurlements du moujik qui se rebiffait et implorait la pitié, suppliant qu'on n'y touche pas. L'ordre venant du tsar, connaisseur en médecine, on avait évidemment retiré le goitre à ce pauvre garçon. Et que s'était-il passé ? Au lieu de guérir, le moujik était mort. Cette tumeur était devenue plus importante que lui, il était devenu le père nourricier de cette tumeur plus grosse que sa tête.

En me lamentant auprès de Peter dont le corps pourrissait et noircissait, j'ai songé que j'étais comme le moujik. J'avais tant vécu avec Peter qu'il se nourrissait de moi, de ma patience, de mon amour, il était devenu un tel fardeau que je n'étais plus là que pour le nourrir – et j'allais moi-même dépérir maintenant qu'il n'était plus à mes côtés. Voilà ce qui tournait dans ma tête ; j'ai compris que je commençais à perdre la raison, que la peur et la tristesse me faisaient divaguer. C'est pourquoi les larmes coulaient à flots. L'incertitude, aussi profonde qu'un gouffre, m'effrayait.

Ma Natalouchka est morte deux semaines après Peter. Les médecins ne m'avaient rien dit en découvrant ses premiers boutons de rougeole, et ne m'ont même pas laissée être à son chevet. À présent que j'étais impératrice, je ne pouvais pas me permettre d'être contaminée et de mourir, juste après Peter. En mars, nous avons enterré Peter, qui tombait en lambeaux, et en même temps Natalouchka, couverte de boutons. Deux cercueils, l'un sous le baldaquin rouge surmonté d'une énorme couronne – celui de Peter –, l'autre sous un baldaquin coloré orné de plumes d'autruche – celui de Natalouchka –, ont été installés dans la cathédrale Pierre-et-Paul, le temps de construire une tombe dans la crypte. Alexandre et Apraxine, me tenant chacun par un bras, m'ont conduite, tremblante, sur la passerelle de bois posée au-dessus de la Neva gelée. Le voile noir qui recouvrait mon visage était épais : personne ne pouvait voir que j'étais secouée de sanglots lors de la procession vers la cathédrale – et de rires sur le chemin de retour…

Après l'enterrement, nous nous sommes enivrés avec Alexandre. J'ai tant bu qu'il a fallu me raccompagner, chancelante, jusqu'à mon lit. Je ne me rappelle rien…

Je me souviens de peu de chose de ces deux dernières années, sans Peter. Le temps s'est écoulé différemment. Soit j'avançais dans le brouillard obscur d'une peur écrasante, soit j'étais saisie d'un rire fébrile et dément. Soit en train de cuver, soit ivre. Le jour et la nuit se confondaient, je noyais les jours, les semaines et les mois dans le vin.

Qui est ici ? Qui est penché au-dessus de moi ? Peter, est-ce toi qui es venu m'emmener dans ton nuage sombre ? Est-ce toi qui me tends la main ? Je m'ennuie tant de toi…

Ah, c'est toi, Alexandre… Je peine à ouvrir les yeux, mais je te vois… Non, ce n'est pas toi que je vois, c'est un souvenir… Nous venions d'enterrer Peter et Natalouchka, je séchais mes larmes, j'avais à peine dégrisé et commencé à reprendre pied que tu es venu me voir. Tu es venu dans ma chambre, ici à Tsarskoïe, un soir à la nuit tombante. Tu as frappé, je t'ai laissé entrer. Tu m'as étreinte.

Cet instant, que nous avions attendu si longtemps tous les deux, n'a pas pris. Tu vois, Alexandre, même les moments qu'on a attendus vingt ans ne se commandent pas.

Il y avait quelque chose de forcé et d'imposé dans ces baisers, dans ces étreintes, quelque chose de désespéré, comme s'il le fallait après avoir tant attendu… Pas comme autrefois, ou même à Voronej, quand tout était aussi désespéré, quand c'était à ne surtout pas faire, mais que ça nous échappait.

Quand le moment est venu où enfin il n'était plus, où nous n'étions que tous les deux, tu as débandé juste avant d'entrer en moi. Étais-je devenue si laide, si déplaisante que tu ne pouvais plus la lever ? J'ai dû venir à ton secours, t'aider… J'ai tout juste réussi, et tu es entré en moi, où tu t'agitais, pataugeais, martelais comme le va-et-vient d'une horloge dans une pièce vide. Une pièce que tout le monde avait déjà quittée.

Malgré tout, nous avons continué à nous retrouver pendant quelque temps, les rumeurs allaient bon train dans le palais, et tant mieux, car cela a ajouté à ton pouvoir et à ton influence, je n'étais plus seule, sans allié, sans défenseur. Je partageais ma couche avec le Sérénissime, l'influent généralissime Menchikov, je n'étais plus une impératrice seule, ensemble et unis nous prenions la suite du défunt Pierre le Grand, nous continuions son œuvre. Nous avons aussi eu des nuits passionnées. Quand tu voulais, quand tu y mettais du tien, tu retrouvais l'excitation de ta jeunesse – à l'époque où tu rêvais de devenir empereur. Voilà ce que tes ennemis, les Golitsyne, les Dolgorouki et Repnine, redoutaient le plus. Qu'il arrive quelque chose à Daria, un malheur, et que tu m'épouses, car déjà tu ne sortais plus de mon alcôve. Tu n'épargnerais pas tes ennemis… Je voyais clair en toi, un jour sur l'oreiller je t'ai même demandé : Alors Alexandre, voudrais-tu devenir empereur de Russie ? J'ai ajouté : Tu sais bien que c'est impossible. Qu'est-ce que tu ferais de Daria ? Et puis, je n'ai pas l'intention de me marier. Mais tu peux gouverner à ma place, tu peux être le souverain non couronné. Ce n'est pas rien. Un jour, à l'aube, alors que la passion retombait, allongé à mon côté, tu m'as dit en passant : « Tu sais, Catherine, que tu pourrais avoir n'importe quel homme de ton empire ? »

Il m'a fallu du temps pour m'habituer au fait que je pouvais avoir tout ce que je voulais. Faire tout ce que je voulais. Je n'en ai pas abusé. J'ai ordonné qu'on enlève de ma chambre le portrait de Peter.

Ainsi que la tête de Willem Mons – qu'on la mette ailleurs, respectueusement mais le plus loin possible ; il n'avait hélas aucune tombe. La tête étant dans un bocal, Makarov a ordonné qu'on l'emmène là où se trouvaient les autres bocaux, dans le palais de la Kunstkamera. Mons y serait en bonne compagnie, à côté de Mary Hamilton – pour qui Willy avait même eu un faible... Il y avait aussi notre géant français, Nicolas Bourgeois, qu'à sa mort, Peter avait fait empailler, comme un grand crocodile. J'ai ordonné à Rastrelli d'y installer la statue de cire de Peter lorsqu'elle serait achevée – vêtue des habits du défunt et coiffée de mes cheveux. J'ai pensé que Peter aimerait se retrouver dans la Kunstkamera, parmi les horreurs qu'il affectionnait tant. Le jeune Noir de Peter, Avram Hannibal, qui était rentré après ses études d'ingénieur en France, pouvait dormir tranquille dorénavant – lui qui, depuis son enfance, avait tellement craint qu'on l'embaume à sa mort, et qu'on l'expose dans la Kunstkamera du tsar.

Puis est venu le tour des vivants. J'ai commencé par m'occuper des plus proches – la pauvre Modesta, que j'ai fait revenir de sa déportation à Tobolsk, Piotr Chafirov, un homme doué qui parlait plusieurs langues, Lestocq et bien d'autres –, déportés par Peter pour des broutilles au cours des années précédentes. Je me suis ensuite souvenue de ma famille, ou plutôt Kristina s'est rappelée à moi dans une lettre qui décrivait comment le propriétaire des terres sur lesquelles elle vivait la maltraitait. Je les ai tous retrouvés et réunis : Kristina, Anna, Karol, Samuel. Nous les avons lavés, vêtus, nourris, je leur ai donné de l'argent, une demeure et des titres : comtes Skowroński pour mes frères, comte Gendrikov pour Heinrich, le mari de Kristina, et Michał, le mari d'Anna, est devenu le comte Yefimovski. J'ai intimé à Anouchka et Lizetta de les aimer comme leur famille, sans tenir compte de leur aspect. Les courtisans, surtout les nobles russes, haussaient les sourcils en voyant mes miséreux nouvellement apprêtés dans les salles et les couloirs du palais : ils se moquaient des callosités qu'avait laissées sur leurs paumes le maniement de la herse, de la bêche et des harnais, oubliant qu'eux-mêmes, peu de temps auparavant, n'avaient pas grand-chose à leur envier en matière de politesse... Ça n'avait pas d'importance – je donnais les ordres que je voulais. Je faisais cela pour leurs enfants, pour le jeune sang des Skowroński, qui n'avaient pas encore été abîmés par les malheurs de la vie – il y avait parmi eux des descendants charmants, surtout Sofia Skowrońska, la fille de Samuel ; elle était mon portrait craché dans ma jeunesse. Dieu en est témoin, ils méritaient tous une vie meilleure. Il n'existe aucun défaut qu'un titre de noblesse et le temps qui passe ne puissent corriger – les Romanov étaient devenus des empereurs, les Skowroński pouvaient bien devenir comtes.

Après cela, j'ai fait de mon mieux pour gouverner, en dépit des difficultés. À dire vrai, mes premières actions visaient surtout à éloigner le danger : les pots-de-vin pour l'armée, les parades à cheval en uniforme militaire au son des vivats et des « hourra », la mise à l'eau des navires. Le père de l'armée et de la flotte était mort, mais la mère des soldats était encore là, Théophane Prokopovitch la désignait partout comme la mère de tous les Russes, Sémiramis, la reine des

Amazones, Penthésilée… Il fallait que tout continue comme avant, même si Peter n'était plus là. Toi et moi, Alexandre, les deux illettrés, avons même inauguré l'Académie des sciences, fondée par Peter. Laurentius Blümentrost en est devenu le premier président et a prononcé un discours en latin ; nous étions assis à l'écouter, toi et moi, Alexandre, sans rien comprendre : pas un mot. Nous attendions que cet ennui mortel prenne fin pour aller boire au banquet.

Pendant un temps, tout a suivi son cours comme s'il s'agissait d'une horloge remontée par Peter ; nous nous contentions de poursuivre ce qu'il avait commencé. Du moins ai-je essayé de poursuivre, sans comprendre grand-chose à toutes ces réunions, ces décrets, ces documents. De plus en plus souvent, je m'ennuyais et quittais la salle ; les affaires du Sénat et du Haut Conseil secret, je te les ai laissées, à toi, Alexandre. J'ai bien vu que chaque fois que j'intervenais, tu étais gêné. Tu ne venais plus me voir que pour me faire signer des papiers.

Le danger a malgré tout commencé à se faire sentir. Te souviens-tu qu'à la mort de Peter, les gens se sont mis à déserter Saint-Pétersbourg ? Les familles de nobles retournaient à Moscou… Partir d'une si belle ville, du paradis ! Toi, Alexandre, tu voulais leur faire payer des amendes, tu les menaçais de sanctions. J'ai pensé à mieux : j'ai mis fin aux réceptions de Peter et les ai remplacées par les journées de la cour, chez moi, le jeudi à cinq heures. Comment fuiraient-ils Saint-Pétersbourg s'ils devaient se présenter chaque jeudi à la cour impériale ? D'autant que je ne lésinais sur rien : les mets étaient toujours fastueux, le vin et le champagne coulaient à flots, et personne n'allait empêcher les libertinages dans un coin du palais ou sous un buisson du jardin.

J'ai aussi baissé les impôts, sous le poids desquels Peter écrasait le peuple. Il me semblait qu'il était préférable d'en réduire le montant, mais de les faire payer par le plus grand nombre. Quand les impôts sont trop élevés, les gens cherchent à s'y soustraire, à s'enfuir. Mais du moment qu'ils ne vous étranglent pas, qu'ils agissent comme une laisse, alors, il y a plus d'argent pour le Trésor. Il faut parfois être doux et se servir de la ruse… J'ai par ailleurs supprimé quelques-unes des amendes stupides de Peter, comme celle qui vous punissait de ne pas être allé à la confession hebdomadaire. Comment pouvait-on soutirer des kopecks pour une telle chose ?

Nous avons marié Anouchka à Holstein – on a dit que la fête était très belle, très réussie. Peut-être, je ne sais plus comment elle s'est terminée… Mais nous n'avons pas réussi à marier Liza à l'héritier du trône de France – lequel, au lieu de cela, a épousé la fille sans dot de Leszczyński. C'est pour me consoler d'un tel affront que l'actuel roi de Pologne m'a décorée de l'ordre de l'Aigle blanc. Moi, qui ne pouvais même pas prouver avoir eu un blason lituanien, ce lointain souvenir de mon enfance… Je me suis rappelé notre voyage en Lituanie et en Pologne avec Peter, longtemps auparavant, et tous ces magnats arrogants, qui me regardaient comme si je ne comptais pas, comme si je n'étais que la concubine roturière du sauvage russe… L'arrogante Sieniawska, si elle était encore en vie, pouvait aller se faire voir – elle avait peut-être couché avec trois souverains, mais c'était moi l'impératrice.

Alexandre aussi comptait se venger des affronts subis de la part de ceux dont il aurait tant voulu être l'égal. C'était il y a longtemps, à l'époque de notre rencontre avec l'Occident, avec l'Europe... Mais maintenant, l'homme le plus puissant de Russie, le *Serenissimus generalissimus* Menchikov, briguait des titres lituaniens – il convoitait la Courlande, qu'il voulait retirer à la veuve Anna Ioanovna, et n'avait en aucun cas renoncé à remettre la main sur ses terres en Lituanie. Il avait invité Jan Kazimierz Sapieha et son fils à Saint-Pétersbourg – il avait imaginé faire du père un feld-maréchal, pour avoir à sa botte un chef de guerre reconnaissant, sans attaches russes, et dont il pourrait marier le fils à sa fille Machka, afin qu'elle puisse ensuite prétendre aux terres lituaniennes des Sapieha. Si ce n'est que ça n'a pas marché.

Alexandre m'avait dit que je pouvais avoir n'importe quel homme de mon empire. Merci bien – j'en avais assez des Russes. J'en avais eu un, ça me suffisait pour toute la vie. Le jeune Sapieha était à mon goût. Grand, svelte, très musclé, poli comme le sont les Polonais et aussi habile que Mons pour les compliments. Peu importait qu'il n'ait que vingt-cinq ans, presque la moitié de mon âge, ou qu'il soit fiancé à Machka. J'étais l'impératrice. On ne dit pas non aux impératrices. En plus de ses muscles et de son ardeur, il avait deux avantages : il était un Sapieha, et cela m'était agréable de séduire un prince lituanien qui aurait pu me lancer des regards dédaigneux lors d'un festin à Vilnius ou à Kaunas ; et son prénom était Piotr, si bien qu'en prononçant son nom je pouvais parfois imaginer que j'étais avec Peter. Piotr n'était pas capricieux – il avait besoin de devenir influent à la cour russe ; il acceptait mes diamants et mes fleurs avec gratitude. Il ne s'est même pas mis en colère quand j'ai rompu ses fiançailles. C'est Machka qui a pleuré et tapé du pied, mais elle aura bientôt un futur empereur à la place. Je l'ai grondée : s'il fallait prendre en compte les sentiments de chacun, personne n'irait à l'autel...

C'est Sofia Skowrońska, ma nièce, celle qui me ressemble, qui obtiendra Piotr Paweł Sapieha. J'ai tout fait pour, j'ai arrangé ça... Je fais comme bon me semble, n'ai-je pas tous les droits ?

Ce que personne ne sait, c'est que j'ai aussi eu le pauvre Anton Devier. Je l'avais trouvé beau, ce Juif, ou ce Portugais, à l'instant où je l'avais vu danser avec Anyuta. Il était le commissaire de la police de Saint-Pétersbourg – il ne pouvait pas faire autrement que de m'obéir. J'espère qu'on ne l'a pas trop torturé pendant son interrogatoire. J'ai fait tout ce que j'ai pu pour lui...

J'ai eu aussi un Suédois de Livonie, Reinhold Gustav Löwenwolde, qui ressemblait un peu à Willy... Si je n'étais pas tombée malade, si je n'étais pas en train d'agoniser, je me serais envoyé toute la carte d'Europe : j'avais eu un Allemand, Mons ; il me manquait un Danois, un Français, un Italien. Mais à la longue, tous ces favoris se ressemblaient : j'ouvrais péniblement un œil et devais faire un effort pour savoir lequel était à côté de moi. Je me souvenais rarement comment ils s'étaient retrouvés là ; Johanna les raccompagnait. Le plus souvent, je ne me rappelais ni le jour ni l'heure qu'il était – ma peur était telle que seuls le vin et les festins m'aidaient à l'oublier. Nous ne finissions jamais avant l'aurore

– j'allais me coucher à quatre, à sept, ou même à onze heures, alors que la journée était bien entamée… je me levais à cinq heures, mangeais copieusement à huit, puis la fête pouvait recommencer.

Il m'arrivait de ne pas me souvenir de ce que j'avais fait. Comme cette fois, le 1er avril, quand au milieu de la nuit j'ai ordonné qu'on sonne l'alarme avec toutes les cloches de Saint-Pétersbourg. Ça m'avait paru amusant. Mais les citadins tirés de leur sommeil, à moitié dévêtus et morts d'inquiétude, m'ont haïe. Moi, le lendemain matin, j'avais tout oublié.

Alexandre ne parvenait plus à me voir quand il avait besoin d'une signature : soit j'étais en train de festoyer, soit je dormais. J'ai compris qu'il commençait à s'agacer, je l'empêchais de gouverner comme il aurait voulu.

Johanna aussi commençait à se lasser de moi : plusieurs fois, elle m'a récupérée à l'aube, errant seule, tâtonnant et chancelant dans le jardin d'Été ; ou encore affalée dans une haie, inconsciente ; elle se donnait du mal pour recouvrir de fard les bleus et les égratignures sur mon visage, ma poitrine et mes mains… Le plus souvent, on me retrouvait à une heure indue de la journée en train de dormir – tenant une bouteille vide, les jupes pleines – quelque part dans l'allée d'un parc, dans un couloir du palais, dans un salon ou à l'office… Comme j'avais faim, quand j'étais ivre, j'avalais n'importe quoi, en pleine nuit : je dévorais à mains nues un poulet froid ou un jambon, j'entamais au couteau un fromage de Limbourg, je volais des petits pains, des gâteaux, des tartelettes et du massepain, je m'empiffrais de pâté, de caviar de saumon et d'esturgeon, et je buvais, je buvais, je buvais…

Je suis devenue si grosse que, dans mon dos, on a commencé à m'appeler la tsarine Tonneau… C'étaient mes jambes qui gonflaient le plus, elles étaient enflées jusqu'à l'aine et ressemblaient à des bûches… Tout le monde pensait que mon sang allait se gâter et que j'aurais la gangrène… Bientôt, je n'ai plus été capable de monter en selle ; heureusement que j'avais eu le temps de faire peindre mon portrait à cheval et en uniforme. La première tsarine russe à être représentée sur un cheval, dans une pose virile. Peut-être pas la dernière… Mais moi qui avais tant aimé monter, chasser à tir… j'étais devenue un tel monceau de chair que je ne rentrais plus dans mes luxueuses robes. Je me déplaçais difficilement. Je faisais un pas et je manquais d'air… Inspirer, expirer… avec la plus grande difficulté…

Une faim inextinguible m'avait toujours tourmentée dès que j'avais peur. Or, une fois devenue impératrice, j'avais constamment peur : depuis cet instant où, à la fenêtre du palais d'Hiver, alors que j'assistais à une parade militaire, une balle avait sifflé près de ma joue. Puis une autre. L'une a blessé un garde, l'autre a abattu un marchand de Novgorod. Mais c'était bien à moi qu'elles étaient destinées. Je me suis mise à craindre l'armée, les soldats ; j'ai repensé à la façon dont j'avais été violée. Je me suis remise à craindre la Russie, son peuple. En roulant en carrosse, je voyais les visages ravagés par la misère et déformés par la colère. Ici, tout était imprégné d'une force violente, colérique, puissante. Une force que seule pouvait dompter – si l'on en croyait Peter et Alexandre – une violence encore plus grande...

J'ai pris froid au moment de l'Épiphanie, pendant la bénédiction des eaux de la Neva et la parade militaire. J'ai passé une heure debout devant la foule, sur la neige et la glace, suivie de deux heures en plein vent, sur ma selle, devant les unités de l'armée, à leur lancer de l'argent pour qu'ils nous protègent de notre propre peuple. Alexandre me l'avait demandé, j'ai tenu bon. C'est ensuite que je me suis mise à saigner continuellement du nez, mes poumons étaient atteints...

Pourquoi les gens de ce pays me détestaient-il ? Des gens que je ne connaissais pas, auxquels je n'avais jamais rien fait de mal ? Il suffisait que je sois leur impératrice...

Je ne pouvais plus vivre ainsi... dans une telle crainte... Qu'est-ce que je cherchais à chanceler ainsi, ivre, à l'aube, dans le jardin d'Été, entre les fontaines de Peterhof, à Marly ?

Je cherchais Peter. Lui seul aurait eu la force de me défendre. Il me manquait... il me manquait tant... Soudain, tout ce qui s'était gâché entre nous s'était effacé, avait disparu de ma mémoire... Il était plus facile de l'aimer mort que vivant. Je dansais, enivrée, sur le parquet du palais pour que revienne, pirouette après pirouette, le sentiment de ses mains puissantes qui me soulevaient très haut tandis que nous dansions... Mais ma tête finissait par tourner et je m'écroulais... Dans l'intensité des nuits blanches, je me perdais dans les allées des parcs – j'espérais qu'il surgisse, comme autrefois, qu'il m'embrasse fermement ou tende vers moi ses larges paumes balafrées, pleines de fraises des bois... « Je t'aime, Catherine... »

Je t'aime aussi, Peter. Même s'il était impossible de t'aimer. Comme je l'ai compris trop tard.

Pourquoi dit-on que rêver de fraises des bois est un signe de mort ? Peut-être était-ce du sang qui se trouvait dans tes paumes, les rubis d'une icône ou d'une couronne ?

Viendras-tu me chercher, Peter ? Où es-tu ? Pourquoi n'es-tu pas encore là ? Je ne vois qu'un nuage sombre et au-delà, la lumière du soleil... Mais toi, où es-tu ? Tu n'es pas là. Dans ma gorge, il n'y a que du sang et des larmes... qui m'empêchent de respirer. Calme-toi, Catherine... Inspirer, expirer. Où es-tu, Peter ?... Tu avais promis... Est-ce que je t'attends en vain une fois de plus ? Tu sais que personne ne te remplacera ?

Peut-être aurais-je dû te fuir, fuir tout cela – fuir la Russie, comme Lovisa ; blessée, estropiée, les pieds abîmés par les clous – et pourtant en chemin vers la liberté. Je voulais tant survivre, vivre... Mais cette vie méritait-elle qu'on résiste pour elle ?

Je ne sais pas. Tu m'as tentée, Peter, tu m'as... séduite, je suis restée. Tu étais si puissant... Si grand... J'ai été blonde, brune, grisonnante ; mince et grosse ; jolie, laide ; catholique, orthodoxe ; servante, esclave, dame, impératrice ; violée et violeuse, infidèle et trompée ; garde-malade dévouée et perverse ; sœur, amante, mère et épouse... La seule chose que je n'ai pas été, c'est une fille... Je n'ai jamais connu l'amour d'une mère, cet amour inconditionnel pour son enfant : pour ce qu'il est, peu importe qui il est.

Je les entends, tout près : *Vo imia Otsa, i Syna, i Sviatogo Doukha... Amin'...* Au nom du Père, du Fils et du Saint-Esprit... Amen...

Mère… Tu es là, c'est Toi… Sur Ton visage sombre et parcheminé, tout le chagrin des femmes… La sérénité aussi. Rien ne peut plus T'étonner. On va me juger, Tu le sais – tous, les pères et les fils, et le Temps, et le Seigneur me jugeront… Mais pendant qu'ils me jugent, Tu m'aimeras quelques instants, comme seules les mères savent aimer, et Tu me pardonneras tout. Quel soulagement… ce n'est plus si terrifiant. Enfin, je peux… Le temps est venu…

Le temps n'est autre que maintenant…

Expirer…

DE LA MÊME AUTRICE

Aux Éditions Quai Voltaire

L'IMPÉRATRICE DE PIERRE, tome I, 2023 (Folio n° 7433).

L'IMPÉRATRICE DE PIERRE, tome II, 2023 (Folio n° 7519).

COLLECTION FOLIO

Dernières parutions

7253.	Margaret Kennedy	*Le festin*
7254.	Zoé Oldenbourg	*Argile et cendres*
7255.	Julie Otsuka	*Quand l'empereur était un dieu*
7256.	Pascal Quignard	*L'amour la mer*
7257.	Salman Rushdie	*Grimus*
7258.	Antoine Wauters	*Le musée des contradictions*
7259.	Nathalie Azoulai	*La fille parfaite*
7260.	Claire Castillon	*Son empire*
7261.	Sophie Chauveau	*Journal intime de la Vierge Marie*
7262.	Éric Fottorino	*Mohican*
7263.	Abdulrazak Gurnah	*Paradis*
7264.	Anna Hope	*Le Rocher blanc*
7265.	Maylis de Kerangal	*Canoës*
7266.	Anaïs LLobet	*Au café de la ville perdue*
7267.	Akira Mizubayashi	*Reine de cœur*
7268.	Ron Rash	*Une terre d'ombre*
7269.	Yasmina Reza	*Théâtre II*
7270.	Emmanuelle Salasc	*Hors gel*
7271.	Marie NDiaye	*Une femme puissante*
7272.	Frank Herbert	*Les esclaves du Vert* et autres nouvelles
7273.	Collectif	*Scènes de mort. Mourir en littérature*
7274.	Pierre Assouline	*Le paquebot*
7275.	Italo Calvino	*Les amours difficiles*
7276.	Louis-Ferdinand Céline	*Guerre*
7277.	René Frégni	*Minuit dans la ville des songes*
7278.	Lian Hearn	*Les Enfants des Otori, I. Les Guerriers orphelins*
7279.	Elizabeth Jane Howard	*Nouveau départ. La saga des Cazalet IV*
7280.	Jack Kerouac	*L'océan est mon frère*
7281.	Karl Ove Knausgaard	*Au printemps*
7282.	Olivier Liron	*Le livre de Neige*
7283.	Patrick Modiano	*Chevreuse*
7284.	Orhan Pamuk	*Les nuits de la peste*
7285.	Hunter S. Thompson	*Le marathon d'Honolulu*

7286.	Sebastian Barry	*Des milliers de lune*
7287.	Jim Harrison	*Chien Brun*
7288.	Voltaire	*Dieu et les hommes*
7289.	Olivier Frébourg	*Où vont les fils ?*
7290.	Robert Bober	*Par instants, la vie n'est pas sûre*
7291.	Douglas Coupland	*Génération X*
7292.	Colette Fellous	*Le petit foulard de Marguerite D.*
7293.	Mahamat-Saleh Haroun	*Les culs-reptiles*
7294.	Stefan Hertmans	*Une ascension*
7295.	Raphaël Confiant	*Le bal de la rue Blomet*
7296.	Mario Vargas Llosa	*Temps sauvages*
7297.	Ruchika Tomar	*Prière pour les voyageurs*
7298.	Yukio Mishima	*Vie à vendre*
7299.	Anonymes	*Légendes bouddhiques* et autres contes surprenants
7300.	Amaru	*La Centurie. Poèmes amoureux de l'Inde ancienne*
7301.	Honoré de Balzac	*Honorine*
7302.	Alexandre Dumas	*Les Trois Mousquetaires. II, Milady*
7303.	Sempé	*Un peu de la France*
7304.	Jean-François Beauchemin	*Le roitelet*
7305.	Hemley Boum	*Les jours viennent et passent*
7306.	Giuliano da Empoli	*Le mage du Kremlin*
7307.	Pauline Delabroy-Allard	*Qui sait*
7308.	Gabrielle Filteau-Chiba	*Bivouac*
7309.	Hélène Gestern	*555*
7310.	Yannick Haenel	*Le Trésorier-payeur*
7311.	Christophe Ono-dit-Biot	*Trouver refuge*
7312.	Olivier Rolin	*Vider les lieux*
7313.	Jean-Marie Rouart	*Mes révoltes*
7314.	Boualem Sansal	*Abraham*
7315.	Rachel Cusk	*La dépendance*
7316.	Jack London	*Une odyssée du Grand Nord* précédé du *Silence blanc*
7317.	Léon Tolstoï	*La Matinée d'un gentilhomme rural*
7318.	Charles Baudelaire	*Le Peintre de la vie moderne*

7319.	Rachilde	*Monsieur Vénus* suivi de *Madame Adonis*
7320.	Lucas Belvaux	*Les tourmentés*
7321.	Christian Bobin	*Le muguet rouge*
7322.	Christophe Boltanski	*King Kasaï*
7323.	Iegor Gran	*Z comme zombie*
7324.	Caroline Lamarche	*La fin des abeilles*
7325.	Monica Sabolo	*La vie clandestine*
7326.	Lisa Balavoine	*Ceux qui s'aiment se laissent partir*
7327.	Rumena Bužarovska	*Mon cher mari*
7328.	Alba de Céspedes	*Elles*
7329.	Jenny Lecoat	*La clandestine de Jersey*
7330.	Ludmila Oulitskaïa	*Le corps de l'âme*
7331.	Hélène Dorion	*Pas même le bruit d'un fleuve*
7332.	John Muir	*Juin dans la Sierra*
7333.	Isabelle Amonou	*L'enfant rivière*
7334.	Denis Diderot	*Paradoxe sur le comédien*
7335.	François-René de Chateaubriand	*Voyage en Italie*
7336.	Patrick Chamoiseau	*Une enfance créole*
7337.	Anne Akrich	*Le sexe des femmes*
7338.	Jonathan Coe	*Le royaume désuni*
7339.	Roy Jacobsen	*Les vainqueurs*
7340.	Virginia Woolf	*Des heures à lire* et autres courts essais
7341.	Blaise Cendrars	*Prose du Transsibérien* et autres poèmes du monde entier
7342.	Margaret Kennedy	*Divorce à l'anglaise*
7343.	John Steinbeck	*Les raisins de la colère*
7344.	Giosuè Calaciura	*Le silence de la mère*
7345.	Laura Kasischke	*La vie devant ses yeux*
7346.	Nathan Harris	*La douceur de l'eau*
7347.	Franz Kafka	*Amerika*
7348.	Salman Rushdie	*Essais. 1981-2002*
7349.	Alexandre Dumas	*Création et Rédemption*
7350.	Philibert Humm	*Roman fleuve*
7351.	Danièle Sallenave	*Rue de la Justice*
7352.	François Sureau	*L'or du temps*

7353. Marie Nimier — *Petite sœur*
7354. Emmanuel Carrère — *V13. Chronique judiciaire*
7355. Collectif — *Le goût du zen*
7356. Henry David Thoreau — *Sur la Concord River*
7357. Jean-Christophe Rufin — *Les Flammes de Pierre*
7358. Dominique Scali — *Les marins ne savent pas nager, I*
7359. Dominique Scali — *Les marins ne savent pas nager, II*
7360. Laurine Roux — *Sur l'épaule des géants*
7361. Marie NDiaye — *La sorcière*
7362. Perrine Tripier — *Les guerres précieuses*
7363. Carole Fives — *Quelque chose à te dire*
7364. Tristan Jordis — *Le pays des ombres*
7365. Martin Winckler — *Franz en Amérique*
7366. Gilles Kepel — *Enfant de Bohême*
7367. Franz Kafka — *Le Procès*
7368. Franz Kafka — *La sentence – Dans la colonie pénitentiaire*
7369. Jean-Paul Didierlaurent — *Le vieux* et autres nouvelles
7370. Franz Kafka — *Kafka justicier ?* Morceaux choisis
7371. Pierre Adrian — *Que reviennent ceux qui sont loin*
7372. Isabelle Sorente — *L'instruction*
7373. Xavier Le Clerc — *Un homme sans titre*
7374. Amélie de Bourbon Parme — *L'ambition. Les trafiquants d'éternité, I*
7375. Stéphane Carlier — *Clara lit Proust*
7376. Jessie Burton — *La maison dorée*
7377. Naomi Krupitsky — *La Famille*
7378. Nastassja Martin — *Croire aux fauves*
7379. Maylis Adhémar — *La grande ourse*
7380. Lucie Rico — *GPS*
7381. Camille Froidevaux-Metterie — *Pleine et douce*
7382. Éric Reinhardt — *Le moral des ménages*
7383. Guéorgui Gospodinov — *Le pays du passé*
7384. Franz-Olivier Giesbert — *Le sursaut. Histoire intime de la Ve République, I*

7385. Daniel Pennac — *Terminus Malaussène. Le cas Malaussène, 2*
7386. Scholastique Mukasonga — *Sister Deborah*
7387. Anonymes — *Évangiles*
7388. Pierre Assouline — *Le nageur*
7389. Louise Kennedy — *Troubles*
7390. Ron Rash — *Plus bas dans la vallée*
7391. Bénédicte Belpois — *Gonzalo et les autres*
7392. Erik Orsenna — *Histoire d'un ogre*
7393. Jean-Noël Pancrazi — *Les années manquantes*
7394. James Baldwin — *Chroniques d'un enfant du pays*
7395. Elizabeth Jane Howard — *La fin d'une ère. La saga des Cazalet V*
7396. Ruta Sepetys — *Si je dois te trahir*
7397. Brice Matthieussent — *Petit éloge de l'Amérique*
7398. James Baldwin — *Blues pour Sonny*
7399. Honoré de Balzac — *La Maison du Chat-qui-pelote, Le Bal de Sceaux, La Bourse*
7400. Sylvain Tesson — *Blanc*
7401. Aurélien Bellanger — *Le vingtième siècle*
7402. Christophe Bigot — *Le château des trompe-l'œil*
7403. Delphine de Girardin — *La Canne de M. de Balzac*
7404. Emmanuelle Bayamack-Tam — *La Treizième Heure*
7405. Adèle Van Reeth — *Inconsolable*
7406. Mattia Filice — *Mécano*
7407. Anne Serre — *Notre si chère vieille dame auteur*
7408. Bernhard Schlink — *La petite-fille*
7409. James Joyce — *Pénélope*
7410. Joseph Kessel — *Les juges*
7411. Aliyeh Ataei — *La frontière des oubliés*
7412. Julian Barnes — *Elizabeth Finch*
7413. Abdulrazak Gurnah — *Près de la mer*
7414. Bernardo Zannoni — *Mes désirs futiles*
7415. Claude Grange et Régis Debray — *Le dernier souffle*